Fatale Entscheidungen der Miss McManus

Max Nordmann

novum ◢ pro

Dieses Buch ist auch als
e-book
erhältlich.

www.novumverlag.com

Bibliografische Information
der Deutschen Nationalbibliothek:

Die Deutsche Nationalbibliothek
verzeichnet diese Publikation in
der Deutschen Nationalbibliografie.
Detaillierte bibliografische Daten
sind im Internet über
http://www.d-nb.de abrufbar.

© 2016 novum Verlag

ISBN 978-3-95840-129-7
Lektorat: Susanne Schilp
Umschlagfoto:
Natalia Kuchumova | Dreamstime.com
Umschlaggestaltung, Layout & Satz:
novum Verlag

Gedruckt in der Europäischen Union
auf umweltfreundlichem, chlor- und
säurefrei gebleichtem Papier.

www.novumverlag.com

Helen betrachtete kritisch ihr Gesicht in dem Spiegel und trug sorgfältig etwas Gesichtscreme auf.

Im vergangenen Jahr hatte sie die ersten Fältchen um ihren vollen Mund entdeckt, was sie eigentlich nicht weiter störte. Doch heute wollte sie die Merkmale des Alterns nicht zeigen. Schließlich hatte sie eine Einladung zur Premiere des Musicals „Cats" erhalten, über die sie sich sehr freute.

Am Nachmittag war sie noch beim Friseur gewesen, um sich ihre langen, naturblonden Haare abschneiden zu lassen. Die kurze Frisur, mit den keck nach vorn ins Gesicht geschnittenen Haarspitzen, umrahmte ihr schönes Gesicht und gaben ihr ein jugendliches Erscheinungsbild.

Ja, so wollte sie sein, mit der unbedarften Frische einer unbelasteten jungen Frau.

Sie lebte nun schon fast ein Jahr in diesem Londoner Vorort und tat sich sehr schwer mit der Eingewöhnung, besonders im Umgang mit den Menschen und deren Mentalität.

Sie war noch zu sehr an die Weite Kenias mit ihren Gerüchen, Geräuschen und Lebensweisen der Bewohner vertraut, als dass sie sich auf Anhieb in einer Großstadt hätte wohlfühlen können.

Sie hatte immer das Gefühl, sich nie an die Enge der Häuser und die Hektik der Menschen anpassen zu können.

Deshalb freute sie sich auf die Abwechslung. Dem Ensemble ging ja ein guter Ruf voraus.

Es handelte sich um dieselbe Besetzung, die in Hamburg seit sieben Jahren vor stets ausverkauftem Haus das Musical aufführte. Ihre neue und einzige flüchtige Bekannte hatte sie zu diesem Besuch überredet. Martha besaß einen kleinen Buchladen in Epsom. Durch Zufall hatte Helen vor einigen Tagen den Laden betreten und sich mit ihr ein bisschen angefreundet. Beide hatten sie die Vorliebe für alte spanische Maler. Über El

Greco konnten sie sich stundenlang unterhalten. Helens Besuche wurden immer häufiger, meistens kurz vor Ladenschluss. Martha schloss dann den Laden ab und sie frönten bei einer Tasse Tee ihrem Lieblingsthema. In der letzten Zeit suchten beide immer öfter die Nähe der anderen.

Marthas Scheidung stand bevor, worüber sie sehr erleichtert schien. „Wir haben zum Glück keine Kinder", meinte sie einmal erleichtert. So betrachte ich die Sache lediglich als Gütertrennung. Da muss man erst die fünfzig überschreiten, um wirklich erwachsen zu werden und Realitäten zu erkennen. Ist das nicht fürchterlich?"

Helen fühlte sich nicht befugt zu einer Stellungnahme. Sie wollte sich auch nicht mit anderer Leute Probleme beschäftigen, wo sie doch selbst jemanden an ihrer Seite brauchte, der ihr bei ihrer Vergangenheitsbewältigung half.

Die beginnende Beziehung zu Martha war noch nicht so intensiv, um sich ihr völlig anzuvertrauen. In vielen Nächten stand sie auf, weil Albträume ihr den Schlaf raubten. Morgens war sie dann völlig verwirrtb. Sie musste etwas dagegen tun, sich nicht in ihrem Zimmer einigeln, sondern mehr Abwechslung suchen. So war die Bekanntschaft mit Martha ein guter Anfang.

Beide verstanden sich glänzend und kamen sich dennoch nicht näher. Die Bereitschaft, dem anderen zuzuhören, war da, doch waren beide unfähig, der anderen Trost zu spenden.

Helen jedenfalls war froh, durch Martha Abwechslung zu finden, so wie beim bevohrstehenden Theaterbesuch.

Helen zog noch etwas Lippenstift nach und formte ihren Mund zu einer Kussform, wobei sie lachen musste.

Ihre Betrachtung wurde jäh von ihrer Vermieterin unterbrochen, die von unten mit schriller Stimme heraufrief:

„Miss McManus, ich glaube, Ihre Freundin ist da!" Nach wenigen Sekunden wiederholte sie mit Nachdruck: „Miss McManus, hören Sie? Ihre Freundin wartet!"

Von der keifenden Stimme aufgeschreckt, bat Helen Mrs. Crawfort, Martha hereinzulassen. „Nein, nein, liebe Miss McManus, Sie kennen ja meine Grundsätze, keine fremden Leute ins Haus."

Ärgerlich steckte Helen ihre Puderdose in die Handtasche, schlüpfte in die Pumps und eilte die Treppe hinunter. Durch die halb geöffnete Tür zu Mrs. Crawforts Wohnzimmer sah sie die Alte, mit Lockenwicklern im Haar und speckigem Bademantel, am Fenster sitzen.

„Ich gehe jetzt, Mrs. Crawfort, einen aufregenden Abend noch."

„Was? Ach ja, kommen Sie nicht zu spät, ich lege sonst den Riegel vor."

Als Helen zu Martha ins Auto stieg, schickte sie noch einen wütenden Blick auf die sich bewegende Gardine.

„Hattest du Ärger, Liebste?", fragte Martha.

„Nein, nicht direkt, ich hatte dir ja von dem Hausdrachen erzählt. Ich kann ihre Bevormundungen nicht mehr ertragen. Morgen gehe ich zum Makler. Es gibt ja schließlich noch mehr alte Damen, die durch Vermietungen ihre Rente aufbessern wollen."

„Lass mich dir dabei helfen. Ganz in meiner Nähe ist eine schöne Mansardenwohnung mit Blick auf die Rennbahn frei geworden. Wäre das nicht etwas für dich?"

„Oh, fantastisch, ja natürlich. Wann kann ich mir das einmal ansehen?", wandte sie sich begeistert ihrer Freundin zu. Ihre gute Laune war blitzartig zurückgekehrt. „Ja, toll, so siehst du gleich viel besser aus", lachte auch Martha. „Auch deine neue Frisur steht dir gut. Da könnte man neidisch werden, wie frisch und jung du aussiehst."

„Das täuscht, nach Johns Tod ist mir nicht mehr zum Bäumeausreißen zumute", resignierte sie gleich wieder.

Martha legte tröstend ihre linke Hand auf ihren Oberschenkel. Die Wärme, die von Martha ausging, durchströmte Helen wohltuend. Sie lehnte sich behaglich in die Polster zurück und sah dem monotonen Auf und Ab des Scheibenwischers zu. Das für diese Jahreszeit übliche Londoner Schmuddelwetter war eingetreten.

Erst vor dem Theater wurde ihr bewusst, dass sie darauf nicht vorbereitet war. Da merkte man, dass sie noch nicht wirklich in London angekommen war. Um diese Jahreszeit lief hier doch jeder mit einem Regenschirm rum. Doch wie von Zauberhand hielt Martha zwei Knirpse in der Hand. „Die kluge Frau baut vor", meinte sie lachend und spannte einen Regenschirm für Helen auf. Das war mal wieder typisch Martha, dachte Helen, immer praktisch, an alles denkend.

In der achten Reihe nahmen sie Platz. Die ungewohnte Umgebung faszinierte Helen völlig.

Sie hörte die nicht sichtbaren Musiker, die ihre Instrumente stimmten, nahm das Gemurmel der Besucher wahr sowie die verschiedenen Deodorants und Parfüms- und Rasierwasserdüfte. Die Damen in toller Toilette, mit teilweise kunstvollen Frisuren. Die Herren machten allesamt den Eindruck gut dressierter Pinguine. Bei dem Vergleich musste sie lachen.

Als sie das letzte Mal in Nairobi das Nationaltheater besucht hatte, war alles viel legerer gewesen. Meist waren es braun gebrannte Farmer mit ihren Frauen, die sich ungezwungen über mehrere Sitzreihen hinweg begrüßten und unterhielten, nicht so vornehm und steif wie hier.

Bis zum Beginn der Vorstellung riet sie, welcher der Herren wohl einen Bowler in der Garderobe hatte.

Doch endlich teilte sich der dicke rote Vorhang und sie ließ sich von dem wunderbaren Bühnenbild mitreißen. Anfängliche überkam sie Melancholie, was auch Martha bemerkte. Das Gefühl von Vereinsamung versetzte sie kurz gedanklich nach Kenia zurück. Marthas Hand lag wie zufällig auf Helens Oberschenkel und riss sie jedoch in die Realität zurück. „Was soll das?", fragte Helen sich und sie wandte langsam ihr Gesicht zu Martha. Mit deren verträumten, ja glücklichen Augen konnte Helen nichts anfangen. Was soll das, warum ist Martha so in sich gekehrt?

Plötzlich bekam sie Durst und war froh, als der Vorhang sich zur Pause schloss.

Im Foyer besorgte sie zwei Glas Sekt und Martha zog Helen in eine Ecke.

„Ich mag nicht, wenn einige Herren dich so anstarren, Liebste."

„Mich?", war Helen ehrlich überrascht. „Wie kommst du darauf? Mich sehen die Leute doch genauso an wie auch dich. Ich glaube, da bildest du dir nur etwas ein", widersprach Helen.

Sie konnte einem Blick in einen nahen Spiegel aber nicht widerstehen und musste lächeln. Sie sah wirklich prima aus.

Nach der Vorstellung sah Martha auf ihre Armbanduhr und meinte: „Lass uns zu mir fahren. Es ist schon spät und Mrs. Crawfort hat bestimmt schon den Riegel vorgelegt. Wir fahren zu mir und machen es uns ein bisschen gemütlich, was hältst du davon?"

Marthas Logik konnte Helen nichts entgegensetzen und sie stimmte zu. Ihr Mann war ja schon vor ein paar Monaten ausgezogen, zu einer Freundin, wie er offen bekannte.

Martha war es gleichgültig, ja sogar recht. Sollte er sich doch bei seiner Neuen austoben. Die ständigen körperlichen Belästigungen waren ihr im hohen Maße zuwider. Ganz selten hatte sie beim Geschlechtsverkehr etwas empfunden. In den letzten Jahren hatte sie sich davor geekelt, besonders wenn er etwas getrunken hatte. Als Martha in die Wechseljahre kam, verweigerte sie sich ihm völlig, indem sie in das Gästezimmer zog und sich nachts dort einschloss.

Es kam auch zu Handgreiflichkeiten, wenn beiden die Argumente fehlten, sich verbal zu einigen. Nach so einer Auseinandersetzung konnten beide ein gewisses Quantum Hass nicht unterdrücken, was sich sogar in die Geschäftzeit ausdehnte und auch einigen Kunden nicht verborgen blieb. Beide lebten aber von den nicht gerade üppigen Einnahmen des Geschäftes und waren immer noch aufeinander angewiesen. Jedenfalls hatte Howards Auszug wenigstens den Vorteil, dass die Häufigkeit der Streitigkeiten sich in Grenzen hielt.

Die Wohnung hatte Martha radikal umgestaltet, so dass nichts mehr an ihren Mann erinnerte.

Martha zauberte ein paar Gläser und eine Flasche Freixenet hervor. In der Gewissheit, Helen würde die Einladung nach dem Theaterbesuch nicht ablehnen, hatte die Dame des Hauses eine kalte Platte vorbereitet. Bei dem Anblick bekamen beide Appetit und genossen den herrlich prickelnden Sekt und die kunstvoll angerichteten Häppchen. Es war das erste Mal, dass Helen hier war und sie fühlte sich spontan wohl. Die vielen Blumenarrangements gefielen ihr. Von ihnen ging ein Duft aus, der sich im ganzen Wohnzimmer ausgebreitet hatte. Sie hielt ihre Nase in ein Rosenbouquet und schloss genüsslich die Augen.

„Welch ein intensiver Geruch. Ich dachte schon, so etwas gibt es nicht mehr", stellte sie fest.

„Oh doch, man muss nur wissen, wo", zeigte sich Martha erfreut und steckte sich ein Käsestückchen mit Weintraube in den Mund.

„Schön, dass es dir gefällt, Liebes. Ich möchte, dass du dich wohlfühlst", sagte sie mit weicher Stimme und seltsamem Blick, was Helen für einen Augenblick irritierte.

„Hattest du schon Männerbekanntschaft, ich meine, hier in London?"

„Ich? Oh nein", erwiderte sie etwas zu laut, „außer zu dem Basset von Mrs. Crawfort gab es noch keinen Gefühlsaustausch."

Beide lachten und prosteten sich erneut zu.

„Was hindert dich daran? Du siehst blendend aus und verfügst über Äußerlichkeiten, die Männer doch geradezu magnetisch anziehen, wie ich auch im Foyer des Theaters feststellen konnte", fragte Martha, während sie aufstand und aus der Schublade des Rauchertisches einen dünnen Zigarillo entnahm und anzündete. „Möchtest du auch eine?" „Nein danke, mir wird sonst nur schlecht davon. Als Kind habe ich es einmal versucht und war einige Tage krank."

„Hattest du eine schöne Jugend?", befragte Martha Helen durch eine dicke Rauchwolke.

„Oh ja, es war wundervoll. Meine Eltern gaben mir jede erdenklichen Freiheiten. Ich hatte sogar einen eigenen Elefanten."

„Einen Elefanten?", prustete Martha los.

„Ja, er war noch sehr klein. Seine Mutter war von Wilddieben wegen des Elfenbeins abgeschossen worden. John, mein späterer Mann, hatte ihn mir mitgebracht. Ich war damals zwölf Jahre alt und hatte meine liebe Mühe mit dem kleinen Racker."

Ohne weiter darauf einzugehen, setzte Martha ihre Befragung fort. „John, war er erheblich älter als du?"

„Das kann man wohl sagen, genau dreißig Jahre. Er war der Freund meines Vaters."

„Oh Gott, wie schrecklich, wie konntest du nur einen Mann heiraten, der bequem dein Vater hätte sein können?"

Helen hörte ganz deutlich einen vorwurfsvollen Klang in ihrer Stimme. Etwas zögerlich setzte sie ihre Erklärung fort.

„Das kannst du nicht verstehen. Doch war es die normalste und logischste Entscheidung meiner Jugendzeit. Du hättest John kennen sollen. Er war einfach alles für mich, Ehemann, Freund und auch ein bisschen Vater, das gebe ich zu. Nachdem meine Eltern bei einem Verkehrsunfall ums Leben gekommen waren, war ich ziemlich allein und John nahm mich zu sich. Ich war gerade sechzehn Jahre alt und vereinsamt. Was hätte ich denn tun sollen, ich hatte doch keine Ahnung wie man eine Farm führt? Solch ein Unternehmen braucht eine starke Hand. John managte von nun an zwei Farmen und fand immer noch genügend Zeit für mich. Er war unglaublich stark, nicht nur körperlich. Er war meine Tankstelle. Bei ihm lud ich meine Akkus immer wieder auf."

Die Erinnerung verklärte ihren Blick. Martha glaubte, im Kerzenschein zu erkennen, dass Helens Augen feucht wurden. Doch sie setzte ihre Befragung unbeirrt fort.

„Ihr hattet doch keine Kinder. War das ein Akt der Vernunft?"

„Was glaubst du eigentlich, wer du bist, mir solche Fragen zu stellen?", brach es aus Helen heftig hervor und sogleich bereute sie ihren Gefühlsausbruch.

„Entschuldige, Martha, es ist wohl besser, wenn du mich nach Hause bringst."

Helen stand auf und griff etwas überstürzt zu ihrer Handtasche. Ihre Freundin erhob sich ebenfalls, ging auf sie zu und umarmte sie.

„Liebes, beruhige dich doch bitte. Ich wollte dir nicht zu nahe treten." Nach einer etwas peinlichen Pause: „So lass ich dich nicht gehen." Behutsam drückte sie Helen wieder in ihren Sessel. Martha schenkte noch einmal die Gläser voll und schob Helen die Käseplatte näher heran.

Lautstark prasselte der Regen mit voller Wucht gegen das Fenster. Martha legte ein paar Kohlestücke in den Kamin. Sofort züngelten die Flammen hoch. Ein Blick auf die Uhr war ein gutes Argument, Helen zum Bleiben zu überreden.

„Helen, bleib heute Nacht hier. Ich richte dir das Bett in Howards Zimmer. Sieh mal, jetzt habe ich ‚Howards Zimmer‘ gesagt. Da siehst du, dass auch ich noch nicht mit meiner Vergangenheit abgeschlossen habe", fügte sie lachend hinzu.

Helen wachte mit leichten Kopfschmerzen auf. Sicherlich war der Sekt die Ursache dafür.

Aus der Ferne nahm sie das Klingeln eines Telefons wahr. Nachdem sie die Geräuschquelle endlich im Flur gefunden hatte, hob sie den Hörer ab. Anscheinend war Martha nicht mehr da oder schlief noch.

„Guten Morgen, Liebste. Ich hoffe, ich habe dich nicht geweckt", flötete Martha am Ende der Leitung.

„Wie spät ist es denn?", fragte sie etwas verwirrt.

„Fast zehn Uhr, meine Liebe. Mach dich bitte fertig. Ich hole dich so gegen zwölf ab. Dann haben wir einen Termin beim Makler. Du weißt schon, wegen der Mansardenwohnung. Das hast du doch nicht vergessen, oder?"

„Martha, das kannst du doch nicht machen. Ich kann doch nicht in dem Aufzug von gestern dorthin gehen."

„Ach komm, such dir von mir was Passendes raus, also bis bald."

Auf der Suche nach den geeigneten Kleidungsstücken fand Helen in einer Schublade einen Vibrator, dessen Größe Helen Furcht einflößte. Das Gerät war an einen Hüfthalter montiert.

Verlegen legte sie ihn zurück. Unwillkürlich machte sie sich Gedanken, wie Martha das Ding wohl handhabte. Es war ihr peinlich und sie nahm sich vor, dieses Thema nie anzusprechen.

Nach dem bereitgestellten Frühstück, welches Helen genüsslich verzehrte, dauerte es auch nicht mehr lange, bis Martha fröhlich die Wohnung betrat.

Im Wagen brach Martha das Schweigen.

„Du hast den Vibrator gesehen, Schatz?"

Die direkte Frage ließ Helen erröten.

„Hast du ihn ausprobiert?", fragte Martha belustigt und unbeeindruckt von Helens Verlegenheit.

„Was? Natürlich nicht. Originale sind mir lieber", antwortete sie kess.

„Ja, ja, im Normalfall schon. Aber alles, was daran hängt, ist doch widerlich, oder bist du da anderer Meinung?"

„Allerdings." Damit wollte Helen das peinliche Thema beenden und sah seitlich aus dem Fenster.

Die Wohnung gefiel Helen sehr gut. Es war so, wie Martha gesagt hatte. Von hier aus konnte man tatsächlich auf die berühmte Galopprennbahn von Epson blicken.

„Sieh mal, da erscheint einmal im Jahr die Queen. Da kannst du ihr von hier aus zuwinken", wollte sie auf Helen ihre Begeisterung übertragen. „Und außerdem ist es nicht weit zu mir. Du erreichst bequem zu Fuß meine Wohnung und mein Geschäft, ist das nicht wunderbar?"

„Ja, das gefällt mir."

Auch der Mietpreis war erschwinglich, so wie die Nebenkosten.

„Wann kann ich den Vertrag unterschreiben?", wandte sich Martha an den Makler.

Dieser, sichtlich erleichtert, wieder ein gutes Geschäft abgeschlossen zu haben, vereinbarte mit den Damen einen Termin zur Unterschrift, am nächsten Tag in seinem Büro.

Helen ließ sich nach Hause kutschieren und war schon auf das Gesicht von Mrs. Crawfort gespannt. Die alte Hexe machte es ihr leicht, ihr die Kündigung ins verkniffene Gesicht zu schleudern.

„Also, Miss McManus, Sie sind vergangene Nacht nicht nach Hause gekommen", stellte sie unnötigerweise fest. „Ich habe die ganze Nacht kein Auge zugetan."

„Liebe Mrs. Crawfort, damit Sie in Zukunft wieder ruhig schlafen können, ziehe ich aus zum Quartal."

Eine gehörige Portion Genugtuung schwang in Helens Stimme mit.

„Was, Sie wollen ausziehen? Sie wollen mich alleine lassen? Sie sind aber eine undankbare Person", plusterte sich die Alte auf. Nachdem sie den Schock überstanden hatte, fügte sie kurzatmig hinzu: „Na gut, wie sie wollen. Ich mache die Rechnung fertig. Komm mein Kleiner", und sie zog den Basset von Helens Fuß weg.

Mrs. Crawfort schlurfte gerade Richtung Stammplatz am Fenster. Das Nachthemd guckte unter dem filzig gewordenen Morgenrock hervor. Da läutete das Telefon. Helen, die schon fast die letzte Stufe der Treppe erreicht hatte, blieb stehen. Die Alte, die schon das Gespräch entgegengenommen hatte, hielt ihr den Hörer wortlos entgegen. Es war Marthas vertraute Stimme.

„Hast du dein Zimmer schon gekündigt?"

„Ja, gerade eben."

„Gut, dann pass mal auf. Howard steht neben mir. Unsere Scheidung wird nächste Woche verkündet. Howard überlässt mir das Haus in Arundel."

„Ja. Wie schön für dich, aber was hat das mit mir zu tun?", fragte Helen etwas verwirrt.

„Können wir uns heute noch sehen? Ich habe Großes mit dir vor. Besser, du kommst gegen 18 Uhr ins Geschäft, dann bereden wir alles, ja?"

Kaum hatte Helen zugestimmt, da war die Leitung wieder tot.

In ihrem Zimmer angekommen, entledigte sie sich ihrer Kleidung, machte sich ein Schinkensandwich und legte sich noch etwas hin. Unter sich hörte sie noch, wie Mrs. Crawfort mit dem unschuldigen Bonny schimpfte und schlief dann ein.

Martha stand gerade vor einem Bücherregal auf der Leiter, als Helen den Laden betrat.

„Oh fein, du bist es. Schließe bitte hinter dir ab. Ich muss nur noch den alten Shakespeare einordnen."

Als sie sich gegenüberstanden, umarmten sie sich. Martha wirkte aufgekratzt und ließ sich auf einem der Hocker nieder.

„Howard ist jetzt beim Anwalt", sagte sie, während sie sich einen Zigarillo anzündete.

„Wir hatten uns vor über zwanzig Jahren ein Haus am Stadtrand von Arundel gekauft. Das liegt in South Sussex. Doch durch unser nicht gerade intensives Zusammenleben waren wir in den letzten Jahren nicht mehr dort. Ein Bauer aus der Nachbarschaft hielt es so leidlich in Schuss. Howard verzichtet darauf und ich auf das Geschäft. Er zahlt mir ein Drittel der Einkünfte weiter. Das ist, so glaube ich, eine gute Lösung."

Sie zog tief an dem Zigarillo, bis sie von einer Rauchwolke eingehüllt war.

„Die Sache hat nur einen Haken", fuhr sie fort, „mit der Regelung bin ich nur einverstanden, wenn du mitmachst, Helen. Was hältst du davon, wenn wir beide es uns dort gemütlich machen?"

„Ja gern, du weißt ja, dass ich ein Mädchen vom Lande bin. Aber lass es mich vorher einmal sehen."

Spontan sprang Martha auf, umarmte Helen und gab ihr einen Kuss auf den Mund, was Helen völlig irritierte.

„Prima, ich wusste, dass ich dich dafür gewinnen könnte."

Ihre Augen leuchteten vor Begeisterung.

„Ich lade dich zum Essen ein, komm."

Während des Essens machte Martha auf einer Papierserviette eine Skizze des Hauses und beschrieb die Umgebung.

„Wir werden dort ziemlich allein sein. Bis zum Dorf runter sind es etwa zwei Meilen."

„Das macht nichts, ich bin die Weite gewöhnt, Martha. Ich freue mich darauf."

„Wunderbar, nächsten Sonntag fahren wir, ja?"

„Abgemacht."

Das kleine Häuschen stand auf einem Grundstück, das sich leicht nach Süden neigte. Der große Garten war genauso verwildert und verkommen wie das Haus. Das über hundert Jahre alte Gemäuer war teilweise durchnässt und zeigte Schimmelbefall. Die Ursache hierfür waren von Stürmen herausgerissene Dachpfannen. In der

Küche war der muffige Geruch am unangenehmsten. Der einzige Luxus der Hütte war das Bad mit WC. Allerdings musste man nach Gebrauch mit einem Eimer Wasser nachspülen. Hierfür gab es im Keller und im Garten eine Pumpe. Doch beide Frauen ließen sich davon nicht entmutigen und beschlossen, sich Anfang Mai an die Arbeit zu machen.

Dave Fergunson saß auf einer Parkbank und kramte in seinen Manteltaschen nach einer Zigarette. Schließlich fand er einen Stummel und zündete ihn umständlich an. Schon früh am Morgen hatte er sich an dem Brunnen im Park gewaschen und rasiert. Zu dieser Zeit kam hier kaum jemand vorbei. Nur wenn er Motorengeräusche hörte, ging er in Deckung, denn es könnte ja ein Streifenwagen sein. Das Rasieren war sehr wichtig in seinem Beruf. Er fühlte sich als Künstler, was in gewisser Weise auch zutraf, wenn er den Leuten das Geld aus ihren Taschen zog. Doch die Zeiten waren schlecht. Die Saison auf den Rennbahnen hatte noch nicht begonnen. In Stadien, in denen Fußballspiele oder Rugby ausgetragen wurden, fühlte er sich nicht wohl. Er verabscheute den schreienden Pöbel und konnte dessen Begeisterung nicht teilen. Er gestand sich aber nicht ein, dass er seine Tricks nicht so erfolgreich bei den einfachen Leuten anwenden konnte. Die wenigsten Zuschauer hatten eine lohnende Beute bei sich. Als er in seiner Anfangszeit einmal bei einem Griff in die Jeanshose eines Fußballfans ertappt wurde, schlugen gleich mehrere Leute auf ihn ein. Dieser schmerzhafte Lernprozess wurde ihm bei jedem Blick in einen Spiegel deutlich. Dann strich er ärgerlich mit der Zunge über seinen abgeschlagenen Schneidezahn.

Dadurch hatte sich sein Lachen verändert. Sein sonst makelloses Gebiss hatte nun nicht mehr die gewünschte Wirkung auf Menschen, wie er glaubte.

Die Kippe trat er aus und erhob sich. Seinen Koffer, den er mit einem übergestülpten Plastiksack vor Nässe schützte, legte er hinter einen Baum und verdeckte ihn mit Laub.

Endlich hatte der Supermarkt auf der anderen Straßenseite seine Türen geöffnet und die ersten Hausfrauen machten bereits ihre morgendlichen Einkäufe. Sein Magen knurrte entsetzlich „Mal sehen was der Tag so bringt", dachte er unternehmungslustig. Der Laden war ihm unbekannt, wie überhaupt die ganze West- seite von Brighton. Aber was soll's, schließlich ähnelten sich alle Supermärkte in ihrer Grundstruktur. Als er die Straße über- querte, prüfte er unauffällig den Sitz seiner Kleidung in der großen Schaufensterscheibe. Man konnte ihn so ohne weiteres für einen höheren Angestellten einer Bank halten, glaubte er.

Von fünf Kassen waren zwei besetzt. Jetzt, als er im Laden war, ärgerte er sich, nicht noch eine Stunde gewartet zu haben. Die wenigen Kunden verliefen sich in der übersehbaren Halle.

Er schnappte sich einen Einkaufswagen und begann, wahllos Lebensmittel hineinzulegen.

Das meiste aber legte er wieder zurück. So schien es nicht aufzufallen dass er in Wirklichkeit die Panoramaspiegel und die Kunden beobachtete. Die Kundinnen hatten alle ihre eigene Art, ihr Portemonnaie zu tragen. Die einen hielten es krampfhaft in beiden Händen, die anderen tief unten auf dem Grund ihrer großen Einkaufstaschen. Aber es gab auch die Oberflächlichen, welche die Geldbörse einfach im Einkaufskorb ließen. Diese Frauen waren allerdings in der Minderheit. Dave stellte sich in den Gang, wo die Getränke standen. Um die Zweiliterflaschen oder gar größere Gebinde einzupacken, brauchten die Frauen schon beide Hände.

Hier könnte sein Vorhaben klappen. Es näherte sich bald eine kleine korpulente, aber gepflegte, ältere Dame. Ihr Wagen war schon gut bestückt. Folglich hatte sie auch genügend Geld bei sich. Er traute seinen Augen nicht. Auch sie war eine von der Kate- gorie, die da glaubten, es lebten nur ehrliche Menschen auf der schönen Welt. Die Geldbörse lag nur halb verdeckt unter einer Tüte. Als die Frau sich streckte, um einen Sechser-Pack Tonic aus dem Regal zu nehmen, griff Dave blitzschnell zu. Die Frau stöhnte und brummelte etwas wie: „Warum diese Besitzer der Shops nie an kleine Menschen denken", oder so ähnlich, während Dave sich mit einem Kopfnicken entfernte.

In der sicheren Entfernung der Haushaltsabteilung nahm er die Scheine mit geübter Handbewegung aus dem Portemonnaie, steckte das Geld in die Brusttasche und ging der betreffenden Frau entgegen. Wieder nickte er ihr freundlich zu.

„Ich suche Insektenspray, wissen Sie, wo das ist?", fragte er sie höflich.

Die Frau kannte sich aus, sie drehte sich um und wies mit ausgestrecktem Arm auf ein entferntes Regal. Diese kurze Zeitspanne nutzte Dave, um die Geldbörse zurückzulegen.

„Ach ja, vielen Dank, Sie haben mir sehr geholfen", sagte er ein bisschen zu freundlich, aber er meinte es auch so. Jetzt ließ er sich Zeit, legte viele der eingesammelten Sachen zurück und ging zur Kasse. Er war schnell durch und sah der geprellten Frau an der anderen Kasse zu, wie diese sich mit der Kassiererin während des Umpackens freundlich unterhielt. Schon im Laden hatte er das Geld gezählt. Es waren zweiunddreißig Pfund. „Juchei, das Leben ist schön", dachte er grinsend.

Auf dem Weg zu seinem Koffer kaufte er sich noch am Kiosk ein Päckchen Dunhill und die obligatorische Lokalzeitung zur Feier des vielversprechenden Tages.

Auf der Parkbank holte er sein Schweizer Taschenmesser hervor, schnitt ein Stückchen Baguettebrot ab und belegte es dick mit aromatischem Käse. Die Flasche Rotwein hielt er geschlossen, vielleicht bis zum Abend.

Genüsslich kauend, schlug er die Seite der Zeitung mit den Stellenanzeigen auf. Sein Interesse, hier fündig zu werden, war nach dem gelungenen Morgen nicht allzu groß. Dennoch weckte eine dick umrandete Annonce seine Aufmerksamkeit. „Butler mit Referenzen gesucht, Telefon …" Na, da wollen wir mal keine Zeit vergeuden, vielleicht klappt es ja. Ruhig aß er sein Brot, legte die Zeitung zusammen und steckte sie zusammengefaltet in die Anzugtasche.

Er prüfte den korrekten Sitz seiner Krawatte, entfernte die Brotkrümel und machte sich auf den Weg zur nächsten Telefonzelle.

Dort angekommen, legte er ein paar Münzen auf die Ablage und wählte die Nummer. Nach mehrmaligem Läuten wollte er den Hörer schon auf die Gabel legen, als sich plötzlich eine leise Frauenstimme meldete: „Hallo?"

„Guten Morgen, Madam, mein Name ist Fergunson. Ich rufe auf Grund Ihrer Zeitungsannonce an. Mit wem spreche ich bitte?", fragte er höflich.

„Das ist richtig. Ich bin Madame Thompson. Von wo rufen Sie an?"

„Ich befinde mich im Moment im Brighton Jachtklub, Madam."

„So, so, also im Brightoner Jachtklub. Ist der um diese Zeit nicht geschlossen?"

Er verfluchte augenblicklich die Lüge, aber bevor er sich da rausreden konnte, fuhr die Stimme fort. „Genügen Sie der Anzeige?" „Absolut, Madam."

„Bin erfreut, wann könnten Sie vorstellig werden?"

„Wenn Ihnen Punkt zwölf recht ist, Madam, würde ich mich freuen."

Ihm klopfte doch etwas das Herz, als er die Adresse notierte.

Um halb zwölf nahm er sich ein Taxi, das nach zehnminütiger Fahrt vor einem großen Landhaus hielt. Die Gegend hatte schon ein wenig ländlichen Charakter. „Hoffentlich muss ich nicht den großen Vorgarten auf Vordermann bringen", dachte er, als er auf das Haus zuging.

Nachdem er den Türklopfer, einen Löwenkopf, gegen das Holz hatte fallen lassen, ging er zwei Schritte zurück. Es dauerte eine ganze Weile, bis sich die schwere Eichentür einen Spalt breit öffnete. Etwa in der Höhe der Türlinke Türlinke sah er das Gesicht einer alten Dame. „Bleiben Sie dort stehen, wer sind Sie?"

„Mein Name ist Fergunson, Dave Fergunson, Madam. Ich hatte mich telefonisch beworben für den Dienst eines Butlers."

„Ja, richtig, ist es denn schon zwölf Uhr? Aber kommen Sie näher, bitte."

Jetzt wurde die Tür weiter geöffnet und Dave schlug ein strenger Katzengeruch entgegen.

Die Frau saß in einem Rollstuhl und auf ihrem Schoß hockte ein dicker Kater, der Dave gelangweilt ansah.

Mit höflicher Zurückhaltung betrat Dave das Haus und schloss die Tür. Mrs. Thompson zeigte mit knochigen Fingern in eine Richtung, in der das Wohnzimmer liegen könnte. Er griff beherzt den Rollstuhl und schob die Dame des Hauses in das gewünschte Zimmer.

Bis hinter einen alten Schreibtisch fuhr die Frau dann allein und bat Dave, in einem durchgesessenen Barocksessel Platz zu nehmen. Die Dunkelheit des Raumes und der Katzengestank raubten ihm fast den Atem. Seine Augen gewöhnten sich aber rasch an das spärliche Licht. Er wartete darauf, dass die alte Dame etwas sagte, doch stattdessen durchbohrte ihn ein stechender Blick. Am liebsten hätte er das Weite gesucht. Doch irgendetwas hielt ihn zurück. Eine innere Stimme riet ihm zu bleiben. Er wich dem strengen Blick der Alten aus und sah sich etwas verlegen in dem Raum um. Mit Entsetzen entdeckte er noch vier weitere Katzen.

„Sie mögen doch Katzen, junger Mann, oder irre ich mich?"

„Oh ja, sehr, Madam."

Dave setzte sich kerzengerade hin und hielt dem prüfenden Blick seines Gegenübers stand.

Von der Couch erhob sich eine unglaublich hässliche Katze mit undefinierbarer Haarfarbe, ohne Schwanz. Sie streckte sich genüsslich, gähnte ausgiebig und sah ihn mit gelben Raubtieraugen an. Dave und die Hausherrin beobachteten das Tun des Tieres. Gewandt sprang es von der Couch und schritt gemächlich auf Dave zu. Vor seinen Füßen hielt es inne, streifte seine Beine und legte sich neben ihn.

„Also, bei Hannibal haben Sie schon mal Pluspunkte Mr. … hm, wie war doch der Name?"

Dave erhob sich etwas: „Fergunson, Dave Fergunson, Madam."

„Also, Mr. Fergunson, welche Referenzen haben Sie?", erreichte eine überraschend klare Stimme sein Ohr.

„Ich hatte die Ehre beim Duque de Alba einige Jahre zu dienen." Verlegen griff er in die Seitentasche seines Mantels.

„Oh, Verzeihung, junger Mann, legen Sie doch ab."

Dave kam ihrer Aufforderung nach. Vorher überreichte er ein Dokument. Sie schob sich mit dem Rollstuhl ins bessere Licht und setzte sich die falterförmige Brille auf, die an einer Kette um ihren Hals hing.

„Wenn der Bluff gelingt, habe ich gewonnen." Offenbar verstand sie nicht, was dort auf dem Papier stand. Sie legte es auch gleich beiseite, nahm die Brille ab und sah ihn erstaunt an.

„Ihren Namen konnte ich schon lesen, junger Mann, aber mehr auch nicht. Was besagt das Papier?"

Er trat auf die Dame zu und nahm ihr die Urkunde aus der Hand.

„Wenn Sie erlauben, Madam, übersetze ich es Ihnen. Es ist in spanischer Sprache gefasst.

Der Duque de Alba gehört zum spanischen Uradel."

Sie war offenbar entzückt über die exzellente Adresse.

„Wie kam es zu dieser Verpflichtung?", fragte sie sehr interessiert.

„Der Duke of Edinburgh, dem ich damals diente, pflegte mit Spaniern einen Personalaustausch auf Zeit, wenn ich es einmal so salopp ausdrücken darf."

„So, so, also beim Duke of Edinburgh standen Sie in Diensten. Haben Sie für diese Zeit auch ein Zeugnis, junger Mann?"

Sichtlich verlegen trat Dave von einem Bein aufs andere.

„Leider sind mir fast alle Papiere bei einem Zimmerbrand abhandengekommen. Ich konnte nur zwei davon retten, so auch dieses hier."

Er reichte ihr ein Zeugnis, welches tatsächlich echt war. Daraus war zu entnehmen, dass er als Chauffeur bei einem angesehenen Rouchester Textilfabrikanten in Diensten stand. Mrs. Thompson prüfte das Dokument sehr sorgfältig.

„Also gut, Dave. Ich werde Sie von nun an so nennen, oder besser Jonathan, so hieß Ihr langjähriger Vorgänger, das erspart mir Versprecher. Sie können sich als engagiert betrachten. Sie erhalten achtzig Pfund monatlich. Kost und Logis sowie die nötige Dienstkleidung frei."

Verdutzt sah er sie an, wollte schon protestieren, wegen dieser lausigen Bezahlung. Doch er schwieg, denn er hatte ohnehin nicht vor, hier seinen Lebensabend zu verbringen. Er betrachtete den Job als Zwischenstation, bis sich etwas Besseres fand. Die paar Tage würde er wohl überstehen, trotz der widerlichen Katzen.

„Wann könnten Sie den Dienst antreten?", wollte die Hausherrin wissen.

„Wenn es recht ist, sofort." Ohne weiter darauf einzugehen, fuhr Miss Thompson fort:

„Also hier die nötigsten Informationen: Lebensmittelbestellungen per Telefon, die werden dann geliefert. Service für das Auto erledigt eine Garage in der Nähe. Sie werden kaum mit Bargeldbezahlungen in Berührung kommen, weil alles von meinem Konto abgebucht wird. Sie werden im Souterrain wohnen, wo sich auch die Küche befindet."

Völlig aus dem Zusammenhang gerissen, fragte sie plötzlich; „Rauchen Sie?", und gab sich selbst die Antwort: „In diesen Räumen herrscht absolutes Rauchverbot. Meine Lieblinge würden in dem Qualm umkommen. Noch irgendwelche Fragen?"

„Nur zwei, Madam. Wann soll ich den Dienst antreten und dürfte ich um etwas Vorkasse bitten? Für eine standesgemäße Chauffeuruniform und Livree."

Unbeeindruckt nahm Mrs. Thompson die Worte auf. „Ich sagte bereits, dass die Dienstkleidung gestellt wird. Die nötige Bekleidung finden Sie in Ihrem Zimmer. Jonathan hielt seine Kleidung sehr gepflegt und hatte etwa Ihre Größe."

Damit war das Thema für die Alte erledigt und sie widmete sich hingebungsvoll dem fetten Kater auf ihrem Schoß. Nach einer Weile blickte sie auf, denn Dave stand immer noch unentschlossen vor ihr.

Etwas ungeduldig zeigte sie in eine Ecke des Raumes. „Dort ist die Treppe ins Untergeschoss."

Dave nahm seinen Mantel und begab sich in sein zukünftiges Reich. Nachdem er die Lichtschalter gefunden und das Licht angeknipst hatte, sah er mit Entsetzen noch weitere acht Katzen, die ihn teilnahmslos anfunkelten. Hier stank es bestialisch nach

Katzendreck. Ekel stieg in ihm hoch. Eine von ihnen, die einen Schritt von der Tür entfernt saß, hinter der er sein Zimmer vermutete, machte einen Buckel und fauchte ihn an. Im selben Moment verpasste Dave dem Tier einen Fußtritt, sodass sie durch die Küche geschleudert wurde. Mit Genugtuung hörte er sie aufschreien, als sie gegen die Wand prallte. Der Tritt zeigte auch Wirkung bei den Artgenossen. Sie flohen die Treppe hinauf. Von oben erklang Mrs. Thompsons Stimme, die er aber ignorierte. Nachdem er den Raum betreten hatte, sah er sich gründlich um. Die Möbel waren alle zerkratzt. Der Wasserhahn in der antiken Spüle tropfte. Um die Deckenlampe herum wob eine Spinne ihr Netz. Auf dem Fußboden entdeckte er frische Blutspuren. Er ging ihnen nach und erblickte auf Zeitungspapier vier frischgeborene Kätzchen. Unschlüssig stand er vor ihnen. „Noch mehr von diesen Viechern", dachte er. Kurz entschlossen ließ er in einem Eimer Wasser einlaufen, packte die Brut und ertränkte sie. Die kleinen Biester, die die Augen noch geschlossen hatten, kämpften einige nicht enden wollende Minuten um ihr Leben. Als alles vorbei war, nahm er die Leichname, die sich jetzt wie nasses Moos anfühlten, wickelte sie in Zeitungspapier und warf sie in den Abfalleimer. Zum Glück war die Tür zu dem Nachbarzimmer geschlossen. Zögernd öffnete Dave die Tür und betrat den verdunkelten Raum. Als erstes riss er die Vorhänge vom Fenster und ließ die frische Frühlingsluft herein. Hier war alles penibel aufgeräumt. Das musste das Zimmer seines Vorgängers sein. Die spärliche Einrichtung bestand aus einem Bett, Schrank und Tisch, vor dem ein einziger Stuhl in einer Ecke stand. Unter dem Fenster ein alter Ohrensessel mit abgenutztem Blümchenbezug. Dave öffnete den Schrank und es strömte ihm ein herber Mottenkugelgeruch entgegen. Er hielt einen Anzug in die Höhe. Total veraltet schien ihm der Zweireiher aber nicht. Die dazu passende Dienstmütze war etwas zu klein. Aber wenn er sie stramm herunterdrückte, war ihr Sitz durchaus zu vertreten. Vier Paar Schuhe, alle mit Spannern versehen, machten einen soliden Eindruck. In der Schublade lagen zwei weiße, fast neue Handschuhe in Seidenpapier gewickelt. Grinsend zog er sie über und beschloss, sie fortan immer zu tragen, um überflüssige Fingerabdrücke zu vermeiden. Als er den Anzug am Fensterkreuz zur Auslüftung aufhängte, riss ihn ein schrilles Läuten aus seinen Gedanken.

„Aha, so meldet sich die Alte also", dachte er. „Hoffentlich weiß sie nichts von dem Nachwuchs ihrer Lieblinge."

Als er oben ankam, war Mrs. Thompson gerade dabei, ihre Tierchen zu füttern.

„Madam, Sie haben geläutet?", stellte er sich in strammer Haltung vor der alten Dame auf.

„Ja, bereiten Sie bitte einen kleinen Lunch vor. In Zukunft bitte pünktlich um 13 Uhr. Außerdem erwarte ich jeden Freitagnachmittag, so wie heute, drei Damen zum Bridge. Wir sind es gewohnt, hierbei Tee aus dem Samowar zu trinken. Können Sie damit umgehen?"

„Leider nein, Madam."

„Das macht nichts. Ich zeige es ihnen. Wir haben uns sehr daran gewöhnt." Ihre Sitzhaltung änderte sich merklich und ein Lächeln erfrischte ihr faltiges Gesicht.

„Es ist ein Geschenk Lenins", sagte sie nicht ohne Stolz.

„Ja, ja, da gucken Sie, was? Kurz vor seinem Tod war mein Vater, Gott habe ihn selig, mit einer königlichen Handelsdelegation in Moskau. Leider wurde dieser große Staatsmann dann von diesem Barbaren Stalin abgelöst, natürlich erst nach seinem Tod", sinnierte sie mehr zu sich selbst.

„Was können Sie also für einen kleinen Lunch bieten?"

„Ich muss sehen, was da ist, Madam. Geben Sie mir bitte zehn Minuten."

„Dort im Nebenraum sind einige Lebensmittel. In letzter Zeit war es mir nicht möglich, den unteren Teil des Hauses zu betreten."

Dave ging in den angrenzenden Raum und fand dort einen Toaster und einige Büchsen Konserven, Tee und Toastbrot. Nach und nach trug er alles in die untenliegenden Wirtschaftsräume. Dort durchstöberte Dave den Lebensmittelbestand.

In knapp zehn Minuten zauberte er einen Toast Hawaii. Diese ihr unbekannte Variante begeisterte die alte Dame.

Nach dem Lunch wurde Dave mit der Handhabung des Samowars vertraut gemacht. Er nutzte die Gelegenheit, um seine Bitte vorzutragen, nämlich für heute Nachmittag frei zu bekommen.

Schließlich musste er seinen Koffer im Park wieder ausgraben. Aber wichtiger war ihm, nicht mit dem zu erwartenden Besuch in Berührung zu geraten. Er musste seinen Kopf frei bekommen. Mit so einer schnellen Einstellung hatte er nicht gerechnet. Ihm war noch nicht klar, ob er sich freuen sollte. Aber einen Vorteil hatte die Sache, er hatte ein Dach über dem Kopf und die Alte würde er sich schon zurechtbiegen, wie er es nannte.

Mrs. Thompson hatte es sich zur Gewohnheit gemacht, nach dem Lunch ein kurzes Mittagsschläfchen zu halten. Es schien ihr also recht zu sein, wenn Dave die Zeit außer Haus verbrächte.

Sie bot ihm sogar an, das Auto zu benutzen.

Er wartete, bis Mrs. Thompson sich zur Ruhe gelegt hatte und ging dann rüber zu den Garagen. Das Haus Thompson musste einmal goldene Zeiten erlebt haben, denn in der Garage hätten bequem vier Limousinen Platz gehabt. Stattdessen stand dort, unter einer Staubschicht, ein alter Morris Baujahr 74. Mit einem Staubwedel befreite er die Scheiben von dem Schmutz.

Dave glaubte nicht, dass die alte Kiste ansprang und hielt es für überflüssig, noch mehr Staub zu entfernen. Falls das Auto jedoch startete, würde der Fahrtwind eine Selbstreinigung vornehmen.

Er setzte sich hinter das Lenkrad, verstellte den Sitz und steckte den Schlüssel ins Schloss. Nach mehrmaligem Starten stieß der alte Wagen eine dicke Rauchwolke aus und hustete einige Minuten vor sich hin. Dave löste die Handbremse und der Wagen machte wie ein Panther einen Satz aus der Garage. Bis zur Straße hatte er das Gefühl für die Kupplung im Griff.

Vor dem Park stellte er das Fahrzeug ab, drehte sich nach allen Seiten um und begab sich wie ein naturliebhabender Spaziergänger Richtung Koffer. Nach alter Gewohnheit setzte er sich auf die Parkbank und überlegte sein weiteres Vorgehen. Eigentlich könnte er mit dieser bisherigen Entwicklung zufrieden sein. Die Entlohnung war schon eine Zumutung, aber da gäbe es mit Sicherheit Wege, das zu verbessern. Wichtig war erst einmal Zeitgewinnung für weitere Unternehmungen.

Auf dem Weg zum Auto begrüßte er zwei Damen, die Tauben fütterten. Also, das war nicht sein Ziel, seine Freizeit so zu gestalten, er wollte einmal zu Geld kommen.

Dave verstaute gerade seinen Koffer auf den Rücksitzen, als er von hinten angesprochen wurde.

„Gehört der Wagen Ihnen, junger Mann?", sprach ihn ein Polizist an. Der Anblick des Beamten ließ sein Herz in bedrohliche Tiefen rutschen. Doch der Mann machte ein freundliches Gesicht und Dave hatte sich sofort wieder in der Gewalt.

„Nein, nicht direkt, Sir. Wieso fragen Sie? Ist etwas nicht in Ordnung?"

„Na ja, so schlimm ist es auch wieder nicht. Sie stehen nur im Halteverbot. Darf ich mal die Papiere sehen?"

Umständlich holte Dave das gewünschte Dokument hervor und reichte es dem Constabler.

Wie es einem getreuen Staatsdiener nun mal zu eigen ist, studierte er abwechselnd das Papier und auch Dave.

„Sind Sie der Chauffeur von Mrs. Thompson?"

Verblüfft sah Dave den Beamten an." Ja, wieso, seit heute. Stimmt etwas nicht?"

„Weil der Wagen nicht von Ihrem Diener gefahren wird. Ich kenne die alte Dame. Wie geht es Ihr?"

„Vorhin ging's noch, und ihren Katzen auch."

„Das freut mich. Ja, sie hat ein Herz für Tiere, aber das muss man von einer Ehrenvorsitzenden des hiesigen Tierheims ja auch erwarten."

Erlöst nahm Dave die Papiere wieder an sich.

„Am ersten Tag Ihrer neuen Stellung will ich mal nicht so sein und belasse es bei einer mündlichen Verwarnung. Passen Sie in Zukunft besser auf, ja?" Mit dem üblichen Gruß an die Mütze ließ er Dave stehen. Dieser ging um das Auto herum und wollte einsteigen. Er sah noch, wie der Polizist seine Hand auf das Dach legte und den Wagen liebevoll streichelte.

„Der alte Jonathan hatte das Gefährt gepflegt wie ein Lebewesen. In dieser Qualität werden die heutigen Windkanalflitzer ja nicht mehr gebaut." Diese menschliche Seite des Beamten brachte Dave dazu zu fragen: „Haben Sie Jonathan gekannt?"

„Oh, ja. Wir waren immer beim Windhundrennen zusammen, warum fragen Sie?"

„Nur so. Er ist bestimmt an Altersschwäche gestorben, oder nicht?"

„Nee, er hatte eine Katzenallergie." Damit entfernte sich der Bobby langsam.

Jetzt hatte er ausgerechnet einen Polizisten so gut kennengelernt, dass der mit Sicherheit eine genaue Beschreibung von ihm geben konnte. Hoffentlich war das kein Fehler.

Dave hatte noch Zeit. Der Besuch bei Mrs. Thompson würde sicher noch einige Zeit bei ihr verweilen. Nach einem Blick auf den Benzinanzeiger entschloss er sich, eine kleine Spritztour Richtung Norden zu unternehmen, ohne Ziel, nur so aus Langeweile.

Bei dieser Gelegenheit konnte er auch den Motor testen. Diese Sorge wurde ihm genommen, denn bei höherer Geschwindigkeit schnurrte das alte Prachtstück tadellos.

Gegen 18 Uhr parkte er den Wagen etwa 100 Meter vor dem Grundstück und steckte sich eine Zigarette an. Nach etwa zehn Minuten hielt ein Rolls Royce aus besseren Tagen vor dem Haus.

Ein livrierter Lakai stieg aus und betrat das Grundstück. Er kam mit einer betagten Dame am Arm wieder heraus und sie fuhren, mit einem letzten Gruß an Mrs. Thompson, davon.

In der Hoffnung, dass die anderen Damen das Haus schon verlassen hatten startete er den Wagen, fuhr in die Garage und ging ins Haus.

Mrs. Thompson empfing ihn überaus freundlich. Dave erzählte von der schönen Umgebung, während er das Teeservice und den noch heißen Samowar abräumte. Eine halbe Stunde später servierte er Chips und Roastbeef. Gott sei Dank war die alte Dame nicht sehr anspruchsvoll, jedenfalls war das sein erster Eindruck. Er jedenfalls hatte mächtigen Appetit und ließ sich davon eine gehörige Portion schmecken. Das Essen musste in seiner Anwesenheit geliefert worden sein.

Anschließend machte er sich daran, im Untergeschoss klar Schiff zu machen. Selbst unter der beängstigenden Menge an Desinfektionsstoffen schlug der scharfe Katzengestank noch durch.

Mrs. Thompson unterrichtete ihn, welche Arznei sie zu welcher Stunde einzunehmen pflegte.

Er schrieb alles sorgfältig auf einen Block. Zum Ende des Tages, pünktlich um 22 Uhr, hatte er eine halbe Schlaftablette aufzulösen. Das bedeutete für Dave, Feierabend zu machen.

„Jonathan, am Sonntagmittag möchte ich zu einem Club-Restaurant nach Brighton gefahren werden, ja?"

„Sehr wohl, Madam."

„Dort treffe ich mich schon seit Jahren mit lieben alten Freunden. Sie haben dann genau drei Stunden zu Ihrer Verfügung, hören Sie?"

„Das freut mich sehr, Madam", antwortete Dave lapidar.

Als er gegen zehn Uhr mit der aufgelösten Tablette das Zimmer betrat, fand er Madam Thompson vor den Fernseher in ihrem Rollstuhl sitzen. Sie war eingeschlafen und ihr Hörgerät lag auf dem Boden. Er schaltete das Gerät aus und hoffte, sie würde so aufwachen. Tatsächlich schlug sie die Augen auf.

„Oh, Jonathan, ich muss wohl eingeschlafen sein."

Nach einer kurzen Pause der Besinnung: „Ja, ja, die Tablette. Es ist also zehn Uhr. Wie die Zeit vergeht."

Dave reichte ihr das Tablett, auf dem das Glas stand. Sie trank es mit kleinen Schlucken leer.

„Fahren Sie mich jetzt zum Schlafzimmer hinüber und prüfen Sie, ob alle Türen und Fenster geschlossen sind."

Dave umkurvte einige Katzen und brachte Mrs. Thompson in ihren Schlafraum.

„Morgen früh möchte ich um sechs Uhr geweckt werden, Jonathan, gute Nacht."

Damit war er entlassen.

„Gute Nacht, Madam."

Eine halbe Stunde etwa setzte er sich in einen Sessel und wartete, bis er meinte, die alte Dame sei eingeschlafen. Hannibal war auf seinen Schoß gesprungen und hatte es sich gemütlich gemacht. Ausgerechnet dieses schwanzlose Tier hatte Vertrauen zu ihm gewonnen. Instinktiv kraulte er den Kater. Im Schein der Stehlampe konnte er einige andere Tiere ausmachen. Dave fühlte sich nicht wohl in seiner Haut. Behutsam nahm er Hannibal hoch und setzte ihn auf die Couch. Er blieb einige Zeit aufrecht stehen und horchte auf irgendwelche Geräusche.

Nichts, absolute Stille. Langsam ging er auf das Vertiko zu und öffnete die Fächer und Türen.

Außer altem Familienporzellan und Bestecken entdeckte er nichts, was er schnell zu Geld machen könnte. Selbst in dem antiken Sekretär wurde er nicht fündig. In einem Geheimfach lag eine wunderbare alte Brosche. Doch auch die ließ er liegen, denn er hatte keine guten Verbindungen, um daraus Kapital zu schlagen, aber darauf könnte man ja in der Not noch zurückgreifen. Dave durchsuchte weiter Fach für Fach. Eine Lade ließ sich öffnen, indem er durch eine andere griff und durch den Druck auf einen Knopf den Mechanismus auslöste. Eine frei gewordene Metallfeder ließ die Lade nach vorn aufspringen. Das Geräusch erschien ihm wie eine Explosion. Für einen Moment setzte sein Herzschlag aus. Doch nichts regte sich. Die Schlaftablette wirkte wohl offensichtlich. Dave hörte nur noch sein eigenes Blut im Ohr rauschen.

In der Schublade befand sich eine kleine Kassette, die nicht abgeschlossen war. Als er sie öffnete, blickte er auf ein Geldbündel und steckte es instinktiv ein. Jetzt hatte ihn das Jagdfieber gepackt. Hastig durchwühlte er die restlichen Fächer. In einem fand er mehrere antike Taschenuhren, die bestimmt einen erheblichen Wert darstellten. In einem weiteren Fach lagen Scheckbücher. Hastig blätterte er sie unter dem schwachen Licht der Stehlampe durch. Im zweiten Buch waren auch Bankauszüge beigefügt. Er traute seinen Augen nicht und konnte deutlich die Summe über

250 000 Pfund Sterling lesen. Auf zwei weiteren Konten waren noch geringfügige Summen. Dave legte alles, auch das Bargeld, so wieder zurück, wie er glaubte, es vorgefunden zu haben. Eine der Katzen schreckte ihn auf. Dieses blöde Viech kratzte wie wild an Mrs. Thompsons Schlafzimmertür. Auf Zehenspitzen ging er in seinen Wohnbereich, duschte und legte sich in das frisch bezogene Bett. Grinsend kam ihm der Gedanke: „Nee, wenn man auf Hasen schießt, vertreibt man das Großwild." Er nahm sich vor, einen passenden Zeitpunkt abzuwarten.

Eigentlich konnte er das bisher Erlebte gar nicht fassen. Die Überrumpelung heute bei dem Vorstellungsgespräch war plump gewesen und vielleicht deshalb gelungen. Sein angebliches Zeugnis war doch nur eine Bescheinigung, dass er an einem Seminar über die Behandlung von Lebensmitteln, in seiner Eigenschaft als Kellner in Spanien, teilgenommen hatte. Die lieben Spanier, mit Hang zu Diplomen und Auszeichnungen, hatten nur seine Teilnahme dokumentiert. Das Papier, welches man hierfür benutzte, war schließlich nur mit dem Emblem der Cognacmarke „Duque de Alba" bedruckt. Er durfte nicht weiter darüber nachdenken, sonst würde er wohl einen Lachkrampf bekommen.

Die Glocke über seinem Bett ließ Dave hochschrecken. „Mein Gott, wie spät ist es?" Schlaftrunken suchte er den Lichtschalter. Ein Blick auf die Uhr zeigte ihm an, dass er um eine halbe Stunde verschlafen hatte. Bullshit. Endlich hatte er mal wieder in einem richtigen Bett geschlafen und dann dieses abrupte Aufstehen, einfach unmenschlich …

Schnell lief er in die Küche, steckte zwei Scheiben Brot in den Toaster, setzte Wasser für den Tee auf, öffnete die Tür nach oben und rief: „Sofort, Mrs. … Thompson, ich komme sofort."

Schleunigst schlüpfte er in seine Kleidung, machte sich das Haar feucht und kämmte sich. Auf dem Weg nach oben zog er seine Handschuhe an und strich sich über sein unrasiertes Kinn.

Mrs. Thompson saß bereits im Speisezimmer am Tisch. Die Vorhänge waren noch zugezogen.

„Guten Morgen, Madam. Entschuldigen Sie bitte die Verspätung. Ich wusste nicht, ob Sie Tee oder Kaffee am Morgen zu sich nehmen."

„Papperlapapp, Sie haben verschlafen. Geben Sie es zu", entgegnete sie sichtlich verärgert.

„Wenn ich es wünsche, um sechs Uhr geweckt zu werden, haben Sie mich um sechs zu wecken, verstanden?"

„Jawohl, Madam", deutete eine unterwürfige Verbeugung an.

„Welches Frühstück belieben Sie zu sich zu nehmen?", fragte er, während er die Fenstervorhänge öffnete. Die Morgensonne durchflutete das antik eingerichtete Speisezimmer. Ein Sonnenstrahl hatte den lila gefärbten und dünn behaarten Schädel der Alten erfasst. Dave war von der klaren Stimme überrascht, die gar nicht zu dem Äußeren der alten Schachtel passte.

„Zwei Scheiben Toast, leicht gebräunt, Marmelade und Kaffee mit Milch und Zucker. Vorab ein Glas frisch gepressten Orangensaft mit ein paar Spritzern Limone, ich warte."

„Sehr wohl, Madam", verbeugte sich Dave und verschwand. In der Küche schlug ihm der Qualm der verkohlten Toastscheiben entgegen.

„Verdammt, Geld wie Heu haben, aber nicht einmal einen vernünftigen Toaster", fluchte er laut.

Wütend schleuderte er die heißen Toastscheiben in den Abfallkorb, in dem immer noch die toten Kätzchen lagen. Während er das Tablett mit dem Frühstück vorbereitete, stand plötzlich fauchend die junge Katzenmutter vor ihm, als wollte sie sagen: „Du Mörder, du hast meine Kinder umgebracht." Dem Fußtritt wich sie reflexartig aus und sprang auf den Küchentisch. Dave schnappte sich einen Besen und scheuchte das Tier aus der Küche.

„Noch einmal und ich bring dich um", schwor er sich.

Nach dem Frühstück rasierte und wusch er sich. Mrs. Thompson trug ihm anschließend auf, die Möbel zu entstauben. Im Grunde genommen hasste er Arbeiten, die der liebe Gott an Frauen vergeben hatte. Ihm hing jetzt schon das Haus mit seinen Insassen zum Halse heraus.

„Mrs. Thompson", sprach er seine Brötchengeberin an. „Darf ich eine Bitte äußern?"

„Nur zu, junger Mann, wenn es sich nicht um Geld handelt, immer heraus damit."

„Hm", räusperte sich Dave und musste lachen, „in der Tat, es handelt sich um Geld. Könnte ich vielleicht einen kleinen Vorschuss erhalten?"

„Was, Sie sind nicht einmal richtig angefangen und wollen schon Geld, wofür? Sie haben hier doch alles, was ein Mensch zum Leben braucht. Nein, lieber Jonathan, das ist in diesem Hause nicht üblich", entschied sie knapp.

Ärger kroch in Dave hoch, den er aber gerade noch unterdrücken konnte. Hätte er doch gestern Abend das Bargeld behalten und sich in der Früh verkrümelt.

„Außerdem haben wir gestern bei meinem Vorstellungsgespräch die Regelung der dienstfreien Tage nicht erörtert", entgegnete er freundlich.

„Geben Sie mir den Stock", sagte sie völlig aus dem Zusammenhang gerissen und wies mit ihrer knochigen Hand auf den Schirmständer, der durch die offene Tür im Flur zu sehen war.

Verblüfft drehte sich Dave um. Die Gehhilfe hatte er noch nicht bemerkt. Sie ergriff den Stock und ließ sich aus dem Rollstuhl helfen. Etwas krumm stand sie auf unsicheren Beinen vor ihm und sah zu Dave auf.

„Ich wünsche nicht, dass das Personal irgendwelche Forderungen stellt, ist das klar?"

Dave ließ sich nicht einschüchtern:

„Madam, ich stelle keine Forderungen. Ich möchte nur Klarheiten. Denn ich möchte disponieren, um meine Tante in Portsmouth zu besuchen, die meine Hilfe braucht", log er sie an.

„So, Sie haben also eine Tante in Portsmouth", antwortete sie spitz und fixierte ihn argwöhnisch. Er hielt dem durchdringenden Blick stand, als plötzlich das Telefon läutete.

Dave nahm das Gespräch entgegen. Mrs. Thompson hatte sich inzwischen wieder in ihren Rollstuhl gesetzt und nahm den

Hörer an ihr Ohr. Ihr Gesicht hellte sich auf, als sie die Stimme des Anrufers erkannte.

„Ja, mir geht es gut, Jordan. Was?", hörte sie erstaunt weiter.

„So, so, interessant. Davon hat er mir gar nichts gesagt. Ja, ich werde ihn fragen." Nach einer Weile: „Oh Gott, ja. Das habe ich ganz vergessen. Bis dann, lieber Jordan" und legte auf.

An Dave gewandt, der sich am Fenster aufhielt:

„Sie hatten gestern Scherereien mit der Polizei, wie ich eben hörte. Jonathan, da muss ich mir überlegen, ob wir das gerade begonnene Dienstverhältnis bestehen lassen sollten. Warum haben Sie mir nichts davon erzählt?"

„Ich hielt es für nicht erwähnenswert, Madam", bekannte er etwas kleinlaut.

„Gehen Sie jetzt, ich möchte allein sein."

„Verflucht noch mal, jetzt scheint alles gegen dich gerichtet zu sein", dachte er unten in der Küche. Wieder bereute er, dass er letzte Nacht nicht mit dem Geld und Schmuck abgehauen war.

Einige Minuten später wurde Dave wieder nach oben gerufen.

„Bereiten Sie sich darauf vor, mich in einer halben Stunde zum Tierheim zu fahren."

„Wie Sie belieben, Madam", sagte er verbeugend.

„Ach, haben Sie gehört? Die Zeitung ist da, holen Sie sie bitte."

Überrascht sah er Mrs. Thompson an. Er hatte nichts gehört und ging dennoch zum Briefkasten, in dem die Morning Post lag.

Bis zur Abfahrt war noch etwas Zeit und Dave musste der alten Dame die lokalen Nachrichten vorlesen.

Mit dem Rollstuhl, der gerade so eben in dem kleinen Morris verstaut werden konnte, und Mrs. Thompson auf dem Rücksitz fuhr Dave unter Einweisung seiner Herrin zügig zum Tierheim. Er ignorierte die ständigen Fahrkorrekturen der alten Dame. Sie gingen merkwürdigerweise an seiner Aufnahmefähigkeit vorbei.

„Ein Jonathan sind Sie nicht", bemerkte sie bissig, als sie vor dem Portal des Tierheimes hielten.

„Ich sollte Sie auch nicht so nennen wie Ihren alten, leider verblichenen Vorgänger."

Kommentarlos nahm er die Beleidigung hin und war im Begriff, den Rollstuhl aus dem Kofferraum zu wuchten.

„Unterstehen Sie sich", wies sie, zornig mit dem Krückstock in der Luft wedelnd, auf den Rollstuhl.

„Reichen Sie mir gefälligst Ihren Arm, Sie Dummkopf. Hier hat mich noch niemand in einem Invalidenstuhl gesehen."

Glücklicherweise kam ein älterer Herr mit grau meliertem Haar aus dem Gebäude und begrüßte Mrs. Thompson übertrieben freundlich.

„Liebe Mrs. Thompson, herzlichst willkommen!", säuselte er.

Er umarmte sie und bot ihr sogleich seinen Arm hilfreich an. Nicht mit einem Blick oder Nicken würdigte er Dave.

„Fahren Sie nach Hause und passen auf meine Lieben auf, ja? Ich rufe Sie dann an", wies Mrs. Thompson Dave mit lieblicher Stimme an.

Dave zog artig die Mütze, nickte und stieg ins Fahrzeug.

„Warte mal ab, alte Hexe. Du wirst dich noch an mich erinnern." Knarrend legte er den ersten Gang ein und gab Gas. Im Rückspiegel sah er die beiden, wie sie ihm kopfschüttelnd nachguckten. Im Grunde war er sogar mit dieser Entwicklung einverstanden, so brauchte er sich kein schlechtes Gewissen einreden, wenn er sich über Nacht von ihr verabschiedete.

Bei dem Gedanken musste er grinsen. Die Haustür ließ er weit offenstehen, nachdem er das Haus betreten hatte.

„Ja ihr Lieben, heute habt ihr Ausgang", ermunterte er die süßen Tierchen. Zögernd kamen einige von ihnen seiner Aufforderung nach. Drinnen machte es sich Dave bequem. Er zog seine Uniformjacke aus, legte die Mütze auf den Tisch und begab sich unverzüglich auf die Suche nach einem Safe. Leider konnte er keinen finden und setzte sich in einen der Sessel.

Nach einer Zigarettenlänge öffnete er wieder den Sekretär. Jetzt, bei Tageslicht, entdeckte er ein Geheimfach, welches er gestern Nacht übersehen haben musste. Es war leicht, den Schließmechanismus zu entschlüsseln. Mit einem leisen Klicklaut sprang die Lade heraus. Dave traute seinen Augen nicht, als er den Schmuck erblickte. „Mein Gott, da liegen ja Tausende, wenn nicht Millionen zum Einpacken. Ich wäre auf einen Schlag ein gemachter Mann", dachte er und wischte sich mit einem Handschuh die Schweißperlen von der Stirn. Er goss sich erst einmal einen Sherry ein und setzte sich nachdenklich. Er stand immer wieder ungläubig auf, um die funkelnde Pracht zu bestaunen. Er stand vor der größten Entscheidung seines Lebens.

Alles in einen Sack und sofort verschwinden oder einen günstigeren Augenblick abwarten? Was ist, wenn die Alte ihn heute oder morgen rausschmiss? Dann könnte er wieder irgendwo im Park schlafen, ohne Geld. Eine innere Stimme sagte ihm: „Lass die Finger davon. Wie soll ich das zu Geld machen?" Seiner erste Begeisterung wich kühler Überlegung. Er legte den Schmuck zurück, schloss das Fach und widmete die nächsten Minuten den Schecks. Abbuchungen erfolgten unregelmäßig. Meist waren es kleinere Beträge. Doch der letzte Scheck war über 10 000 Pfund Sterling ausgestellt, mit heutigem Datum. Da handelte es sich bestimmt um eine Spende für das Tierheim. Das erklärte auch den übertriebenen Empfang vor dem Tierheim.

„Da wird das Geld für diese Scheißviecher zum Fenster hinausgeworfen und unsereins bekommt nicht einmal einen kleinen Vorschuss", presste er wütend durch die Zähne.

Sukzessive durchstöberte er alle weiteren Fächer und gab dann auf, legte alles zurück.

Hier musste es ja wohl einen Schrank geben, in dem sich Akten befanden. Vorsichtig ging er in das Schlafzimmer. Als Erstes machte er das Bett. Das hatte den Vorteil, falls er einen Fehler machte, konnte er mit ruhigem Gewissen zugeben, in dem Raum gewesen zu sein.

Danach holte er eine Schüssel mit verdünnter Milch für die Katzen und stellte sie vor die Tür.

In der Hoffnung die „lieben Tierchen" fänden sich bald wieder ein.

In dem Schrank befanden sich tatsächlich die erhofften Akten. Fein säuberlich konnte er dem sorgsam gekennzeichneten Ordner die Dokumente entnehmen, die er suchte. Da klingelte auch schon das Telefon. Ohne Hast stellte er alles wieder auf seinen Platz und nahm schließlich den Hörer ab.

Mrs. Thompson wünschte, abgeholt zu werden, teilte ihm eine knurrige Männerstimme mit.

Die Schüssel mit der Milch hatte bewirkt, dass die meisten Katzen wieder im Hause waren.

Noch einen prüfenden Blick in die Runde, ob er auch nichts vergessen hatte, dann machte er sich auf den Weg zum Tierheim. Mrs. Thompson stand schon mit einem großspurigen, grinsenden Mann vor dem Portal. Dave brauchte nicht einmal auszusteigen, denn die großzügige Spenderin wurde sehr liebenswert von dem Strahlemann im Fond des Wagens verstaut.

Auf der Rückfahrt wurden wieder seine Fahrkünste bemängelt, aber Dave hörte nicht weiter hin. Im Rückspiegel konnte er sehen, wie die Alte versuchte, ihren Krückstock in Position zu bringen, was ihr aber nicht gelang.

Vor der Garage wollte Mrs. Thompson den Rest des Weges im Rollstuhl zurücklegen.

Die Katzen begannen, beim Anblick ihrer Herrin, mit einem nicht enden wollenden Miau-Konzert. Selbst die Streuner kamen jetzt freudig zurück.

Während Dave ihr aus dem Mantel half und den Hut entgegennahm, fragte er sie, ob sie noch einen Wunsch hätte.

„Nein danke, nur eine Tasse Tee bitte."

Beim Servieren des Gewünschten sagte Mrs. Thompson plötzlich: „Bevor ich es vergesse, Jonathan, morgen können Sie Ihren freien Tag nehmen. Wenn Sie wollen. Fahren Sie doch zu Ihrer Tante nach Porthmouth. Ist sie telefonisch erreichbar?"

Auf diese Frage war Dave nicht gefasst. Er sah Mrs. Thompson irritiert an und zuckte mit den Achseln. Daraufhin wiederholte sie die Frage.

„Das wird nicht möglich sein, Madam, zu telefonieren, sie hat kein Telefon."

„Gut, dann schicken sie ihr ein Telegramm", bohrte Mrs. Thompson weiter, „telefonisch!"

Sie blickte Dave mit stechendem Blick durchdringend an.

„Jetzt will sie mich prüfen, das schlaue Biest", dachte Dave. Doch er antwortete:

„Nett gemeint, Madam, doch das möchte ich nicht. Sie wissen ja, welche Wirkung ein Telegramm auf alte Menschen haben kann, wenn der Bote kommt. Man erschrickt doch jedes Mal, weil ein Telegramm nicht immer gute Nachrichten suggeriert. Sie ist eigentlich immer zu Hause und ich würde sie dort bestimmt antreffen. Vielen Dank für das Angebot."

Sie trank vorsichtig von dem heißen Tee und sah ihn wieder an.

„Ja, wahrscheinlich haben Sie recht. Ab acht Uhr morgens geht alle zwei Stunden ein Zug dorthin. Sagen Sie, unterstützen Sie ihre Tante finanziell?"

„Mit Verlaub, Madam, von dem bisschen Geld, was meine Anstellung einbringt, bin ich dazu nicht in der Lage."

„Genügsamkeit ist eine Tugend, junger Mann. Sie gehört zum Charakterbild. Ihr Vorgänger war mit seinem Entgelt durchaus zufrieden."

„Deshalb war er auch so dürr", wollte Dave hinzufügen.

„Also gut, für morgen gebe ich Ihnen einen kleinen Vorschuss, wenn Sie wollen. Sagen wir zwanzig Pfund."

Sein Einverständnis vorausgesetzt, fuhr sie fort: „Lassen Sie mich für zehn Minuten allein."

Dave begab sich sofort zu dem Kellerniedergang, öffnete die Tür und schloss sie sogleich etwas lauter von außen. Leise kehrte er wieder nach oben und äugte vorsichtig um die Kellertreppenwand. So konnte er beobachten, wie sie sich am Sekretär zu schaffen machte. Sie hielt offenbar einen dicken Packen Geldscheine in der Hand und zählte seine lausigen Kröten ab. Zehn Minuten später schellte sie.

„Hier ist das Geld. Ich würde Ihnen ja den Wagen überlassen, aber ich muss Ihnen sagen, dass ich wenig Vertrauen in Ihre rüden Fahrweise habe. Das hat ja wohl auch Ihrem letzten Dienstherren Anlass gegeben, Ihnen zu kündigen."

„Wenn die alte Ziege wüsste", dachte Dave, „aber ich kann ihr ja wohl schlecht sagen, dass ich mit der Dame des Hauses ein Verhältnis hatte",und antwortete stattdessen wahrheitsgemäß: „Ich bin recht stolz darauf, in achtzehn Jahren immer noch unfallfrei gefahren zu sein. Meinem letzten Dienstherren war meine Fahrweise eher zu defensiv, er war Sportwagenbesitzer."

Ihr war Widerspruch zuwider und sie sagte eingeschnappt: „Lassen Sie mich allein, ich brauche Sie nicht mehr."

Jetzt, endlich allein hier unten in der Küche, holte Dave die Dokumente hervor und legte sie auf ein Stück weißes Papier. Mit einem Kugelschreiber ohne Mine drückte er vorsichtig die Unterschrift durch die Urkunde. Dann setzte er die Mine wieder ein und probierte, den Namen zu schreiben. Es fiel ihm anfangs schwer, die gradlinige Unterschrift zu kopieren. Bald tat sein Handgelenk weh. Er führte den Kugelschreiber zu steif, nicht flüssig genug. Doch für den Anfang war er zufrieden. Das vollgeschriebene Blatt verbrannte er und spülte die Asche im Ausguss runter.

Helen stand auf der obersten Sprosse der Leiter und wechselte die restlichen Dachpfannen aus. Auch diese ungewohnte Arbeit hatten sie jetzt erledigt. Beide, Helen und Martha, hatten es vorher nie für möglich gehalten, Männerarbeit in dieser Form zu bewältigen. Helen war kräftiges Zupacken aus ihrer Zeit in Kenia gewohnt. Das beschränkte sich aber in erster Linie auf Feldarbeit und Umgang mit Tieren. Arbeiten dieser Art wurden von dem einheimischen Personal erledigt, aber sie hatte keine Zweifel, sich auch als Dachdecker beweisen zu können.

Für sie war es wichtig, mit dem verrichteten Werk zufrieden zu sein. Es ließ sie ruhig schlafen.

Als Helen von der Leiter stieg, umarmten sie sich glücklich, denn so richtig konnten sie es nicht glauben. Die Behebung des Schadens war außerordentlich wichtig, weil es hier schon seit dem letzten

Winter hereinregnete. Die Dachdeckerfirma des Ortes hatte so schnell keinen Termin realisieren können, also hieß es erst einmal, selbst in die Hände zu spucken.

Was sollte jetzt ihren Enthusiasmus noch bremsen? Als Nächstes waren die Reparaturarbeiten drinnen vorzunehmen, an denen sie wohl den ganzen Sommer zu tun haben würden. Dann war da noch der Garten für den Gemüseanbau zu bearbeiten. Also, für dieses Jahr käme wohl keine Langeweile auf. Aber sie standen ja nicht unter Zeitdruck. Nur ihr Wille, es bald gemütlich zu haben, war der Antrieb.

An der Vorderfront sollten noch die wilden Weinranken im Fensterbereich entfernt werden, auf Marthas Drängen hin natürlich. Martha war nach Helens Gefühl zu dominant und sie hatte sich vorgenommen, Martha gelegentlich zu bremsen. Aber in diesem Fall stimmte Helen zu, denn das Ungeziefer störte sie auch, wenn es bei geöffnetem Fenster ins Haus gelangte.

Nach einer kleinen Teepause übernahm Helen, der auch die schwerste Arbeit nicht zu viel war, die Aufgabe. Nachdem beide die Leiter um das Haus getragen und aufgestellt hatten, bewaffnete sich Helen mit einer Stichsäge und Gartenschere, um dem Gestrüpp den Kampf anzusagen.

„Ich habe einen Mordshunger, Liebes, du nicht auch?", meldete sich Martha nach einer halben Stunde.

„Ich könnte ein halbes Schwein und einen Eimer Bratkartoffeln verdrücken", antwortete sie burschikos.

„Also gut, ich bereite dann schon mal das Essen vor, okay?", meinte Martha lachend und ließ Helen allein. Diese hatte heute noch ein gutes Stück Arbeit vor sich, denn der Elektriker wollte die Leiter am Nachmittag wieder abholen, der widerliche aufdringliche Kerl. Er hatte die Elektroinstallation am und im Hause vorgenommen. Arbeiten, die von einem Fachmann ausgeführt werden mussten. Helen hatte als Einstandsgeschenk eine Parabolantenne spendiert, denn sie genoss es, abends vor dem Fernseher zu sitzen. Sie wollte diesen Komfort auch, um nicht immer zu reden und Marthas Annäherungen abzuwehren.

Während sie so vertieft damit beschäftigt war, die fest an der Hauswand haftende Verästelung des wilden Weines mühsam abzutrennen, sah sie sich unwillkürlich um.

Auf der Straße, die etwa zwanzig Meter am Hause vorbeiführte, stand ein kleiner Wagen, aus dem ihr ein gut aussehender Mann kurz zuwinkte. Sie erwiderte reflexartig mit einem kurzen Kopfnicken seinen Gruß. Doch bevor sie das Gesicht des Insassen genauer erkennen konnte, setzte sich der Wagen auch schon wieder in Bewegung und verschwand langsam.

„Sicherlich so ein neugieriger Heini aus dem Dorf", dachte Helen und widmete sich wieder ihrer Arbeit.

Sie musste lachen, als sie daran dachte, wie ihr die Männer des Dorfes nachgafften, wenn sie mit dem Fahrrad einkaufen fuhr. Das Auto wollten sie so selten wie möglich benutzen. Es sei denn, sie hätten Baumaterial heranzuschaffen oder das Wetter wäre schlecht.

Wenn hier alles einmal so abliefe, wie sie es sich vorgenommen hatten, brauchten sie den Weg ins Dorf höchstens einmal in der Woche zu machen.

Unter Helens sachkundiger Anleitung sprossen schon die ersten Gemüsesorten im Garten. In dem noch intakten Gerätehaus sollten einmal ein paar gute Legehühner für eine kräftige Mahlzeit sorgen.

Martha hatte inzwischen ein wunderbares IrishStew in der noch primitiven Küche gezaubert und rief nach Helen. Sie saßen sich hemdsärmelig, wie die Leute vom Land, gegenüber und stärkten sich mit großem Wohlbehagen. Heute war Sonntag und die beiden wollten sich eigentlich dem Müßiggang hingeben, aber die Gelegenheit, die Leiter zu nutzen, war vorrangig. Nach etwa einer halben Stunde war Helen mit ihrer Fassadenbereinigung fertig und ging erleichtert zu der Gartenpumpe, um sich gründlich zu waschen. Das Brauchwasser in der Schüssel goss sie auf den Komposthaufen. Mit sich und dem Geschaffenen zufrieden, setzte sie sich auf die Gartenbank hinter dem Haus. Die Ruhe und die Luft hier auf dem Lande genoss sie ganz bewusst. Die zwei hatten sich in dem Monat, den sie jetzt hier waren, gut aufeinander eingespielt. Martha übernahm das Zubereiten der Mahlzeiten, worauf sie einfach besser fixiert war als Helen, die es in ihrer Vergangenheit nicht gewohnt war, für irgendjemanden zu kochen. Jetzt, mit Elektrizität, war es angenehmer in der Küche und Martha war nicht mehr der Hitze des Kohleofens ausgesetzt.

Helen war ein bisschen eingenickt und öffnete die Augen, als sie einen Schatten auf ihrem Gesicht verspürte. Vor ihr stand grinsend der Elektriker. Er hatte eine Flasche Whisky in der Hand und wollte mit den Frauen die Einweihung des Hauses feiern. Sein rotes Gesicht und die zögerliche Aussprache ließen vermuten, dass er schon etwas getrunken hatte. Martha kam hinzu und erteilte dem Handwerker eine energische Absage. „Typisch Weiber", dachte er. „Da ist man nett zu ihnen und dann so ein irres Verhalten." Beleidigt zog er mit seiner Leiter auf der Schulter von dannen.

Um halb sechs morgens wurde Dave aus dem Schlaf gerissen. Die frühe Zeit des Weckens hatte Mrs. Thompson angeordnet. Dave wollte es nicht noch mal riskieren, deswegen gemaßregelt zu werden. Er wusch und rasierte sich sorgfältig. Im Esszimmer deckte er den Tisch und klopfte an die Tür zu Mrs. Thompsons Schlafzimmer. Diese war aber bereits auf den Beinen. Als sie am Frühstückstisch saß, meinte die alte Dame freundlich:

„Wenn Sie mir versprechen, ordentlich mit dem Wagen umzugehen, dürfen Sie ihn heute benutzen. Ich werde heute abgeholt und auch wieder heimgebracht. Also nutzen Sie die Chance. Sie müssen aber um 18 Uhr wieder hier sein."

„Das Angebot nehme ich dankend an, Madam", freute sich Dave ehrlich.

„So, aber nun versorgen Sie meine Lieblinge", komplementierte sie ihn mit übertriebenen herrischen Handbewegungen hinaus.

In seinem Raum zog er sich um. Die Dokumente wieder zurückzulegen, dazu hatte er noch keine Gelegenheit gehabt und so klebte er sie an die Rückwand des Schrankes. Das war eine Vorsichtsmaßnahme, denn man konnte nie wissen, ob die Alte in seiner Abwesenheit hier unten rumschnüffelte.

Ein Rundumblick und er ging nach oben, fragte noch kurz, ob er noch etwas tun könnte und verabschiedete sich.

Im Wagen streifte er sich seine eigenen Handschuhe über und fuhr Richtung Westen davon.

Dave wählte absichtlich die Küstenstraße, denn sein späterer Fluchtweg Richtung London sollte nicht die dicht befahrene Straße, die gen Norden führte, sein. Schnell hatte er Hove passiert und kurz darauf hatte er Littlehampton erreicht. Dort machte er eine kurze Rast und bog dann schließlich landeinwärts ab. Diese ländliche Gegend gefiel ihm. Das satte Grün der Wiesen mit dem darauf grasenden Vieh strahlte Frieden und Ruhe aus. Dave hielt unter einer mächtigen Eiche an, stieg aus und zündete sich eine Zigarette an. Die wärmende Morgensonne machte ihn schläfrig. Er setzte sich in das hohe Gras und genoss die herrliche Landluft.

Aus seinem Anzug stieg der Duft des Hauses Thompson, Katzengestank nahm seine Nase wahr und schon glaubte er, Mrs. Thompsons Gekeife zu hören. Ihm wurde zunehmend klar, dass er so schnell wie möglich von dort verschwinden musste. Ein paar Meter von ihm entfernt standen wenige Kirschbäume, die die ersten Blüten der Sonne entgegenstreckten. Er fühlte sich entspannt und rauchte eine zweite Zigarette. Aus der entgegengesetzten Richtung näherte sich ein Auto, welches an einem Gatter hielt. Eher gelangweilt sah er, wie ein älteres Paar und ein kleines Mädchen lachend ausstiegen und das Gatter öffneten. Der Mann zeigte mit seinem Spazierstock in die ihm entgegengesetzte Richtung. Nach einigem Palaver, so schien es Dave, entfernten sie sich tatsächlich, ohne ihn gesehen zu haben. Er wartete, bis sie aus seinem Blickfeld waren, stand dann auf und holte einen Schraubenzieher aus dem Kofferraum. Damit ging er schnellen Schrittes auf den fremden Wagen zu. Mit geübten Bewegungen löste er die Nummernschilder und lief zu seinem Wagen zurück. Dave hatte Glück, es waren Schilder älteren Datums. Sie würden an dem alten Morris auf den ersten Blick nicht auffallen. Diese spontane Handlung würde ihm später weiterhelfen, so hoffte er jedenfalls.

Zufrieden mit dem bisherigen Verlauf, setzte er seine Fahrt fort. Bis vor Arundel sang er fröhliche Lieder. Leider hatte die alte Dame kein Radio einbauen lassen. Ein Blick auf seine Armbanduhr zeigte ihm elf Uhr an. Er durchfuhr den kleinen Ort fast und hielt dann spontan vor einem Pub an. Ein Reklameschild, worauf ein überschäumendes Glas Bier abgebildet war, weckte sein Verlangen, etwas zu trinken.

Den Tresen des Lokals belagerten einige Männer, die sich ein kühles Guinness genehmigten. Am Fenster hatten sich einige Ausflügler niedergelassen und unterhielten sich leise. Dave bestellte sich auch ein Bier und schluckte mit sichtlichem Genuss, wischte sich den Schaum vom Schnurrbart und unterdrückte das Verlangen zu rülpsen. Das Lokal war gemütlich eingerichtet und an der Seitenwand hingen Wimpel von Fußball-Clubs. Die Leute am Tresen hatten ihre Unterhaltung wieder aufgenommen, nachdem sie ihn ausführlich fixiert hatten. Normalerweise gehörte es nicht zu Daves Gepflogenheiten, anderer Leute Gespräche zu belauschen. Doch die Lautstärke, in der die Männer sich unterhielten, zwang ihn dazu mitzuhören. Ein rotgesichtiger Mittdreißiger war offensichtlich der Wortführer der Gruppe.

„Wenn ich euch sage, wie die Jüngere der beiden mit mir geschäkert hat, dann bleibt euch die Luft weg."

„Ja, haste nun oder haste nicht?", wollte ein anderer wissen.

„Klar hab ich", warf sich der Rotgesichtige in die Brust, „und wie. Die hat solche Möpse", zeigte er mit weit von sich gestreckten Armen, „wenn du da den Kopf zwischen hast, hörst du morgens den Wecker nicht."

Ein lautes Lachen folgte und einer von ihnen schlug sich vor Begeisterung auf die Schenkel. Auch Dave musste über die Übertreibung lachen. Doch sie beachteten ihn nicht weiter, was ihm nur recht war.

„Und was ist mit der anderen. Meinst du, die ist auch umzulegen?"

„Die ist heute Nachmittag dran. 'N bisschen herb, die Tochter, aber durchaus nicht übel."

43

„Hör doch auf. Du als Elektriker hast doch 'n Kurzen in der Büchs. Du hattest doch schon Schwierigkeiten mit deiner Frau!", schlug einer von ihnen eine andere Tonart an.

„Nun mach mal halblang, Kleiner. Die Weiber kommen bei mir schon auf ihre Kosten", verteidigte sich der Angesprochene.

„Du hast doch da oben die Strippen gezogen", wollte der Wirt wissen, „leben die da ganz allein?"

„Ja klar. Beide sind vom Leben nicht verwöhnt worden. Deshalb hatte ich es ja so einfach, verstehst du?"

Jetzt wurde Dave hellhörig. Meist war an so einem Geschwätz nicht viel dran, aber dass die beschriebenen Frauen allein da irgendwo lebten, glaubte er schon.

„Ich hab doch nicht umsonst meine Leiter dort gelassen. Der kluge Mann lässt sich immer eine Tür offen. Ich wollte ihnen ja den wilden Wein von der Fassade abhauen. Aber das wollten beide partout alleine machen. Sind so richtige Arbeitstiere, sage ich euch. Ihr müsst euch die mal im Bett vorstellen, unglaublich sage ich, einfach unglaublich!"

Dave hatte genug gehört. Er zahlte und verließ den Pub. „Die sprechen von da oben, das müsste herauszufinden sein, wo das sein könnte." Außerhalb der Ortschaft fuhr er den Morris auf eine kleine Anhöhe und sondierte das Feld. „Da oben" sagte man ja im Allgemeinen zu landeinwärts. Er konnte von hier aus zwei Häuser ausmachen, die ziemlich einsam lagen. In dem einen wohnte offensichtlich niemand, denn die Fensterläden waren verschlossen. Das andere Haus war zwar bewohnt, aber dort spielten Kinder. Da war er wohl einem Spinner auf den Leim gegangen. Er verwarf den Gedanken, weiterzusuchen und entfernte sich von der Ortschaft mit mittlerem Tempo. Etwa nach einem halben Kilometer tauchte vor ihm eine Baumgruppe auf. Dahinter lag versteckt ein kleines Haus. Dave wusste nicht warum, aber plötzlich fing sein Herz an, schneller zu schlagen. Er ließ den Wagen ausrollen und kam vor dem Anwesen zum Stehen. Auf einer Leiter erblickte er eine junge Frau, die damit beschäftigt war, die Weinranken zu entfernen. Sie schien ihn gar nicht bemerkt zu haben und so konnte er sie mit der Beschreibung des Angebers

44

aus der Kneipe vergleichen. Von großen Möpsen war aus seiner Sicht nichts zu sehen. Dafür war die Bluse, die sie trug, zu weit geschnitten. Aber hübsch war sie, ohne jeden Zweifel, wie ihm schien. Von einer zweiten Frau war nichts zu sehen, aber die konnte ja im Haus sein. Als sie sich auf der Leiter zu ihm umdrehte, grüßte er instinktiv. Plötzlich hatte er es eilig, von hier wegzukommen. Er konnte es nicht begründen, aber er hatte das Gefühl dass er noch einmal hierherkommen würde.

Dave setzte sich bis zu einem kleinen See in Bewegung, der nur etwa hundert Meter von dem Haus entfernt lag, an dem er Halt machte. Hier war es unglaublich schön. Doch dieses Mal genoss er nicht so unbekümmert die herrliche Landschaft. Mit etwas Einbildung glaubte er, im Südosten Brighton zu sehen, was natürlich nur in seiner Phantasie möglich war. Er umlief barfuß den See zur Hälfte und fand einen Platz, von wo aus er das Haus der beiden Frauen sehen konnte. Mit einem Mal war für ihn alles sonnenklar, dort wollte er versuchen, Unterschlupf zu finden, wenn er erst einmal im Besitz von Mrs. Thompsons Geld war. Den Wagen könnte er dort gut verstecken und mit etwas Glück dort einige Tage bleiben. Ihn durchströmte ein irres Glücksgefühl. Ja, so wollte er es versuchen, vielleicht klappte es. Die letzten Tage waren erfolgreicher gewesen als erwartet. Warum sollte die Kurve nicht noch weiter ansteigen? Sich nach London abzusetzen, hielt er nach wie vor für zu gewagt. In dem scheinbaren Ameisenhaufen fiel man schneller der Polizei auf, als man meinte. Irgendwo zur Untermiete wohnen, hieße, sich anmelden zu müssen. Unter einer Brücke schlafen – zu risikoreich.

Dave zog schnell seine Socken an, schlüpfte in seine Schuhe und setzte sich wieder ins Auto. Am liebsten hätte er noch gebadet, aber dieses Verlangen unterdrückte er schnell wieder.

Auf der Rücktour prägte er sich markante Punkte ein, die ihm die nächste Fahrt hierher erleichtern würde. Seinen Hunger unterdrückte er und zündete sich eine Zigarette nach der anderen an.

Um drei Uhr stellte er den Wagen wieder in der Garage unter. Mrs. Thompson war noch nicht zurückgekehrt. Dave nutzte die Gelegenheit und briet sich ein Steak. Er aß es ohne großen Appetit. Alle seine Sinne waren jetzt auf den „großen Coup", wie er es nannte, ausgerichtet. Dave holte die Dokumente hinter dem Schrank hervor und begann erneut mit den Unterschriftenimitationen. Es gelang ihm immer vollkommener, immer flüssiger. Die Zeit verging wie im Fluge, denn er vernahm von oben mehrere Stimmen. Er wartete, bis es wieder ruhig war. Schnell versteckte er die Papiere und ging hinauf.

Mrs. Thompson saß schon in ihrem Rollstuhl, als er das Zimmer betrat. Erschrocken drehte die Alte sich um: „Wie können Sie mich so erschrecken, Jonathan!"

„Verzeihen Sie, Madam, das lag nicht in meiner Absicht. Wünschen Sie das Dinner zu sich zu nehmen?", erwiderte er.

„Noch nicht. Hat sich Ihre Tante über Ihren Besuch gefreut?", wollte sie wissen.

„Oh ja, sie war völlig überrascht, mich zu sehen", log Dave.

„Das freut mich. In Zukunft können Sie sie jeden Sonntag besuchen. Es sei denn, der Wagen ist nicht mehr heil. Das ist er doch, oder?"

„Selbstverständlich, Madam."

„Gut, ich glaube, meine Kleinen haben Hunger. Füttern Sie sie und machen mir eine Boullion mit Toast, bitte."

„Sofort, Madam."

Dave tat, was man ihm aufgetragen hatte und ging dann hinaus, um den Wagen zu waschen. Als er damit fertig war, meinte Mrs. Thompson, mit der Wagenpflege hätte er sich doch bis morgen Zeit lassen können, denn sie brauche das Fahrzeug erst wieder am Dienstag.

„Also Dienstag", dachte Dave. Dann würde er es wagen müssen.

„Madam", begann er heuchlerisch, „es ist nur noch wenig Benzin im Tank. Soll ich vorher noch auftanken lassen?"

„Das können Sie alles am Dienstag erledigen. Wir fahren nicht weit. Mrs. Jacksons Haus ist nur wenige hundert Meter von hier entfernt. Wir verbringen den Nachmittag mit Klöppeln. Das müssten Sie auch mal ausprobieren", fuhr sie redselig fort. „Sehen Sie, all die kleinen Deckchen habe ich selbst gemacht." Wobei sie nicht ohne Stolz auf Couch und Sessel zeigte.

„Ich glaube, ich wäre für solche filigrane Handarbeit zu ungeschickt", meinte er ehrlich.

„Das fehlte mir noch", dachte er entsetzt.

Wichtig war jetzt, für Dienstag zu planen. Er wollte die Bank anrufen, damit er bei der Scheckeinreichung keine Zeit verlöre. Auf früheren Partys, inmitten seiner Freunde, hatte er mit seiner gekonnten Stimmenimitation so manchen Lacherfolg erzielt. Obwohl seine normale Stimme eher männlich tief war, konnte er auch hohe Frauenstimmen nachahmen. Im Garten übte er die Stimme von Mrs. Thompson, welche altersbedingt schon etwas brüchig war.

Er würde morgen probehalber bei der Post anrufen und so jeden Zweifel auszuräumen.

Mrs. Thompson war vor dem Fernseher eingeschlafen, als Dave, wie jeden Abend, ihr die aufgelöste Tablette brachte. Hoffentlich merkte sie nicht, dass er zwei Tabletten aufgelöst hatte. Sie rollte mit dem Stuhl in ihr Schlafzimmer. Dave stellte das Tablett auf dem Nachtschrank ab und wünschte gute Nacht.

Schnell ging er in das Souterrain, holte die Dokumente hervor. Auf Socken ging er wieder nach oben, öffnete den Sekretär und ergriff die Scheckbücher. Unten prüfte er die Geschmeidigkeit seiner Hände und machte noch ein paar Schriftproben. Er selbst konnte keinen Unterschied zwischen den Schriften erkennen Dave lehnte sich zurück und war kurze Zeit im Zweifel. Er schwitzte vor Aufregung. Die Gelegenheit, schnell zu Geld zu kommen, war günstig. Sollte er sein bisheriges Leben so weiterführen wie bisher? Immerhin war er so noch nicht straffällig geworden. In der Aufregung hatte er sich noch nicht einmal Gedanken gemacht, über welche Summe er den Scheck ausstellen sollte. Zehn-, ja, zehntausend, schoss es ihm durch den Kopf. Ach was, fünfzehn, was machte das schon für einen Unterschied? Also abgemacht, fünfzehn. Fein säuberlich, mit höchster Konzentration, füllte er den Scheck aus. Das Datum von morgen schien ihm geeigneter als das vom Dienstag. Er beruhigte sich, schloss das Tintenfass und steckte den Scheck ein.

Plötzlich wurde die Stille von einem Schrei zerrissen.

Erschreckt drehte Dave sich um. Da stand Mrs. Thompson im Nachtgewand in der Schlafzimmertür. Dave sprang auf. Die Zunge klebte ihm am Gaumen fest. „Was machen Sie da an meinem Schreibtisch?" Mit kleinen, schnellen Schritten eilte sie darauf zu und stieß Dave zur Seite, sodass der Stuhl umkippte.

„Das habe ich mir doch gedacht, Sie Flegel", sie schlug ihm ins Gesicht. Instinktiv versuchte er, den Schlag abzuwehren und gab der Alten einen Schubs. Sie kam ins Straucheln und fiel über den umgekippten Stuhl. Hart schlug sie mit dem Hinterkopf auf das Parkett. Verschreckt flüchteten einige Katzen, die in der Nähe hockten. Dave hörte ein merkwürdiges Stöhnen, welches Mrs. Thompson ausstieß. Ungläubig blickte er in ihr aschfahles Gesicht. Als er endlich begriff, was passiert war, beugte er sich zu ihr hinunter.

Im Halbdunkel durchbohrte ihn ihr stechender Blick – eher strafend, wie ihm schien, als würde sie ihn anklagen.

„Mrs. Thompson", rief er, als wolle er sich entschuldigen.

„Madam, sagen Sie doch etwas. Es tut mir leid, das wollte ich nicht."

Ihre Gesichter waren kaum einen halben Meter voneinander entfernt. Schweißperlen standen auf Daves Stirn. Er rüttelte sie an der Schulter. Er hatte das Gefühl, dass sie etwas sagen wollte, aber sie brachte kein Wort heraus. Nur ihre Augen waren immer noch auf ihn gerichtet. Dave hatte sich wieder in der Gewalt. Er nahm ihren Kopf in beide Hände, um festzustellen, ob Blut zu sehen war. Die anfängliche Sorge schlug jetzt in Wut um. So heftig war der Aufprall wohl nicht gewesen, denn es war keine Verletzung zu erkennen. Warum musste sie auch hierherkommen? Hatten die Tabletten nicht gewirkt? War er zu laut gewesen? Was hat sie dazu geführt, hier zu erscheinen? Dave handelte jetzt nur noch instinktiv. Er nahm die Alte hoch und trug sie zu ihrem Bett, legte sie nieder und flößte ihr das noch halb volle Glas mit den aufgelösten Schlaftabletten ein. Sie schluckte langsam, wenn auch etwas danebenging. Er blieb noch einen Augenblick vor dem Bett stehen, bis sie die Augen schloss.

Dave wurde ruhiger und setzte seinen Verstand ein. Erneut ging er zu dem Schreibtisch und zählte das Bargeld. Eintausendvierhundertachtzig Pfund, nicht schlecht. „Ich nehme mir den Wagen und haue ab", war sein erster Gedanke, aber er verwarf ihn sogleich. Die Alte würde morgen bestimmt bis in den Tag hinein schlafen. Um halb neun machte die Bank auf. Also könnte er um neun Uhr das Geld haben. „Nee, die Gelegenheit lass ich mir nicht nehmen. Für die nächsten Stunden habe ich nichts zu befürchten, also bleib ruhig", trichterte er sich ein. Zur Sicherheit zog er das Telefonkabel aus der Dose und ging hinunter, wobei er der schwarzen Katze noch einen Fußtritt verpasste. Unten trank er einen kräftigen Schluck Sherry aus der Flasche und packte seinen Koffer. Als er das Geld hineinlegte, musste er grinsen. Behutsam, wie ein Baby, streichelte er es. „Morgen kommen noch viele, viele dazu. Dann wird es ein bisschen eng." Nach zwei weiteren Schlückchen Sherry legte er sich aufs Ohr, ohne einen Gedanken an die Frau zu verschwenden, die eine Etage über ihm schlief.

Nachts, gegen drei Uhr, weckte ihn die Stimme von Mrs. Thompson. Als er das Licht anmachte, war aber alles still. Er lauschte. Eben noch hatte er doch ihre Augen direkt über sich gesehen und sie hatte noch mit ihm gesprochen. Dave schüttelte den Kopf, als wolle er sich von dem Spuk befreien. Dann stand er auf und ging in die Küche, um seine pelzige Zunge von dem schlechten Geschmack zu befreien. Er trank mit Genuss das kühle Leitungswasser und legte sich dann wieder nieder. Den Rest der Nacht wälzte er sich im Bett hin und her. Irre Albträume schreckten ihn immer wieder auf. Um sechs Uhr, zur gewohnten Zeit, stand er auf und ging gleich hinauf. Er fühlte sich zum Kotzen elend, als er das Wohnzimmer betrat. Unentschlossen stand er eine Weile da, als würde er darauf warten, dass ihm jemand die Entscheidung abnähme. Dave brauchte einige Zeit, bis sich der Nebel in seinem Gehirn verzogen hatte und er wieder klar zu denken begann.

Leise ging er auf die Schlafzimmertür zu, öffnete sie einen Spalt. Als sich seine Augen an das Licht gewöhnt hatten, sah er

Mrs. Thompson so auf dem Bett liegen, wie am Abend zuvor. Langsam näherte er sich dem Bett und hörte ihren etwas röchelnden Atem. Das machte ihn froh, es nahm ihm für einen Moment einen imaginären Stein von seiner Seele. „Doch was ist, wenn sie wieder erwacht?" Dave griff nach dem Glas und löste nochmals zwei Tabletten auf. Behutsam nahm er ihren Kopf hoch und flößte Mrs. Thompson die Flüssigkeit ein. Dabei machte sie schwache Abwehrbewegungen und hielt, Gott sei Dank, die Augen geschlossen. Ihren Blick hätte er aufs Neue nicht verkraftet. Dave deckte sie dann ordentlich zu und wischte das Glas sorgfältig ab. Mit ihrer Hand umschloss er es, sodass nur ihre Fingerabdrücke zurückblieben.

Die nächste Stunde verbrachte er damit, die Katzen zu versorgen und selber ordentlich zu frühstücken. Dave schloss das Telefon wieder an. Jetzt stand ihm eine Generalprobe seiner Stimmenimitation bevor. „Hoffentlich merken die Banker den Schwindel nicht", ging es ihm siedendheiß durch den Kopf. Fast hätte er sich dazu entschlossen, die Sache aufzugeben und mit dem Bargeld zu verschwinden. Da kam ihm die Idee, zuerst beim Tierheim anzurufen.

Er suchte die Nummer heraus und setzte sich so locker wie möglich in den Sessel.

„Guten Morgen, hier ist Mrs. Thompson, bitte geben Sie mir Mr. Ahsley."

Während er wartete, hielt er die Sprechmuschel abgedeckt und räusperte sich.

„Einen Augenblick, Mrs. Thompson, Mr. Ahsley kommt sofort", hörte er die Frauenstimme sagen.

„Hier Ashley. Guten Morgen Mrs. Thompson, was verschafft mir die Ehre Ihres frühen Anrufes?"

„Lieber Mr. Ashley, Sie kennen ja das Problem mit meinen Vierbeinern. Ich möchte die Kastration noch diese Woche vornehmen lassen, ist das zu machen?"

Ohne Zögern kam die Antwort:

„Natürlich, Mrs. Thompson, aber wir sprachen doch schon darüber. Sollte es nicht erst nächste Woche gemacht werden?"

„Ich habe mir überlegt, den Termin vorzuverlegen. Wäre es morgen schon möglich? Ich meine, könnten Sie morgen schon ein Fahrzeug schicken?"

„Selbstverständlich. Also morgen früh, so etwa gegen zehn Uhr."

„Ich verlass mich auf Sie, Mr. Ashley."

„Gut, darf ich nach Ihrem Allgemeinbefinden fragen?"

„Lieber nicht, mein Guter, mir geht es nicht besonders gut. Kommen Sie am besten mit vorbei, ich möchte dem Heim noch eine Gratifikation zukommen lassen."

„Aber Madam, was würden wir nur ohne Sie machen, vielen Dank im Voraus."

„Da nicht für, Mr. Ashley, übrigens, ich bin morgen allein. Jonathan hat seinen freien Tag. Also bis morgen."

Dave legte auf, er war schweißgebadet. Leise ging er zum Schlafzimmer und stellte mit Genugtuung fest, dass die alte Dame noch schlief. Nervös öffnete er den Hemdkragen. Die Generalprobe hatte ja einwandfrei geklappt. Jetzt kam es darauf an. Er legte sein Taschentuch auf die Sprechmuschel und wählte die Nummer der Hausbank.

„Guten Morgen, mit wem spreche ich?"

„Hier ist Miss Taylor."

„Oh, Miss Taylor, ist Ihr Chef wohl zu sprechen?"

„Ist es dringend?", fragte die sympathische Stimme am anderen Ende der Leitung. „Sein Telefon ist gerade belegt."

„Das macht nichts, soll ich warten?", fragte Dave vorsichtig.

„Nein, wie ich sehe, ist die Leitung wieder frei. Ich stelle jetzt zu Mr. Milne durch."

Jetzt kam es darauf an, aber er war ganz ruhig.

„Milne, guten Morgen."

„Guten Morgen, lieber Mr. Milne. Hier ist Mrs. Thompson. Ich habe eine Bitte. Kann ich meinen neuen Butler, Mr. Jonathan, gleich zu Ihnen schicken? Ich brauche dringend fünfzehntausend Pfund in bar. Sie werden ihn kaum kennen, er trägt einen gepflegten Vollbart."

„Einen Moment, Mrs. Thompson, ich muss mal nachfragen."

Als es in der Leitung ein paarmal knackte, wurde Dave etwas unsicher. Bevor er sich weitere Gedanken machen konnte, hörte er wieder die Stimme des Bankers.

„Ja, es ist möglich. Ich lasse die Auszahlung vorbereiten. Auf Wiederhören Mrs. Thompson."

Kaum hatte Dave aufgelegt, als es wieder klingelte. Er meldete sich.

„Im Hause von Mrs. Thompson, wer spricht bitte?"

„Milne von der Handelsbank. Ist Mrs. Thompson zu sprechen?"

„Einen Moment bitte, Sir."

Schnell legte er das Taschentuch auf die Sprechmuschel und wartete eine halbe Minute.

„Hier Mrs. Thompson, so ist es recht, Mr. Milne. Sie sprachen eben mit Jonathan. Gibt es noch was?"

„Nein, tut mir leid, aber Sie kennen ja die Vorschriften. Ich wollte mich nur rückversichern."

„Ja, natürlich, so ist es recht, auf Wiederhören."

Puh, das war geschafft, jetzt gab es kein Zurück. Am liebsten hätte er sich einen Whisky eingeschenkt, aber das konnte er ja später noch reichlich nachholen. Dave ging hinunter, zog die Chauffeuruniform an und verließ das Haus. Seine Übelkeit war wie weggeblasen.

Den Wagen parkte er genau vor der Bank, sodass die Angestellten ihn gut sehen konnten.

„Sind Sie der Butler von Mrs. Thompson?", sprach ihn eine Dame hinter dem Schalter an.

„Jawohl, mein Name ist Jonathan."

Dave reichte ihr den Scheck hinüber.

„Warten Sie bitte einen Moment."

Sein Blick folgte der Dame, die beim Fortgehen den Scheck überprüfte. „Bleib ruhig, Junge." redete er sich ein. Mittlerweile kamen noch mehrere Bankkunden und lenkten von ihm ab. Nach endloser Zeit kam die Angestellte mit einem Paket Geldscheinen zurück. Dave reichte ihr seine Aktentasche. Sie zählte das Geld in seinem Beisein und legte es in die Tasche.

„Einen schönen Gruß an Mrs. Thompson, auf Wiedersehen.“
Sie gab ihm die Hand und begleitete ihn mit einem wunderschönen Lächeln zur Tür.

„Halt, warten Sie. Ich gebe Ihnen noch den Kontoauszug mit.“
Die kurze Zeit des Wartens kam Dave wie eine Ewigkeit vor. Aber da war die nette Angestellte auch schon und er ging ruhigen Schrittes zum Wagen. „Hoffentlich ist Mrs. Thompson noch nicht wach“, dachte er panisch und musste sich zwingen, nicht schneller als erlaubt zu fahren. Als Dave den Wagen vor der Garage abstellte, sah er den Postboten das Haus ansteuern. Dave ging schnell auf ihn zu und nahm einige Briefe an sich. Im Hause sah er als Erstes nach Mrs. Thompson, die immer noch so dalag, wie er sie gebettet hatte. Hastig gelangte Dave in seinen Kellerbereich und zog die Uniform aus. Er setzte einen Kessel mit Wasser auf und reinigte sein Zimmer gründlich. Alles sollte so aussehen, als wäre er im Urlaub. Nachdem das Wasser heiß genug geworden war, machte er sich daran, sich zu rasieren. Als er seinen über zwanzig Jahre alten Bart entfernte, hatte er fast körperliche Schmerzen. Doch es war notwendig, denn diese kleine Veränderung machte aus ihm einen anderen Menschen. Jetzt setzte er seine Sonnenbrille auf und betrachtete sich im Spiegel. Sein Gegenüber kam ihm fremd vor. Die Haarfrisur änderte er durch einen Scheitel.

Oben angekommen, hatte er das Gefühl, alle Katzen hätten den Gesichtsausdruck von Mrs. Thompson. Die Tiere mussten noch ausreichend versorgt werden. Er öffnete ein paar Dosen Futter und stellte sie und eine Schale Wasser mitten in das Zimmer. Dave sah sich noch einmal im Raum um. Als er den Sekretär erblickte, kam ihm der Gedanke, noch einen schönen Armreif mitzunehmen. Während er den Gedanken in die Tat umsetzte, sprang die schwarze Katze auf den oberen Teil des Möbelstückes. Dave beugte sich hinunter, um den Schrank abzuschließen. Augenblicklich sprang ihn das Tier an und zog ihm seine Krallen quer über das Gesicht. Stechender Schmerz ließ ihn hochfahren. Mit der Hand fasste er sich unwillkürlich an die Nase. Sein Handschuh fühlte sich feucht und glitschig an. Angstvoll rannte er in den Keller und besah sich den Schaden. Mein Gott, die halbe Nase war ja weg. Da waren die Kratzer an der Seite, die auch bluteten, kaum erwähnenswert. Mit einem Wattebausch versuchte er, den Blutstrom zu stoppen. Die Wunde war vom Schmerz wie betäubt. Aus der Hausapotheke, die an der Wand hing, riss er Pflaster und Verbandszeug heraus. Er goss wahllos Jod auf das Gesicht, was ihm unerträgliche Qualen bereitete. Dave musste sich setzen. Die Schmerzen wurden immer schlimmer. Ihm wurde schwindelig und er legte kraftlos den Kopf in den Nacken. Er wusste nicht, wie lange er so dagesessen hatte, denn er musste immer wieder gegen eine Ohnmacht ankämpfen. Nach scheinbar endloser Zeit konnte er die Blutung stillen. Doch als er wieder aufstand, tropfte das Blut erneut an ihm herunter. Dave legte sich auf den Tisch. Vorerst konnte er das Haus nicht verlassen. Aber er musste verschwinden, bevor die Leute vom Tierheim kamen. Sein rechter Arm, der die Watte hielt, war ihm eingeschlafen. Seitlich lief ihm das Blut auf die Plastiktischdecke herunter und bildete eine kleine Pfütze.

„Verdammt noch mal", fluchte er, „jetzt hast du deine Strafe weg. Ich brauche dringend einen Arzt." Er schloss die Augen und versuchte zu entspannen, um wieder klar denken zu können.

In immer kürzeren Abständen wechselte er die Watte, bis es ganz aufhörte zu bluten. Nach kurzer Zeit der Entspannung stand er vorsichtig auf. Er hatte einfach keine Zeit mehr. Provisorisch legte er einen Druckverband an und steckte den Rest Verbandzeug ein. Die Spurenbeseitigung machte ihm zu schaffen. Er musste vermeiden, sich zu bücken, damit die Wunde sich nicht wieder mit Blut füllte. Nachdem er es geschafft hatte, zog er sich um und packte die verschmutzten Sachen in einen Plastiksack. In der Hausapotheke fand er ein paar Schmerztabletten und nahm davon zwei, in der Hoffnung auf Linderung.

Als Dave die Treppe hinaufging, stand auf der obersten Stufe die schwarze Katze mit funkelnden, gelben Augen. Dave setzte den Plastiksack als Puffer ein und konnte ungehindert den Raum betreten. Am liebsten hätte er dem Viech noch einen Fußtritt versetzt, aber er fühlte sich dazu außerstande. Der Blutverlust hatte ihn zu sehr geschwächt. Er unterließ es, noch einmal nach Mrs. Thompson zu sehen und verließ das Haus. Es wurde Zeit, von hier zu verschwinden, denn ein Blick auf seine Uhr mahnte ihn zur Eile. Die Leute aus dem Tierheim müssten jeden Augenblick hier eintreffen. Die Tür schloss er nicht ab, so konnten sie ungehindert das Haus betreten.

Der Himmel hatte sich bewölkt und Dave glaubte, dass es wohl in Kürze regnen würde. Er durchfuhr Howe und machte auf einem Feldweg halt. Ihm fror plötzlich und er ließ den Motor laufen. Die Heizung stellte er hoch. Jetzt bekam Dave Hunger. Er muss unbedingt etwas essen, auch um die Schwindelgefühle abzuschwächen. Umständlich öffnete er eine Dose Cornedbeef und aß bedächtig kauend. Jede Bewegung schmerzte höllisch, wenn er den Mund aufmachte. Ein Blick in den Rückspiegel erschreckte ihn. Er war nur froh, dass sich die Wunden soweit geschlossen hatten und nicht mehr bluteten. Das Cornedbeef war salzig, ließ ihn aber wieder zu Kräften kommen. Jetzt hatte er Zeit, viel Zeit. Langsam trank er einige Schlucke Wasser aus einer Flasche und lehnte sich zurück. Obwohl es noch sehr früh am Tag war, wurde er müde. Dave stellte den Motor ab und wollte sich eine Zigarette anzünden, unterließ es aber.

Er musste wohl eingeschlafen sein, denn Hundegebell weckte ihn. Sofort war er wieder hellwach und setzte sich auf. Dort kam ein Mann langsam auf ihn zu. Er trug ein Gewehr geschultert und sah über das abfallende Gelände. Dave startete den Motor und fuhr weiter in den Feldweg hinein. Im Rückspiegel sah er den Mann, der sich zum Glück weiter entfernte. Das musste ein Verrückter sein, bei dem Wetter auf Jagd zu gehen. Er vergewisserte sich, ob er jetzt allein war und holte seine verschmutzte Kleidung aus dem Plastikbeutel. Der Anblick des Anzugs erschreckte ihn. Das Blut war teilweise eingetrocknet und sah eher schwarz als rot aus. Er ekelte sich vor seinem eigenen Lebenssaft und dem Geruch. Es war wichtig, jetzt zu handeln und nicht seinen Gefühlen freien Lauf zu lassen. Langsam wechselte er die Kleidung. Sein jetziger Zustand und sein Aussehen konnten hilfreich sein, die Mutterinstinkte der Frauen zu wecken. Es könnte die Eintrittskarte zu dem Haus sein. Bevor er losfuhr, wechselte er die Nummernschilder in schier endloser Zeit.

Danach trank er etwas Wasser und rauchte eine Zigarette. Ob die Leute, die die Kastration vornehmen sollten, Mrs. Thompson angetroffen hatten? Wieder schossen ihm irre Gedanken durch den Kopf und er zwang sich, panische Verwirrungen zu verdrängen.

Er stieg aus dem Wagen, entleerte seine Blase und machte sich auf den Weg nach Arundel.

Als er die erste Baumgruppe, die auf dem Hügel stand, erreicht hatte, stellte er den Motor ab. Von hier waren es nur noch wenige Kilometer zu seinem Ziel.

Er stellte den Sitz so ein, dass er ein bisschen schlafen konnte. Dave wollte die Dämmerung abwarten, also etwa noch drei Stunden. Die Sonne erwärmte das Wageninnere. Doch er war so geschwächt, dass Kälteschauer ihn immer wieder erzittern ließen.

Er trank von der zweiten Flasche Wasser und rauchte ein paar Zigaretten. Ihm war übel zumute. Seine Wunden brannten entsetzlich und sein Kopf dröhnte.

„Wann die wohl zu Bett gehen? Leben sie wirklich allein?", dachte er. Er warf sich jetzt vor, sich nicht besser vorbereitet zu haben. Das Glück war ihm ja bisher hold gewesen, warum sollte die Welle nicht noch ein bisschen anhalten?

Dave knipste die Innenbeleuchtung an, um einen Blick auf die Uhr zu werfen. Halb acht war es, eine Stunde wollte er noch warten. – Als der Regen nachließ, stieg er aus, um ein paar Schritte zu gehen. Ah, wie gut die Luft tat. Gierig saugte er den Sauerstoff ein. Sein Kopf wurde klarer und ein befreiendes Gefühl durchströmte ihn. Fein säuberlich legte er die abgelegten Kleidungsstücke in den Koffer. Das Geld nahm einen beträchtlichen Platz ein. Ein paar Scheine hatte er in seiner Brieftasche verstaut. Den Rest ließ er im Koffer und schloss ihn gut ab. Wind kam auf und das Resttageslicht gab den sich bewegenden Sträuchern und Bäumen einen gespenstischen Anblick. Es dauerte nicht lange und es regnete wieder. Dessen ungeachtet startete er den Motor und näherte sich langsam dem Haus. Circa hundert Meter davor hielt er und konnte kein Licht erkennen. Waren die Frauen nicht zu Hause, dann ging sein Plan nicht auf. Nervös fingerte er eine Zigarette hervor und rauchte sie in kurzen, hektischen Zügen.

Tastend glitt seine Hand über den Verband. Davon musste er sich unbedingt trennen, aber wohin damit?

Eine viertel Stunde später setzte er den Wagen wieder in Bewegung. Langsam fuhr er auf das Haus zu. Jetzt konnte er im Untergeschoss einen schwachen Lichtschein im Fenster erkennen. Mittlerweile hatte es aufgehört zu regnen. Neben der Auffahrt zu dem Grundstück befand sich ein Baum. Er setzte den Wagen in den Graben und steuerte direkt auf den Baum zu. Mit etwa zehn Stundenkilometern setzte er das Fahrzeug dagegen. Deutlich hörte er Glas splittern. Seinen Körper konnte er gerade noch mit gestreckten Armen abfangen, um nicht mit dem Kopf auf das Lenkrad zu prallen. Er öffnete die Tür und verließ im Laufschritt den Wagen. Unterwegs riss er sich mit einem Ruck den Verband vom Gesicht. Er schrie auf, weil er das Gefühl hatte, sich skalpiert zu haben. Sofort schoss ihm das Blut aus der Wunde. Hastig vergrub er das Verbandszeug im lockeren, feuchten Boden und lief zum Auto zurück. Keuchend kroch er auf den Sitz zurück, ließ die Tür offenstehen, stellte die Zündung ein und legte seinen Kopf aufs Lenkrad. Wie Trompetenstöße hallte die Hupe durch die Nacht.

Helen war die erste, die den Lärm vernahm. Verschreckt rüttelte sie ihre Freundin wach:

„Wach auf, Martha – wach doch auf. Hörst du das denn nicht?"

Martha wusste nicht, wie ihr geschah. Sie setzte sich auf und sah Helen irritiert an, die sich hastig ankleidete.

„Was ist los, was ist das für ein Lärm?"

Ohne weitere Worte zu verlieren, verließ Helen den Raum. An der Haustür schnappte sie sich einen Regenschirm und lief zur Straße hinauf. Sie orientierte sich an der Lärmquelle und sah gleich darauf einen Wagen im Graben stehen. Das Licht gab der Szene etwas Gespenstisches, aber sie eilte zielstrebig auf das Auto zu.

„Mein Gott, der Mann blutet ja." Von hinten drängte Martha jetzt Helen von der offenen Tür weg. Sie rüttelte Dave an der Schulter, aber der stöhnte nur auf, ohne die Augen zu öffnen.

„Der ist ohnmächtig. Komm fass mal mit an."

Sie brachten den leblosen Körper in die Rückenlage. Endlich hatte der nervige Lärm aufgehört. Martha beugte sich ins Wageninnere, um Dave ins Gesicht sehen zu können.

„Der lebt, Gott sei Dank, blutet aber stark."

Die zwei Frauen brauchten nicht viel zu sagen. Jede handelte intuitiv, als hätten sie tausendfach solche Situationen geübt. Wie einstudiert übernahm jede eine Aufgabe.

So rannte Helen schnell zurück ins Haus, um Verbandzeug zu holen. Zum Glück war davon reichlich vorhanden. Es war eine Vorsichtsmaßnahme, die Dave jetzt zugutekommen sollte. Schnell riss Helen ein Päckchen Verbandmull auf und reichte es Martha. Die drückte es Dave ins Gesicht, dorthin wo sie im schwachen Licht der Innenbeleuchtung die blutende Wunde vermutete.

„Aaah!", stieß Dave vor Schmerz hervor und griff nach Marthas Hand. Erschreckt wichen die beiden Frauen vom Wagen zurück. Der Regen prasselte in voller Wucht auf sie herab. Beide fanden nur ungenügend Schutz unter dem Schirm.

Mit einer Hand den Verband haltend, stieg Dave aus dem Wagen aus. Er versuchte, mit einem verzerrten Grinsen und einem schüchternen Achselzucken, seine Verlegenheit zu verbergen.

Helen wollte Dave an dem Arm nehmen, um anzudeuten, ins trockne Haus zu kommen. Doch Dave wehrte die Geste ab und sagte stattdessen: „Später – erst einmal muss der Wagen hier weg."

„Was? Bei Ihnen piepst's wohl", rief Martha ärgerlich und schickte sich an, ins Haus zu gehen.

„Nein, jetzt", zischte Dave scharf unter seinem Verband hervor.

Keiner von ihnen hatte große Lust, bei dem Wetter hier draußen lange Diskussionen auszutragen. Also setzte sich Dave wieder hinter das Lenkrad und startete den Wagen. Im Lichtkegel des einzigen noch heilen Scheinwerfers konnte er erkennen, dass es möglich wäre, geradeaus weiterzufahren, um auf den kleinen Vorhof zu gelangen. Mit vereinten Kräften drückten sie das Fahrzeug vom Baum zurück. Um das Hindernis zu umkurven, brauchte er beide Hände. Ihm wurde fast schwindelig, als er den Verband losließ. Er biss die Zähne zusammen, denn er war nur von dem Gedanken besessen, den Wagen von der Straße wegzukriegen. Fehler auf der Schlussetappe konnte er sich nicht leisten.

Mit einem Schwung fuhr er über den Grabenrand hinaus und gleich auf den Hof, rechts halb unter die Büsche. Als er ausstieg, blickte er zurück zur Straße und glaubte in der Dunkelheit, dass das Fahrzeug auch am hellen Tag nicht sofort zu entdecken war. Als er den Kofferraum öffnen wollte, sackte er in sich zusammen. Das war nicht gewollt, er war dem Schwächeanfall hilflos ausgesetzt. Martha stand neben ihm, als er sich halbwegs am Kofferraum festhielt.

„Kommen Sie, ich helfe Ihnen", sagte sie und trat auf ihn zu. Die anfängliche Angst sie könnten den Inhalt des Kofferraumes sehen, war unbegründet.

„Das ist lieb von Ihnen Madam, vielen Dank", erwiderte er und trat vom Wagen zurück.

Helen war schon vorausgeeilt und hielt beiden die Haustür auf. Martha kam hinter Dave ins Haus und stöhnte: „Da haben Sie wohl Steine drin. Mein Gott ist der schwer."

Dave konnte nichts entgegnen, denn er wurde von Helen sanft ins Haus gezogen. Allen dreien sah man deutlich an, wie froh sie waren, den Naturgewalten entronnen zu sein. Sie sahen aus wie aus dem Wasser gezogen. Dave setzte sich auf einen Schemel und bemühte sich, die Schuhe auszuziehen, doch Helen war schon auf den Knien und übernahm die Sache. Als sie damit fertig war, blickte sie zu Dave auf und lächelte ihn an.

„Wie schön sie ist", dachte Dave im selben Moment

„Vielen Dank, das tut gut", meinte er etwas hilflos. Helen guckte Martha an und fragte:

„Soll ich ins Dorf fahren und einen Arzt holen?"

„Keinen Arzt", fuhr Dave überhastet dazwischen. Das sagte er schärfer als beabsichtigt, denn die Frauen musterten ihn erstaunt.

„Sie haben recht", meinte Martha schließlich nach längerer Überlegung.

„Wie ich hörte, gibt es nur einen, schon ziemlich betagten, Medicus und der dürfte jetzt in den Federn liegen. Eine Nacht können Sie bleiben, aber morgen früh suchen Sie den Doc auf, ja?"

„Sie sind sehr gütig, Madam", bedankte sich Dave sichtlich erleichtert.

„Also los, Helen, richte das kleine Zimmer im Dachgeschoss her. Ich setze inzwischen Wasser auf, damit Sie sich reinigen können."

Nach kurzer Zeit kamen beiden Frauen zurück und trockneten ihr Haar mit einem Handtuch.

„Wo ist mein Koffer?", fuhr Dave plötzlich hoch. „Ich muss trockne Kleidung haben, also wo ist er?"

„Keine Angst, Ihr Schatz ist noch da", lachte Helen, „kommen Sie."

Er ergriff ihre Hand, die warm und fest war. Sie führte ihn in die Waschküche, wo alles für ihn bereitlag.

„So, da ist auch Ihr Koffer. Wenn Sie noch etwas brauchen, rufen Sie. Ich heiße Helen. Ich habe Ihnen ein Bett im Dachgeschoss hergerichtet. Bevor Sie sich hinlegen, will ich Ihr Gesicht für die Nacht verbinden."

Sie ließ ihn allein und er hatte jetzt Gelegenheit, sich im Spiegel etwas genauer zu betrachten. Vorsichtig tastete er sich zur Wunde an der Nase vor. Durch das abrupte Entfernen des Verbandes hatte sich die Wunde noch vergrößert. Dieses Ungetüm von Haustiger hatte ganze Arbeit geleistet. Er würde für immer entstellt sein. Der linke Nasenflügel stand von dem Rest der geschwollenen Nase seitlich ab. „Das muss genäht werden", durchzuckte es ihn ärgerlich.

Außerdem waren auf der linken Wange drei tiefe Kratzer, deren Ursache jedes Kind erkennen konnte. Ihm wurde wieder kalt und zittrig. Er wusste, dass der Schüttelfrost nicht von dem unbeheizten Raum herrührte. Mit zusammengebissenen Zähnen reinigte er sich und wechselte die Kleidung.

„Helen", rief er zaghaft und tastete sich zur Treppe. In der Dunkelheit fand er den Lichtschalter nicht. Seine Füße stießen gegen irgendwelche Töpfe und Dosen. Es roch nach frischer Farbe. Plötzlich stand Helen neben ihm und machte Licht. Wort-

los gingen sie nach oben. Der kleine Raum war spartanisch eingerichtet und die Lichtquelle war wohl das Dachlukenfenster. Die
Wände und Zimmerdecke hatten lange keine Farbe mehr gesehen. Aber das Bett war groß und frisch bezogen. Helen verließ
für kurze Zeit den Raum, damit Dave sich entkleiden konnte.
Genüsslich kroch er unter die Bettdecke und schloss für einen
Augenblick die Augen. Seine Zähne schlugen aufeinander, sodass
er meinte, dass dies das einzige Geräusch im Raum wäre. Helen
kam wieder zurück und setzte sich auf die Bettkante. Sie betrachtete sein vanillepuddingfarbenes Gesicht. Da war aber noch
etwas anderes, denn sie fand sein Aussehen trotz der Verletzung
ausgesprochen männlich. Behutsam tupfte sie ein bisschen Jod
auf die Wunden und legte auf der Nase einen neuen Verband
an. Danach gab sie ihm eine Schmerztablette und verabschiedete
sich. Groteskerweise musste Dave vor dem Einschlafen an die alte
Mrs. Thompson denken. Ob man sie gefunden hatte?

Als Helen zu Martha ins gemeinsame Schlafzimmer zurückkehrte,
lag ihre Freundin bis ans Kinn zugedeckt unter der Bettdecke.

Helen legte sich neben sie und Martha fragte, ob sie an die
Geschichte mit dem Unfall glaube. „Ja, warum nicht? Wer fährt
schon absichtlich gegen einen Baum? Außerdem, was ist bei uns
schon zu holen? Wir haben nichts, oder?"

„Naja, wir leben hier allein. Mir kommt die Sache komisch
vor", gab Martha zu bedenken.

„Liebes, ich finde, du hast dich ein bisschen zu intensiv um
ihn gekümmert."

„Was? Hahaha, du bist doch nicht etwa eifersüchtig?", lachte
Helen und beugte sich zu Martha, um ihr einen Gutenachtkuss
zu geben.

„Schlaf jetzt, du siehst Gespenster."

„Gute Nacht Liebes. Hoffentlich haben wir uns keinen Kuckuck
ins Nest geholt."

Superintendent Mulligan nahm den Hörer seines Telefons ab und meldete sich wie gewöhnlich mit sonorer Stimme. Am anderen Ende der Leitung vernahm er eine aufgeregte Frauenstimme, die irgendetwas von Mord an ihrer Freundin faselte.

„Halt, halt, Mistress, nun mal der Reihe nach. Zuerst, wie war Ihr Name?"

„Jackson, Miss Jackson. Mulligan, tun Sie doch nicht so, als würden Sie mich nicht kennen. Wir sind doch im selben Club, im Overseaclub von Brighton."

„Oh, entschuldigen Sie bitte, dass ich Sie nicht sofort erkannt habe, Miss Jackson, was gibt es denn?", quetschte er schnell dazwischen, denn seine Anruferin feuerte unbeeindruckt ihren Redeschwall weiter durch die Leitung.

„Mr. Mullligan, wissen Sie, was passiert ist? Mrs. Thompson ist ermordet worden. Sie müssen hierherkommen, sofort. Wer weiß, wer die nächste von uns ist. Der Mörder läuft noch frei herum und Sie machen nichts."

„Miss Jackson, wo soll ich hinkommen? Wieso sind Sie so sicher, dass Mrs. Thompson ermordet wurde?"

„Weil sie tot ist, was denken Sie denn? Also, Mulligan, halten Sie mich nicht für dumm", erwiderte sie beleidigt.

„Außerdem ist der Arzt hier, der wird es Ihnen bestätigen." Nach einer kurzen Pause meldete sich eine Männerstimme.

„Hier Dr. Spencer."

„Superintendent Mullligan, Doktor, erzählen Sie bitte, was passiert ist", forderte der Polizeichef den Mediziner auf.

„Mrs. Thompson ist nicht ermordet worden, Superintendent. Nach ersten Untersuchungen ist sie eindeutig einem Herzversagen erlegen. Ich stelle jedenfalls den Totenschein unbedenklich nach dieser Diagnose aus. Es gibt da nicht den geringsten Zweifel."

Im Hintergrund hörte man das wütende Gekeife von Miss Jackson.

„Gut, Doktor, Sie sind sich also dessen sicher, ja? Ich schicke trotzdem einen Beamten vorbei. Sie wissen ja, nennen wir es Öffentlichkeitsarbeit, Doktor. Vielen Dank."

Eigentlich war diese Maßnahme mehr als überflüssig, aber der Polizist wollte etwaigem Gerede vorbeugen.

Mulligan legte auf und drückte die Ruftaste zu Inspektor Welshs Büro. Zwei Minuten später klopfte es und Inspektor Welsh, ein Mittfünfziger, trat ein. Nachdem sie sich begrüßt hatten, erzählte Mulligan seinem Untergebenen von dem Anruf.

„Normalerweise gebe ich nichts auf derartige Gefühlsausbrüche, Inspektor, aber ich möchte Sie bitten, dort einmal vorbeizuschauen, sozusagen zur Beruhigung. Sie müssen wissen, Miss Jackson gehört demselben Club an wie ich. Ich will mir nichts vorwerfen lassen, wenn Sie verstehen, was ich meine."

„Ich verstehe, also gut, Sir!"

Welsh stand auf und verließ wortlos den Raum, allerdings mit einem leichten Kopfschütteln.

So was hatte ihm gerade noch gefehlt. Er hatte sich vorgenommen, die Sache nur der Form halber einen seriösen Rahmen zu geben und schnellstmöglich abzuhaken.

Als der Inspektor Mrs. Thompsons Haus erreichte, standen davor ein Rolls Royce mit Chauffeur, ein Mittelklasse- und ein Lieferwagen. Durch die halb offen stehende Tür spazierten mehrere Katzen ein und aus. Auch ihm schlug der beißende Katzengeruch beim Betreten des Hauses entgegen. Mr. Welsh sah sofort mehrere Personen vor einem barocken Sekretär stehen. Er war froh, einen von ihnen sofort zu erkennen und reichte dem alten Doktor die Hand.

„Hallo, Doktor, guten Tag", begrüßte er den alten Bekannten. „Wir haben einen Anruf bekommen, dessen Angaben ich prüfen soll."

„Ich glaube nicht, dass Sie die Diagnose stellen können, Inspektor", antwortete der Doc in seiner ruhigen, aber bestimmenden Art.

„Das habe ich auch nicht vor, lieber Herr Doktor. Ich meine den Hinweis auf Mord."

Der Mediziner nahm den Beamten am Arm und führte ihn von der Gruppe weg.

„Papperlapapp, Mord! Ich sagte Ihrem Chef schon, dass von Mord keine Rede sein kann, das ist mehr als eindeutig", rechtfertigte Mr. Spencer sich nachhaltig und drehte sich zu den Bestattungsmenschen um.

„Sie können sie mitnehmen."

„Eine Sekunde bitte, Doktor, nur einen kleinen Augenblick", wandte Welsh ein.

„Wurde die Verstorbene so vorgefunden?", fragte er allgemein.

„Nein, natürlich nicht", hörte er sagen, „wie hätte denn der Arzt seine Untersuchung durchführen können?"

Der Inspektor blickte in die Richtung, aus der die herrische Stimme kam.

„Sie sind Mrs. Jackson, wie ich vermute."

„Miss Jackson, bitte, ja? Das dürfte ja wohl bekannt sein, Inspektor. Oder sind Sie noch nicht lange in Brighton?"

„Morgen werden es dreißig Jahre, Miss."

Er sah noch, wie sie wütend Luft holte und wandte sich dem Doktor zu.

„Können Sie meine Freundin noch einmal in die Lage bringen, in der Sie sie vorgefunden haben? Ich möchte noch ein paar Fotos machen. Sie sah so friedlich aus."

Unter Mithilfe von Miss Jackson wurde dem Wunsch stattgegeben.

„Doktor, haben Sie etwas dagegen, wenn der Leichnam ins gerichtsmedizinische Institut gebracht wird?"

„Ich weiß wirklich nicht, was das soll, Inspektor, aber bitte", meinte der Arzt resignierend.

Danach schloss er seine Tasche, nickte jedem zu und verließ das Haus.

„Ach Doktor, beinah hätte ich es vergessen. Wie lange, glauben Sie, ist Mrs. Thompson schon tot?"

„Tja", grübelte er kurz und kratzte sich am Hals, „etwa zehn bis zwölf Stunden."

„Danke Doc und nichts für ungut."

Als er zurückkam, lag der Leichnam schon im Sarg.

„So, Miss Jackson, nun zu Ihnen", richtete er das Wort an die alte Dame, die erschöpft in einem Sessel Platz genommen hatte.

„Erzählen Sie bitte, wieso nehmen Sie an, dass hier ein Mord vorliegen könnte?"

„Mrs. Thompson ist eine alte Freundin von mir. Dienstags treffen wir uns gewöhnlich bei mir. Wir klöppeln dann so herrliche Deckchen, wie Sie sie hier sehen können", und sie streichelte liebevoll über die Spitzendecke, die auf der Sessellehne lag.

Miss Jackson hielt in ihrem Bericht inne und schnäuzte in ein zerknülltes Taschentuch.

Der Inspektor sah ihr ruhig zu und steckte sich eine Zigarette an.

„Lassen Sie gefälligst die Pafferei in meiner Gegenwart", maßregelte sie ihn scharf. „James, mein Chauffeur, sollte sie heute um sechzehn Uhr abholen. Als niemand öffnete, sah er durch das Fenster und sah Mrs. Thompson über den Sekretär gebeugt liegen. Ich hatte einen Schlüssel, mit dem ich die Tür öffnete. Den Rest kennen Sie."

„Nicht ganz, Miss. Wer rief den Doktor an?"

„James natürlich. Ich war viel zu aufgeregt."

„Warum riefen Sie zuerst den Doktor an und nicht die Polizei?"

„Was soll die dumme Frage?"

Immer noch ruhig, seinem Naturell entsprechend, fragte der Inspektor weiter.

„Wenn jemand den Arzt anruft, nimmt er doch an, dass der Betreffende noch lebt. Sie aber riefen meinen Chef an und behaupteten, Mrs. Thompson sei ermordet worden."

Miss Jackson lehnte sich im Sessel zurück, um sogleich nach vorn zu schnellen und mit zittriger Hand auf die dunklen Flecken auf dem Teppich zu zeigen.

„Wer ist die Polizei von uns, Sie oder ich? Das ist Blut, mein Lieber."

Mr. Welsh stand auf, um sich zu bücken. Mit dem Zeigefinger glitt er über den Teppich, um die Behauptung zu prüfen.

„Es scheint sich zweifelsfrei um Blut zu handeln, vielleicht haben Sie recht."

Er ging der Spur nach und gelangte so in den unteren Bereich des Hauses. Sein geschultes Auge erkannte sofort, dass hier jemand versucht hatte, Spuren zu verwischen. Er fragte sich, warum die Flecken oben im Wohnzimmer nicht entfernt worden waren, sondern nur hier. Als er zurückkehrte, stand Miss Jackson vor dem Schreibtisch.

„Na, habe ich recht, Inspektor?"

„Vielleicht, aber sehr unwahrscheinlich."

Seitlich vom Sekretär stand der Rollstuhl, auf den er zeigte.

„Mrs. Thompson saß in dem Stuhl, als Sie sie fanden. Musste sie ihn ständig benutzen? Ich meine, war sie gehunfähig?"

„Nein, nein, absolut nein. Außerhalb des Hauses sah man sie höchst selten darin, wissen Sie? Er war eine Anschaffung der letzten Zeit. Sie hatte zunehmend Angst zu stürzen, weil sie doch so schlecht sehen konnte. Meist wurde die Gute von Jonathan chauffiert."

„Wer ist Jonathan?", horchte Mr. Welsh auf.

„Jonathan war ihr langjähriger Diener. Doch der ist vor vier Wochen von uns gegangen."

Ihre Stimme hatte hier plötzlich einen melancholischen Klang.

„War sie seitdem völlig allein?"

„Nein, sie hatte seit letzter Woche einen neuen Diener. Wir hatten sie davor gewarnt, einen jungen Burschen zu nehmen. Wissen Sie, diese Generation hat keinen Bezug mehr zur Kultur. Sie denken nur an sich, sind in der Gewerkschaft und haben keine Manieren. Mrs. Thompson nannte ihn in einem Anfall von Nostalgie ebenfalls Jonathan."

„Haben Sie ihn einmal kennengelernt, Miss Jackson?", unterbrach er sie, „oder einer Ihrer Bekannten?"

„Nein, das Vergnügen hatte keine von uns. Ich sage Ihnen, er hat meine Freundin auf dem Gewissen. Fassen Sie ihn und sie haben den Mörder."

Dabei pochte sie mit der knochigen Hand eindringlich gegen die Brust des Beamten.

Miss Jackson begab sich zur Tür, als hätte sie es plötzlich sehr eilig. Sie hielt ihm die Schlüssel des Hauses entgegen.

„Wenn Sie noch einen Augenblick warten würden, lieber Inspektor, es kommt noch jemand vom Tierschutzverein vorbei und holt die Katzen ab."

In der Tür drehte sie sich noch einmal um. „Beinah hätte ich noch etwas vergessen, was für den Chauffeur als Täter spricht: Der Wagen ist verschwunden. Er ist damit über alle Berge. Also hopp hopp, junger Mann. Viel Zeit haben Sie nicht mehr." Ihren dringenden Appell unterstützte sie noch, indem sie mit knochiger Hand auf ihre Armbanduhr hämmerte.

Das war eher ein Befehl als eine Bitte und der Polizeimann hielt instinktiv die Hand auf. Als die Frau davonfuhr, war der Inspektor froh, aber wie vermutet nahm er die Sache nicht so ernst. Er mochte die Royalisten nicht besonders mit ihrer herablassenden Art. Sie behandelten oft Menschen, die Uniformen trugen, egal ob Livree oder Uniform, wie Roboter ohne Innenleben, die keine eigene Meinung haben dürfen.

Der Inspektor widmete seine Aufmerksamkeit dem Inhalt des Schreibtisches. Stutzig wurde er bei den letzten beiden Ausgänge der Schecks. Er blätterte alle Scheckbücher durch. Derartige Summen waren vorher nie abgebucht worden. Dann blickte er auf die Armbanduhr. Die Bank hatte schon Mittagspause. Naja, morgen war ja auch noch ein Tag.

Mr. Welsh setzte sich in den Sessel und machte den Fernseher an. Er hatte nun Zeit zum Überlegen. Eigentlich schenkte er der Hysterie einer alten, schrulligen Frau weiter keine große Beachtung. Aber um seinem Chef eine fundierte Auskunft zu geben zu können, ging er der Sache etwas mehr auf den Grund. Unangenehm waren an seinem Beruf die Einsatzzeiten. Verbrechen fanden meist nachts statt und das hasste er auch nach über dreißig Jahren Dienst. Er bekam schon wieder Magenkneifen und kramte umständlich ein Pfefferminzbonbon aus der Tasche und steckte es in den Mund.

Jemand machte sich an der Haustür zu schaffen. Der Inspektor erhob sich und ging zur Tür. Es waren zwei Männer vom Tierheim die, wie besprochen, die Katzen abholen wollten. Eine nach der anderen wurde in einen kleinen Drahtkäfig gesperrt. Hinter der Couch waren sich zwei Tiere in die Haare geraten.

Schnell wurden sie getrennt. Die kleinere der beiden hatte eine blutende Wunde an einer Pfote. Der Inspektor sah das und fragte einen der Männer. „Passiert es häufiger, dass bei den Streitereien Blut fließt?"

„Nee, das kann man nicht sagen. Es ist sehr selten, außer wenn ein Weibchen läufig ist oder bei Futterneid."

„Hhm, danke. Ach, noch eine Frage. Was geschieht nun mit den Katzen?"

„Die kommen erst einmal zu uns. Vielleicht findet sich ja jemand, der sich ihrer annimmt. Wenn nicht, werden diese Tiere hier bei uns bis zum letzten Tag gepflegt."

„Nur die Tiere von Mrs. Thompson oder ist es generell so?"

„Natürlich nur diese Katzen hier. Dafür hatte Mrs. Thompson ja wirklich ausreichend gesorgt."

„Wieso?"

„Mrs. Thompson war Ehrenvorsitzende des Heimes und hat durch ihre Spenden quasi das Haus am Leben erhalten."

„Wie hoch waren denn so die Spenden in der Regel?"

Der Mann lachte: „Das fragen Sie doch besser unseren Präsidenten, Mr. Ashley."

„Okay, das mache ich, vielen Dank."

Kurz nachdem die Männer mit den Tieren gegangen waren, telefonierte Mr. Welsh mit seinem Büro. Sergeant Miller, sein Assistent, nahm ab. Der Inspektor beauftragte ihn, sich mit der Spurensicherung kurzzuschließen wegen eines Termins vor Ort.

„Hör zu Glenn, ich fahre jetzt nach Hause. Wir sehen uns dann morgen früh."

Ohne eine Antwort abzuwarten, legte er auf. Miller war ein alter Jugendfreund von ihm. Spaßeshalber nannte er ihn Glenn, weil er wegen seiner Misstöne auf der Posaune von den Nachbarn aufs Land verdammt worden war. Dort konnte er die Hasen und Fasane mit seinen Klängen verzücken.

Welsh verließ das Haus und versiegelte es. Auf dem Weg zur Straße ging er noch an der Garage vorbei. Das Tor war verschlossen, aber durch ein Fenster konnte er sehen, dass sie leer war. Nachdenklich schlenderte er zu seinem Wagen.

Eigentlich war die Sache eindeutig klar. Mrs. Thompson war einem Herzversagen erlegen, genauso wie es der Doktor diagnostiziert hatte. Sie selbst hatte keine blutende Wunde. Die Flecken auf dem Teppich stammten bestimmt von den Tieren. Also, was soll's. Jetzt noch den Abschlussbericht von ihm und der Spurensicherung und fertig. Allerdings würde ihn interessieren, wo der Wagen und der Chauffeur waren.

Als Dave erwachte, blinzelte die Sonne gerade unter die Wolkendecke hervor in sein Zimmer.
Ihm fror erbärmlich und er zog die Decke so hoch es ging. Aus der Ferne, so schien ihm, hörte er das Klappern von Geschirr. Ruckartig schoss ihm das Geschehene der vergangenen Nacht ins Gedächtnis zurück. Die Armbanduhr zeigte zehn an. Er versuchte aufzustehen, er musste hoch. Heute war die Bewährungsprobe für seine Zukunft. Wollte die ältere der beiden Frauen heute nicht einen Arzt kommen lassen? Auf der Bettkante sitzend, wurde ihm wieder schwindelig. Diese Schwäche würde sich nach einigen Tagen von allein legen. Er brauchte einfach ein paar Tage, um wieder zu Kräften zu kommen. Er musste unbedingt verhindern, dass hier ein Arzt auftauchte. Mit wackeligen Beinen ging er zur Tür und öffnete sie einen Spalt breit.

„Helen, hallo Helen!", rief er zaghaft die Treppe hinunter und wartete einen Moment.

„Ja, ich höre Sie. Ich komme."

Dave war sehr erleichtert, Helens Stimme zu hören und ging zum Bett zurück. Nach ein paar Minuten erschien sie auch schon mit einem Frühstückstablett.

„Guten Morgen, Fittipaldi, wie geht es Ihnen?"

„Wo ist Ihre Freundin?"

„Martha hat's letzte Nacht umgehauen. Die liegt noch im Bett."

„Wie schön", dachte er und entspannte sich.

„So, nun setzen Sie sich mal auf und frühstücken. Um elf fahren wir dann ins Dorf zum Doktor."

„Nein, nicht zum Arzt", keuchte er, während er zum Kopf-
ende hochrutschte.

„Ich will keinen Arzt, auf gar keinen Fall."

Helen stellte das Tablett auf die Bettdecke und blickte ihn
nachdenklich an.

„Doch, mein Lieber, sehen Sie sich mal an. Außerdem haben
Sie Fieber." Mit der rechten Hand griff sie nach seiner Stirn.

„Das vergeht wieder, auch ohne Arzt. Aber die Wunde muss
genäht werden."

Als Dave merkte, dass er nicht auf Verständnis stieß, log er.

„Ich gehöre einer Sekte an, die es verbietet. Bitte respektieren
Sie das."

„Was soll der Unsinn! Aber wie Sie wollen. Nun essen Sie
erst einmal."

Dave verzehrte mit wenig Appetit Ham and Eggs, Toastbrot
und heiße Milch mit Honig. Helen ließ ihn allein, worüber er
ganz froh war, denn er kämpfte gegen die aufkommende Müdigkeit an. Umständlich verfrachtete er das Tablett auf den einzigen
Hocker und trank das zweite Glas Wasser. Woraufhin er bald
wieder einschlief.

„Wie geht es dem Mann?", fragte Martha, als Helen zu ihr ins
Zimmer kam.

„Den hat es bös erwischt, glaube ich. Stell dir vor, er gehört
einer Sekte an, die jeden medizinischen Beistand ablehnt."

„Das fehlt uns noch, Helen, ein Zeuge Jehovas. Aber da mache
ich nicht mit. Du fährst jetzt los und holst den Arzt, verstanden?"
Marthas Augen funkelten Helen böse an.

„Aber …"

„Nichts aber. Zieh dich an und hol den Arzt. Oder soll ich
ihn holen?"

„Nein Maggi, bleib nur liegen. Ich mach das schon", erwiderte
Helen gegen ihre Überzeugung.

Bevor sie das Haus verließ, ging sie noch einmal leise die
Treppe hinauf. Er lag auf dem Rücken und schlief fest. Helen
nahm das Tablett auf und wollte das Zimmer verlassen. An der

Tür drehte sie sich um und flüsterte ihm zu, dass er sich keine Sorgen machen müsse.

Helen fragte sich selbst, woher eine Zuneigung oder fast Vertrautheit kam. Nicht nur von ihr, sondern auch von dem Mann, der sie wie selbstverständlich Helen nannte. Da bildete sie sich sicher nur etwas ein, was gar nicht sein konnte.

Als Helen aus dem Dorf zurückkehrte, ging sie schnurstracks zu Martha.

„Der Arzt ist auf Patientenbesuch", log sie. „Hier habe ich dir Pulver gegen deine Erkältung mitgebracht."

„Helen, es ist Vormittag. Da ist jeder Arzt in seiner Praxis, du warst gar nicht da, stimmt's?"

„Martha, hör auf, mir lügen zu unterstellen. Fahr doch selbst hin", fauchte Helen.

„Siehst du, was dabei herauskommt, wenn eine dritte Person sich zwischen uns drängt? Ich will keinen Keil zwischen uns. Unser Glück lass ich mir von niemandem kaputt machen. Von dem da oben erst recht nicht."

Martha setzte sich auf und schnäuzte in ein Kleenex. Die Haare hingen in Strähnen herunter und unterstrichen in absurder Weise ihre psychische und physische Lage. In ihrem Blick lagen Anklage und Verzweiflung.

„Wie geht es ihm denn?", sprach sie Helen versöhnlich an.

„Er ist schwach und wird das Bett wohl noch eine Weile hüten müssen. Ich habe dir eine Zeitung mitgebracht, Martha."

Auch Helen war bemüht, dem Gespräch die Spannung zu nehmen.

„Leg dich wieder hin. Ich werde inzwischen eine kräftige Hühnerbrühe kochen. Die tut uns allen gut."

„Kannst du das denn?", fragte Martha fast mütterlich.

Wortlos drehte sich Helen um, verließ den Raum und schlich sich leise in Daves Zimmer. Er lag mit ausdruckslosem Gesicht da und starrte die Zimmerdecke an. Als er Helens Gesicht über sich sah, freute er sich.

„Wie schön, Sie zu sehen, ich werde alles wieder gut machen, was Sie für mich tun."

Helen winkte mit einer Handbewegung ab und griff nach seiner Stirn, um festzustellen, ob er noch Fieber hatte. Unwillkürlich ergriff er ihren Arm und drückte ihn fest. Sie war nicht empört darüber, eher abwartend.

„Wie heißt du eigentlich?", fragte sie, nur um etwas zu sagen.

„Dave", gab er knapp zur Antwort und lockerte den Griff. Ihre Gesichter kamen sich näher, doch Helen verließ der Mut. Sie musste plötzlich an Marthas Worte denken und stand auf.

„Ich gehe jetzt, Dave und koche eine Hühnersuppe, damit Sie wieder zu Kräften kommen."

Mit den Zubereitungen in der Küche beschäftigt, hatte sie Mühe, ihre Gefühle unter Kontrolle zu bekommen. Ihr wurde nur zu deutlich, wie sehr sie sich nach einem Mann sehnte. Einem Mann, der sie respektierte, der sie ihrer selbst willen begehrte und dem sie sich hingeben konnte. Helen mochte Martha gern, als Freundin, nicht als Liebhaberin. Ihr war es zuwider, ihren Zärtlichkeiten nachzugeben. Sie konnte die Liebe, die Martha ihr gab, einfach nicht erwidern. Immer wenn sich Martha ihr näherte, machte sie das Licht aus, damit ihr die Passivität nicht anzumerken war.

Nachdem das Huhn gar gekocht war, löste sie das Fleisch von den Knochen und verteilte es in die Suppenschalen. Das erste Mal in ihrem Leben hatte sie eine Mahlzeit gekocht. Sie erinnerte sich, dass der Koch auf der Farm in Kenia stets etwas Curry dazu gab. Er war Inder, der immer lachend behauptete, dass dieses Gewürz aus seiner Heimat über zwanzig Krankheiten den Garaus machte. Sie schmeckte die Suppe ab, bis sie ihrer Meinung nach die richtige Würze hatte. Der Reis sollte noch abgegossen werden. Beim Abnehmen des Topfes verbrannte sie sich die Finger und in einem dicken Schwall ergoss sich der Reis auf den Fußboden. Wegen des Schreis, den Helen ausstieß, rannte Martha hinzu. Vorwurfsvoll überblickte sie die Szene und Helens Bemühungen, wieder Ordnung zu schaffen.

„Oh, Helen, du bist aber wirklich zu dumm", kommentierte sie auch noch überflüssigerweise das Geschehene.

Helen, die noch auf dem Boden kniete, fing zu weinen an.

„Nun heul doch nicht gleich los Kleines", wollte Martha sie trösten und wischte mit ihr den Reis auf. Mit zittrigen Händen holte Helen ein paar Scheiben Brot aus dem Schrank und legte sie mit auf das Tablett. Wortlos trug sie das Essen zu Dave hinauf. Vor der Tür wischte sie sich die letzte Träne vom Auge und trat mit aufgesetzter Fröhlichkeit an Daves Bett heran.

„Ich bringe Helens Wundersuppe, Mister", meinte sie keck.

Dankbar verfolgte Dave alle ihre Bewegungen, bis er ihr Gesicht im Licht der Sonne erblickte.

„Warum weinst du?", fragte er bekümmert und stieg aus dem Bett. Er überragte sie fast um Kopfeslänge. Vorsichtig nahm er ihr das Tablett ab und stellte es auf den Schemel. Intuitiv umarmte er sie. Helen zeigte keinen Widerstand, sondern legte ihre Arme um seine Taille. Dave beugte sich ein wenig herunter und gab ihr einen leichten Kuss auf die Stirn. Leise stöhnend ergriff sie mit beiden Händen seinen Kopf, um ihn voller Verlangen auf den Mund zu küssen.

„Helen, wo bleibst du denn?", rief Martha von unten.

Wieder in die Wirklichkeit zurückgeholt, lösten sich beide voneinander.

„Ich komme wieder. Habe keine Angst", ließ sie Dave stehen.

Als sich beide Frauen gegenüber saßen, beobachtete Martha Helen mit prüfendem Blick.

„Warum hast du einen so roten Kopf?", fragte sie kämpferisch.

„Ich?", fragte Helen etwas dümmlich.

„Ja, du! Hast du was angestellt, was du mir sagen müsstest?"

Wütend stand Helen auf und verließ die Küche.

Morning", knurrte der Inspektor seinen Untergebenen, den Sergeanten Miller an, als er das Büro betrat.

„Guten Morgen, Inspektor", dabei beließ es Miller. Er würde sich hüten, seinen Vorgesetzten jetzt mit Fragen zu bombardieren. Wenn er mit diesem Gesicht den Dienst antrat, war der Tag im Eimer. Er war sich sicher, auch den Grund zu kennen, unterließ es jedoch, danach zu fragen. In der Morgenzeitung hatte es ja breit und in allen Einzelheiten gestanden. Manchester United hatte im Pokalspiel zu Hause mit zwei zu eins verloren.

„Verbinde mich mal mit Doktor Lyon, Arthur, und wisch dir dein Frühstück von der Backe."

Bevor Miller zum Telefon griff entfernte er ein Stück Bacon aus dem Mundwinkel. Als die Verbindung stand, reichte er den Hörer wortlos über den Tisch.

„Doktor Lyon? Ja, Welsh. Doktor, gestern ist eine alte Dame, eine Mrs. Thompson, bei Ihnen eingeliefert worden. Haben Sie schon mit den Untersuchungen begonnen?"

Er horchte auf und nickte stumm, „gut, in Ordnung, danke."

„Weiß die Spurensicherung Bescheid?", wandte er sich an Miller.

„Ja, die müssten eigentlich unterwegs sein."

„Oh, Scheiße, warum sagst du mir das nicht eher?" Wütend stand Welsh auf, griff nach seinem Mantel und verschwand.

Die Kollegen standen schon vor dem Landhaus. Unter ihnen auch ein Pressefotograf.

„Was wollen Sie denn?", pflaumte der Inspektor ihn an.

„Wittert ihr denn immer gleich eine Sensation? Bleiben Sie draußen, verstanden?"

Er brach das Siegel und schloss die Tür auf. Schon blitzte es hinter ihm. Unwirsch drehte er sich um.

„Mensch hauen Sie ab. Mrs. Thompson ist eines natürlichen Todes gestorben." Und er wollte die Tür von innen schließen.

„Wieso sind Sie denn hier und warum liegt der Leichnam bei der Gerichtsmedizin?", wollte der Pressefritze noch wissen, bevor ihm die Tür vor der Nase zugeschlagen wurde.

„Also Leute, ich lege Wert auf einige wichtige Punkte. Sehen Sie hier die Blutspuren? Sie führen bis ins Souterrain hinunter. Dann den Schreibtisch, einschließlich Inhalt – auch die Scheckhefte bitte. Türgriffe und so weiter", wies er die Leute von der Spurensicherung an.

Mit der üblichen Routine begannen die Beamten mit ihrer Arbeit. Der Inspektor begab sich ins Schlafzimmer. Auf den ersten Blick war hier nichts Auffälliges zu sehen. Nur der muffige Geruch störte ihn und er öffnete das Fenster. Als er am Bett stand, durchsuchte er den Nachttisch. Irgendwo musste die Frau doch Papiere haben, mit deren Hilfe die Identität des Butlers zu erkennen war.

„Kann mal jemand herkommen?", rief er ins Wohnzimmer.

Bald darauf trat ein junger Kollege ein. Er hatte ein Vergrößerungsglas in der Hand, als hätte ihn der Inspektor beim Briefmarkensortieren gestört. Bei dem Gedanken musste er grinsen. Irgendwie waren die beiden Berufe doch vergleichbar. Bei beiden kam man nur mit Akribie zum Erfolg.

„Das Glas hier auf dem Nachttisch auch, aber mit Inhalt. Es könnte wichtig sein."

„Okay."

Mr. Welsh ging wieder ans Fenster und blickte auf den Vorgarten. Wie allen Engländern gab ihm der ungepflegte Anblick einen Stich ins Herz. Kopfschüttelnd nahm er sämtliche Schlüssel von dem Bord an der Tür und ging zur Garage. Das Tor hatte das typische Sicherheitsschloss, was von jedem Knacker mit einem feuchten Taschentuch zu öffnen war. Er probierte die Schlüssel durch, bis er den richtigen fand. Quietschend öffnete sich das holzverkleidete Tor. Die Garage war völlig leer. Überall lag dicker Staub, in dem sich deutlich wenige Tage alte Fußspuren abzeichneten, wie natürlich auch Reifenspuren. Auch hier wurden die Merkmale aufgenommen.

Der Inspektor griff zum Telefon und rief Miller an.

„Arthur, setz dich mal mit dem Verkehrsamt in Verbindung und mach dich mal schlau, welches Fahrzeug auf den Namen Mrs. Viktoria Thompson oder deren Mann zugelassen ist."

Er wartete, bis alles notiert war, und ließ sich dann mit seinem Chef verbinden, um den Stand der Ermittlungen zu übermitteln. Anschließend wählte er die Nummer der Handelsbank. Bis er den Filialleiter an der Strippe hatte, verging eine Weile und er steckte sich eine Zigarette an.

„Mr. Milne, hier Inspektor Welsh von der Mordkommission. Mr. Milne, ich habe hier das Scheckheft von Mrs. Thompson vorliegen. Die beiden letzten Abbuchungen waren über einen erheblichen Betrag. Können Sie mir bitte die Empfänger nennen?"

„Inspektor, Sie sollten wissen, dass ich Ihnen hierüber am Telefon keine Auskunft erteilen kann."

Sauer über den Rüffel, zog er an der Zigarette und ließ die Asche auf den Teppich fallen.

„Ja, na gut, Mr. Milne, aber Sie können mir doch sicher sagen, ob es sich um Abbuchungen oder Barabhebungen handelt."

„Das kann ich. Sowohl als auch – fünfzehntausend Pfund wurden in bar abgehoben. Stimmt da etwas nicht, Inspektor?"

„Doch, doch, was ist mit den zehntausend Pfund?"

„Inspektor, kommen Sie bitte mit einem Untersuchungsbescheid zu uns. Sie kennen ja die Vorschriften."

„Mach ich, Mr. Milne. Da es sich vielleicht um Mord handelt, wollte ich die Sache nur beschleunigen. Sie könnten daran wesentlich mitwirken."

Der Inspektor hörte seinen Gesprächspartner schlucken.

„Was reden Sie da. Ist Mrs. Thompson etwas zugestoßen?"

„So ist es, Mr. Milne."

„Ja, in dem Fall könnte ich schon etwas sagen. Der letzte Scheck, also die Barauszahlung, ging an Mrs. Thompson. Der Betrag wurde auf Wunsch vom Chauffeur, Mr. Jonathan persönlich, in bar abgeholt."

„Wann war das?"

„Am vergangenen Montag, so etwa gegen elf Uhr. Der Scheck war von Mrs. Thompson ausgestellt worden."

„Haben Sie den Scheck noch?"

„Ja, natürlich."

„Bitte legen Sie ihn raus. Ich komme vorbei und hole ihn ab. Außerdem brauche ich eine Personenbeschreibung. Lässt sich das machen?"

„Oh, das tut mir leid, aber die Angestellte, die den Transfer getätigt hat, ist seit gestern im Urlaub."

Welsh unterdrückte einen Fluch.

„Ist er denn von niemanden sonst gesehen worden?"

„Möglich, ich frag mal nach."

Der Inspektor drückte seine Zigarette in einer Silberschale aus und wartete.

„Hallo, hören Sie mich?"

„Ja."

„Keiner der Angestellten kann hierzu etwas sagen. Sie wissen ja, Chauffeure sehen irgendwie alle gleich aus. Nur dieser trug einen Vollbart – schwarz. An mehr kann sich hier niemand erinnern."

Er legte auf. Jetzt brauchte man nur nach einem vollbärtigen Chauffeur fanden, so einfach war das.

Gegen Mittag rief er vom Büro aus Dr. Lyon an.

„Mrs. Thompson ist eines natürlichen Todes gestorben, Herzversagen. Ein Ödem am Hinterkopf wies auf keine Schlagwirkung hin. Im Blut waren leichte Spuren eines Schlafmittels vorhanden, fällt aber als Todesursache weg."

Der Inspektor hatte nicht übel Lust, die Sache zu den Akten zu legen und den Rest dem Raub- und Betrugsdezernat zu übergeben. Nach Rücksprache mit seinem Chef wurde der Leichnam zur Bestattung freigegeben.

Helen war immer noch damit beschäftigt, Unkraut zu jäten. Nach der Auseinandersetzung mit Martha wollte sie allein sein. Durch die regenreiche Nacht war der Boden aufgeweicht. Sie hatte sich die Gummistiefel angezogen und war eine viertel Stunde auf den angrenzenden Wiesen umherspaziert. Sie brauchte diese Mußestunde, um sich klar zu machen, was sie wollte. Dave gefiel ihr gut und Martha war ihre Freundin. Sie hatte geglaubt, hier mit ihr glücklich werden zu können. Aber das schien nach dem Auftauchen von Dave nicht mehr zu gelten. Ihre durch und durch feminine Wesensart entschied sich für ihn. Sie kannte Dave noch lange nicht, wusste nicht, wer er war, woher er kam. Vielleicht war er irgendwo verheiratet. Das hatte sie in Kenia erfahren, dass die Männer, die ihr gefielen, immer verheiratet waren. Doch heute Morgen hatte er mit dem Ergreifen ihres Armes klar ein Zeichen gesetzt. Sein Wesen und sein markantes Aussehen gefielen ihr.

Als sie erkannte, dass sich ihr Herz für ihn entschied, bekam sie ein schlechtes Gewissen Martha gegenüber. Aber das war alles viel zu früh und sie schob den Gedanken an Dave erst einmal beiseite. Helen hatte nicht den Mut, ins Haus zurückzukehren. Sie fürchtete sich vor der Wahrheit und Marthas anklagenden Blicken und vor der Auseinandersetzung, die damit verbunden war. Fast trotzig wollte sie die Entscheidung der Zeit überlassen, abwarten, wie sich die Dinge entwickeln würden.

Nach einer Weile im Garten schmerzte ihr Rücken. Während sie innehielt, wurde sie von hinten umarmt. Es war Martha mit fröhlichem Gesicht.

„Komm ins Haus, Liebste. Eine kleine Teepause wird dir gut-tun", sagte Martha mit einschmeichelnder Stimme.

Helen war froh, ihre Nähe zu spüren. Sie war erleichtert, dass sie nicht böse war. Merklich entspannt, drehte sich Helen um. Doch da war es wieder, das unangenehme Empfinden, als Martha sie auf den Mund küsste. Groteskerweise fiel Helen der Flaum über Marthas Oberlippe auf. Den hatte sie natürlich schon so lange, wie sie sich kannten und hatte Helen nie gestört. Aber jetzt fand sie ihn eklig. Er machte Marthas Dominanz deutlich. Sie wollte in ihrer neuen Welt nie mehr von jemand abhängig sein. Behutsam, um Martha nicht zu verletzen, nahm sie ihre Arme und hielt sie auf Distanz. Verlegen überspielte sie den Moment.

„Ja, danke, du hast sicher recht. Lass uns gehen."

Auf der betonierten Veranda stampfte sie sich die Erdklumpen von den Stiefeln und setzte sich. Sie tranken ihren Tee und aßen ein paar Kekse dazu, ohne etwas zu sagen.

„Schläft er noch?", fragte Helen, ohne zu überlegen.

„Ja, er schläft noch", antwortete Martha hart, „Du machst dir zu viele Gedanken um ihn, Helen. Ich habe ihm auch einen Tee gebracht. Du brauchst also nicht nach ihm zu sehen."

Beide vermieden es, sich anzublicken. Martha steckte sich einen ihrer geliebten Zigarillos an. Träge stieg der Rauch von ihrem Mund auf. Helen beobachtete Martha von der Seite und dachte: „Wie unterschiedlich wir doch sind."

„Komm, zieh dir auch deine Gummistiefel an. Wenn wir in diesem Jahr noch etwas ernten wollen, müssen wir langsam mal anfangen, die Saat auszubringen."

Als beide Frauen sich dafür entschieden hatten, sich hier niederzulassen, war ihnen klar gewesen, zur selben Zeit das Haus und den Garten bearbeiten zu müssen. Der Garten hatte sein eigenes Timing, bedingt durch Jahreszeit und Wetter. Heute war so ein idealer Tag. Als Erstes waren die Erdbeeren dran, die sie im Juni ernten wollten. Helen war in ihrem Element. Sie bearbeitete den Boden mit viel Liebe und Ausdauer. Auch in Kenia wurde sie um den Nutzgarten beneidet. Das machte sie stolz, etwas geschafft zu haben, was allein das Ergebnis ihrer Bemühungen war.

Nebenbei versorgte sie auch die Hühner. Der Komposthaufen sollte den natürlichen Dünger liefern. Ihr stand noch eine Menge Arbeit bevor, denn die eine Hälfte des Gartens sollte für den Kartoffelanbau umgegraben werden.

„Wir haben ja jetzt einen Mann im Haus", sagte Helen in einer Verschnaufpause. „Der könnte eigentlich den Garten umgraben. Was meinst du, Martha?"

„Du bist wohl nicht bei Trost. Der wird morgen seine Koffer packen."

Verärgert schüttelte Martha den Kopf.

„Merkst du nicht, wie schlecht uns die Gegenwart dieses Kerls bekommt?"

„Dir vielleicht, ich finde es herrlich", begeisterte sich Helen. Martha dagegen ließ traurig den Kopf hängen.

„Ich glaube an unsere Liebe, Helen, die durch nichts zu erschüttern ist. Nun sagst du so was." Sie packte die volle Schubkarre mit Unkraut und fuhr sie hinter das Hühnerhaus. Helen stand immer noch in gebückter Haltung und sah zum Dachgeschoss hinauf. Dave hatte das Dachfenster geöffnet und sie sah lächelnd zu ihm hinauf.

„Soll ich runterkommen und helfen?", rief er ihr zu.

„Den Garten kannst du umgraben, aber erst morgen. Nun geh wieder ins Bett. Ich habe die Zeitung auf die Treppe gelegt."

Allein von den wenigen Schritten, um die Zeitung zu holen, war er durchgeschwitzt. Wieder unter der Bettdecke, glühte sein fiebergeplagter Körper. Trotzdem blätterte er die Seiten der Zeitung durch. Im lokalen Teil stand nichts, was auf ihn hätte hinweisen können. Er hatte Glück gehabt, so viel Schwein wie lange nicht mehr. Er legte die Zeitung beiseite und lauschte den Wortfetzen der beiden Frauen. Er konnte nur wenig verstehen, aber es war eindeutig von ihm die Rede. Eigentlich war er hier bestens aufgehoben. Hier konnte er Gras über die Sache wachsen lassen. Dave musste Martha auf seine Seite bringen. Die Chemie zwischen ihm und Helen stimmte, da brauchte er keine Bange haben. Er wollte unbedingt vermeiden, einen Keil zwischen beide zu treiben. Dave schloss die Augen und war zuversichtlich, genug Zeit zu haben, um seine Verletzung hier auszukurieren. Der Inhalt seines Koffers gab ihm zusätzlich Optimismus. So viel Geld hatte er in seinem ganzen Leben noch nicht besessen. Sobald es ihm besser ginge, würde er, als Zeichen der Dankbarkeit, eine Party schmeißen, mit allem Drum und Dran. Mit diesen Gedanken schlief er wieder ein.

Dave erwachte irgendwann in der Nacht durch ein Geräusch direkt neben ihm. Als er die Augen öffnete, war Helens Gesicht direkt über ihm. Sie hatte sich auf der Bettkante niedergelassen und ihn schon einige Zeit beobachtet. Lächelnd hielt sie ihm ein Glas mit grüner Flüssigkeit hin.

„Hier, trinken Sie. Das wird das Fieber runterbringen. Es schmeckt fürchterlich bitter."

„Wollen Sie mich umbringen?", prustete er und sah sie vorwurfsvoll an.

„Nein, Dave, im Gegenteil. Medizin, die hilft, schmeckt selten wie Bonbons. Chinin, das ist die Zauberformel."

„Danke, ich weiß, dass Sie es gut mit mir meinen. Den Eindruck habe ich von Ihrer Freundin nicht."

An Martha erinnert, stand Helen schuldbewusst auf.

„Machen Sie sich darum keine Sorgen. Unser Streit hatte nichts mit Ihnen zu tun", schwindelte sie, um ihn zu beruhigen.

„Komm, setz dich zu mir, bitte. Wie spät ist es?"

„Es ist vier Uhr morgens. Ich konnte nicht mehr schlafen. Ich musste nach dir sehen."

Völlig von ihrem Gefühl überwältigt, neigte sie ihren Kopf zu ihm herab und küsste ihn. Sie presste ihre Lippen auf seinen Mund. Er drohte fast zu ersticken, denn seine Nase lag ja unter dem Verband. Gern hätte er den Kuss erwidert, aber ihm ekelte vor sich selbst. Er hatte das Gefühl, schmutzig zu sein und wäre gern gewaschen und rasiert gewesen. Es war das erste Mal in seinem Leben, dass ihn eine Frau in so einem Zustand begehrte.

„Bitte nicht, Helen, ich möchte das nicht, jedenfalls nicht so. Sieh mich an, ich bin schmutzig. Ich begehre dich auch, aber wir haben noch viel Zeit."

Irritiert stand Helen auf und verließ wortlos das Zimmer. Unten, im Schlafzimmer, hatte Martha das Licht angemacht. Sie saß aufrecht im Bett, als Helen hereinkam.

„Helen, wo kommst du her?", fragte sie überflüssigerweise.

„Ich habe Dave die Medikamente gebracht, was dagegen?", antwortete sie hart.

„So, so, mitten in der Nacht. Du solltest deine animalische Fleischeslust besser unter Kontrolle halten, hörst du?"

„Oh, wie herrlich eifersüchtig du bist. Wir haben es getrieben wie die Affen", lachte sie und lehnte sich provozierend nach hinten.

„Du solltest es auch einmal versuchen. Er ist potent wie Casanova. Nur solltest du dich rasieren, sonst verhakt ihr euch noch."

Ihr Lachen setzte wieder ein und klang albern und hilflos. Martha war aus dem Bett gesprungen und verließ das Zimmer. Sie knallte die Tür zu, dass es durch das ganze Haus schallte. In der Küche goss sie sich ein Glas Wasser ein und trank es wie eine Verdurstende. An dem Küchentisch sank sie zusammen, stützte ihren Kopf in die Hände und weinte hemmungslos. Sie konnte sich nicht daran erinnern, wann sie das letzte Mal so aufgelöst dagesessen hatte. Selbst als ihr Vater plötzlich verstarb, den sie über alles liebte, hatte sie keine Träne vergossen.

Helen, die sich unglaublich befreit fühlte, nachdem sie die beleidigenden Worte in das Herz ihrer Freundin gebohrt hatte, schmiss sich aufs Bett und schluchzte krampfhaft. Nach einiger Zeit, als sie kein Geräusch mehr aus der Küche vernahm, stand sie auf und ging zu Martha. Auch sie nahm sich ein Glas mit Wasser und trank Schluck für Schluck. Marthas Gesicht war von Haarsträhnen bedeckt. Ab und zu hörte Helen ein leichtes Schnäuzen. Wortlos reichte sie ihr ein Taschentuch. Diese Geste löste wieder ein Tränenintervall bei Martha aus. Ihre Schultern zuckten wie unter einem Fieberanfall. Helen, die am Spülstein stand, empfand plötzlich Mitleid mit ihr und kniete sich vor ihrer Freundin nieder, um ihr Gesicht sehen zu können.

„Entschuldige Martha, ich wollte dich nicht beleidigen, hör auf zu weinen, ja?"

Martha hob den Kopf und Helen erblickte ihr verquollenes, tränenüberströmtes Gesicht.

„Komm wieder ins Bett."

„Versprichst du mir, dass er noch heute das Haus verlässt, Helen Liebste?"

„Nein Martha, der Mann ist einfach noch zu krank. Und was du mir vorwirfst, stimmt einfach nicht. So, nun komm endlich."

Chief-Superintendent Mulligan schlug mit der Rückhand auf die Titelseite der DailyTimes und starrte wütend sein Gegenüber an. „Was sagen Sie dazu, Welsh? Im Laufe unserer Dienstzeit sind wir ja schon oft falsch von der Presse interpretiert worden, aber das schlägt dem Fass den Boden aus."

Schnaufend setzte er sich hinter seinen klobigen Schreibtisch. Der Inspektor hatte dieses Donnerwetter erwartet, als er am Frühstückstisch von der Ermordung der Mrs. Thompson gelesen hatte.

Konträr zu der Behauptung des Pressefritzen stand auf der letzten Seite ein gefühlvoller Nachruf vom Tierheim. Da war eindeutig von einem natürlichen Ableben die Rede. Offenbar genügte es einigen Redakteuren der Presse dieser Welt, aus einem Verdacht eine Behauptung oder gar eine Tatsache zu konstruieren. Neben dem Foto von Mrs. Thompson, das sie auf einer Tagung aus früherer Zeit zeigte, war ein Phantombild des mutmaßlichen Täters.

„Von dem Schwachsinn, was da geschrieben steht, mal abgesehen, Inspektor, aber mit dem Phantombild waren die Jungs schneller."

„Damit ist noch nichts gesagt, Sir. Die Leute von der Bank habe ich befragt. Sie können keine Angaben machen, außer eine Angestellte, die dem Chauffeur das Geld ausgehändigt hat. Diese Frau ist seit gestern im Urlaub", rechtfertigte sich der alte Praktiker.

„Wie dem auch sei, Welsh, bleiben Sie an der Sache dran. Ich regel den Widerruf mit der Presse."

„Sir, ich protestiere. Die Untersuchung ist abgeschlossen. Der vermutliche Raub oder Diebstahl fällt nicht in unser Ressort."

Mit einer beschwichtigenden Handbewegung stoppte der Chef das Aufbegehren seines Untergebenen.

„Inspektor, das ist mir doch auch klar. Ich bitte Sie persönlich darum. Sie wissen, dass es sich in diesem Fall um eine VIP handelt. Ihr Freundeskreis ist ständig in der Öffentlichkeit. Sie merken doch auch die Hysterie der Printmedien. Es ist im Moment ein Thema, obwohl die Fakten eindeutig sind. Es fehlt nur noch das letzte Mosaiksteinchen, nämlich der dubiose Mr. Jonathan, oder wie der Chauffeur wirklich heißt. Holen Sie den Kerl ran, dann wird sich der Rest ergeben."

Mit eiserner Miene hatte sich Mr. Welsh die Bitte des Superintendenten angehört und erhob sich.

„Also gut, dann wollen wir mal fremdgehen."

Als der Inspektor dem Sergeanten von der bevorstehenden Aufgabe erzählte, hatte dieser Schwierigkeiten, sein ohnehin trocknes Sandwich hinunterzuschlucken. Mr. Welsh beobachtete den Detektiv bei seiner Fressorgie. Selbst wenn er nur Kartoffelchips aß, artete dieses zu einem unkontrollierten Gemampfe aus.

„Gott sei Dank hat dich der liebe Gott mit besonders großen Ohren versehen, Glenn. Du würdest dir sonst das Beste am Gesicht vorbeischieben."

Unbeeindruckt von den ständigen Attacken, die er über sich ergehen lassen musste, schraubte er seine Thermoskanne auf und füllte dem Inspektor und sich eine Tasse mit Kandis gesüßten Tee ein. Beide schlürften genussvoll.

„So, mein Lieber, jetzt hast du dich ja genügend für die kommenden Aufgaben gestärkt. Also pass mal auf."

Leidenschaftslos erzählte er Miller von dem Anliegen des Superintendenten.

„Ruf mal zuerst alle Ärzte im Umkreis von fünfzig Meilen an und frage, ob sie seit Montag einen Mann um die vierzig mit schwarzem Vollbart verarbeitet haben. Vielleicht fängst du mit den Knochenflickern auf dem Lande an, denn da würde ich zum Beispiel hingehen, wenn ich so viel Geld in der Tasche hätte."

Nicht gerade begeistert hörte sich Miller alles an und brummte: „Ach ja, beinahe hätte ich das vergessen. Das Auto von Mrs. Thompson war ein vierundsiebziger Morris, Farbe anthrazitgrau, Zulassungsnummer: Y2L 5050 T."

„Na prima, das ist doch was. Dann mach mal ein Rundschreiben fertig für alle Polizeidienststellen."

Der Inspektor stand auf, ging um den Schreibtisch herum und klopfte seinem Freund auf die Schulter.

„Ich fahre mal zu der Frau, äh, Miss Jackson. Anschließend zur Bank. Also viel Spaß, mein Guter."

Er war froh, so dem Büromief entronnen zu sein. In dem Dienstwagen zündete er sich eine filterlose Zigarette an und startete den Vauxhall.

Vor der Villa, im englischen Kolonialstil erbaut, standen einige Luxuskarossen mit den dazugehörenden Fahrern.

Er ging mit einem knappen Gruß an ihnen vorbei und spürte ihre Blicke im Rücken.

An der Tür bediente er den altmodischen Türklopfer in Form eines Löwenkopfes. Dumpf leitete die schwere Eichenholztür den Anschlag weiter. Ein geschlechtsloser Lakai deutete eine Verbeugung an.

„Mein Name ist Welsh, Inspektor Welsh. Würden Sie mich bitte der Dame des Hauses melden?"

„Ja gerne, Inspektor. Bitte treten Sie ein."

Der Diener drehte sich um und ließ ihn allein. Er fragte sich immer wieder, wenn er sich in solchen Häusern befand, wie es einige Leute zustande brachten, solch ein Vermögen anzuhäufen. In diesem Fall besonders, denn es handelte sich um eine Miss der Oberklasse.

„Inspektor, Miss Jackson lässt bitten."

Er gab dem Diener seinen Hut und folgte ihm. In dem antiken, großen Raum erkannte er vier alte Damen, die um den Kamin herum saßen.

Miss Jackson kam auf ihn zu und begrüßte ihn wie einen guten alten Bekannten und machte ihn mit ihren Gästen bekannt.

„Ich will Sie nicht länger stören, meine Damen und darf vielleicht gleich zur Sache kommen."

Das Kollektiv nickte einheitlich und ihre Blicke saugten sich förmlich an seinen Lippen fest.

„Sicher haben Sie die Morgenausgabe der Daily Times gelesen oder von der Schlagzeile gehört. Keine Angst, meine Damen, der Urheber dieser Behauptung muss selbst beurteilen, ob er der ersten Gesellschaft von Sussex damit einen Dienst erwiesen hat."

Nicht gerade zufällig sah er dabei die Hausherrin an, die, wie nicht anders zu erwarten war, den Boden anstarrte.

„Ich darf es als Glücksfall bezeichnen, Sie hier versammelt zu sehen, meine Damen. Wer von Ihnen kann mir eine Personenbeschreibung von Jonathan, oder wie auch immer der Chauffeur und Diener von Mrs. Thompson hieß, geben?"

Er brauchte nicht lange warten und Miss Jackson ergriff das Wort.

„Eigentlich niemand von uns. Wir hatten leider nicht das zweifelhafte Vergnügen. Wir können nur das wiedergeben, was uns unsere liebe Freundin gesagt hatte."

Zwei von den Frauen in der Runde tupften sich behutsam die Augen.

„Er war so um die vierzig, nicht wahr?" Miss Jackson sah fragend ihre Freundinnen an. „Und hatte einen schwarzen Vollbart. Stellen Sie sich das einmal vor, Inspektor."

Er begriff nicht, was gegen einen gepflegten Vollbart einzuwenden war.

„Hatte Mrs. Thompson über seine Herkunft, Familienverhältnisse, Eigenarten, wie Benehmen oder Dialekt, etwas angemerkt?"

„Sie hatte das Gefühl, dass er sehr schüchtern war, weil er sich immer unten im Souterrain aufhielt. Und Tiere mochte er auch nicht", wusste die vermutlich jüngste von ihnen zu berichten.

„Ach, wie hatte sie sich aufgeregt über seine Fahrkünste. Sie hatte immer das Gefühl, an einem Silverstonerennen teilzunehmen."

„Wieso?"

„Er war wohl vorher bei einem Rennfahrer in Diensten. Jedenfalls behauptete das Viktoria.

Ach, da fällt mir ein, dieser Mann war auch in Spanien tätig bei einem Grafen. Der Name dieses Aristokraten fällt mir aber nicht mehr ein." Mit fragendem Blick in die Runde wartete sie auf eine Antwort, aber die Damen zuckten mit den Achseln und blieben stumm.

„Tja, Inspektor, mehr wissen wir nicht über diese Person."

„Aber, Miss Jackson, das war doch schon eine ganze Menge. Vielen Dank."

„War es nun Mord oder nicht?", wollten plötzlich alle wissen.

„Das Ergebnis der Obduktion des Gerichtsmediziners ist identisch mit der Diagnose von Dr. Spencer. Also kein Mord, meine Damen", sagte er mit Nachdruck.

Betretenes Schweigen folgte.

„Gott sei Dank, Inspektor", ließ eine von ihnen hören und blinzelte Mr. Welsh listig an.

„Aber Sie sind doch von der Mordkommission. Wenn es kein Mord war, wieso fahnden Sie dann noch nach dem Chauffeur?"

Obwohl dem Beamten die Fragerei langsam auf den Wecker ging, musste er lachen. So hatte er sich immer Miss Marple vorgestellt und er erzählte offen von der Bitte des Superintendenten. Begeistert zollten sie ihrem Bekannten Beifall.

Welsh verabschiedete sich und sprach draußen die Fahrer an, ob sie einen Rennfahrer kannten, der einen Chauffeur hatte. Sie verneinten die Frage lachend. Einer von ihnen kannte aber einen reichen Industriellen, der mehrere Rennwagen besaß, jedoch nicht mehr selbst fahren konnte, weil ihm ein Bein amputiert worden war.

Der Inspektor ließ sich die Adresse geben, mehr aus Routine als im Glauben, einen Volltreffer gelandet zu haben.

Anschließend fuhr er noch bei der Bank vorbei, ohne mehr zu erfahren, als er schon wusste.

Martha und Helen saßen sich am Frühstückstisch schweigend gegenüber. Nach dem Streit in der vergangenen Nacht waren beide noch einmal eingeschlafen. Jetzt war es schon fast zehn Uhr. Helen stocherte mit der Gabel lustlos in den Eiern mit Speck herum.

„Ich fahre jetzt mit dem Rad ins Dorf, Martha, zum Arzt. Du hast recht, er muss so schnell wie möglich von hier verschwinden."

Verwundert sah Martha Helen an. Sie schien erleichtert über Helens Entschluss.

„Gut, mach das, Liebes. Ich freue mich, dass du es auch so siehst. Lass uns heute mal faulenzen."

Martha machte sich an den Abwasch, während Helen sich aufs Fahrrad schwang. Nach der Küchenarbeit suchte Martha ihre Malutensilien heraus, setzte sich einen weiten Strohhut auf und ging in den hinteren Teil des Gartens. Von hier hatte sie einen herrlichen Blick auf die ausgedehnte Hügellandschaft. Die Sonne stand hoch am Himmel und die Sicht war klar wie selten zuvor.

Martha suchte sich ein Motiv und begann, Farben auf der Palette zu mischen. Sie war sofort vertieft in ihre Arbeit, sodass sie nicht bemerkte, wie Dave sich näherte und hinter ihr stehen blieb.

„Sie haben aber …"

Martha fuhr derart erschreckt zusammen, dass sie den Pinsel auf die Leinwand presste. Dave erkannte das Missgeschick und entschuldigte sich sofort.

„Verzeihen Sie, ich wollte Sie nicht erschrecken."

„Sie sind ein Tölpel!", kommentierte sie die Situation aufgebracht.

„Ich sagte schon, dass es mir leidtut, Miss. Darf ich mich zu Ihnen setzen?"

Dave sah sie dabei so freundlich an, dass Martha wortlos zustimmte.

„Lieben Sie naive Malerei?", begann er ein Gespräch.

„Unter anderem."

„Ich wollte, ich könnte auch malen, dann hätte ich in Ihnen einen guten Lehrmeister gefunden."

„Hören Sie, was soll das Gesülze? Gehen Sie lieber ins Bett."

„Ich habe es nicht mehr da oben ausgehalten. Mein Magen knurrt, verstehen Sie?"

„Ziehen Sie sich ein paar Karotten, die sind gesund." Dabei wies Martha mit dem Pinsel auf eine Ecke des Gartens.

„Gute Idee, möchten Sie auch?"

Martha gab keine Antwort. Etwas später kam Dave mit einem Bündel zartroter Wurzeln zurück. Das frische Brunnenwasser tropfte herab. Er reichte Martha einige Karotten und biss selbst mit einem lauten Knacken ab. Martha konnte dem Angebot nicht widerstehen und verzehrte eine Wurzel mit sichtlichem Appetit. Sie wusste nicht, was in ihr vorging. War es seine freundliche Art, das Gemüse oder die Malerei? Vielleicht alles zusammen. Kauend saßen beide nebeneinander.

„Wie gut Sie mit dem Hut aussehen, Martha. Ich darf Sie doch Martha nennen, ja?"

„Meinetwegen ja", antwortete sie versöhnlich.

„Wie geht es Ihnen heute?", fragte sie zögernd.

„Noch ein bisschen schwach, aber schon viel besser. Das Zeug, was mir Helen in der Nacht verabreicht hat, scheint Wunder zu bewirken. Sie haben mir beide wirklich sehr geholfen, Martha. Wie kann ich es wieder gut machen?"

„Indem Sie heute wieder abreisen", fiel sie wieder in die aggressive Tonart zurück.

„Wenn Sie es wünschen, natürlich", antwortete er kleinlaut.

„Ich möchte mich gern erkenntlich zeigen und sie beide heute zu einem Barbecue einladen. Das dürfen Sie mir nicht abschlagen."

Er legte bittend seine Hand auf die ihre. Dieser Hautkontakt brach Marthas letzten Widerstand.

„Also gut, einverstanden. Dann muss die arme Helen noch mal ins Dorf."

Mit Genugtuung registrierte Dave das Einverständnis.

„Vielen Dank. Ich beneide Sie und Helen. Sie schaffen sich hier eine Oase der Entspannung, Sie lieben sich, nicht wahr?", fragte er geradeaus.

Martha betrachtete ihn abwartend und ließ eine Beantwortung aus. Es entstand eine peinliche Pause. Fast zu sich selbst sagte sie leise:

„Es ist lange her, dass mich jemand geliebt hat, sehr lange."

Über ihren Köpfen hinweg flogen mit lautem Flügelschlag und lebhaftem Gezwitscher ein paar Spatzen und landeten auf den frisch ausgesäten Beeten. Dave sprang auf, um sie zu verscheuchen. Laut schimpfend flogen sie davon und ließen sich auf einem angrenzenden Baum nieder.

„Mein Vater hatte auch so einen Garten", erzählte Dave, „er stellte immer einen Käfig als Falle auf. Wenn sich einige Spatzen darin verfingen riss er ihnen die Köpfe ab."

„Was?", empörte sich Martha, „wie kann man nur so rabiat sein. Ich will Ihnen mal eine überlieferte Geschichte erzählen. Ludwig der vierzehnte, der sogenannte Sonnenkönig, hatte einmal eine Kopfprämie auf die Spatzen ausgesetzt, weil er die Vögel für die Verursacher schlechter Ernten hielt. Als es in Frankreich kaum noch Spatzen gab, war die Ernte gleich null. Das Ungeziefer hatte das Getreide vernichtet. Fortan führte er die Spatzen wieder ein und siehe da, es gab bald wieder gute Erträge. Da sehen Sie mal, dass diese drolligen Vögel eher nützlich als schädlich sind."

„Donnerwetter, woher kennen Sie solche Geschichten?"

„Ich bin Bibliothekarin und lese zwangsläufig viel."

„Und ich dachte immer, die stauben nur Bücher ab."

Als beide darüber lachten, schob Helen das Fahrrad um die Hausecke. Verdutzt blieb sie stehen, als sie beide erblickte. Mit

gerötetem Gesicht stellte sie das Gefährt ab, nahm den Draht-
korb vom Gepäckträger und ging ins Haus. Sie legte die Zeitung,
mit der Titelseite nach oben, auf den Tisch.

„Dave, kommen Sie mal?", rief sie ihn.

Beim Betreten der Küche fiel sein Blick sofort auf die Zeitung.
Irritiert sah er Helen an.

„Was gibt es denn?", fragte er so unbekümmert wie möglich.

„Ich habe frisches Verbandszeug gekauft. Setzen Sie sich, ich
will den Verband wechseln."

Sie hatte den Schemel so an den Tisch gestellt, dass er direkt
vor der Zeitung saß.

„Was gibt es Neues auf der Welt?", sein Puls schlug ihm am
Hals.

Er betrachtete das Phantombild und erkannte sich wieder.
Etwas zu hastig schlug er die Seiten um. Sein Hirn war von dem
Bild paralysiert.

„Jetzt ist alles aus, ich bin entlarvt", dachte er entsetzt.

Helen hatte sich abgewandt und drehte ihm den Rücken zu.
Sehr lange wusch sie sich die Hände am Handstein.

„Kannten Sie die Frau?", fragte sie Dave, den die Frage wie
ein Peitschenhieb traf.

„Ich? Nein, woher sollte ich die Frau kennen? Wieso fragen
Sie mich? Was wollen Sie damit sagen?"

Langsam bekam er seine Nerven wieder unter Kontrolle.
Ruhig, als ginge ihn das alles nichts an, blätterte er in dem Sport-
teil. „Manchester hat verloren und dann noch im eigenen Stadion.
Interessieren Sie sich für Fußball, Helen?"

„Nein, nicht sonderlich."

Sie trat an Dave heran und begann, den Verband zu lösen. Als
sein Gesicht befreit war, betrachtete sie die Wunde genauer. Der
Nasenflügel war im Begriff, wieder anzuwachsen.

„Mögen Sie Katzen?", fragte sie unvermittelt.

Abrupt stand Dave auf, sodass der Schemel nach hinten umkippte. Er packte Helens Arm.

„Was soll diese Fragerei? Ich habe mit alledem nichts zu tun!",
herrschte er sie an.

„Au, Sie tun mir weh!", schrie sie auf.

Er ließ sie los. Helen rieb sich das Handgelenk und trat einen Schritt zurück.

„Ich habe nur gefragt, ob Sie Katzen mögen, weiter nichts. Auf der ersten Seite steht nichts von Katzen. Nur auf der letzten, im Nachruf vom Tierheim."

Fast lauernd, wie zwei Kampfhähne, standen sie sich gegenüber. Helen löste die Spannung und schnitt ein neues Päckchen Verbandmull auf.

„Sie waren es, nicht wahr?"

„Halten Sie den Mund", fauchte Dave. Er lief die Treppe hinauf in sein Zimmer. Dort observierte er sein Spiegelbild. Unwillig tastete er mit den Fingern über seine Wangen. Die Bartstoppeln hatten ihn verraten. Sie ließen den Vollbart, wie auf dem Bild in der Zeitung, erahnen. Dave legte den Koffer aufs Bett und holte seinen Anzug hervor. Er wollte so schnell wie möglich von hier verschwinden, bevor die Polizei auftauchte.

„Die Alte ist tot, mein Gott, das wollte ich nicht. Ich bin doch kein Mörder."

Allein die Vorstellung, sein Leben hinter Gittern verbringen zu müssen, versetzte ihn in Panik. Rasieren, ja, jede Ähnlichkeit mit dem Phantombild musste vermieden werden. Er schloss den Koffer wieder, packte sein Rasierzeug und öffnete die Tür. Davor stand Helen. Er starrte sie an, wie ein verwundetes Tier. Sie ergriff als erste die Initiative und schob ihn ins Zimmer zurück.

„Wo willst du hin?", fragte sie. Bevor er reagieren konnte, schlang sie ihre Arme um seinen Nacken und küsste ihn wild und leidenschaftlich.

„Mein Liebling, habe keine Angst. Ich werde nichts verraten."

„Ich habe nichts damit nichts zu tun", beteuerte er wieder.

„Komm", flüsterte sie und zog ihn zum Bett. Verwundert über den Stimmungswechsel, zwang er sich dazu, Helens Absicht nicht nachzugeben.

„Helen, bitte, jetzt nicht. Komm heute Nacht zu mir. Ich muss mich jetzt rasieren."

„Haha, dein Bart ist dir wichtiger", lachte sie ironisch.

„Sei vernünftig, bitte." Wieder zog er sie an sich heran und küsste sie. Für einen Moment genossen sie die gegenseitigen Zärtlichkeiten, bis sie die Schritte auf der Treppe hörten. Dave trat aus dem Raum und ging an Martha vorbei. Sie sah ihn lauernd an.

„Ist Helen oben?", fragte sie im Vorbeigehen.

„Ja", entgegnete er knapp.

Nach der Rasur sprach er die beiden an, ob sie nicht Lust hätten, mit zu dem See zu gehen, um zu baden. Nur Helen nahm den Vorschlag begeistert an. Martha hingegen hielt es für ratsamer, sich um das Essen zu kümmern. Sie warf Dave anklagende Blicke zu. Nachdem Dave und Helen mit den Fahrrädern vom Feldweg hinter dem Haus abgebogen waren, stiegen sie ab und warfen sich auf das warme Gras. Gierig küssten sie sich bis zur Erschöpfung. Als sie sich endlich voneinander lösten, war es ihnen nicht möglich, aufs Rad zu steigen. So schoben sie sie bis zum See.

„Woher wusstest du von dem See?", fragte sie völlig unbefangen. Ihr war jetzt alles egal, ob er etwas mit Mord, der ja in der Zeitung stand, zu tun hatte oder nicht.

„Ich konnte ihn vom Haus aus sehen", log er.

„So? Dann guck mal zum Haus rüber, kannst du es sehen?"

„Das Dach, von meinem Zimmer aus kann man den See sehen", behauptete er weiter.

„Nein, nein, mein Liebling, sieh mal genauer hin. Das Fenster ist auf der anderen Seite." Sie sagte es nicht unfreundlich, aber ernst.

Dave hatte sich entkleidet und stand nackt vor ihr.

„Komm, lass uns baden gehen", forderte er sie auf und ging bis zum Bauchnabel ins Wasser. Von dort konnte er beobachten, wie Helen sich entkleidete. Er war fasziniert von ihrer Figur. So etwas Schönes hatte er bisher nur im Kino oder im Penthouse gesehen. Sie war das vollendete Covergirl. Man konnte nicht glauben, dass sie fast so alt war wie er. Die Sonne auf dem Wasser blendete ihn und er legte abschirmend eine Hand an seine Stirn. Die Wunden in seinem Gesicht brannten wie Feuer, doch er ignorierte den Schmerz, weil er nur begierig darauf wartete, sie zu besitzen. Lächelnd kam sie ihm langsam näher. Von der Kälte des Wassers oder war es die Erwartung, schnell zu ihm zu kommen, hatten sich ihre Brustwarzen aufgerichtet. Mit einem Schwung tauchte sie ab und kam prustend direkt vor ihm wieder hoch. Wie im Rausch schlang sie ihre Beine um seine Lenden. Ihre Zähne gruben sich in seine Lippen. Ihre Bewegungen wurden ekstatisch. Es war ihnen in diesem Moment egal. Es hätten tausend Menschen am Ufer stehen und zusehen können. Sie hätten sich nicht stören lassen in ihrem Verlangen füreinander. Nach dem Akt wollte Dave bis zum Hals eintauchen, aber Helen ließ es nicht zu, solange er noch in ihr war.

„Ich liebe dich", hauchte sie ihm ins Ohr, „ich möchte immer mit dir zusammenbleiben, für immer."

Zärtlich trennte sich Dave von ihr, stellte sich hinter sie und nahm ihre großen und erstaunlich festen Brüste in die Hände. Er genoss ihren frischen Atem, ihre samtene Haut. Von der Seite bedeckte er ihren Hals und ihr Gesicht mit Küssen, bis sich ihre Lippen erneut fanden. Dave wollte ans Ufer zurück und nahm Helen an die Hand. Sie liefen ins hohe Gras, um sich erneut zu lieben.

„Lass uns gehen, mein Liebling, Martha wartet", meinte Dave schließlich.

„Martha, Martha, ich kann den Namen nicht mehr hören", entgegnete sie brüskiert, „aber vielleicht hast du recht."

In ihre Augen trat wieder das Funkeln, als sie Daves Genitalien streifte.

„Ich glaube, Martha muss noch einen Augenblick warten."

Nach dem Essen wollte sich Dave noch etwas hinlegen. Er fühlte sich wie ausgelutscht. Beiden fiel es schwer, sich distanziert zu geben. Unter dem Tisch suchten sich ihre Füße. Mit diesen Zärtlichkeiten mussten sie sich begnügen, damit Marha nichts bemerkte bemerkte.

„Helen, du musst noch einmal ins Dorf fahren. Dave will heute sein Abschiedsessen geben", bemerkte Martha, als Dave schon auf dem Weg zur Treppe war.

„Was? Wann hat er dir das denn gesagt? Dave, willst du, ich meine, wollen Sie uns verlassen?"

„Ja, er will und wird es", bestimmte Martha.

Achselzuckend blieb er auf der Treppe stehen und blickte traurig durch die Pflaster auf seinem Gesicht zu Helen, so als wolle er sagen: „Martha will es so, aber das machst du rückgängig."

Helen strampelte sich auf dem Weg zum Dorf die Müdigkeit aus den Beinen. Zum Glück ging es meist leicht bergab. Ihre Gedanken kreisten nur darum, wie sie Dave im Haus halten könnte. Klar, dass Martha eifersüchtig war, denn auch ihr musste doch bewusst geworden sein, dass Helen zu einer lesbischen Beziehung nicht taugte. Warum wollten alle Menschen ihre Nähe? Die Männer begehrten sie körperlich, was ja irgendwie auch verständlich war. Doch sie wollte einen Mann, der sie liebte. Der bereit war, sie zu nehmen, wie sie war, mit allen Schwächen. Sie mochte Dave sehr und wollte ihn nicht verlieren und umgekehrt schien es genauso zu sein. „Ich werde um ihn kämpfen. Notfalls mit ihm irgendwo hinziehen, wo wir unbekannt sind." An das Geschmiere in den Zeitungen glaubte sie nicht. So sanft, wie er sich gab, so ein Mensch kann nichts Böses tun.

Schon war sie vor dem Gemischtwarenladen angekommen. Sie stellte ihr Rad in den dafür vorgesehenen Ständer, nahm den Korb vom Gepäckträger und betrat das Geschäft. Der Besitzer unterbrach seine Arbeit und sah sie offensichtlich erfreut über den Brillenrand hinweg an.

„Welch eine Freude, Sie zweimal am Tag zu sehen. Haben Sie etwas vergessen?"

Helen mochte ihn trotz seiner Freundlichkeit nicht. Sein Blick zog sie förmlich aus. Um möglichst schnell wieder zu verschwinden, holte sie ihren Notizblock hervor und begann abzulesen. Als sie Whisky und Zigaretten verlangte, blickte er sie vielsagend an, hielt aber den Mund. Bei der Menge Fleisch konnte er aber nicht widerstehen, sie zu fragen:

„Sie haben wohl vor, ein kleines Fest zu feiern. Haben Sie Besuch bekommen?"

„Ja, so ist es", erwiderte sie knapp.

„Das muss auch mal sein. So einsam, wie Sie dort leben, nee nee, das wäre nichts für mich."

„Wir fühlen uns aber ganz wohl dabei. Das wäre es dann."

Sie ging noch einmal den Zettel durch, falls sie etwas vergessen haben sollte. Aber dem war nicht so. Als sie bezahlt hatte, kam der Alte hinter seinem Tresen hervor und trug ihr den Korb zum Fahrrad.

„Dann wünsche ich viel Spaß bei der Party", verabschiedete er sich und wischte seine Hände an der Schürze ab.

Für den Rückweg brauchte Helen fast die doppelte Zeit. Auch der blaue Himmel hatte ihre düsteren Gedanken nicht vertrieben, als sie endlich durchgeschwitzt wieder am Haus ankam. Sie hatte große Lust, nach oben zu Dave zu gehen, unterließ es aber. Stattdessen ging sie ins Schlafzimmer und legte sich für eine Stunde aufs Bett.

Die bisherigen Telefonate, die Detektiv Miller geführt hatte, waren alle negativ gewesen. Der Inspektor schnalzte mit der Zunge. Das war eine seiner Eigenarten, wenn er seine grauen Zellen anstrengte. Er griff nach dem Notizbuch und blätterte es durch, bis er die Adresse des Hobbyrennfahrers hatte. Dann nahm er den Hörer ab und verlangte die Auskunft.

„Hallo, geben Sie mir bitte die Telefonnummer von Mr. John Newsteel. Rochester, in der Grafschaft Kent."

Er fingerte während des Wartens am Kragen. Miller blickte interessiert von dem vor ihm liegenden Telefonbuch auf, als sich der Inspektor auch schon Notizen machte. Mit einem freundlichen Danke legte er auf.

„Das ist die berühmte Nadel im Heuhaufen, aber vielleicht haben wir Glück", sagte er zu Miller und wählte die Nummer. Schneller als erwartet kam die Verbindung zustande.

„Hier Inspektor Welsh vom Kommissariat Brighton. Ich hätte gern Mr. John Newsteel gesprochen."

„Am Apparat, womit kann ich dienen?", fragte eine noch jugendliche Stimme.

„Kein Grund zur Besorgnis, Sir. Hatten Sie in der jüngsten Zeit einen Chauffeur, der einen gepflegt geschnittenen, schwarzen Vollbart trug?"

„Moment, da muss ich nachdenken. – Ja, also einen schwarzen Vollbart? Nein Inspektor, da muss ich Sie enttäuschen, tut mir leid."

Damit hatte Welsh auch gerechnet. Wäre auch zu schön gewesen, auf Anhieb Glück zu haben.

„Dann vielen Dank, Sir, und entschuldigen Sie die Störung." Er wollte gerade auflegen, als Mr. Newsteel schnell sagte: „Halt warten Sie. Ende des Jahres hatte ich jemand beschäftigt, der einen Vollbart trug, aber der war rötlich-braun. Wollen Sie die Daten haben? Schließlich kann man ja die Haare färben, oder?"

Der Inspektor lachte: „Natürlich Sir, es wäre wohl zu viel verlangt, wenn Sie noch ein Foto von ihm hätten?"

„Keineswegs, ich schaue mal nach."

Nervös trommelte Welsh gegen den Hörer.

„Inspektor?"

„Ja, ich höre."

„Sie haben Glück. Ich habe ein Foto, auf dem er in einem vierundsechsziger MG abgebildet ist. Allerdings mit Lederkappe. Vielleicht nützt Ihnen das was. Inspektor, ich gebe die Informationen nur raus, wenn Sie mir versprechen, mich gegenüber den Medien herauszuhalten, klar?"

„Seien Sie unbesorgt, Sir. Ich lasse das Foto von der dortigen Polizei abholen, wenn's recht ist."

„Einverstanden, falls Sie noch Fragen haben, kommen Sie doch nächstes Wochenende nach Brighton zum alljährlichen Oldtimertreffen."

„Gute Idee, Sir, falls Sie jetzt noch so freundlich wären mir die Personalangaben durchzugeben."

Nachdem er alles notiert hatte, schlug er mit seiner Pranke auf die Tischplatte.

„Warum bin ich Idiot nicht selbst drauf gekommen. So was muss mir ein Sherlock-Holmes-Verschnitt sagen. Pass auf Glenn, ich gehe mal rüber zum Erkennungsdienst. Anschließend fahre ich mit Inspektor Shields noch mal rüber zu Mrs. Thompsons Haus. Ich wünsche dir, dass du bald fündig wirst."

Ihm tat sein Freund wirklich leid. Diese Aufgabe forderte schon Nerven. Immer die gleichen Fragen und fast immer die gleichen Antworten. Mögliche Hinweise stellten sich meist als Flop heraus. Aber genau das war präzise Polizeiarbeit, nichts unversucht lassen. Das kostete viel Zeit und wurde von den Vorgesetzten in ihren bequemen Ledersesseln selten honoriert.

Als sie beim Haus der Verstorbenen ankamen, war gerade ein Schlosser damit beschäftigt, die Türschlösser auszuwechseln.

Inspektor Welsh wies sich aus und fragte den Handwerker: „Wer hat Ihnen den Auftrag dafür gegeben?"

Offenbar eingeschüchtert, nahm dieser Haltung an.

„Die Rechnung soll ich an die Anwaltskanzlei Dr. White schicken."

Dr. White war der Prominentenanwalt der Stadt und in vielen Fällen auch der Vermögensverwalter.

„In Ordnung", am liebsten hätte Welsh militärisch „rühren" gesagt. „Warten Sie bitte so lange, bis wir fertig sind, dauert nicht lange."

„Jawohl, Sir. Ich bin dann wohl am Garagentor."

Mit einem Kopfnicken betraten sie dann das Haus.

„Die erste Untersuchung beschränkte sich fast nur auf den oberen Wohnbereich. Aber ich habe Grund zur Annahme, dass wir im Souterrain fündig werden", klärte Welsh seinen Begleiter auf.

Er ging voraus und blieb vor dem Ausguss stehen.

„Jeder, der mir etwas über den Butler sagen konnte erwähnte immer wieder seinen gepflegten, schwarzen Vollbart. Komisch nicht? Keiner kannte ihn, aber alle reden nur davon."

Er hielt inne und zeigte auf den Geruchsverschluss unterhalb des Beckens.

„Schrauben Sie das Ding mal ab, aber vorsichtig", wies er den Fachmann von der Spurensicherung an.

Nachdem das Kniestück entfernt war, breitete sich Kloakengestank aus. Davon unbeeindruckt, galt die ganze Aufmerksamkeit dem Inhalt. Ein Knäuel von dunklen Haaren ergoss sich mit dem Restwasser in den bereitgehaltenen Plastikbeutel.

„So, mein Lieber, dann viel Spaß. Wollen wir eine Wette machen, dass die schwarzen Haare rötlich-braun sind?"

Der Spurenfachmann konnte einen Moment nichts damit anfangen. Dann hellte sich sein Gesicht auf.

„Sie meinen, die Haare sind gefärbt, oder?"

Der Inspektor drückte die Antwort mit einem Schulterklopfen aus.

„Ich hoffe es!"

Dave hatte die Zeitung mit aufs Zimmer genommen und las den Bericht Wort für Wort genau durch. Deprimiert legte er das Blatt zur Seite. Er war sich ganz sicher, dass die Alte noch gelebt hatte, als er das Haus verließ, oder etwa nicht? Jedenfalls glaubte er es noch bis heute. Wenn der Berichterstatter damit recht hatte, dass Mrs. Thompson ermordet wurde, dann musste er hier schleunigst weg. Oder sollte er zuerst das Auto verschwinden lassen? Er verwarf den Gedanken wieder. Das konnte er immer noch irgendwo auf dem Weg nach London erledigen. Ihm schien diese Millionenmetropole mit einem Mal sicherer als hier auf dem Präsentierteller. Helen würde ihn wohl nicht verraten, eher decken, da war er sich sicher. Aber es war nur eine Frage der Zeit, bis Martha dahinterkam. Er war davon überzeugt, dass sie alles daran setzen würde, ihn der Polizei auszuliefern. Dann hätte sie Helen wieder für sich.

Daves Gedanken schlugen Kapriolen. Wie ein heißes Eisen, das ihm auf der Seele brannte, legte er die Zeitung unter die Matratze. Er versuchte, die Gedanken zu vertreiben und schlief dann doch noch ein.

Einige Augenblicke später wurde er durch Küsse auf Gesicht und Hals geweckt. Er blinzelte und roch Helen. Ihre Haut duftete leicht nach einem Parfüm, das er nicht spezifizieren konnte. Alles, was er sah, waren ihre schönen Brustansätze, die sich unter der herabhängenden Bluse zeigten. Ein angenehmes Kitzeln durchfuhr seinen Körper. Dave schloss die Augen und genoss Helens Zärtlichkeiten, die sich jetzt bis unter den Nabel ausdehnten. So schön, wie alles begonnen hatte, so schnell war auch alles vorbei.

Helen stand auf und reichte ihm die Hand.

„Komm, steh auf, du Schlafmütze, lass uns ein bisschen feiern. Es ist alles vorbereitet. Mach schon, Martha schöpft sonst Verdacht."

„Okay, geh schon vor, ich komme gleich."

Nur mit Boxershorts bekleidet, ging er in die Waschküche und wusch sich mit kaltem, frischem Brunnenwasser. Dann frottierte er sich ab und kleidete sich vollständig an. In den vergangenen Tagen hatte er Gewicht verloren und schnallte den Gürtel seiner Hose um ein Loch enger.

Auf der Terrasse stand ein Holzkohlegrill. Daneben, auf einem Gartentisch, befanden sich Fleisch, Gewürze und Salate. Martha war gerade damit beschäftigt, Kräuterbutter in das seitlich aufgeschnittene Weißbrot zu streichen. Ein herrlicher Duft lag in der Luft. Daves Magen regte sich bei dem Anblick der Köstlichkeiten. Mit einem scharfen Messer bewaffnet, begab er sich zu dem nahegelegenen Birkenwäldchen. Dort ritzte er die Rinde an und zog papierdünne Streifen ab, die er dann unter die Holzkohle legte.

Leichter Rauch stieg auf und verzog sich Richtung Garten. Die Sonne schickte ihre letzten Strahlen über die so friedliche Landschaft. Wie hervorgezaubert erschien Helen auf der Bildfläche und hielt, wie die New Yorker Freiheitsstatue, eine eiskalte Flasche Sekt in der Hand und eröffnete so die kleine Feier.

„Kommt Kinder, lasst uns anstoßen", rief sie fast feierlich.

„Das hättest du bleiben lassen sollen", dämpfte Martha ihre Euphorie.

„Warum? Martha, also ich verstehe dich nicht." Verärgerung huschte über Helens gerade noch strahlendes Gesicht.

„Dave, öffne die Flasche bitte."

„So, so, ihr duzt euch bereits. Hat euch das kalte Wasser innerlich näher rücken lassen?", sagte Martha bissig.

„Warum nicht? Es war herrlich, mein kleiner Moralapostel", entgegnete Helen ironisch heiter.

Wortlos griff Martha nach einem Stückchen Käse und blickte teilnahmslos zu Helen. Sie verarbeitete Helens provokative Art mit starkem Druck auf ihre Galle. Es bereitete ihr Schmerzen in den Organen und der Seele, welche förmlich paralysiert wurde. Dieses Gefühl hatte sie an sich bemerkt, seit sie Helen kannte. Martha führte es auf ihre unendliche Liebe zu der Jüngeren zurück. Nie zuvor hatte sie diese Liebe einem anderen Menschen gegenüber aufbringen können. Deshalb war ihr auch Dave ein Dorn im Auge. Sie wollte für diese Beziehung kämpfen, und betrachtete diese kleine Feier als ein Fest der Befreiung. Für Dave formulierte sie es als Henkersmahlzeit.

Martha gab ihrem Herzen einen Stoß und hielt mit gespielter Freundlichkeit ihr Sektglas Dave entgegen, der gekonnt den Korken entfernte. Prickelnd ergoss sich das herrliche Getränk in die Gläser.

Dave bedankte sich für die Hilfe und Gastfreundschaft mit einem Kompliment bei Martha.

Danach wollte er sich dem Grill zu wenden, um nach der Glut zu schauen. Doch Helen füllte die Gläser nach und stieß erneut an.

„Wir haben einen lieben Freund gewonnen, mit dem ich auf das Du anstoßen möchte."

Sie tranken erneut und Helen forderte einen Kuss von Dave. Mit einem Blick auf Martha kam er der Aufforderung nach. Weich und gefühlvoll trafen sich ihre Lippen. Sie schauten erst wieder auf, als sie ein Knirschen von Glas hörten. Martha hatte ihr Glas so hart auf den Tisch gestellt, dass es zerbrochen war. Eilig ging sie an den beiden vorbei und lief ins Haus. Helen und Dave sahen sich verdutzt an. Doch Dave rettete die Situation.

„Meine Damen, zuerst den Fisch oder das Fleisch?"

„Egal, Hauptsache, es gibt bald etwas zu futtern, ich habe einen Mordshunger!", rief Helen und verschwand ebenfalls im Haus.

Martha zeigte sich übertrieben geschäftig mit dem völlig überflüssigen Abzupfen verwelkter Blätter der Topfpflanzen auf dem Fensterbrett.

„Komm, Martha, sei kein Spielverderber. Außerdem liegt das Fleisch auf dem Grill", forderte Helen ihre Freundin auf.

„Schön, dann guten Appetit", entgegnete sie spitz.

„Tja, dann nicht, Aschenputtel."

Dave hatte den Fisch, zwei herrliche Regenbogenforellen, gewürzt und gebuttert in Alufolie gewickelt. Das Fleisch war fast fertig und verbreitete einen einladenden Duft.

„Martha, kommen Sie, wir können essen!", rief Dave.

Helen hatte inzwischen die Außenbeleuchtung eingeschaltet, denn es begann zu dämmern.

Martha, die es sich anscheinend anders überlegt hatte, trat zu ihnen, als sei alles in bester Ordnung. Sie setzte sich an den Tisch und goss sich einen doppelten Whisky ein, pur.

„Der Fisch dauert noch etwas. Wollen wir uns erst einmal über das Fleisch hermachen?"

„Egal, Hauptsache es kommt bald was auf den Tisch", äußerte sich Helen euphorisch.

„Ist das nicht wunderbar? Das erinnert mich an Kenia. Bei großen Gesellschaften drehten sich ganze Schweine oder Hammel am Spieß, scharf gewürzt natürlich."

„Was hast du denn in Kenia gemacht, Helen?", wollte Dave wissen.

„Ich bin dort geboren und aufgewachsen. Hab ich noch nicht davon erzählt?"

„Nee, das höre ich jetzt das erste Mal. Warum bist du denn nicht mehr dort?"

Dave goss für alle einen kräftigen Schluck Whisky ein. Er merkte, wie Helen nach dieser Frage stockte und die Pause mit dem Trinken ausdehnte.

„Ihr Mann ist dort ums Leben gekommen, ich glaube ermordet. Ist es nicht so?", antwortete Martha für sie.

Nie war das Thema so weit von ihnen erörtert worden. Helen schwieg und hob, statt eine Antwort zu geben, das Glas.

„Es lebe das Leben", rief sie aus.

Dave betrachtete sie betreten. „Was muss sie durchgemacht haben", fragte er sich. Völlig unerwartet erzählte Helen weiter.

„Ja, so war es. John hatte schon längere Zeit Ärger mit dem Personal, welches auf der Seite der Wilderer stand. Sie gehörten überwiegend demselben Stamm an und lebten von der Wilderei. Es war die einzige Einnahmequelle der Leute. Ihnen war es egal, ob die Arten ausgerottet wurden. Schließlich lebten sie ja schon immer von der Jagd. Mein Mann schloss sich dem ‚World Wildlife Fund‘ an und kontrollierte ein riesiges Gebiet, welches direkt zwischen unseren Farmen lag. Immer öfter hing über unserer Haustür eine geschnitzte Holzfigur, die John ähnlich sah. Das war eine Warnung, ein Symbol des Todes.

Offensichtlich wurde die Figur vom Personal angebracht. Das ignorierte John, denn das Personal war seit Generationen bei uns beschäftigt. Bis, ja, bis es so weit war.“

Helen schluckte trocken und stürzte dann den Inhalt ihres Glases mit heftiger Geste hinunter. Sie schenkte gleich nach, sah zu Boden und fuhr fort; „Man fand ihn in seinem Bett, direkt neben mir. Sein Kopf war mit einem Buschmesser vom Leib getrennt worden.“ Sie schluchzte, während Martha und Dave hilflos zu Boden sahen.

„Hallo, da bin ich ja richtig“, hörten sie jemandem von der Hausecke her sagen. Alle drei fuhren erschreckt herum und erkannten den Elektriker, der sich langsam mit einem Hund undefinierbarer Rasse näherte. Martha erfasste als erste die Situation.

„Oh Schreck, auch das noch. Gehört es zu den Gepflogenheiten der Leute aus dieser Gegend, sich selbst einzuladen?“

Der Angesprochene war unbeeindruckt und erwiderte laut:

„Nennen wir es Nachbarschaftshilfe oder Betreuung“, fuhr er mit der Hand durch die Luft. „Ja, wollen Sie mich etwa so stehen lassen?“

Dave hatte sich etwas in den dunkleren Teil der Terrasse zurückgezogen.

Der Besucher sah von Helen zu Martha, bis er mit zusammengekniffenen Augen Dave erblickte.

„Ah, das ist Ihr Besuch, nicht wahr? Hallo Mister, kommen Sie. Ich tue Ihnen nichts und mein Hund auch nicht.“

Er war im Begriff, auf Dave zuzugehen. Da sprang Helen auf und stellte sich zwischen sie.

„Darf ich vorstellen, Mr. Dickinson, seines Zeichen Elektriker von Gottes Gnaden, und Mr. – äh, mein Bruder Dave."

Offensichtlich waren alle froh, die peinliche Situation so gelöst zu haben.

Die Männer reichten sich die Hand. Der rotgesichtige Handwerker hielt Daves Hand überflüssig lange fest und betrachtete ungeniert seine Pflaster.

„Oh Mann, oh Mann, ich hoffe diese Kriegsverletzungen hatten Sie schon, bevor Sie hier waren", lachte er und blickte vielsagend zu den Frauen.

„Reißen Sie sich zusammen Dickinson, sonst …", Helen zeigte ihm die geballte Faust.

„Nicht doch, sonst muss ich Ambos von der Leine lassen", witzelte er. Der kleine Pinscher wedelte verständnislos mit dem Schwanz.

„Tja, dann – äh – Miss", suchte er, sich windend, nach Worten und kratzte sich dabei ungeniert zwischen den Beinen.

Martha reichte ihm ein Glas Scotch, was er freudig annahm.

Dave hatte inzwischen das Fleisch vom Grill gehoben und den randvollen Teller auf den Tisch gestellt. Er füllte die Salate in kleine Schüsseln und schnitt das heiße Knoblauchbrot auf.

„Der Fisch dauert noch ein bisschen, aber wir haben ja erst einmal etwas", sagte Dave.

Ohne jede Zurückhaltung nahm Mr. Dickinson an der Stirnseite des Tisches Platz. Ambos plumpste neben ihn zu Boden und sah sein Herrchen mit bettelnden Augen und heraushängender Zunge an. Den Teller mit dem T-Bone-Steak, der dem Eindringling zugeschoben wurde, wies der Elektriker von sich.

„Nein, besten Dank, Mrs. Zum Essen bin ich eigentlich nicht gekommen. Wenn Sie vielleicht noch einen kleinen Aufmunterer hätten?" Dabei hielt er das leere Glas hoch, „oder ein kühles Bier, wenn's recht ist."

Martha goss großzügig nach und nahm sich den Teller mit dem Steak.

„Wollen Sie wirklich nichts essen? Es ist genug da", fragte sie ihn ein letztes Mal.

„Nein, danke. Das bisschen, was man isst, kann man auch trinken", antwortete er lachend. Wenn Sie allerdings die Knochen für Ambos hätten. Damit wären wir schon zufrieden, was Kleiner? „Liebevoll tätschelte er seinen Hund. Die zwei waren schon ein merkwürdiges Gespann. Herrchen war vom Alkohol abhängig und der Hund vom Alkoholiker.

„Woher wussten Sie von unserer kleinen Feier, Mr. Dickinson?", fragte Helen. Sie wollte das Gespräch an sich ziehen denn sie befürchtete, dass er unangenehme Fragen stellen könnte, weil er immer wieder Dave auffallend intensiv betrachtete.

Er drehte seinen Kopf Helen zu: „Oh, das war nicht schwer. Wenn Sie zu Ferrer in den Tante-Emma-Laden gehen, erfahren Sie alles."

„Aha, hat also der blöde Alte gequatscht", dachte Helen wütend.

Wieder glotzte er sinnend zu Dave rüber.

„Eh, Mister, Sie kommen mir bekannt vor. Kann es sein, dass wir uns schon mal begegnet sind?", platzte er schließlich heraus.

„Unmöglich, ich bin das erste Mal in dieser Gegend", und mit Nachdruck: „Sie irren sich bestimmt!"

„Nee, nee, ich habe ein ausgesprochen gutes Personengedächtnis. Aber mir fällt es bestimmt noch ein."

Mit einem kräftigen Schluck leerte er sein Glas erneut. Plötzlich lag eine gefährliche Spannung in der Luft. Dave war aufgestanden und beschäftigte sich mit dem Fisch.

„Kann ich noch einen Kleinen kriegen?", fragte der Säufer Martha.

„Einen noch, dann ist die Flasche leer, Mister."

„Das macht nichts, ich habe noch eine volle im Wagen."

„Was, Sie fahren anschließend noch mit dem Auto?", fragte Martha ungläubig.

„Na klar, dann fahr ich doch am besten, nicht, mein Kleiner?"
Was der Hund offensichtlich mit einem treuen Blick bestätigte.

Dave kam mit dem Fisch an den Tisch zurück, öffnete die Folie und portionierte die Filets.

„Sie müssen etwas essen, Mr. Dickinson, bevor Sie gleich wieder gehen", forderte Helen ihn auf.

„Mr. Dickinson kann so lange bleiben, wie es ihm gefällt“, entgegnete Martha spitz.

Helen konnte ihre Wut über das Gesagte kaum verbergen. Außer Martha stocherten alle lustlos in ihrer Portion Fisch herum.

„Dein Bruder versteht zu kochen. Die Frau, die er einmal bekommt, ist zu beneiden, findest du nicht auch, Helen? Oder wartet schon irgendwo eine Frau, vielleicht eine Kinderschar auf Sie?“ Martha machte es Spaß, auf diese Weise etwas über Dave zu erfahren. Sie wollte Helen auch zeigen, in welchen Waschlappen sie sich verguckt hatte. Dave und Helen ignorierten Marthas spitze Bemerkungen und prosteten sich zu.

„Hab ich recht, Dave? In Ihrem Alter wäre es doch nur normal, oder?“

„Du hörst sofort auf mit deiner blöden Fragerei, Martha“, fauchte Helen sie an.

„Ja, das würde mich auch interessieren. Also, was ist?“, mischte sich der Elektriker wieder in das Gespräch, während er mit seinen Wurstfingern die Knochen vom Teller nahm und Ambos zuwarf. Er wischte sich die Hände am Hemd ab und wartete auf eine Antwort.

„Hauen Sie ab, Mensch“, fuhr Helen ihn an. Sie war aufgestanden und stemmte die Fäuste in die Hüfte.

„Aber Helen, wie gehst du denn mit unserem Gast um?“, fragte Martha provozierend.

Helen zeigte wütend auf den grinsenden Säufer.

„Das ist nicht unser Gast. Ich jedenfalls habe ihn nicht eingeladen.“

Martha, die an einem Glas Bier nippte, sah Helen halb belustigt an.

„Ist es Dave denn?“, fragte sie halblaut.

Verwirrt sah Helen Martha an. Sie schien in ihrer Wut jede Kontrolle über sich zu verlieren.

„Dave? Natürlich, er ist schließlich mein Bruder, oder?“

Martha lehnte sich zurück und lachte schallend.

„Ja, natürlich, er gehört ja zur Familie“, prustete sie übertrieben laut hervor.

Der Alkoholkonsum brachte sie in Gefahr, aufeinander loszugehen. Sie hatten nicht bemerkt, dass sich Dave entfernt hatte. Er kehrte mit einem Kassettenrekorder und ein paar Kassetten zurück. Als er eine von ihnen einlegen wollte, herrschte Helen ihn an.

„Dave, was machst du da, wir wollen jetzt keine Musik hören."

„Oh doch, Dave. Leg nur was Schönes auf. Ich möchte mit dir tanzen", goss Martha weiter Öl ins Feuer.

Irritiert blickte Dave von einer zur anderen. Martha stand auf, stellte sich neben Dave und wartete, bis flotte Tanzmusik von Herb Alpert ertönte. Martha umfasste Daves Taille und sie fingen zu tanzen an. Helen schaute ihnen wütend zu.

Dickinson konnte Helens schlechte Laune nicht verstehen und schaute dem Tanzpaar amüsiert zu. Er war sogar handfeste Streitereien gewöhnt, was er immer mit dem Phlegma eines Säufers betrachtete.

„Sie passen gut zusammen, finden Sie nicht?", fragte er Helen, wobei er sie mit eindringlichen und roten Augen ansah.

„Wunderbar, einfach wunderbar", antwortete sie in ironischer Manier.

Dickinson beugte sich vor: „Sie werden doch auf Ihren Bruder nicht eifersüchtig sein?" Er benutzte die Gelegenheit, seine fleischige Hand auf ihren Arm zu legen.

„Gehen Sie weg, Sie Mistkerl", fauchte sie ihn an und rückte von ihm ab.

„Schon gut, junge Frau, ich verstehe."

Er stellte die leere Flasche auf den Kopf und deutete so an, dass er nichts mehr zu trinken hatte. Schwerfällig stand er auf und ging, gefolgt von Ambos, um die Ecke. Helen schien ein Stein vom Herzen gefallen zu sein und sie stand ebenfalls auf.

„Ihr könnt mit dem Theater aufhören, er ist weg."

Das hatten die beiden nicht bemerkt und tanzten vergnügt weiter.

„Ich sagte, er ist weg. Hört jetzt auf!"

Fast mitleidig sah Martha wortlos zu ihr herüber. Demonstrativ legte sie einen Arm um Daves Hals und schob ihren Unterleib gegen seine Lenden, wobei sie darauf achtete, dass Helen diese Geste deutlich verfolgen konnte. Martha ergötzte sich daran, Helen leiden zu sehen. Diese war drauf und dran, dem Spuk ein Ende zu bereiten, als Dickinson, mit fröhlichem Gesicht, um die Ecke kam und eine Flasche Schnaps triumphierend in die Höhe hielt.

„Oh, Miss Helen, was machen Sie für ein ernstes Gesicht, kommen Sie."

Ohne zu zögern, ergriff er Helen und tanzte mit ihr. Er war ein ausgezeichneter Tänzer, was man, seiner klobigen Figur nach, nicht vermutet hätte. Nach anfänglichem Widerstreben verflog ihre Wut und sie ließ sich von ihrem Partner führen. Martha und Dave blieb nicht verborgen, wie leicht sich Helen nach dem Takt der Musik drehte. Übertrieben keck warf Helen ihren Kopf in den Nacken, wenn sie die Blicke der beiden spürte. Die Ansätze ihrer wundervollen Brüste wogten, sodass jedermann hinsehen musste, während sie dabei aufreizend lachte. Der Alkohol schien ihr jetzt jede Hemmung zu nehmen. Inmitten eines Tanzes forderte Helen abrupt Partnerwechsel. Sie klatschte Martha ab, die sich widerwillig von Dave löste. Sofort schlang Helen ihre Arme um Dave und wollte ihn küssen.

„Lass das, du schönes Biest", raunte Dave ihr noch rechtzeitig zu.

„Wieso, ich liebe dich. Ich möchte jetzt mit dir allein sein", flüsterte sie leise. „Ganz allein. Zum Teufel mit den beiden."

„Reiß dich zusammen. Die beobachten uns."

Dave war bemüht, Distanz zu wahren, wie es sich für einen Bruder schickte. Nach dem Tanz knackte es im kassettenrekorder. Das Band war zu Ende und Helen schickte sich an, die Kassette zu wenden.

„Lass mal einen Moment, ich möchte etwas trinken", hielt Dave sie davon ab, sodass es jedermann hören konnte. Dickinson schien am meisten darüber erfreut, von der Folter Körperbewegung befreit zu sein. Er setzte sich sogleich neben Ambos, der damit beschäftigt war, die letzten Knochen zu vertilgen.

„Sie sind ein hervorragender Tänzer, Mr. Dickinson. Wo haben Sie das gelernt?", wollte Martha wissen.

„Ich bin ein Naturtalent, Lady. So wie ich Ihnen Strom in Ihre Hütte gezaubert habe, so bin ich auch auf anderen Gebieten unerreicht." Er sagte das so komisch, dass alle lachen mussten.

Dave mixte jetzt Bier mit einem Schuss Sekt. Der Elektriker hielt das Getränk für Weibergesöff und genehmigte sich einen ordentlichen Schluck Whisky.

„Sie sind Kellner, Koch oder so was Ähnliches?", wollte er wissen und starrte wieder so eigentümlich zu Dave hinüber.

„Ich bin Steward auf einem Luxusliner", antwortete er knapp.

„Oh je, da hat wohl ein unzufriedener Passagier mit dem Teller nach Ihnen geworfen, oder? Oder waren es sogar Messer und Gabeln?"

Bedeutungsvoll zeichnete er ein imaginäres Pflaster auf seinem Gesicht nach, sah dann zu den Frauen und haute lachend seine Pranken auf die Schenkel.

Der Tanz hatte ihm das Wasser aus dem Leib getrieben und sein durchgeschwitztes Hemd klebte ihm wie eine Wurstpelle am Körper.

Irgendwo in den Baumkronen stritten sich ein paar Raben und weckten den Jagdinstinkt des Hundes. Bellend rannte er auf die Bäume zu und legte sich darunter. Die Vögel mussten sich für diese sternenklare Nacht ein anderes Quartier suchen.

„Gehört Ihnen die Karre da vor dem Haus, Dave? Ich darf Sie doch Dave nennen, oder?"

„Ja, gewiss, wie heißen Sie?"

„Meine Mama ruft mich Jackie."

„Prima Jackie, sind Sie Angestellter oder selbstständig?", fragte Dave ihn. Er stellte die blöde Frage nur, um das Thema zu wechseln. Ihm ging die Fragerei, des anderen gehörig auf den Wecker. Außerdem war es möglich, dass er sich noch an die oberflächliche Begegnung im Pub erinnerte. Dave war sich auch ziemlich sicher, dass er das Käseblatt gelesen haben musste. Solche Neuigkeiten, wie der Mord, wurden ja von den Leuten vom Lande aufgesogen wie die Tinte vom Löschpapier.

Außerdem wunderte er sich, dass Dickinson in seiner direkten Art noch keinen Verdacht geäußert hatte.

Diese kleine Party hatte durch das Erscheinen des Säufers einen völlig anderen Touch bekommen. Er, wie auch Helen, waren nun verstärkt bemüht, den Kerl loszuwerden.

„Jackie, möchten Sie ein paar Snacks?", fragte Martha überflüssigerweise und erntete wütende Blicke von beiden.

Statt einer Antwort fing Dickinson mit schwerer Zunge an zu singen, was sich aber eher wie hilflose Schreie eines Ertrinkenden anhörte. Nur Martha lachte halbherzig darüber.

Als Dickinson mit dem Gesang aussetzte, um seine Stimme mit einem Schluck Whisky zu ölen, stand Martha auf und legte ein neues Band ein. Roger Whittakers wohlklingende Stimme trällerte „Indian Lady" und ließ endlich Dickinson verstummen.

Martha trat, mit einem vielsagenden Seitenblick auf Helen, an Dave heran und hielt ihm einladend die ausgestreckte Hand entgegen. Auf der Tanzfläche schmiegte sie sich wieder an ihn, als wollte sie sagen: Seht mal, sind wir nicht ein schönes Paar?

Jetzt reichte es Helen. Sie wollte dieses Affentheater nicht mehr länger mitmachen und ging mit schnellen Schritten ins Haus. Warum spielte Dave Marthas Spiel mit? Hatte er sich heute Abend etwa für Martha entschieden? Im Haus hielt sie sich hinter einer Gardine auf und beobachtete die drei. Sie sah noch, wie Dickinson im Garten verschwand. Vielleicht suchte er seinen Hund oder musste mal pinkeln. Es war ihr auch egal. Wichtig war, was die beiden machten. Ihr Herz klopfte bis zum Hals, als sie sah, wie Martha Dave auf den Mund küsste und er offensichtlich den Kuss erwiderte. Anfangs glaubte Helen, Martha würde sie nur ärgern wollen, aber diese Szene war echt, denn Martha hielt genussvoll ihre Augen geschlossen. Helen spürte unsagbaren Hass in sich aufsteigen. „Dave ist ein Schwein", dachte sie.

Vielleicht flüsterte er ihr jetzt ins Ohr, dass er sie lieben würde, denn seine Hände lagen fest auf ihrem Hinterteil. Intuitiv klopfte sie fast hysterisch gegen die Fensterscheibe. Schlagartig löste Dave sich von Martha und sah erschreckt zu Helen. Diese zwang sich, unter Anstrengung aller Energien, normal zu erscheinen, als sie wieder herauskam. Inzwischen erklang ein neues Lied, „Disillusioned Fool". Dave und Martha nahmen sogleich ihre intime Stellung wieder ein. Am liebsten wäre Helen auf sie zugesprungen, um beiden ins Gesicht zu schlagen. Stattdessen fing sie an, den Tisch abzuräumen. So wollte sie ihnen den Wind aus den Segeln nehmen.

Dickinson kam aus der Dunkelheit zurück und stand schwankend vor Helen. Er fingerte am Hosenschlitz herum und meinte: „Schöne Frau, einen trinken wir noch."

Schwerfällig setzte er sich und goss für Helen und sich ein.

„Ein schönes Paar, die beiden, nicht?"

Helen zeigte ihre Meinung, indem sie weiter abräumte und dann plötzlich auf Stopp des Rekorders drückte.

Eine plötzliche Stille trat ein und Dave wie auch Martha setzten sich. Sensibel, wie Trinker nach einem Quantum werden können, erkannte auch Dickinson die Lage.

„Ambos, we have to go. Die Herrschaften wollen allein sein."

Schnaufend stand er auf und griff nach der Leine. Der einzige, der sich wirklich über den Aufbruch freute, war der Hund. Er stand schwanzwedelnd vor seinem Herrchen.

Als beide verschwunden waren, überkam Dave ein ungutes Gefühl, denn er glaubte, Dickinson würde morgen in seinem Pub der Mittelpunkt mit seinem Gequatsche sein.

„Setzt euch bitte", bat er. „Morgen verschwinde ich. Vielen Dank für alles. Prost, auf ein letztes Mal."

„Du kannst ruhig noch ein paar Tage bleiben, wenn du möchtest", sagte Martha völlig unerwartet. Alle drei sahen sich sprachlos an.

„Naja, vielleicht war ich nicht gerade nett zu dir, Dave, aber es war nicht so gemeint." Martha überspielte ihre Befangenheit, indem sie einen tiefen Schluck aus dem Bierkrug nahm.

„Vielen Dank, Martha, es bleibt dabei, morgen fahre ich."

„Du hast doch gehört, was Martha sagte", begehrte Helen auf, „aber wenn du nicht willst!"

Sie erhob sich, um ins Haus zu gehen. Martha legte ihre Hand auf Daves Arm.

„Überleg es dir noch einmal, ja?"

Beim Aufstehen küsste sie ihm auf die Stirn. Dave blieb noch eine Weile sitzen. Durch Marthas Angebot und ihr Verhalten heute Abend war Dave verwirrt. Besser wäre es, wenn er noch ein paar Tage bleiben könnte. Der Verband war noch zu auffällig. Morgen ist ein anderer Tag. Er wollte noch eine Nacht darüber schlafen.

Im Waschhaus entkleidete er sich völlig und wusch sich kalt ab. Der Alkohol hatte seine Wirkung noch nicht verloren. So zog er sich wieder an und verließ das Haus. Er wollte allein sein und ging zum See. Martha ging es ebenso und auch sie ging zur Straße. Der Sternenhimmel, mit dem Vollmond spendete genügend Licht. Auch sie war erschreckt über ihren Sinneswandel. Wieso hatte sie die Chance, ihn loszuwerden, so leichtfertig vergeben?

An der Baumgruppe setzte sie sich und grübelte. „Du bist besoffen", gestand sie sich ein und lachte dümmlich. „Ja, so ist es recht, du bist besoffen!"

Helen hatte das Geschirr abgewaschen und den Tisch aufgeräumt. Merkwürdig ruhig war es hier. Als sie mit ihren Arbeiten fertig war, ging sie rauf zu Dave. Als sie ihn dort nicht antraf, rief sie nach ihm. Sie suchte im Haus und im Garten und fand es eigenartig, dass auch Martha nirgendwo war. Sie rief nach ihnen und wurde unruhig. Auch ihr Gehirn durchzogen Nebelschwaden, die unfähig machten, klar zu denken. Als sie auf der Straße stand, wusste sie nicht so recht, was sie machen sollte. Instinktiv ging sie den Weg, den auch Martha gegangen war. Als auch sie die Baumgruppe erreicht hatte, sah sie Martha oberhalb des Grabens auf dem Boden liegen. Sie bekam einen fürchterlichen Schreck, als Martha keine Reaktion zeigte. Sie setzte ihre Freundin auf und fühlte ihren Puls, der schwach schlug.

„Martha, was ist passiert? Wach doch auf, Martha, hörst du mich?" Mit der flachen Hand schlug sie ihr leicht ins Gesicht, bis Martha die Augen öffnete. Verwirrt sah sie Helen an. Was war geschehen? Sie tastete nach ihrem Hals, der schmerzte. Langsam kam ihr Gedächtnis wieder in Schwung.

„Wo ist er?", war alles, was sie im Moment hervorbrachte.

„Was? Wer? Martha, wen meinst du?"

„Ich hatte mich hier hingesetzt, um noch einmal über Dave nachzudenken. Plötzlich wurde ich von hinten gepackt. Der Kerl drückte mir von hinten die Kehle zu. Ich spürte noch seinen heißen Atem, bis ich das Bewusstsein verlor."

Sie tastete ihre Kleidung ab und stellte fest, dass alles in Ordnung war. Nur der Hals tat ihr weh und sie hatte Schwierigkeiten zu schlucken.

Helen hakte sie unter und so gingen sie stark schwankend zum Haus.

Bei Licht besehen, sahen sie die Würgemale und Martha bat Helen, die Polizei zu rufen. Als sie den Hörer in der Hand hielt, kam Dave die Treppe herunter. Sein Verband war frisch angelegt.

Beide Frauen starrten ihn an, denn die Mullbinden ließen frisches Blut durch.

„Was ist passiert? Was seht ihr mich so an?", wollte er wissen.

Helen legte den Hörer wieder auf und fragte ihn, wo er gewesen war.

„Ich war am See, ich wollte allein sein. Wieso?"

„Martha ist überfallen worden. Hast du dafür eine Erklärung?", fragte Helen kalt.

„Ich, wieso ich? Ich sagte doch, dass ich am See war. Was soll das?"

„Deine Wunde blutet wieder. Das musst du erklären, Dave."

„Ich bin mit dem Gesicht gegen einen herabhängenden Zweig gestoßen, mehr nicht."

Während sich beide weiter befragten, massierte Martha ihren Hals.

„Dave war es nicht. Das habe ich noch in Erinnerung. Derjenige, der mich gewürgt hat, war kein Bartträger. Das hätte ich gespürt. Ruft die Polizei, das Schwein muss gefunden werden!"

„Was soll die Polizei um diese Zeit machen, in der Dunkelheit? Wir warten bis morgen früh", entschied Helen. Schon wieder eine Verzögerung, deren Ausmaß sie sich nicht bewusst waren.

Helen war dennoch froh, dass Marthas Aussage Dave entlastete. Dave holte die halb volle Flasche Whisky hervor, die Dickinson zurückgelassen hatte, und schenkte allen ein Glas ein. Bald verließen die Frauen Dave, um sich für die Nacht fertig zu machen. Auch Dave überkam bald eine bleierne Müdigkeit und er begab sich auf sein Zimmer. Er konnte nicht sogleich einschlafen. Die weit ausladende Eiche an der Westseite des Hauses kratzte gegen die Hauswand. Es war Wind aufgekommen und er schlief schließlich ein.

Er wusste nicht, wie lange er die Augen geschlossen hatte, als er von Küssen aus dem Schlaf gerissen wurde. Er tastete nach dem warmen Frauenkörper.

„Mein Gott, Martha", flüsterte er nur. Seine Überraschung währte nicht lange, denn Martha hatte schon die Initiative ergriffen.

„Wo ist Helen?", fragte er verwundert.

„Die schläft."

Weitere Fragen erstickte sie mit Küssen. Dave hatte damit zu tun, Traum von der Realität zu trennen. Dem Atemgeruch nach hatte Martha noch weiteren Alkohol zu sich genommen, vielleicht um sich zu stimulieren. So hatte Dave die so herbe Frau in den letzten Tagen nicht kennengelernt. Er hatte sich schon gewundert, wie sie beim Tanz ihre ganzen femininen Vorzüge zu zeigen verstand. Doch jetzt konnte er nicht unterscheiden zwischen Täuschung und Wahrheit. Hier im Bett fühlte er sich überrumpelt. Behutsam erkundete er ihren sportlich durchtrainierten Körper, fand Gefallen an ihrer weichen Haut und den kleinen Brüsten.

Keiner von ihnen sprach ein Wort, bis sie mechanisch zueinander fanden. Die Lust und Freude, die er bei Helen empfand, konnte er aber nicht spüren. Dave wartete ab und ging in die Defensive.

Martha war beim Akt die Dominierende, was Dave nicht gewohnt war. Sie arbeitete dabei wie eine Maschine, ohne ein Anzeichen von Erregung. Dave war tief enttäuscht und bedauerte, sie ins Bett gelassen zu haben. Um zur Erektion zu gelangen, musste er an Helen denken, die, wie Martha behauptete, unten in ihrem Bett schlief. Er konnte sich keinen Reim darauf machen. Wollte Martha nur einen Keil zwischen ihn und Helen treiben? Oder war es sein Entschluss, morgen abzureisen? Vielleicht war das der Grund, die letzte Chance, es noch einmal mit einem Mann zu versuchen. Tausend Gedanken gingen ihm durch den Kopf, bis er Marthas regelmäßige Atemzüge auf seiner behaarten Brust spürte. Er hatte ein plötzliches Verlangen nach einer Zigarette und löste sich aus der Umklammerung. Leise öffnete er die Dachluke, um frische Luft hereinzulassen. Mit verschränkten Armen, in James-Bond-Pose stand er dort und inhalierte den Rauch seiner Zigarette. Am liebsten wäre er jetzt zu Helen hinuntergegangen, um sie um Verzeihung zu bitten. Das war natürlich absurd, aber er war ihr doch stärker verbunden, als er sich eingestehen wollte. Zum ersten Mal in seinem Leben interessierte ihn nicht das Geld, das sie zweifellos zu besitzen schien. Doch auf der anderen Seite fragte er sich, wie mit einer Frau, vielleicht noch mit einigen Kindern am Rockzipfel, sein Leben aussehen würde. Er hatte das Leben eines Desperados geführt und war damit zufrieden. Auf diese Weise war er nur für sich verantwortlich. Dave schnippte die Kippe aus dem Fenster und drehte sich um. Behutsam legte er sich neben Martha und schlief, mit dem Gefühl der Reue, bald darauf ein.

Der Inspektor grübelte darüber nach, als er seinem Freund Miller gegenübersaß, ob irgendwelche Statistiker sich schon die Mühe gemacht hatten, herauszufinden, welche Menge Lebensmittel der Durchschnittsmensch im Laufe seines Lebens in sich hineinstopft. Miller jedenfalls schien dieses Quantum bestimmt schon vor ein paar Jahren erreicht zu haben.

Sie tranken beide ihren obligatorischen Morgentee und ließen den Arbeitstag auf sich zukommen.

„Sag mal, Harold, müssen wir den Fall noch weiterverfolgen? Die ganze Nacht durch habe ich das Telefonbuch durchgelesen. Ich kann es jetzt auswendig."

Harold Welsh musste lachen, obwohl ihm sein Gegenüber wirklich leidtat.

„Du weißt: An einem gekräuselten Muschihaar hängt manchmal die ganze Glückseligkeit."

Nach einer kleinen Pause fragte er ernsthaft: „Hast du ein paar brauchbare Adressen?"

„Ich hoffe es", seufzte e Miller.

„Na, siehst du. Hat Shields von der Spurensicherung schon angerufen?"

„Nee, noch nicht. Ist ja noch früh am Tag."

Mit einem vielsagenden „hm" beendete der Inspektor das Gespräch und widmete sich einer unerledigten Akte. Nach etwa einer Stunde hielt er es nicht mehr aus und griff zum Telefon.

„Ja, Inspektor", meldete sich Shields. „Wir schließen gerade den Bericht. Aber vorweg, Sie hatten recht. Es handelt sich um schwarz eingefärbtes, männliches Haar. Ursprünglicher Farbton rötlichblond. Vermutlich Barthaare, die eine Länge von achtundzwanzig bis dreißig Millimeter haben. Es handelt sich um den Farb..."

„Ja, gut Mr. Shields, reichen Sie mir die Analyse rüber. Ich habe jetzt schon mal das Wesentliche. Ich danke Ihnen vielmals", und legte den Hörer auf.

„Wie ich deinem Gesicht entnehme, war das eine gute Nachricht", bemerkte Miller über den Brillenrand hinweg.

„Das kann man wohl sagen. Damit ist was anzufangen."

Er erzählte dem Kollegen, was er eben erfahren hatte und erhob sich von seinem Schreibtisch.

„Ich gehe mal rüber in die Telefonzentrale. Das wäre ja zu schön, wenn die Kollegen aus Rochester auch noch das Foto von dem Kerl durchgefaxt hätten."

Optimistisch gestimmt, ließ er seinen Freund allein.

Als er nach wenigen Minuten zurückkam, hielt er wedelnd ein DIN-A4-Blatt in die Höhe.

„Da haben wir den Burschen", triumphierte er.

Miller hatte sich erhoben und beide betrachteten das Bild.

„Jetzt brauchen wir eine Vergrößerung und nehmen ihm die Lederkappe ab. Anschließend wird er noch rasiert."

Aber beide Beamte waren zu sehr Realisten, um in Euphorie auszubrechen. Der Inspektor setzte sich mit dem Erkennungsdienst in Verbindung. Vielleicht hatten die Jungs ja schon eine Kartei von Dave Fergunson angelegt, aus früheren Tagen.

Inzwischen zeigten beide Zeiger der Uhr in der Wachstube auf zwölf. Miller hatte schon lange seinen wunden Zeigefinger durch einen Bleistift ersetzt, als er die Telefonnummern wählte. Er war gerade dabei, den letzten Kandidaten der infrage kommenden Ärzte anzurufen. Welsh kam, mit einem düsteren Gesicht, zurück.

„Der Fergunson benimmt sich wie ein Halbprofi, ist aber in der Kartei. Jetzt müssen wir alles wieder Kollege Zufall überlassen oder bist du fündig geworden?"

„Nee, bisher ein totaler Schuss in den Ofen", antwortete Miller und widmete dann seine Aufmerksamkeit dem Gesprächspartner am Ende der Leitung. Das Ergebnis der Befragung war an seinem Gesicht abzulesen, wieder negativ. Resigniert saßen sie sich gegenüber bis Miller das Wort ergriff.

„Harold, am Samstag ist doch das Oldtimertreffen. Hast du nicht Lust, mit deiner Frau zu kommen? Die Polizeikapelle sorgt für Unterhaltung, na wie wär's?"

„Ach Arthur, du kennst doch Ireen, die interessiert sich nicht für alte Autos", winkte er müde ab. „Vielleicht komme ich allein. Ja, nicht schlecht. Dann könnte ich noch mit Mr. Newsteel sprechen, falls er da ist natürlich und das Wetter müsste auch mitmachen."

Unwillkürlich sah er dabei aus dem Fenster. „So, und nun lass uns was essen gehen."

Martha saß als Erste am Frühstückstisch. Sie hatte den Tisch für alle drei gedeckt. Gegen die starken Kopfschmerzen hatte sie für jeden eine Aspirintablette auf die Untertasse gelegt. Als sie mit kleinen Schlucken ihren Kaffee zu sich nahm, machten sich ihre Schluckbeschwerden bemerkbar. Gedankenverloren saß sie da und überlegte, was sie machen sollte. Heute war Sonntag, sollte sie da zur Polizei gehen oder anrufen? Ja, ohne Zweifel, das musste sie machen, gleich nach dem Frühstück. Aber noch mehr Kopfzerbrechen machte sie sich über Dave. Ihr nächtliches Wagnis war völlig konträr mit ihrem Vorhaben, Dave endlich loszuwerden. Dass sie Helen durch das letzte Getränk mit dem Schlafpulver narkotisiert hatte, hielt sie für richtig.

Sonst wäre es umgekehrt zugegangen. Helen hätte die Nacht bei Dave verbracht und sie hätte leiden müssen allein in dem gemeinsamen Doppelbett. Martha bedauerte schon ihre völlig überflüssige Aufforderung zum Verbleib Daves. Der Akt mit ihm war genauso gewesen, wie sie es sich vorgestellt hatte, nämlich fade. Sie wurde in ihren Gedanken unterbrochen, denn Helen betrat die Küche. Sie machte einen völlig erschöpften Eindruck. Von ihrer Schönheit war nicht viel übrig geblieben. Fehlende Wimperntusche und das durchgeschwitzte, filzig wirkende Haar taten ein Übriges. Sie sagte nichts, als sie an Martha vorbeiging, um in die Waschküche zu gelangen.

Martha drückte zwei Scheiben Weißbrot in den Toaster und wartete auf Helens Rückkehr.

Inzwischen war auch Dave erschienen, der mit einem lässigen militärischen Gruß einen guten Morgen wünschte. Es wirkte eher wie eine Entschuldigung.

Neben Marthas Teller legte er ein Bündel Pfundnoten mit dem kurzen Kommentar: „Ich möchte meine Schulden bezahlen."

In der Tür stieß er auf Helen, die ihn ansah und vorbeiließ. Dabei streifte sie ihn flüchtig mit der Hand über die Brust und lächelte.

Beim Frühstück konnte man den Eindruck haben, alle drei hätten den Kopf unter der Guillotine. Niemand blickte den anderen an. Dave wollte ein paar Mal das Wort ergreifen, aber unterließ es dann doch. Martha, die stoisch die zweite Tasse Kaffee trank, sagte dann schließlich:

„Dave, stecken Sie Ihr Geld wieder ein. Wir brauchen es nicht."

Mit langsamer Bewegung schob sie es über den Tisch.

„Dafür verschwinden Sie, heute noch, am besten gleich."

Dave hatte Derartiges erwartet und nickte zustimmend. Jedoch Helen schien nicht richtig zu verstehen.

„Dave bleib! Ich habe das Hickhack satt. Mal sagst du, er könne bleiben, mal soll er gehen. Was ist los mit dir? Kannst du nicht einmal sagen, was du willst?"

„Helen, werde jetzt nicht störrisch. Es war so abgemacht und dabei bleibt es."

Nachdrücklich schlug sie mit der flachen Hand auf den Tisch. Ihr Blick ließ keinen Widerspruch zu. Doch das ließ Helen völlig kalt. Im Gegenteil, sie nahm eine Kampfstellung ein, die Martha fremd war.

„Gestern Nacht wärst du am liebsten in ihn hineingekrochen. Du hast dich wie ein Teenager aufgeführt und jetzt willst du, dass er geht? Das musst du mir erklären."

Doch Martha bekam kaum den Mund auf, als Helen mit vor Wut gerötetem Gesicht fortfuhr:

„Jetzt geht mir ein Licht auf, du Hexe. Mich überfiel, nachdem wir gestern im Bett noch was getrunken hatten, bleierne Müdigkeit, die bis vor etwa einer Stunde anhielt. Du hast hoffentlich eine Erklärung dafür und für meine Kopfschmerzen heute Morgen."

„Du bist anmaßend, Kind. Ich bin nicht schuld, wenn du die Kontrolle beim Whisky über dich verlierst."

Doch das Thema war ihr unangenehm, denn sie stand auf und fing an, den Tisch abzuräumen.

„Bleib sitzen, wenn ich mit dir rede. Das ist dir wohl unangenehm, was?", feuerte Helen unbeirrt weiter auf Martha ein.

„Bist du vielleicht zu ihm hochgekrochen und hast dich in sein Bett gelegt? Los, sieh mich an!"

Ihr wurde schlagartig ihre Anschuldigung bewusst und sie blickte von einem zum anderen. Dave wurde es peinlich, er stand wortlos auf und verließ die Küche. Keifende Weiber konnte er nicht ausstehen. Außerdem war er erstaunt, dass es vielleicht so hätte sein können, wie Helen es schilderte, denn ihm war schon schleierhaft, dass Martha so selbstbewusst zu ihm kam, dass sie so sicher war, dass Helen schlief.

Er hatte den rechten Fuß schon auf der Treppe, als Helen ihm zurief:

„Dave, bitte bleib hier. Ich möchte, dass du dabei bist, wenn ich mit Martha rede."

Woraufhin er bis zur Tür zurückkehrte und dort, sich anlehnend, stehen blieb. Martha hatte einen Kessel Wasser zum Abwasch aufgestellt und packte weiter Geschirr in das Spülbecken.

„Sag, dass ich recht habe, Martha, war es so? Bist du zu ihm ins Bett gekrochen? Ja oder nein!"

Dave fühlte sich verpflichtet, etwas zu sagen, die Angelegenheit zu beenden.

„Helen was …"

„Halte du bitte den Mund. Die große, allwissende Martha soll es mir sagen." Plötzlich lachte Helen hysterisch.

„Nein, ich sage es dir, große Dame. Er hat dich aus dem Bett geworfen, weil er mit deinem Spinngewebe nicht fertig wurde, hahaha …"

Während sie die Hilflosigkeit Marthas auszukosten schien, flog ihr ein nasser Waschlappen ins Gesicht.

„Du vulgäres Stück. Du verlässt mit ihm sofort das Haus."

Martha hatte die Fäuste empört in die Hüften gestemmt und sah sich einer in sich zusammengefallenen Helen gegenüber. Sie nahm das Wasser von der Herdplatte und verließ das Haus in Richtung Garten. Helen, mit blassem Gesicht, sah verzweifelt zu Dave hinüber. Er aber drehte sich wortlos um und begab sich auf sein Zimmer, um seinen Koffer zu packen.

„Dave, Liebling, geh noch nicht. Wenn du gehst, komme ich mit dir. Ich fahre ins Dorf und kaufe ein paar Sachen für die Reise. Versprich mir, dass du auf mich wartest, ja?"

Sie war zu ihm geeilt und umarmte ihn.

„Also gut, ich verspreche es."

Entgegen seiner vorherigen Bedenken stimmte er zu, obwohl er Helens Umarmung nur halbherzig erwidert hatte. In ihrem Blick lag Hoffnung, Verlangen und Angst. Überhastet löste sie die Umarmung und lief zum Tisch und nahm sich einige Pfundnoten. Dann lief sie ins Wohnzimmer und suchte das Büchlein, in dem Martha Adressen und Telefonnummern von Verwandten und Bekannten eingetragen hatte. Sie stopfte es in ihre Shorts zu dem Geld. In der Waschküche schlüpfte sie hastig in ihre Sportschuhe und verließ mit dem Einkaufskorb das Haus.

Eine viertel Stunde später erreichte sie das Dorf. Ohne auf das Gequatsche des Lebensmittelhändlers weiter einzugehen, kaufte sie ein paar Snacks und Zigaretten. Sie ließ sich eine Pfundnote in Münzen wechseln und verließ den Laden, um die Telefonzelle auf dem Marktplatz aufzusuchen.

Außer Atem holte sie das Büchlein aus der Tasche und legte es mit dem Rücken nach oben auf die kleine Ablage neben dem Telefon. Sie atmete tief durch, um ihrer Stimme einen ruhigen Klang zu geben. Zuerst rief sie die Auskunft an und ließ sich die Nummer des Londoner Telegrammdienstes geben. Im Geiste formulierte Helen dann den Text, den sie aufgeben wollte: – Martha – stopp – komme bitte sofort nach London – stopp – Liege im Zentral-Hospital – stopp – brauche deine Unterschrift – stopp – Gruß Howard. Ja, das klang gut. Wie sie Martha kannte, würde diese sofort nach Erhalt der Nachricht abreisen. Sie stopfte die erforderlichen Münzen in den Schlitz und wartete auf die Verbindung. Nervös blickte sie nach draußen, ob sie auch nicht gestört würde. Nur ein streunender Hund hob sein Bein und setzte seine Markierung an das Hinterrad ihres Fahrrades. „Blödes Vieh", bemerkte sie im Unterbewusstsein, als sich auch schon eine kühle Frauenstimme meldete.

„Hallo, ich rufe aus dem Zentralkrankenhaus an und möchte ein Telegramm aufgeben."

Obwohl ihr Herz bis zum Hals klopfte, versuchte sie, ihrer Stimme einen natürlichen Klang zu verleihen. Mit einigen Versprechern gelang es ihr schließlich. Die Dame am anderen Ende der Leitung schien aufgeregte Stimmen gewohnt zu sein.

„Wo soll die Rechnung hingeschickt werden?"

Helen drehte das Büchlein um und nannte die Adresse von Marthas ehemaligen Laden, der ja von Howard weitergeführt wurde. Anschließend noch die Zieladresse von Arundel.

„Was meinen Sie, wie lange es dauern wird?"

„Ich gebe es sofort weiter, Madam. Von Arundel dann eventuell noch eine halbe Stunde, also gegen Mittag."

„Vielen Dank, auf Wiederhören."

Mit verschwitzter Hand legte sie den Hörer auf, packte alles zusammen und schwang sich aufs Fahrrad. Auf halber Strecke blickte sie sich immer wieder um, ob der Telegrammbote schon auf dem Weg war. Außer Atem erreichte sie das Haus. Im hinteren Winkel des Gartens erblickte sie Martha. Das war gut, denn sie rannte zielbewusst die Treppe hinauf zu Daves Zimmer.

Als sie die Tür aufriss, lag Dave rauchend auf dem Bett. Etwas verwundert setzte er sich auf und wollte etwas sagen, doch Helen ließ ihn nicht zu Wort kommen.

„Pass auf, Darling, du verlässt das Zimmer nicht, bevor ich es dir sage, klar?"

Dave schüttelte den Kopf, als wolle er Wasser aus seinen Ohren schleudern.

„Das musst du mir erklären!", forderte er sie auf.

„Martha erhält gleich ein Telegramm, verstehst du? Der Bote braucht dich nicht zu sehen. Gib mir deinen Wagenschlüssel, ich fahre den Wagen weg." Helen hielt ihm die offene Hand hin und wartete, bis er ihrer Forderung nachkam. Dave kam nicht dazu, weitere Fragen zu stellen, denn Helen war bereits verschwunden. Sie kehrte noch einmal kurz zurück und küsste ihn auf den Mund.

„Hab Vertrauen, mein Schatz."

Dave ging zum Dachfenster und erblickte Martha, wie sie den Boden umgrub. Es war ruhig hier oben. Er konnte nicht einmal hören, wie Helen den Wagen vom Hof fuhr. Dave überlegte, warum er das Zimmer nicht verlassen sollte und woher Helen von einem Telegramm für Martha wusste. Trotzdem ging er hinunter, um sich zwei Flaschen Bier zu holen. Eine davon trank er fast in einem Zug aus. Von der Kohlensäure, die seinen Magen wie einen Ballon aufgebläht hatte, musste er rülpsen. Anschließend steckte er sich eine Zigarette an und beobachtete weiterhin Martha bei ihrer Gartenarbeit. Er wartete auf die Dinge, die da kommen sollten. Als er die zweite Flasche öffnete, hörte er unten eine Männerstimme. Die musste auch Martha vernommen haben, denn sie richtete sich auf und sah zu dem Haus hinüber. Ein uniformierter Mann kam ihr auf halbem Weg entgegen und begrüßte Martha freundlich mit einem Zeigefinger an der Schirmmütze.

Martha wischte sich umständlich mit dem Unterarm den Schweiß von der Stirn und erwiderte den Gruß. „Das ist bestimmt der Telegrammbote, von dem Helen sprach", dachte Dave.

Er sah, wie Martha den Empfang quittierte und sogleich das Kuvert öffnete. Ihm schien, dass sie wie angewurzelt dastand, als wolle das Gelesene nicht in ihren Kopf. Nach einigen Sekunden des Zögerns streifte sie ihre Handschuhe ab und ließ sie fallen. Kurz danach hörte Dave Marthas Stimme, die nach Helen rief.

Dave ging hinunter und traf Martha in der Küche an. Sie wedelte aufgeregt mit dem Papier in der Luft.

„Ist Helen bei dir da oben?"

„Nein", antwortete Dave erstaunt. „Wieso? Was ist denn los?", wollte er nun wissen.

„Ich muss sofort nach London. Howard liegt im Krankenhaus. Wo ist Helen bloß?"

„Ich glaube, die ist mit dem Wagen weg. Jedenfalls hatte sie es vor."

Verständnislos blickte sie Dave an.

„Sag ihr, dass ich sofort nach London muss."

Als sie an Dave vorbei ins Schlafzimmer wollte, blieb sie stehen und sah ihm offen ins Gesicht.

„Dave, es tut mir schrecklich leid, was in letzter Zeit passiert ist."

Dave senkte den Blick und wusste nichts darauf zu erwidern.

„Ich habe Helen sehr geliebt und glaubte, hier das Glück zu finden."

Fast flehend richtete sie die Worte an den sprachlosen Dave.

„Ja", stockte sie, „ja, bist du kamst. Da wusste ich, dass diese Liebe nur in meinem Kopf existierte."

Unentschlossen stand sie da und er sah, wie ihr Tränen die Wangen hinunterrannen. Schuldgefühle stiegen in ihm auf, machten ihn hilflos wie einen Schuljungen, der von seinem Lehrer gerügt wurde. Mechanisch griff er in seine Hosentasche und reichte Martha sein Taschentuch. Sie nahm es dankbar an und klappte die Tür zum Schlafzimmer zu. Daves Gedanken rotierten wie wirr in seinem Kopf. Raus hier, an die frische Luft. Er ging um das Haus herum und stellte sich auf die Straße, spähte in beide Richtungen, aber seinen Wagen, geschweige Helen, konnte er nicht entdecken. Mit zwei Fingern holte er sich eine Zigarette aus der Hemdtasche, zündete sie an und setzte sich in den Straßengraben. „Du bist ein Idiot, Dave", sagte er sich, „hau ab hier, bevor dir Helen zum Hemmschuh wird." Während er seinen Gedanken nachhing, hörte er in der Ferne Motorenlärm, der langsam lauter wurde. Vom See her näherte sich Helen. „Wo ist sie bloß gewesen?", fragte er sich. Wenn er von hier wegwollte, müsste er noch den linken Scheinwerfer in Ordnung bringen. In dem derzeitigen Zustand wäre er gezwungen, tagsüber zu fahren, was zu gefährlich wäre.

Helen fuhr auf den Hof und stieg aus dem Wagen. Sie winkte Dave zu und verschwand im Haus.

Als sie Martha beim Packen ihres Koffers sah, fragte sie, ob sie verreisen wollte.

„Ja, ich komme morgen wieder, hoffe ich. Dann bist du und Dave verschwunden."

„Wie du willst, Martha, aber sag, wo du hinwillst."

„Ich erhielt vorhin ein Telegramm. Da, lies es", forderte sie Helen auf und hielt es ihr hin.

„Hoffentlich ist es nichts Ernstes", heuchelte Helen und legte die Nachricht aufs Bett.

„Was wirst du jetzt tun?", fragte Martha und schloss den Koffer.

„Ich weiß nicht, vielleicht heirate ich Dave."

Martha presste die Lippen zusammen und verkniff sich eine bissige Bemerkung.

„Leg den Schlüssel unter die Fußmatte, bitte."

Martha fiel der Abschied schwer und sie ärgerte sich, dass Helen anscheinend nicht so empfand.

„Also, dann will ich mal." Martha reichte ihr die Hand und verschwand schnellen Schrittes aus dem Haus, ging wortlos an Dave vorbei, der ihr nachblickte. Er hätte ihr gern noch etwas Nettes gesagt, sich vielleicht sogar entschuldigt.

Das Auto war gerade ihrem Blickfeld entschwunden, da stürmte Helen auf Dave zu, umarmte ihn völlig außer sich. In ihrer übersprühenden Freude bemerkte sie nicht seine eher ablehnende Haltung. Als sie anfing, an seinem Hosenschlitz herumzufummeln, drehte er sich abrupt von ihr ab.

„Dave, was hast du? Lauf doch nicht weg", rief sie hinter ihm her und holte ihn ein.

„Verstehst du nicht? Jetzt sind wir allein."

Als sie keine Freude bei ihm aufkommen sah, presste sie ein paar Tränen hervor.

„Ich habe doch nur alles inszeniert, weil ich dich liebe."

Ihre Worte und Tränen fruchteten offenbar immer noch nicht. Sie hämmerte jetzt wie wild mit ihren kleinen Fäusten gegen seine Brust.

„Das hättest du nicht nötig gehabt, Helen. Wir hätten auch ohne Lüge gehen können." Dave umspannte ihre Handgelenke und zwang sie, ihm zuzuhören.

„Sie hat das nicht verdient, so wie du mit ihr verfährst, hörst du? Martha war noch vor ein paar Tagen deine Freundin, deine Lebensgefährtin."

„Lebensgefährtin? Sag mal, spinnst du jetzt? Ich war ihr Spielball. Helen mach dies, Helen mach das. Das ist falsch, das darfst du nicht. Immer wieder dieses mütterliche ‚Kleines'. Keinen Mann durfte ich ansehen. Sie zwang mich genauso zu sein wie sie selbst."

Sie befreite sich von Dave, ging ins Haus und kam mit zwei gefüllten Gläsern Bier zurück.

„Dave, du hast damit nichts zu tun. Ich bin nicht dazu geboren, einer Frau zu gehören. Wenn du verstehst, was ich meine."

Helen trank einen Schluck Bier und fuhr fort, mehr zu sich selbst sprechend: „So war es auch in Kenia. Mein Mann war für mich ein guter Vater, aber ein impotenter Ehemann. Freiheit kannte ich nur aus Kitschromanen. Er verbot mir mehr, als er mir erlaubte. Hatten wir einmal eine Feier auf der Farm, steckte er mich ins Bett, wenn junge Männer, meist Nachbarn, eingeladen waren und erklärte den Gästen, ich hätte leider einen Malariaanfall."

Jetzt waren ihre Tränen echt und sie fuhr stockend fort: „Dabei war ich nie infiziert, weil es diese Erreger in der Höhenlage gar nicht gab. Wurden wir einmal eingeladen, waren wir auch die Ersten, die die Feier verließen. Ich war froh, von seiner Gegenwart befreit zu sein und hoffte, hier in England gesellschaftlichen Anschluss zu finden. Ja, bis ich Martha kennenlernte. Dann nahm Martha Johns Gestalt an."

Sie tupfte sich die Tränen von der Wange.

„Ich glaubte, du liebst mich, Dave. Deshalb habe ich so gehandelt."

Dave war sichtlich gerührt von der Aussage und nahm ihren Kopf in beide Hände, um sie zu küssen.

„Das wusste ich nicht, mein Kleines."

Er nahm sie auf den Arm und trug sie ins Schlafzimmer, wo sie sich ungehemmt liebten.

Danach rauchte Dave eine Zigarette und starrte zur Zimmerdecke. Mental kehrte die Realität zurück, nachdem beide die letzte Hürde der Scham in ihrer gegenseitigen Begierde abgelegt hatten. Helen schob sich wieder an Dave heran und beobachtete, wie er den Rauch inhalierte und Ringe formend ausblies. Sie glitt behutsam mit den Fingerspitzen vom Hals über die Brust zum Genitalbereich. In ihren Augen erkannte Dave die Absicht und nahm ihre Hand entschlossen von seinem schlaffen Glied.

„Lass das jetzt, mach lieber was zu essen. Mal sehen, ob du auf dem Gebiet genauso gut bist."

Enttäuscht hob sie ihren hübschen Kopf und sah ihn irritiert an.

„Möchtest du Rühr-, Spiegel- oder gekochtes Ei? Mehr habe ich nicht gelernt", kicherte sie.

Wortlos drückte Dave seine Kippe auf einer Untertasse aus und schwang sich aus dem Bett.

„Also gut, man kann ja nicht alles können", sagte er etwas ironisch. Er riss sich von dem hinreißenden Anblick ihres wunderschönen Körpers los und schlang sich ein Badelaken um die Hüften. Barfuß erreichte er die Waschküche, ließ Wasser aus der Pumpe über seinen Kopf laufen, das in Kaskaden über seinen Oberkörper klatschte und ihm die Haut zusammenzog. Die Pflaster in seinem Gesicht hatten sich gelöst. Vorsichtig wusch er sein Haar und fühlte sich danach wie neugeboren. Sorgfältig betrachtete er die verkrusteten Wunden, um sie mit frischem Heftpflaster zu versehen. Dave war zufrieden mit dem Heilungsprozess, denn die Kratzer auf der Wange waren kaum noch zu sehen. Auch körperlich war er wieder voll auf dem Damm. Die augenblickliche Schwäche führte er auf die sexuellen Künste Helens zurück. Als er einen Blick ins Schlafzimmer warf und Helen breitbeinig auf der Decke liegen sah, zögerte er einen Moment, ob er noch einmal zu ihr gehen sollte. Er entschied sich aber für die Zubereitung einer

Mahlzeit. Im Kühlschrank waren noch zwei Kalbsteaks vom Vorabend. Dazu fand er noch einige Scheiben Käse und gekochten Schinken. Er rieb sich vor Freude die Hände, denn mit diesen Zutaten konnte er ein „Cordon Bleu" zaubern. Mit einem scharfen Messer öffnete er die rosafarbenen Filets. Gedanken an Helen kamen dabei kurz auf, die er aber schnell wieder verdrängte, und er würzte das zarte Fleisch, legte dann Käse und den Schinken hinein und schloss es mit Zahnstochern. In der Fritteuse ließ er die eingefrorenen Pommes Frites im heißen Öl auftauen. In der Zwischenzeit hatte er eine grüne Gurke in feine Scheiben geschnitten, Salz, Pfeffer, Essig, Öl, eine Prise Zucker und einen Teelöffel Dill hinzugeben und in den Kühlschrank gestellt, damit sich das Aroma entfalten konnte. Das Fleisch legte er in die heiße Pfanne. Während die Pommes in der Fritteuse bräunten, deckte er den Tisch und rief nach Helen. Dave spülte gerade die Petersilie in dem Eimer mit frischem Brunnenwasser, als Helen sich splitternackt im Türrahmen räkelte. Doch Dave ließ sich nicht ablenken und forderte sie auf, sich frisch zu machen.

Lächelnd ging sie an ihm vorbei. Selbst als sie am Tisch saßen, konnte sie ihre erotischen Gesten nicht lassen. Aufreizend langsam schob sie lange, besonders dicke Pommes in ihren volllippigen, roten Mund und sah Dave dabei unverwandt an. Als Dave verlegen wurde, lächelte sie und legte unter dem Tisch ihren kleinen Fuß auf seinen Oberschenkel.

Er wäre kein Mann, wenn das ohne Wirkung bliebe.

„Iss jetzt, du süßes Ferkel", sagte er kurz. Sie lachte stattdessen und zeigte ihre schönen weißen Zähne.

„Ich liebe dich", flüsterte sie kaum hörbar.

Dave zwang sich, nicht um den Tisch zu gehen, um sie zu küssen, sondern säbelte sich ein saftiges Stück Fleisch ab.

Nach dem Essen, was absolut gelungen war, war es für beide eine Qual, sich zu beherrschen. Dave leerte sein Bierglas in einem Zug. Der Schaum hatte sich teilweise in seinem Bart verfangen. Bevor er ihn wegwischen konnte, saß Helen auf seinem Schoß und leckte den Schaum mit wilden Küssen ab.

„Sag, hast du die alte Frau umgebracht? Sag ja, Liebling, sag ja!"

Sie führte sein erigiertes Glied ein und fing langsam mit rhythmischen Auf- und Abbewegungen an. Für kurze Minuten war sein Gehirn paralysiert, aber ihre Glut übertrug sich auf ihn. Voller Verlangen grub er sein Gesicht zwischen ihre prallen Brüste. Viel zu früh ejakulierte er und konnte ihre Enttäuschung nicht verstehen. Sie blieb auf ihm sitzen, umarmte keuchend seinen Kopf.

„Oh Dave, ich gehe mit dir bis ans Ende der Welt. Versprich mir, dass wir zusammenbleiben."

Sie lehnte sich zurück, als wolle sie die Antwort an seinen Augen ablesen. Sie sehnte sich danach, dass Dave genauso empfinden würde wie sie. Doch sein Gesicht blieb lange ausdruckslos.

Er suchte nach der Formulierung einer Absage. Er war kein Familienmensch, er war seit jeher ein Einzelgänger und wollte es bleiben. Allein der Gedanke, tägliches Kindergeschrei ertragen zu müssen, schnürte ihm die Kehle zu. Wie sollte er, mit Familienanhang, auch weiter als Butler arbeiten? Er war sich selbst noch nicht im klaren darüber, wie es überhaupt weitergehen sollte. Geld hatte er ja, aber wie sollte er es verwenden?

„Frag nicht so viel", wich er kurz aus.

„Stell dir vor, wir hätten dieses Häuschen, wäre das nicht wundervoll? Nur du und ich, phantastisch!"

Während sie träumend die Augen schloss, überkam ihn ein Gefühl heftiger Ablehnung. Abrupt erhob er sich.

„Wie stellst du dir das vor, Mädchen? Ich war immer sozusagen ein Einmannbetrieb und so soll es auch bleiben."

Helen sah ihn ungläubig an und weinte bittere Tränen.

„Auch das noch. Hör bloß auf zu heulen."

Die grobe Reaktion erschreckte Dave selbst und er umarmte sie, um sie zu trösten.

„Entschuldige, Liebes."

Zu mehr war er nicht fähig. Behutsam löste er sich von ihr. Auf dem Weg zur Toilette überkamen ihn Schuldgefühle. Er fühlte sich völlig leer, ausgelutscht wie eine Auster. Im Schlafzimmer zog er Hemd und Hose an und kehrte wieder zu Helen zurück. Sie trug jetzt einen Schlüpfer und war mit dem Abwasch beschäftigt. Er drückte ihr einen flüchtigen Kuss auf ihre Wange und griff nach dem Geschirrhandtuch. Aus den Augenwinkeln konnte er sehen, dass ihr immer noch Tränen über das Gesicht rannen.

„Helen, Liebes, versteh doch. Martha hatte schon recht. Ich bin hier der Eindringling. Ich habe hier nichts zu suchen. Sie liebt dich sehr, mehr als ich dich. Wann, denkst du, kommt Martha zurück?" Prüfend versuchte er, eine Reaktion von Helen zu sehen, aber sie antwortete nur leise, unterbrochen von einem Schnäuzer:

„Vielleicht schon morgen, eher bestimmt nicht."

„Hm, also gut, dann haben wir ja noch eine Nacht. Morgen früh fahre ich dann endgültig."

Dave war froh darüber, endlich Klarheit geschaffen zu haben. Wieder fing Helen zu weinen an und Dave zwang sich dazu, sie nicht weiter in den Arm zu nehmen. Er setzte sich an den Tisch und steckte sich eine Zigarette an.

Auch in ihrem Zustand war Helen eine Schönheit und er widersetzte sich der Versuchung, seine Meinung zu ändern. Plötzlich fragte Helen: „Also machst du das ganze Theater nur, weil du ein schlechtes Gewissen Martha gegenüber hast, stimmt's?"

Überrascht von der Frage und wie sie sich wieder in der Gewalt hatte, wich er einer konkreten Antwort aus.

„Ja, so könnte es sein, so könnte man es sagen."

„Das ist doch Quatsch. Ich liebe dich und nicht Martha. Ich bin nicht lesbisch, wie du gemerkt haben müsstest. Und du? Du liebst sie auch nicht. Du liebst mich. So ein guter Schauspieler bist du auch nicht."

Um ihre Worte noch zu unterstreichen, warf sie wütend den Waschlappen in die Spüle und ließ Dave allein.

Langsam stand Dave auf, um nach seinem Wagen zu sehen. Der Schaden war nicht allzu groß. Die Stoßstange hatte die Wucht des Aufpralls so weit gemindert, dass nur das Glas des Scheinwerfers hatte dran glauben müssen. Er schaltete das Licht ein und bemerkte erfreut, dass es noch funktionierte. Damit konnte er auch nachts fahren.

Martha hatte, nach etwa zwei Stunden, das Hospital erreicht. Obwohl sie sich innerlich wie auch räumlich von Howard getrennt hatte, ließ sie der Inhalt des Telegramms nicht kalt. Immerhin hatten sie einen langen Weg der Gemeinsamkeit zurückgelegt. Wenn er ihre sofortige Anwesenheit wünschte, konnte es nicht gut um ihn stehen.

Sie erwischte einen günstigen Parkplatz in der Nähe des Einganges. Nachdem sie einen Strauß hübscher Frühlingsblumen gekauft hatte, reihte sie sich in die Schlange der Besucher ein.

Vor der Auskunft blieb sie stehen und neigte ihren Kopf zu der gelochten Scheibe, um zu fragen, auf welchem Zimmer Howard lag.

„Moment, bitte, wie sagten Sie? Howard Rees? Tut mir leid, ein Patient mit diesem Namen wurde nicht aufgenommen."

Zum Beweis kramte Martha umständlich das Telegramm aus ihrer Handtasche und hielt es gegen die Scheibe.

„Hier sehen Sie, hier steht es doch. Er muss hier liegen."

Der Mann in dem Glaskasten blickte Martha gleichgültig an und hob bedauernd die Schultern.

„Tja, merkwürdig", war alles, wozu er sich hinreißen ließ. Noch einmal ging er Aus- und Eingänge durch.

„Nein, Madam, tut mir leid, aber die Person war und ist nicht hier."

„Gibt es denn noch ein zweites Zentral-Hospital?", fragte sie hoffnungsvoll, wofür sie nur ein mitleidiges Lächeln erntete. Sie nahm das Telegramm an sich und steckte es zurück in die Handtasche. „Das kann doch nicht wahr sein", dachte sie verzweifelt. Etwas abseits entdeckte sie an einer Wand Telefonzellen. Sie kam sich ziemlich blöd vor, als sie die Nummer ihrer ehemaligen Bibliothek wählte. Nach kurzer Zeit meldete sich, zu ihrer Überraschung, Howard.

„Oh, Howard, da bin ich aber froh, deine Stimme zu hören. Seit wann bist du wieder draußen?"

„Ich hatte nur Bewährung, wieso?", antwortete er belustigt.

„Hör mit den Späßen auf, Schafskopf. Ich bin hier im Zentral-Hospital, mit deinem Telegramm in der Hand. Vielleicht klärst du mich auf!"

„Martha, deine Witze waren noch nie die besten. Von mir hast du kein Telegramm erhalten. Ich wüsste nicht, weshalb."

Sie las es ihm vor, als ihr schlagartig der Verdacht kam, dass Helen hinter dieser Gemeinheit stecken könnte. Während Howard noch einige Fragen stellte, legte sie auf.

Auf dem Rückweg zu ihrem Auto schenkte sie, im Vorbeigehen, einer Passantin den Blumenstrauß.

„Das kann doch nur ein schlechter Traum sein", dachte sie immer wieder, ein sehr übler.

Sie überlegte einen Moment, ob sie nicht einen Abstecher zu Howard machen sollte, um endlich Klarheit zu schaffen. Wenig später verwarf sie den Gedanken und setzte sich ins Auto.

Sollte ihr Helen diesen aberwitzigen Streich gespielt haben, wurde ihr aber nicht klar, warum.

Sie drehte noch einmal um, ging im Krankenhaus in eine Telefonzelle und erhielt über die Auskunft die Telegrammzentrale. Wer das Telegramm aufgegeben hatte, konnte ihr dort niemand sagen denn die Buchhaltung hatte sich einen Streiktag gegönnt. Aber das Telegramm konnte von jeder x-beliebigen Stelle aufgegeben worden sein, sofern der Auftrag zur Abbuchung klar war.

An dem Highway nach Porthmouth machte sie an einer Snackbar halt und verzehrte ohne großen Appetit eine Kleinigkeit. Dann rauchte sie auf einer Rastbank einen Zigarillo und versuchte, ihre Gedanken zu ordnen. „Es ist doch nicht möglich, dass man sich in einem Menschen so täuschen kann", dachte sie.

Ein Blick auf die Armbanduhr zeigte ihr, dass sie noch vor Anbruch der Dunkelheit in Arundel sein könnte. Der halb gerauchte Zigarillo gab unter ihrer drehenden Fußsohle seine Bestimmung auf. Die Pause hatte ihr gutgetan und ihr Realitätssinn gewann wieder die Oberhand über ihr Gefühl.

Der Rover reihte sich in den Feierabendverkehr ein und sie kam trotzdem recht zügig voran. Außerhalb einer kleinen Ortschaft vernahm sie einen kaum wahrnehmenden Knall. Im selben Moment driftete der Wagen nach rechts ab. Martha wusste im selben Moment, dass der vordere rechte Reifen platt war. Halb auf dem Grünstreifen, bekam sie Kontrolle über das Fahrzeug und stieg aus. Dem platten Reifen versetzte sie einen wütenden Tritt. Vor lauter Elend hätte sie heulen können. Doch irgendwie brachte sie es fertig, das Werkzeug auszupacken, das Reserverad aus dem Kofferraum zu wuchten. Als sie den Wagenheber ansetzte, sah sie, mit großen Augen, dass der Hinterreifen auch keine Luft mehr hatte. Völlig entmutigt ließ sie alles liegen, schaltete das Warnlicht ein, schloss den Wagen ab und begab sich auf eine Endloswanderung zu der nächsten Rufsäule. Sie beneidete die Leute, die an ihr vorbeirauschten, und hatte das Gefühl, bei dem einen oder anderen ein schadenfrohes Grinsen zu erkennen.

Der Sachbearbeiter am anderen Ende der Leitung, nahm mit Routine die Daten auf und versprach, dass jemand in Kürze vorbeikäme.

Gott sei Dank regnete es noch nicht, obwohl sie in der Ferne ein bedrohliches Gewittergrollen hörte. Das unbeständige Wetter auf der Insel hatte sie nie gestört, aber jetzt drückte es ihr aufs Gemüt.

Bei ihrem Auto angekommen, musste sie nicht lange warten, bis sich ein Fahrzeug mit gelbem Blinklicht näherte. Sie hatten Glück mit dem Wetter, denn erst nachdem der Reifen geflickt und montiert war, prasselte der Regen mit aller Gewalt auf sie nieder. Einige Fahrzeuge zischten mit hoher Geschwindigkeit an ihr vorbei, den phosphorisierenden Regen wie einen Kometen, hinter sich herziehend. Beide Scheibenwischer arbeiteten auf höchster Stufe, um den Blick durch die Scheibe erträglich zu machen. Konzentriert fuhr Martha in die Dunkelheit hinein, bis sie entnervt einen Rastplatz aufsuchte. Ihr war hundeelend zumute. Sie fühlte sich einsam und verlassen, zutiefst enttäuscht von Helen.

Als sie den Motor abstellte, drückte sie den Sender mit den Abendnachrichten. Sie lehnte sich zurück, zündete sich einen Zigarillo an und versuchte, sich zu entspannen. Endlich ließ der Regen nach und sie konnte den Wagen verlassen, um zu den Getränkeautomaten zu gehen. Ihr Verlangen richtete sich auf ein heißes Getränk. Sie wählte eine Rinderbouillon und setzte sich, den heißen Pappbecher zwischen zwei Fingern, in ihr Auto. Sofort beschlugen die Scheiben und der Dampf hüllte sie wie in einen Kokon ein. Im Radio hörte sie noch, wie der Sprecher Wetterbesserung ankündigte. Dann erklang eine Klaviersonate, eine Musik, die sie eigentlich bevorzugte, aber in ihrer Lage eher eine depressive Wirkung hatte. Unwirsch schaltete sie das Radio aus.

Es mochte wohl etwa zweiundzwanzig Uhr sein, als Martha auf dem Hof ihres Hauses den Wagen abstellte.

Aus den Fenstern drang kein Lichtschimmer nach außen. Nur die ungenügende Außenbeleuchtung gab der Umgebung etwas Gespenstisches.

Unschlüssig stand sie zwischen Rover und Haus. Daves Wagen stand noch auf seinem Platz, so wie am Morgen, als sie das Haus verlassen hatte.

Natürlich, warum auch nicht, denn das war ja wohl Helens Absicht gewesen endlich mit Dave allein zu sein.

Für einen Moment zögerte Martha, ob sie nicht ins Dorf fahren sollte, um sich dort ein Hotelzimmer zu nehmen. Quatsch, verwarf sie den Gedanken, warum sollte sie nicht ihr eigenes Haus betreten? Stattdessen kroch eine ungeheure Wut in ihr hoch. Die Vorstellung allein, die beiden in den Betten zu erwischen, versetzte sie in einen hysterischen Freudentaumel.

Auf der Bank vor dem Haus stellte sie ihre Reisetasche ab, um in der Handtasche nach dem Schlüssel zu suchen.

Als sie die Tür öffnen wollte, stellte sie fest, dass sie von innen verriegelt war. Mit der Faust hämmerte sie wütend gegen die Türfüllung.

Kurz darauf hörte sie, wie sich der Schlüssel von innen im Schloss drehte und die Tür geöffnet wurde.

Im matten Licht der Hoflampe erkannte sie Helen, die nur mit einem Slip und einem Sweatshirt bekleidet war. Einen Moment standen sich beide Frauen stumm gegenüber. Helens Gesicht verriet Ratlosigkeit und Scham.

„Ja, da guckst du, was? Du Miststück!", kostete Martha die Situation aus und drängte sich an Helen vorbei ins Haus. Im Flur drehte sie sich um und sagte mit ruhiger Stimme:

„Dein Plan hatte nur einen fragwürdigen Erfolg, meine Liebe."
Bevor sich Helen besinnen konnte, packte Martha sie am Arm und zerrte sie auf die Terrasse. Martha nutzte den kleinen Moment der Sprachlosigkeit und huschte schnell ins Haus zurück. Als sie die Tür zuschlagen wollte, merkte sie Helens kräftigen Widerstand.

Martha hatte im Vergleich zu der Jüngeren nicht die Kraft, sie gab langsam nach und die Tür knallte gegen die Wand. Keuchend standen sie sich gegenüber, entschlossen, die andere zu vernichten. Dem überraschenden Angriff konnte Martha nicht ausweichen und sie spürte, wie sich Helens Fingernägel in ihre Wangen bohrten. Der Schmerz verlieh Martha ungeahnte Kräfte. Sie bekam Helen zu fassen und schleuderte sie durch die offene Tür hinaus auf die Veranda.

Beide gaben bei diesem Kampf kaum einen Laut von sich. Es war ja auch überflüssig zu kommentieren, was sie voneinander hielten. Helen war im Unrecht, was ihr auch in dieser Situation bewusst war – aber aussperren lassen wollte sie sich nicht.

„Ich erkläre dir alles", versuchte sie einzulenken, als Martha sich das Blut von der Wange wischte.

„Du brauchst mir nichts zu erklären", fauchte Martha und hielt ihr die blutverschmierten Finger entgegen. Martha war plötzlich klar, dass ihre Körperkraft nicht ausreichte, um eine Entscheidung zu erlangen. Sie blickte sich nach einem Gegenstand um, womit sie sich Helen vom Leibe halten konnte. Auf dem Tisch lagen eine Handsichel und ein Schleifstein, welche Dave heute Nachmittag dort liegen gelassen hatte. Seine Absicht, das Unkraut von der Gartenböschung abzuschneiden, hatte Helen verhindert, die ihn mit aller Macht zurück ins Bett gelockt hatte.

Martha griff nach der Sichel, hielt sie Helen bedrohlich vor das Gesicht.

„So, meine Liebe, so weit ist es gekommen. Aber du hast es nicht anders verdient. Verschwinde jetzt, sofort!"

Langsam ging Martha rückwärts in die Türöffnung, ohne ihren Blick von Helen zu wenden.

Mit der freien Hand ertastete sie den Türgriff und wollte die Tür hinter sich zuziehen.

Diesen Augenblick nutzte Helen und sprang auf Martha zu. Ihr gelang es, Marthas Handgelenk zu packen, um die Sichel seitlich wegzudrücken. In dem Gerangel stürzten beide, wobei Martha die Waffe entglitt. Helen, die halb auf Martha zu liegen kam, keuchte ihr eine Alkoholfahne ins Gesicht. Das war das Letzte, was Martha noch bewusst wahrnehmen konnte. Gelähmt vor Entsetzen, verfolgten ihre Augen, wie Helen die Sichel erhob und sie in ihren Unterkörper, von unten nach oben, zog.

Völlig außer Atem, sank Helen auf Marthas leblose Gestalt herab.

Es war vorbei. Helen hörte in der plötzlichen Stille nur ihr rasendes Blut im Ohr rauschen.

Im Halbdunkel konnte sie etwas von Marthas Gesicht erblicken. Ungläubig drehte sie sich zur Seite, um besser sehen zu können.

„Mein Gott, Martha, steh auf. Ich hab doch gar nichts gemacht."

Im Unterbewusstsein war ihr aber klar, dass Martha nicht mehr aufstehen würde. Dieses kalkweiße, leblose Gesicht und die Sichel, deren Spitze tief in Marthas Brust steckte, sagten ihr, dass sie tot war. Die Gewissheit dessen, was sie angerichtet hatte, versetzte sie in Panik. Helen griff sich mit beiden Händen an die Schläfen und wollte schreien, als wolle sie vor der Realität fliehen.

Ruckartig erhob sie sich und ging rückwärts auf die Veranda hinaus, ohne ihren Blick von ihrer ehemaligen Freundin zu wenden.

Wie in Zeitlupe setzte sie sich auf die Gartenbank, grub ihre Zähne in die rechte Hand, als brauche sie den Schmerz, um aus diesem Albtraum zu erwachen.

Helen kam es vor, als hätte sie das alles schon einmal durchlebt. Nur nicht hier, ja, es war weit weg, in Kenia. Damals hatte sie sich auch aus dem Joch eines anderen befreit, eines Menschen, dem sie psychisch unterlegen war.

Der Nebel in ihrem Kopf verzog sich langsam. Sie begann zu frieren und horchte, ob Dave etwas mitbekommen hatte. Er hatte heute Nacht sehr viel Whisky zu sich genommen und schlief fest.

Nur das Rauschen der Blätter in den Bäumen und einige Vogellaute waren zu hören. Schemenhaft sah sie ein paar Raben, die im schwachen Mondlicht zu erkennen waren.

Für einen Augenblick zögerte sie, ob sie nicht Dave wecken sollte. Oder war er längst wach und hat die grausige Szene beobachtet oder gehört? Sie musste sich vergewissern, wie die Lage war.

Auf Zehenspitzen ging sie ins Schlafzimmer. Durch den Türspalt konnte sie nichts sehen. Für einen Moment hielt sie den Atem an und konnte so ein leichtes Schnarchen vernehmen. Sie beließ es bei der Probe, schloss die Tür und kehrte zu Martha zurück. Um Martha herum hatte sich eine große Blutlache ausgebreitet. Marthas Gesichtsausdruck schien sorgenvoll, so als würde sie leben und Helen wieder etwas zu verbieten. Der Anblick erzeugte bei Helen eine Trotzreaktion. Sie lief schnell zu dem Schuppen hinüber. Dort schlüpfte sie in ihre Arbeitshose und Gummistiefel, schnappte sich alte Bettlaken, die sie sonst über die Beete gespannt hatten, und lief zu dem Leichnam zurück. Sie hatte keine Zeit zu verlieren und zog Martha auf die Veranda hinaus, legte sie auf eine dicke Plastikfolie und begann, das Blut aufzuwischen. Alles verlief fast ohne ein verräterisches Geräusch.

Nachdem sie damit fertig war, wickelte sie Martha in die Plastikhülle ein und zog sie zu dem Wagen. Mühsam entwickelte Helen Kräfte, die sie selbst nicht für möglich gehalten hätte. So gelang es ihr, den Leichnam auf den Beifahrersitz zu postieren. Als sie noch den Gurt anlegte, kam ihr zwangsläufig Marthas Gesicht sehr nahe. Dabei entwich Marthas Körper ein Laut und Helen schrie kurz auf. Entsetzt fuhr sie zurück und prüfte, ob ihr Opfer noch lebte. Für einen Augenblick kam Hoffnung auf. War Martha etwa nur verletzt? Das hätte sie sich gewünscht. Doch nach dem Prüfen der Halsschlagader war ihr klar, dass ihre Freundin tot war.

Sie schloss die Wagentür, rannte auf die andere Seite und wollte den Wagen starten. Verflucht, wo sind die Schlüssel?

Sie musste wieder aussteigen, Martha aus dem Fahrzeug herausziehen, aus der Folie herauswickeln. Der Schlüssel war nicht da.

Entmutigt ging Helen in die Knie. Wo war der Schlüssel? Sie überlegte kurz, lief zur Veranda zurück und fand dort Marthas Handtasche und den Mantel, den sie nicht mehr angezogen hatte. Darin befand sich auch der Schlüssel.

Rein zufällig entdeckte sie das Telegramm, welches zusammengeknüllt bei den Schlüsseln lag. Dieses Indiz vernichtete sie augenblicklich, indem sie es unter der Gartenhecke im Erdreich vergrub.

Nachdem sie Martha wieder auf dem Sitz geschnallt hatte, startete sie den Wagen und verließ das Gelände rückwärtsfahrend, ohne die Scheinwerfer einzuschalten. Im ersten Gang lenkte sie das Fahrzeug auf den Feldweg, der zum See führte.

Ihre Anspannung hatte sich gelegt und rationales Denken setzte ein. Falls Dave jetzt aufwachen sollte, würde er wohl denken, sie sei spazieren gegangen. Aber das war ihre kleinste Sorge, denn auf die Idee, was wirklich passiert war, würde niemand kommen. Ihrer Meinung nach würden keine Spuren auf das schreckliche Verbrechen hinweisen.

Am Seeufer angelangt, schaltete sie den Motor aus, verließ das Auto und ging einige Schritte am Ufer entlang. Keine fünfzig Meter von ihrem Standort entfernt entdeckte sie so etwas wie einen kleinen Abhang, der direkt in den See führte. So gut es ihre klobigen Gummistiefel erlaubten, lief sie dorthin. Der Mond hatte sich für wenige Minuten aus der Wolkendecke befreit und warf sein kaltes Licht auf den See. Helen konnte jetzt den etwa zwei Meter hohen Abhang genau erkennen. In den Boden gerammte Pfähle waren hier mit Erde angehäuft worden. Fieberhaft suchte sie nach einem langen Ast, womit sie die Tiefe des Sees prüfen wollte. Sie hatte Glück, unweit der angrenzenden Weide lag eine morsche Planke des Zaunes. Sie mochte mehr als zwei lang Meter sein. Vor der Rampe ließ sie das Holz ins Wasser. Befriedigt stellte sie fest, dass sie damit den Grund des Sees nicht erreichen konnte. Helen wusste, dass die Algen das Wasser zu einer undurchsichtigen Brühe machten und so ihr Vorgehen unterstützten.

Entschlossen lief sie zum Auto zurück, setzte sich hinein und stellte ihn auf der Rampe ab.

Helen hatte plötzlich Zweifel, ob sie den Rover so mit genügend Schwung ins Wasser stürzen konnte. Auf dieser Seite war der See von einem seichten Hügel umfasst.

Wieder prüfte sie, ob es möglich wäre, den Wagen von weiter oben mit einem kräftigen Schwung zu versenken. Die Anhöhe hatte ausgerechnet hier eine größere Einbuchtung und der Weg zum See war nicht so steil. Im Rückwärtsgang fuhr sie die kleine Anhöhe hinauf, zog die Handbremse mit einem kräftigen Ruck an. Der Mond war wieder in die Wolkendecke eingetaucht und Helen konnte kaum noch etwas sehen. Sie drehte sich zu Martha um und konnte sie nicht sofort entdecken. Sie war vom Sitz gerutscht, trotz Haltegurt. Helens Atem ging schwer. Irgendwie hatte sie Angst davor, ihre ehemalige Freundin erneut anzufassen. Vom Schreck gepeinigt, stieg sie aus und riss mit Wucht die Beifahrertür auf. Marthas Kopf fiel ihr dabei fast vor die Füße und ließ sie aufschreien. Nachdem sie die Leiche aus der Folie gewickelt hatte, positionierte sie Martha fest auf dem Fahrersitz. Plötzlich wurde sie von heftigen Gewissensbissen gepackt und sie nahm ihre Freundin zärtlich in den Arm. „Warum ist es so gekommen, Liebes?", sagte sie leise unter Tränen.

Alles, was sie jetzt tat, war ein Abschied für immer. Trotzig wischte sie sich die Tränen aus den Augen. „Aber du hast selbst Schuld. Warum müsst ihr alle Besitz von mir nehmen?"

Am liebsten wäre sie weggelaufen, irgendwohin, Hauptsache weg.

Unter Höllenqualen beugte sie sich schließlich in den Wagen, startete den Motor, löste die Handbremse und legte mit aller Kraft den ersten Gang ein. Die ersten Schritte musste sie mitlaufen, bevor sie sich gerade noch in Sicherheit bringen konnte. Geistesgegenwärtig schaffte sie es, die Tür zuzuschlagen, wobei sie auf dem nassen Gras ausrutschte.

Schnell hatte der Wagen polternd den Rand der Rampe erreicht, kam für einen Augenblick fast zum Stehen, bevor er über die Kante kippte. Helen hörte ein widerlich kratzendes Schrammgeräusch, als der Rover sich endlich ihrem Blickfeld entzog.

Hastig rappelte sie sich auf und rannte zum Ufer. Der Kofferraum ragte in seiner ganzen Größe aus dem Wasser heraus. Entsetzt schlug sie die Hände vor das Gesicht und schaute ungläubig durch die gespreizten Finger. Luftblasen ließen ein makabres Blubbern ertönen.

Stille – nichts als Stille. Selbst der leichte Wind hatte aufgehört, durch die Bäume zu rauschen.

Im schwachen Mondlicht reflektierten das Nummernschild und die Rücklichter gespenstisch, als wollten sie sagen: „Halt mich noch lange in Erinnerung." Doch plötzlich, wie von einer Riesenfaust gezogen, wurde der Wagen mit schmatzendem Geräusch vom See aufgesogen.

Helen starrte die Stelle an, wo immer noch ein paar Luftblasen an der Oberfläche zerplatzten.

Als sie sicher war, der Wagen würde auch bei Tageslicht nicht zu sehen sein, stampfte sie heimwärts. So dürftig bekleidet, wie sie war, fing Helen entsetzlich zu frieren an.

Im Hause angekommen, streifte sie sich die Stiefel von den Füßen und ging auf den Wandschrank zu, in dem Martha immer eine Flasche Whisky für nicht vorhersehbare Zwecke – wie sie es nannte – versteckt hielt. Helen trank in tiefen Zügen und musste husten, als das scharfe Zeug ihre Kehle durchlief. Dann trat sie vor den Spiegel, um sich zu betrachten.

Ihr sonst so hübsches Gesicht glich einer Fratze, einer afrikanischen Teufelsmaske, und sie empfand Ekel vor sich selbst.

Dem Erste-Hilfe-Kasten entnahm sie ein Päckchen Schlafpulver, löste es in einem Wasserglas mit Whisky auf und spülte die Giftmischung ohne Widerstand in einem Zug hinunter. Anschließend schlich sie auf Zehenspitzen zu Dave hinauf und legte sich leise zu ihm ins Bett.

Dave brummte nur ein wenig, ein Zeichen dafür, dass er von der ganzen Sache nichts mitbekommen hatte. Es war seinem Stursinn zu verdanken, hier oben zu schlafen und nicht in den Ehebetten.

Dave erwachte am späten Morgen durch die wärmende Sonne, die das Zimmer durchflutete.

Behutsam stieg er über die noch schlafende Helen hinweg aus dem Bett. Er mochte eigentlich den Anblick schlafender

Menschen. Die Lage, die die betreffende Person einnahm, sagte viel über die momentane psychische Verfassung aus, behaupteten die Leute, die sich damit befassten. Helen hatte die embryonale Stellung eingenommen. Dave betrachtete sie etwas länger als beabsichtigt und war zufrieden, so eine schöne Frau an seiner Seite zu haben. Jedenfalls vorübergehend, nicht auf Dauer.

Heute war der Tag der Abreise, daran wollte er unumstößlich festhalten. Leise verließ er den Raum und begab sich nach unten in die Waschküche. Er setzte einen großen Kessel Wasser auf, für den Kaffee und die Rasur. Sein Schädel brummte und die Zunge hatte einen pelzigen Belag. Dave hatte das Bedürfnis nach gründlicher Reinigung und er hielt seinen Kopf unter die Pumpe. Prustend, aber sichtlich erfrischt frottierte er sich ab. Dann stieß er die Tür zur Veranda auf. Die Sonne am wolkenlosen Himmel blendete ihn etwas. Er wunderte sich über den umgestürzten Stuhl und stellte ihn zurück gegen den schräg an die Wand gelehnten Tisch. Er musste wirklich tief geschlafen haben, wenn er von dem nächtlichen Sturm, der sogar Möbel umgefegt hatte, nichts mitbekommen hatte.

Das Wetter motivierte ihn, ein kräftiges Frühstück für die bevorstehende Abreise einzunehmen.

Es war besser so, denn er wusste, wann Martha zurückkommen würde.

Also beeilte er sich, auch um eine weitere Konfrontation mit ihr aus dem Wege zu gehen.

Fast feierlich deckte er den Tisch, brühte Kaffee auf. Der Speck in der Pfanne verbreitete einen herrlichen, appetitanregenden Duft. Sein Magen meldete sich knurrend.

Dave stellte die Pfanne an die Seite und eilte mit wenigen Sprüngen zu Helen hinauf. Sie lag noch genauso, wie er sie verlassen hatte. Vorsichtig fasste er sie an die Schulter und rüttelte daran.

„Helen, wach auf, das Frühstück ist fertig."

Er wartete vergeblich auf eine Reaktion und schüttelte etwas kräftiger. Jetzt schlug sie die Augen ein wenig auf, erst zaghaft gegen die Sonne blinzelnd, dann, wie elektrisiert, weit.

Im selben Moment packte sie das Kopfkissen und hielt es wie ein Schutzschild vor das Gesicht.

„Nein, bitte nicht", schrie sie.

Erschreckt trat Dave einen Schritt vom Bett zurück.

„Was ist los? Was hast du?", fragte er hilflos.

Langsam nahm er ihr das Kissen aus den Händen.

„Komm, Darling, das Frühstück ist fertig."

Als sie weiter ins Leere starrte, ergriff er ihre Hände.

„Du hast schlecht geträumt, ja?"

Schlagartig löste sich Helens Verspannung und sie sah Dave erst verwirrt, dann aber dankbar an.

„Ja", sagte sie leise, „ich träumte, dass du mich verlassen wolltest", log sie und verfiel in einen grässlichen Weinkrampf.

„Komm jetzt runter, darüber sprechen wir später."

Nach dem Frühstück, das nur Dave weidlich genossen hatte, machte er sich an den Abwasch.

Sie hatten nur wenig miteinander gesprochen. Sicherlich lag es an Helen Gemütsverfassung.

Selbst die Eier mit Speck hatte sie kaum angerührt. Helen tat ihm leid. Er hatte nicht geglaubt, dass ihre Liebe zu ihm so groß war. Befremdet ging er hinauf und machte sich reisefertig.

Helen fand er, immer noch sitzend mit demselben apathischen Gesichtsausdruck.

„Tja, Helen", versuchte er, sich zu verabschieden, „dann will ich mal."

Statt einer Antwort stellte sie sich auf Zehenspitzen und umarmte ihn heftig. Sie zog seinen Kopf zu sich hinunter.

„Nimm mich mit, bitte!"

Dave widerstrebte es, ihrer Bitte nachzugeben.

„Wir hatten doch darüber gesprochen, Helen. Ich bin nicht geschaffen für eine dauerhafte Bindung oder gar für eine Ehe. Es ist einfach zu viel passiert hier. Wir hatten unser Vergnügen und ich möchte davon keine Minute missen. Belassen wir es dabei."

„Du sollst mich nur mitnehmen, jetzt. Ich will nicht mehr hierbleiben. Außerdem hat mich Martha ja auch aufgefordert, das Haus zu verlassen."

Im Wechselbad seiner Gefühle sah er sie an. In ihrem Blick lag so viel Trauer. Die sonst so lebhaften Augen waren ausdruckslos.

„Also gut, ich nehme dich nach London mit", gab sich Dave geschlagen.

Bald kehrte die gewohnte Energie wieder in Helen zurück. Sichtlich erleichtert, löste sie sich von Dave. Hastig zog sie sich um, immer in der Angst, er könnte es sich noch anders überlegen. Sie raffte ihre Kleidungsstücke zusammen und warf sie in die Koffer, ohne Dave aus den Augen zu lassen. Dave nahm wortlos das Gepäck und ging damit zum Wagen. Beim Öffnen des Kofferraumes zuckte er leicht zusammen. Die Nummernschilder lagen dort immer noch unverdeckt. Mit einem Schwung warf er einen der Koffer darauf. Unterwegs würde er irgendwo halten und die Dinger entsorgen. Zum Glück war Helen noch im Haus, denn er hatte keine Lust, das Malheur zu erklären.

Dave suchte nach den Schlüsseln. Er hatte sie doch immer bei sich. Fragend drehte er sich zu Helen um, die gerade auf ihn zukam. Sie hielt die Schlüssel lachend in die Luft.

Dave unterdrückte seine Verärgerung und nahm sie wortlos an sich.

Als Helen sich zu Dave ins Auto setzte, wunderte er sich über Helens Veränderung. Sie hatte ihre alte Frische wieder und lächelte Dave mit einem Blick an, dem er erlegen war. Irgendwie faszinierte ihn dieses Weib. Andere Frauen mussten tonnenweise Make-up auflegen. Bei Helen genügte nur ein bisschen Lippenstift, um ihr Äußeres ins Blickfeld zu rücken. Ihm fiel nur heute Morgen ihre unnatürliche Blässe auf. Er führte den Zustand auf ihre Angst zurück, dass er sie verlassen wollte. Ermunternd gab er ihr einen Kuss auf die Wange.

„Weißt du, wo die Straße links hinführt?", fragte er sie. Über Arundel wollte er nicht fahren, denn er musste jedes Risiko ausschließen.

„Das weiß ich nicht. Ich glaube aber, wir kommen so auf den Highway Portsmouth–London."

Das könnte stimmen, obwohl auf der Straßenkarte kein Hinweis für diese Vermutung zu finden war. Es war schließlich auch egal. Beide hatten keine Eile, wenn auch aus unterschiedlichen Motiven. Während Dave sich den Tankanzeiger ansah und die Reichweite des Sprits ausrechnete, schwenkte Helen den Kopf Richtung See. Schlagartig rannen ihr Tränen über das Gesicht, was Dave nicht deuten konnte.

So fuhren sie die erste Stunde schweigend dahin, bis nach etwa dreißig Meilen in der Ferne Fahrzeuge zu erkennen waren, die eine Brücke mit hoher Geschwindigkeit passierten.

Sie mussten einen weiten Bogen fahren, um auf die Auffahrt Richtung London zu kommen.

Dave fädelte sich in den fließenden Verkehr ein und gewann ein Gefühl der Sicherheit. Kontrollen waren hier nicht zu erwarten. Nach etwa zwanzig weiteren Meilen kam eine BP-Tankstelle in Sicht. Während Dave die Zapfsäule betätigte, stieg Helen aus, um sich mit Reiseproviant einzudecken. Mit Coladosen, Cracker und einer Zeitung beladen, stieg sie wieder zu Dave ins Auto.

„Lass uns hier etwas warten, Dave", sagte sie in ernstem Ton.

„Warum, was ist los?", wollte er wissen, „warum sollen wir hier warten?"

„Im Kiosk hörte ich im Radio eine Nachricht. Die Autobahn, kurz vor London, ist gesperrt. Die Polizei sucht einen Verbrecher, wie mir ein Trucker sagte."

Helen sah Dave an, der mit bleichem Gesicht zuhörte. Er kurbelte den Sitz zurück, um nachzudenken.

Es pochte jemand an die halb geöffnete Fensterscheibe und beugte sich zu Dave hinunter.

„Fahren Sie doch bitte etwas weiter vor, junger Mann", meinte ein freundlicher Tankwart.

„Ja, ja, natürlich, Verzeihung", antwortete er nervös.

In einer Parkbucht stellte er den Motor ab.

„Du bist ja ganz blass, Liebling. Soll ich weiterfahren?", fragte Helen mit sanfter Stimme.

„Was? Ja, gern, wenn du meinst." Nach einer Weile fuhr er fort: „Glaubst du, dass die meinetwegen die Straße gesperrt haben?"

„Ach Quatsch. Niemand weiß, dass wir hier sind", versuchte Helen, ihn zu beruhigen. Leider vergeblich, denn Dave wollte sich rechtfertigen, sich seine Qual von der Seele reden.

„Ich habe die alte Dame nicht umgebracht, Helen. Das musst du mir glauben", flehte er sie an.

„Es gab eine kleine Handgreiflichkeit, wobei Mrs. Thompson zu Fall kam. Aber als ich das Haus verließ, hat sie noch gelebt. Das schwöre ich."

Seine verschwitzten Hände suchten die ihren und hielten sie fest.

„Ich glaube dir, mein Schatz." Helen sah ihn mit lächelnden Augen an.

„Das konnte ich mir auch nicht vorstellen. Du bist gar nicht fähig, so eine schreckliche Tat zu begehen. Du siehst aber, wie richtig es war, dass ich mit dir gefahren bin, oder?"

Er löste seine Hände von ihr und umarmte sie. Er grub sein Gesicht in ihr lockiges Haar.

Beide trennten sich wieder, als sie das Geräusch eines Hubschraubers wahrnahmen, der sich von Norden her näherte. Über ihnen verharrte die Maschine einige Minuten. Dave konnte den Piloten deutlich erkennen. Er suchte wohl eine Möglichkeit zu landen. Es handelte sich um einen Truppentransporter. Der Lärm der Rotorenblätter verstärkte sich, als die Maschine keine dreißig Meter entfernt landete. Seitlich am Helikopter tat sich ein großes Loch auf und eine nicht enden wollende Zahl Soldaten sprang heraus, die sogleich in alle Richtungen davonstoben. Dave drückte sich instinktiv näher an Helen heran.

Als sich ein paar Uniformierte auf das Auto zu bewegten, drehte Dave den Zündschlüssel um und wollte Gas geben. Doch Helen stellte spontan den Motor wieder ab. Ohne den Blick von den Soldaten zu wenden sagte sie mit kühler Stimme: „Bleib ruhig, Dave. Mach jetzt keinen Fehler."

„Los, alle aussteigen und die Kofferräume der Fahrzeuge öffnen!", befahl ihnen eine überlaute Stimme durch ein Megafon. Einige Soldaten hasteten an ihnen vorbei auf den Parkplatz der Trucks zu. Soweit Helen und Dave erkennen konnten, waren alle Fahrer der Personenwagen dem Befehl nachgekommen und verfolgten neugierig das militärische Schauspiel. Ein Offizier inspizierte kurz die Fahrzeuge, warf einen flüchtigen Blick auf die verschreckten Gesichter der Betroffenen. Bei den beiden angekommen, verharrte er etwas länger, prüfte oberflächlich den Kofferraum und betrachtete erst Dave, dann Helen mit ernster Miene.

Helen wollte gerade etwas sagen, um sich aus der Gespanntheit zu lösen, da bemerkte der Offizier mit einem breiten Grinsen: „Sie haben doch nichts zu verbergen, warum haben Sie denn Angst?"

„Naja", versuchte Helen eine Erklärung.

„Verzeihen Sie, aber das lag nicht in unserer Absicht!" Mit einem knappen militärischen Gruß ging er zum nächsten Wagen.

Erleichterung erfasste beide. Dave lehnte sich entspannt gegen den Morris und steckte sich mit zitternden Händen eine Zigarette an.

„Jetzt könnte ich einen Scotch gebrauchen."

Helen hakte sich bei ihm ein und zog ihn vom Wagen weg.

„Ja, ich auch. Komm, wir gehen ins Restaurant."

In dem kleinen Vorraum, in dem einige Automaten aufgestellt waren, blieb Dave stehen, um sich eine Schachtel Zigaretten zu ziehen. Dabei blieb sein Gesicht auf einem Plakat haften. Wie versteinert stand er davor und merkte nicht, wie er von einem Passanten angerempelt wurde. Ohne sich um Helen zu kümmern, die schon vorgegangen war, lief er aus dem Gebäude, quer über den Parkplatz zum Auto. Hastig öffnete er die Tür und setzte sich hinter das Steuer. Für einen Moment war er versucht, ohne Helen das Weite zu suchen. Stattdessen machte er sich so klein wie möglich, sodass nur noch ein Teil seines Kopfes zu sehen war. Er zitterte am ganzen Körper und konnte keinen klaren Gedanken fassen. Für ihn stand jetzt fest, dass er Mrs. Thompson umgebracht haben musste, denn sonst würde ihn die Polizei doch nicht steckbrieflich suchen. Die beiden Gesichter auf dem Plakat, mal mit, mal ohne Bart, hatten eine verblüffende Ähnlichkeit mit ihm.

Jeder würde ihn erkennen, dessen war er sich sicher, auch wenn ihm der Schnurrbart ein etwas anderes Aussehen verlieh.

Aber viel schlimmer war die Tatsache, dass dort auch sein Name zu lesen war. Die fetten Lettern schrien förmlich: „Da steht er, der Mörder, greift ihn!" Seine Gedanken schlugen Kapriolen. Er war überhaupt nicht fähig, klar zu denken, als draußen plötzlich Helens besorgtes Gesicht auftauchte.

Sie musste ihre Stimme um einige Phon verstärken, um den Lärm des Hubschraubers zu übertönen, der immer noch mit kreisenden Rotorblättern auf der Wiese stand.

„Ich habe den Grund deines Handelns über dem Zigaretten-automaten gesehen, Dave. Vom Fenster aus konnte nicht nur ich sehen, wie du zu dem Wagen gerannt bist. Mensch, mach dich doch nicht verdächtig, wenigstens bleib ruhig, solange die hier irgendwas suchen."

Dave erwiderte nichts, sondern zwang sich zur Ruhe. Langsam kurbelte er die Scheibe herunter, um den Zigarettenqualm abziehen zu lassen.

Die frische Luft tat ihm gut. Nach und nach bekam er sich wieder in die Gewalt.

„Es war so, wie ich es dir sagte, Helen. Ich habe die Frau nicht umgebracht. Wie oft muss ich dir das denn noch sagen?"

„Na, dann ist es ja gut. Dann geh doch rüber zu den Soldaten und stell dich", meinte sie sarkastisch.

Dave musterte Helen ungläubig: „Du glaubst also doch, dass die mich suchen? Helen, antworte."

Er zog ihren rechten Arm zu sich heran und sah ihr in die Augen.

„Aua, lass mich los, du tust mir weh."

Ohne den Griff zu lockern, fragte er weiter:

„Sag mir, was du denkst, los!"

„Ja, ich glaube dir ja!", schrie sie ihn an. „Außerdem ist das hier das Militär und nicht die Polizei. Die suchen was anderes, nicht so einen kleinen Mörder."

Dave ließ von ihr ab und richtete seinen Blick auf den Helikopter. Der Spuk war vorbei, denn das klobige Ding hob mit einem fetzenden Höllenlärm vom Boden ab.

Erleichtert sah er dem Hubschrauber nach.

„Am liebsten würde ich umkehren, zurück ins Haus, bis Gras über die Sache gewachsen ist."

Dieser Gedanke mobilisierte ihn. Enthusiastisch sah er Helen an.

„Ja, das ist die Idee, Helen, was hältst du davon? Wir vertragen uns mit Martha und die Sache regelt sich von allein."

„Nein, niemals. Wir setzen uns ins Ausland ab, ich jedenfalls."

Sie sagte das so bestimmend, dass Dave sofort seinen Vorschlag verdrängte.

Ohne seine Zustimmung abzuwarten, stieg sie aus, ging um den Wagen herum und öffnete die Fahrertür.

„Rutsch rüber, ich fahre jetzt!"

Auf dem Highway, nach langen Minuten des Schweigens:

„Lass uns nach Südafrika, da sucht uns niemand. Die dortigen innerpolitischen Probleme lenken die Aufmerksamkeit von uns ab. Oder hast du einen besseren Vorschlag?"

„Hast du noch Geld?", stellte er eine Gegenfrage.

„Genug, um dort etwas aufzubauen."

„Wie viel?"

„Was, wie viel?"

„Herrgott", herrschte er sie an, „wie viel Geld hast du?"

„Etwa Sechzigtausend in bar und einige Wertpapiere."

Mit einem überlegenen Lächeln sah sie zu ihm hin.

„Nicht schlecht, mein Mädchen."

Schlagartig hatte sich seine Laune gebessert und er legte seine Hand auf ihren Schenkel.

„Ich habe Hunger. Lass uns irgendwo abbiegen und was essen, ja?"

Mit lautem Zischen öffnete er eine Büchse Coca-Cola und reichte sie Helen. Sie nippte kurz daran und gab sie zurück. Von einem Stau war kaum noch die Rede, als sie die nächste Abfahrt von der Schnellstraße abfuhren. Die Polizei war noch damit beschäftigt, die Barrikaden auf bereitstehende Lastwagen zu laden. Dave zeigte seine Freude darüber mit einem breiten Grinsen und trank die Cola mit einem Zug leer und rülpste unanständig laut.

Direkt hinter der Autobahnausfahrt führte eine kleine Straße zu einem Motel hinauf. Auf einem Hügel lag der Wohntrakt mit angrenzendem Restaurant. Die beiden hatten Glück, denn in dem überfüllten Lokal wurde gerade ein Tisch von zwei hübschen Kellnerinnen freigemacht. Trotz der Hektik, die hier herrschte, forderten sie Helen und Dave mit einem freundlichen Lächeln auf, Platz zu nehmen.

In dem überfüllten Lokal herrschte eine lockere Atmosphäre. Offenbar waren die meisten Gäste noch vor Kurzem in dem Stau gewesen und leicht angefressen. Aber die Briten haben ja im Allgemeinen die Gabe derartige Vorfälle sportlich zu nehmen und so waren von vielen Tischen her Lachsalven zu hören. Das war den beiden nur recht, um ungezwungen ihre nähere Zukunft zu planen. Dieses sichere Gefühl schlug bei Dave schnell um, bis er glaubte, die Leute amüsierten sich über ihn.

Mitten im Gespräch erhob er sich ruckartig und eilte aus dem stickigen Raum.

„Benimm dich nicht so auffällig, Dave", ermahnte ihn Helen erneut, als sie neben ihm im Wagen saß. Ohne auf die Worte einzugehen, setzte er den Wagen aus der Parklücke und fuhr mit hoher Geschwindigkeit auf die Autobahn.

„Was hältst du davon, wenn wir im nächsten Ort abbiegen und uns eine kleine Pension suchen, am besten ein Motel? Da falle ich bestimmt nicht auf, weil du dir ein Zimmer nimmst."

„Wieso ich?", fragte Helen.

„Ja, du! Mich gibt es von nun an nicht mehr. Wenn du dich einquartiert hast, komme ich nach. Das ist doch die Idee, oder etwa nicht?"

Dave blickte triumphierend zu Helen hinüber, glücklich, dass ihm dieser Gedanke gekommen war.

„Wir bleiben ein paar Tage da. Alles Weitere wird sich finden."

Helen schien nachzudenken, bis sie ihr Einverständnis mit Kopfnicken zum Ausdruck brachte.

Higgins, der alte Polizeibeamte in Arundel, drehte sich erstaunt in dem verräucherten Zimmer um, welches als Amtsstube von seiner Wohnung abgetrennt war. Vor ihm standen zwei halbwüchsige Jungs von vierzehn und fünfzehn Jahren.

„Mr. Higgins, Sie müssen sofort mit uns kommen. Wir haben ein tolles Modell gefunden, nur der Fahrer fehlt."

„Moment, Jungs, nicht so schnell. Immer schön der Reihe nach."

Er konnte sich nicht mit der Ausdrucksweise der heutigen Jugend anfreunden, schon gar nicht mit ihrem schlechten Benehmen. Hier einfach so hereinplatzen, ohne guten Tag zu sagen.

Und dann noch diese Ausdrucksweise. Er kam sich vor wie ein Quizmaster.

Irgendwie fand seine Meerschaumpfeife das Loch unter seinem gewaltigen Walrossbart. Um seinem Amt mehr Würde zu verleihen, knöpfte er seine Uniformjacke zu und straffte sie korrekt.

„Also was ist? Von welchem Modell ist die Rede?"

„Wir meinen den Rover, Modell 214, Sechzehnventiler. Der liegt da im Baggersee. Ich bin ihm direkt aufs Dach gesprungen!"

Aufgeregt klopfte sich der ältere der beiden auf die nackte Brust.

„Wir wissen auch, wem dieser Wagen gehört", schaltete sich der Kleinere ein.

„So, wem denn?", wollte Higgins wissen. Seine listigen Knopfaugen huschten amüsiert von einem zum anderen.

„Wie die Frau heißt, wissen wir nicht, aber sie ist eine von den Lesben, die in dem Haus nebenan wohnen."

Higgins war es verhasst, wenn man solche Behauptungen aussprach, und dann noch von diesen Rotznasen. Sein Kopf hüllte sich in Tabakqualm.

„In einer Stunde bin ich da!", bestimmte er. Damit waren die Jungs entlassen.

Von der Wachstube aus konnte er hinüber zur Tankstelle sehen. Dort betrieb seit Kurzem der Sohn des Besitzers einen Abschleppdienst. Der Eigentümer brauchte jede erdenkliche Zusatzeinnahme, denn nur vom Benzinverkauf konnte er nicht existieren.

Higgins nahm seinen Hund, einen weißen Labrador, an die Leine und ging hinüber, um den jungen Mann einen Auftrag zu verschaffen.

Da das Wetter so schön war wie lange nicht mehr, entschloss er sich für eine kleine Radtour.

Als er schnaufend am See ankam, erwartete ihn eine Schar junger Leute. Higgins atmete tief durch und säuberte seinen Bart vom Nasenschleim. Auf der Rampe, an der sich die Jungs versammelt hatten, blieb er stehen und kniff die Augen zusammen. Sehen konnte er nichts. Etwas unsicher fixierte er die Burschen und Mr. Guinness nahm von jedem eine Geruchsprobe. In einer einsamen Stunde hatte Higgins den Hund nach seinem Lieblingsgetränk benannt, das auch dem Hund gut bekam.

Um ihre Behauptung zu untermauern, zeigten einige von ihnen auf eine Stelle im Wasser, nahe der Abbruchkante.

Der Beamte konnte nichts erkennen und wurde schon knurrig. Da kam einer der Jungen mit derselben Zaunlatte an, die auch Helen schon benutzt hatte. Tatsächlich, etwa einen Meter unter der Oberfläche war Widerstand zu erspüren. Nun war guter Rat teuer. Higgins hatte keine Lust, sich in die Fluten zu stürzen und Mr. Guinness war auf der Nachbarweide hinter den Kühen her.

Der Fahrer des Abschleppwagens kam hinzu und kratzte sich nachdenklich die Stirn. Einer der Jungen stand schon bis zum Bauch im Wasser, auf dem Wagendach, und bot seine Hilfe an.

Straffe Gurte hatte der Fahrer an Bord, um sie unter das Fahrzeug zu bringen. Higgins hatte seine Einwände. Es war immerhin Polizeiarbeit, die von Fachleuten durchzuführen war. Das Risiko eines Unfalls, wollte er nicht tragen. Mit knappen Befehlen verbot er den Anwesenden den Aufenthalt. Mürrisch kamen die Leute seiner Aufforderung nach und setzten sich etwas abseits in den Schatten der Bäume. Der Tow-Truck-Driver sah Higgins auf seinen Drahtesel steigen und war unentschlossen, ob er das Fahrzeug nun bergen sollte oder nicht. Er kannte den alten Higgins gut genug und wusste, dass er bald zurückkäme.

Nach etwa einer halben Stunde war er wieder da, völlig außer Atem. Mr. Guinness und er hatten eine kräftige Fahne, was der Mann vom Abschleppdienst als normal empfand.

„Also raus mit der Karre", nuschelte Higgins. „Stell sie bei dir an der Tankstelle ab, Andy. Bis einer aus Arundel oder Brighton kommt." Kaum gesagt, schwang er sich auf seinen Drahtesel und verschwand.

Der Tankwart prüfte mit kräftigen Tritten auf den Boden die Standfestigkeit und kratzte sich nachdenklich am Kinn. Man könnte ja auch den Wagen mit der Winde herausziehen. Einer der Jungen bot seine Hilfe an. Andy setzte sein Fahrzeug so weit wie möglich an den Uferrand und stellte seine Stützbeine auf Bohlen. Der Junge ergriff den Karabinerhaken und ging rückwärts ins Wasser, bis er nicht mehr stehen konnte. Die anderen Burschen bewunderten ihren Kameraden, als er abtauchte. Gleich darauf kam er mit geballter Faust an die Wasseroberfläche und signalisierte, dass er den Rover am Haken hatte.

„Zieh an, Andy, der Haken ist fest", rief er freudig mit leichtem Triumph. Das Seil straffte sich bedenklich. Unter dröhnendem Motorenlärm blickten alle erwartungsvoll aufs Wasser, das sich gelblich färbte. Zentimeter für Zentimeter wurde der Wagen sichtbar, bis er am Uferrand stand.

Mrs. Higgins trat mit einem Tablett zu ihrem Mann in die Wachstube. Higgins genoss es jedes Mal aufs Neue, eine Stunde vor Mittag eine Tasse grünen Tee mit einem kräftigen Schuss Gin zu trinken. Sie hatte die Gebärdensprache in den fünfunddreißig Jahren Ehe zur Genüge kennengelernt und verschwand wortlos. Er brummte etwas durch seinen Bart, was wohl seine Zustimmung ausdrücken sollte. Als er den ersten Schluck zu sich nahm, wurde die Tür weit aufgerissen.

„Was ist denn nun schon wieder?", fragte Higgins den aufgeregten Jungen. Unwillkürlich sah er dabei aus dem Fenster, weil er eigentlich den Tankwart erwartet hatte.

„Wo ist die Leiche, Sergeant?", fragte der Bursche.

„Leiche? Wieso Leiche? Habt ihr denn eine gesehen?"

„Ne, gesehen haben wir keine, aber es muss doch 'ne Leiche da sein. Ist doch ein klassischer Fall von Selbstmord."

„Hör auf, Junge, heutzutage versenkt man sein Kapital, um es zu vermehren und nicht, weil man zu viel davon hat."

„Versteh ich nicht."

Higgins sah in das enttäuschte Gesicht des Jungen und musste grinsen.

„Wer von euch hat den Wagen entdeckt?"

„Das war ich, Sir", sagte der neben ihm Stehende.

Beruhigend legte der Beamte seine Hand auf seine Schulter.

„Für mich ist das mal wieder ein klassischer Versicherungsbetrug." Er wollte jetzt seine Ruhe haben und griff nach seiner Teetasse.

Einige Minuten später sah er, wie der Tankwart den Abschleppwagen rückwärts auf dem Hof abstellte.

„Hier, sieh mal, was ich gefunden habe", sagte Andy ohne Umschweife und legte einen Plastikbeutel auf den Counter. Higgins sah den Tankwart missgestimmt an, als sich eine kleine Wasserlache ausbreitete. Mit seinen klobigen Händen öffnete er den Beutel und ergriff angeekelt eine glitschige, braune Handtasche. Der Inhalt ergoss sich auf die Schreibtischunterlage. Lippenstift, Puderdose und diverse andere Utensilien interessierten ihn nicht. Die Papiere waren erst einmal wichtiger. Mit einem Brieföffner schlug er vorsichtig die Seiten des Ausweises auf.

„Na also, einer Mrs. Martha Rees gehört das Auto. Damit kann man doch anfangen. Danke, Andy." Damit war der Tankwart erst einmal entlassen. Nachdenklich kratzte er sich den Bart.

„Also habe ich doch recht, Sergeant. Es war Mord, nicht wahr?", fragte eine Stimme aus der Ecke. Es war der junge Bursche, den er glatt übersehen hatte.

„Was machst du denn noch hier? Lass mich jetzt arbeiten."

Der Junge ließ sich aber nicht abwimmeln und sah den Sergeant erwartungsvoll an.

„Bist du getaucht? Warum interessiert dich die Sache so sehr?"

„Als ich zu dem Rover runtertauchte, waren alle Türen geschlossen. An Land öffnete ich die Tür und entdeckte die Handtasche unter dem Sitz." Er hielt kurz inne, weil sich Higgins wieder seinem Tee widmete.

„Nun sagen Sie selbst, Sir, welcher Versicherungsbetrüger lässt seine Handtasche mit Ausweisen unter dem Sitz. Ist doch komisch, oder nicht?"

„Da ist was dran, mein Junge. Nun lass mich meine Arbeit machen, okay?"

Nachdem der junge Mann gegangen war, wählte Higgins die Nummer der Polizeizentrale. Dort war keine Diebstahlanzeige eingegangen. Das war doch merkwürdig. Ihm wurde unheimlich zumute. Nach angestrengtem Nachdenken erinnerte er sich schwach an Martha und Mann. Die hatten doch ein Geschäft in London und waren nur selten hier. Higgins griff entschlossen zum Telefon. Die Sache war ihm zu heiß. Sollten doch die Spezis aus Brighton die Sache in die Hand nehmen.

Helen und Dave hatten ein Motel etwas abseits der Straße gefunden. Helen hinterließ, wie abgesprochen, bei der Rezeption nur ihren Namen. Dave hatte geduckt im Wagen gewartet, bis Helen endlich mit dem Zimmerschlüssel in der Hand zu ihm kam.

„Komm, Darling, es ist alles in Ordnung."

Unsicher sah er sich um und stieg zögernd aus. Der Portier hätte ihn von seinem Arbeitsplatz aus sehen können, denn vom Fenster der Anmeldung aus überblickte man die Gebäudeflucht. Zum Glück zeigte sich niemand und Dave huschte zur überdachten Veranda. Das Zimmer roch muffig, was aber beiden egal war. Offensichtlich war es seit längerer Zeit unbewohnt. Ihr Aufenthalt wäre ja sowieso nicht von Dauer.

„Sieh mal, Helen, ein Fernseher." Überhastet schaltete er das Gerät an. Vielleicht war ja den Abendnachrichten etwas über die Geschehnisse auf dem Highway zu entnehmen. Im Lokal, wo sie gegessen hatten, war darüber nichts Definitives zu hören gewesen. Dave wollte etwas Konkretes wissen und sich nicht von irgendwelchen Gerüchten verrückt machen lassen.

Als er auf dem Bett lag und immer wieder auf die Uhr sah, hörte er Helen rufen, die unter der Dusche stand. Widerwillig stand er auf und ging zu ihr. Sie schob den Duschvorhang zur Seite.

„Wäschst du mir mal den Rücken, Liebster?", fragte sie aufreizend-fordernd.

Wortlos nahm er Seife und Schwamm und begann mit raschen Bewegungen, ihr über den Rücken zu streichen. Plötzlich drehte sie sich um und zog ihn mit dem Oberkörper unter die Dusche.

Einer Trotzreaktion gleich, holte er aus und schlug ihr ins Gesicht. Selbst erschrocken über seine Handlung, ließ er Helen stehen und trocknete sich mechanisch ab. Mit einem verschämten Blick auf Helen verließ er das Badezimmer. Er wechselte das Oberhemd und legte sich wieder auf das Bett. Dave hatte im Moment keinen Sinn für Helens Sexualdrang. Er war unsicher durch die Geschehnisse der jüngsten Vergangenheit.

Ein Fernsehsender strahlte eine Sondersendung über einen Bombenanschlag auf den Viktoria-Bahnhof in London aus. Die IRA hatte vermutlich wieder einmal zugeschlagen. Die Grausamkeiten, die damit verbunden waren, wurden bis ins Detail ausgeschlachtet. Von mehreren Toten war die Rede. Militär und Polizei hatten daraufhin eine Großaktion gestartet und alle Zufahrtstraßen um die Metropole London gesperrt. Dave ließ das Programm weiterlaufen und war doch erleichtert, dass die Razzia nicht ihm gegolten hatte.

Inzwischen war Helen zurückgekehrt. Unschlüssig, wie sie ihn ansprechen sollte, sagte sie schließlich mit kaltem Blick, den Dave noch nie an ihr gesehen hatte:

„Schlägst du immer Frauen, die dich lieben?"

Dave suchte nach einer Entschuldigung. Andererseits hatte er kein Verständnis für ihr Verhalten, denn sie hätte doch wissen müssen, wie wichtig ihm die Nachrichten waren. Deshalb brachte er nur ein kümmerliches „Tut mir leid" hervor.

Mit einem Föhn trocknete sich Helen im Badezimmer die Haare, während sich Dave, auf dem Bett liegend, eine Zigarette anzündete. Jeder ging so seinen Gedanken nach. Dave ließ aufgeschreckt den Glimmstängel fallen, als jemand an die Tür klopfte. Er hielt den Atem an und drückte seine Marlboro aus. Was sollte er machen? Helen schien das Klopfen nicht zu hören. Gerade war er im Begriff, zu ihr zu gehen, als er hörte, wie sich ein Schlüssel im Schloss drehte. Mit einem Schwung nahm er hinter dem Bett Deckung. Dann vernahm er einen kurzen Schrei und der Föhn wurde abgeschaltet.

„Was fällt Ihnen ein, hier hereinzukommen?", empörte sich Helen. Sie hatte sich wohl noch nicht angekleidet. Unter dem Bett hindurch konnte Dave nur klobige Stiefel erkennen, in denen ein großer Kerl stecken musste.

„Stell dich nicht so an, Mädchen. Ich habe schon mehrere Frauen nackt gesehen", sagte der dreiste Kerl, „allerdings nicht so hübsche", grinste er lüstern.

Die Stiefel bewegten sich langsam auf das Bad zu.

„Los, verschwinden Sie", schrie Helen verzweifelt. „Dave, komm doch endlich!"

Grinsend ging der Mann auf Helen zu. Ihre Hilflosigkeit machte ihn an.

„Den Trick kenne ich, Süße." Lächelnd streckte er seinen Arm aus und zog Helen zu sich heran.

Jetzt überwand Dave seine Angst, sprang auf, schnappte sich im Sprung den klobigen Aschenbecher und stürzte ins Bad. Mit voller Wucht schlug er dem Kerl eins über. Doch dem Mann schien der Schlag weniger auszumachen als die Überraschung. Einen Sekundenbruchteil lang konnte Dave Mordlust in den Augen des anderen erkennen und setzte zu einem weiteren Schlag an. Doch sein Arm wurde von der Pranke des Aufdringlings wie von einem Schraubstock umklammert. Er beachtete Dave nicht weiter und sah die verängstigte Helen an.

„Das hätten Sie sagen sollen, Mrs., dass Sie nicht allein sind."

Mit einem breiten Grinsen sah er zu Dave hinunter und lockerte den Griff. In der Tür drehte er sich um, hielt dabei seine Hand auf den Hinterkopf.

„Ich wollte nur wissen, ob Sie etwas für die Nacht benötigen, aber das haben Sie ja wohl."

Als sie wieder alleine waren, umarmten sie sich und Helen fing zu weinen an. Irgendwie war durch diesen Vorfall die Spannung von ihnen gewichen. Helen weinte unaufhörlich, selbst als sie schon lange im Bett lagen.

„Ist ja gut, Darling. Der Mann ist ja weg. Nun hör auf."

„Ja, du hast recht. Aber ich weine nicht des Mannes wegen."

Verwundert nahm Dave ihr tränennasses Gesicht in beide Hände.

„Warum dann? Das musst du mir erklären. Ich bin dir eine zu große Last, ja?"

Sie schlug die Augen nieder und schüttelte den Kopf. Sichtlich um Fassung bemüht, drehte sie sich von ihm weg.

„Es ist etwas anderes", sagte sie mit festerer Stimme.

Irritiert blieb Dave auf dem Bett liegen, als Helen wieder ins Bad ging.

„Ich liebe dich, Dave und bin traurig, dass meine Liebe von dir nicht erwidert wird, das ist alles", sagte sie mit kalter Stimme.

„Ja, vielleicht hat sie recht", dachte Dave. Dass Helen bereit war, alles für ihn zu tun, war ihm klar. Er hatte sich bis jetzt wie ein Esel benommen, redete er sich ein. Egal, auf jeden Fall gab Helen für die nächste Zeit gute Deckung. Das sollte auch in Zukunft so bleiben, beschloss er.

Am nächsten Morgen klopfte es an der Tür. Verschlafen sah sich Dave um. Das Bett neben ihm war leer.

„Helen?", rief er in Richtung Badezimmer. Keine Antwort, kein Geräusch.

Das Klopfen wiederholte sich. „Mrs. McManus, Ihr Frühstück!" hörte Dave eine Männerstimme.

„Stellen Sie es vor die Tür", rief Dave.

„Okay, wie Sie wollen."

„Warum geht Helen denn nicht an die Tür", fragte er sich, bis er umständlich aufstand und ins Bad ging. Von Helen keine Spur.

Unruhig ging er zur Haustür und öffnete sie. Vor Dave stand der widerliche Kerl von gestern Abend. Dieser blickte über Dave hinweg, wohl in der Hoffnung, Helens nackte Gestalt zu erblicken.

Als sich beide nach dem Tablett bückten, kamen ihre Gesichter sehr nahe.

„Ist sie so gut wie sie aussieht?", fragte der Portier aufreizend grinsend.

Am liebsten hätte Dave dem Kerl seine gelben Hauer aus seiner breiten Visage geschlagen. Stattdessen nahm er das Tablett und trat ins Haus zurück. Mit einem kräftigen Fußtritt schlug er wütend die Tür zu.

„Mach dich nicht verrückt", redete er sich ein und nahm mit spitzen Fingern eine Scheibe Toast. Mit der anderen Hand drückte er den On-Knopf des Fernsehers. Auf dem Bildschirm erschien eine Gruppe Leute, die irgendein Umweltthema diskutierten. Er hörte nicht sonderlich interessiert hin. Plötzlich sprang er auf, lief zur Tür und riss sie auf. Der Wagen, wo ist der Wagen? Seine Gedanken überschlugen sich. Er durchstöberte seine Reisetasche. Das Geld war noch da. Es fehlte nichts, auch Helens Koffer lag noch da, so wie am Abend zuvor. Nachdenklich schenkte er sich eine Tasse Tee ein und drückte alle Sender des Fernsehers. Die Nachrichten sagten nichts Neues und er beruhigte sich. Vielleicht ist sie ja zur Bank gefahren, um das Geld abzuholen. Ja, ja, so würde es sein. Sie holte das Geld, damit sie ohne großen Aufenthalt London erreichten. Dave streckte sich auf dem Bett aus und zündete sich eine Zigarette an. Wieder klopfte es an der Tür und Dave stand missmutig auf. „Was will der Widerling denn jetzt noch?", fragte er sich. „Es wird Zeit, dass wir von hier verschwinden." Doch Helen stand in der Tür mit einer Tüte Lebensmittel und einer Morgenzeitung.

„Mensch, hast du mich erschreckt", begrüßte er sie mit vorwurfsvollem Ton.

„Wieso?", trällerte sie unbekümmert.

„Ich wollte dem feisten Kerl von gestern Abend nicht wieder begegnen und habe alles selber besorgt. Ich wollte dich nicht aus deinen Träumen wecken."

Sie stellte die Tüte auf einen Tisch und ging ins Badezimmer, während Dave schnell die Zeitung durchblätterte.

Nirgendwo fand er einen Bericht über sich. Das Thema des Tages war der tückische Anschlag auf dem Victoria-Bahnhof. Ihm war es recht, denn damit hatten die Schreiberlinge ihre Sensation und lenkten von ihm ab. Diese Schweine sollten sie mal fassen, die unschuldige Menschen für ihre Ideologie ihr Leben lassen ließen. Dennoch legte er das Blatt erleichtert zur Seite, als Helen sich mit einem Seufzer zu ihm aufs Bett legte. Sie machte einen müden Eindruck und antwortete kaum auf seine Fragen.

„Ich hol mir mal eben ein paar Zigaretten", meinte er schließlich und verließ den Raum. Als er zurückkam, schlief Helen fest.

Das Telefon klingelte in dem Moment, als der Inspektor zur Tür hereinkam. Miller kam mit nassen Händen aus dem angrenzenden Raum. Als er seinen Chef erblickte, schlurfte er wieder nach nebenan.

„Welsh, Mordkommission", meldete sich der Inspektor knapp.

„Prima, hier Sergeant Higgins, Polizeiwache Arundel. Heute Mittag haben wir einen Personenwagen aus einem See gezogen, Sir."

„Ja gut, aber was haben wir damit zu tun?"

„Ich habe mir lange überlegt, ob ich Sie anrufen soll, Sir, aber die Sache kommt mir merkwürdig vor. In dem Wagen befand sich die Handtasche der Fahrzeughalterin. Diese Frau bewohnt ein Haus auf dem Nachbargrundstück des Seegeländes. Das ist jedoch verschlossen. Nun frag ich mich, was ich dem Verkehrsamt melden soll oder ob die Frau auf dem Grund des Sees ruht, also ein Fall für die Mordkommission ist. Das Komische ist nämlich, dass die Beifahrertür des Wagens offen stand, als wir ihn herauszogen."

„Sergeant, ich nehme an, Sie sind jetzt auf der Wache."

„Was? Ja, das bin ich."

„Gut, warten Sie da auf uns. Wir sind in etwa zwei Stunden da."

Miller stand neben Welsh und hatte das Telefonat zum Teil mitbekommen.

„Merkwürdige Geschichte, was?", fragte er.

„Kann man wohl sagen. Arthur, ruf doch mal die Kollegen vom Wasserschutz an. Ich brauche sofort einen oder zwei Taucher, frage mal, ob das möglich ist."

„Ist das nicht eine Sache für die Versicherung? Sollen sich doch die Inspektoren einen Kopf machen." Der Blick seines Freundes ließ aber keine Einwände zu.

Miller galt als lebendes Telefonbuch und Welsh war immer wieder überrascht, was so ein Quadratschädel alles speichern konnte. Während der Inspektor sich über das Fresspaket seines Freundes hermachte, schien das Gespräch Millers offenbar zufriedenstellend. Vorsichtshalber wurde Shields von der Spurensicherung hinzugezogen.

Inspektor Welsh hatte sich abgewandt, als die Taucher unter der Wasseroberfläche verschwanden. Er wollte nicht in der Haut der Leute stecken, die da auf dem dunklen Grund des Sees suchten. Der Gedanke allein, plötzlich einer Leiche zu begegnen, ließ ihn frösteln.

Mit Shields konstruierte er einen möglichen Vorgang. Viele Fragen tauchten auf.

„Wenn die Tür offen war, als der Wagen herausgezogen wurde, war sie auch offen, als er versenkt wurde. Oder wie sehen Sie das, Mr. Shields?"

Der antwortete nicht sofort, sondern ging der Reifenspur nach, die sich deutlich auf der Grasnarbe abzeichnete. An der kleinen Anhöhe blieben sie stehen.

„Hier sind die Räder durchgedreht, Inspektor, sehen Sie mal."

„Ich kenne mich mit Autotypen nicht so gut aus, Shields. Hat der Rover Front- oder Heckantrieb?"

„Frontantrieb, Sir."

„Das wissen Sie genau?"

„Ja, ohne jeden Zweifel. Meine Schwägerin fährt das gleiche Modell."

„Dann ist es eindeutig. Sehen Sie sich mal genau die Abdrücke an, Shields. Hier sind Räder durchgedreht. Etwas weiter – da – erkennt man deutlich weitere Spuren."

Der Inspektor versuchte, den Hergang zu rekonstruieren.

„Würde jemand, der so einen Selbstmord begeht, diesen Anlauf nehmen? Bestimmt nicht. Also wollte er nur das Auto verschwinden lassen. Aber dann lässt die Person doch nicht die Handtasche im Wagen, oder?"

Hin und wieder sah er auf den See, wenn die Taucher nach oben kamen, um erneut zu verschwinden.

Unterdessen wurden Gipsabdrücke der Reifenspuren angefertigt. Der Inspektor sah ihnen, eher gelangweilt als interessiert, zu. Im Gras erblickte er, halb verdeckt, einen stoffbezogenen Knopf. Er bückte sich und steckte ihn sich in die Hosentasche. Eigentlich fühlte er sich hier überflüssig. Er beschloss, noch eine halbe Stunde zu warten und das Ergebnis der Tauchgänge abzuwarten. Am Rande des Sees sah er die Beute der Froschmänner. Ein Kühlschrank, ein halbes Fahrrad, Schuhe, mehrere Autoreifen häuften sich auf der Rampe. Systematisch vergrößerte sich der Aktionsradius der Suchenden. Auf der anderen Seite des Gewässers standen die Jungens teilweise bis zum Bauch im Wasser. Ihnen musste ähnlich zumute sein wie dem Inspektor, der desinteressiert mit Miller und Higgins auf der Rampe stand.

„Was war alles in der Handtasche?", fragte er Higgins.

„Moment mal, ich habe alles aufgelistet, Sir."

Sogleich hielt er ein gefaltetes Blatt Papier in Händen und reichte es dem Inspektor.

„Warten Sie, hier sind die Schlüssel. Das Haus da drüben gehört der Dame, der auch die Handtasche gehört."

Welsh nahm einen dicken Schlüsselbund entgegen und schaute nachdenklich darauf.

„Es sind Haus- und Wagenschlüssel, Sir, wenn ich bemerken darf."

„Hm, danke, Sergeant. Das haben sie gut gemacht."

Sichtlich erfreut über die Belobigung, nahm Higgins Haltung an.

„Als ich in den Wagen sah, Sir, stellte ich fest, dass kein Gang eingelegt war. Für mich ein klarer Fall von Versicherungsbetrug!", resümierte er in strammer Haltung.

„Ihr Telefonat klang aber nicht so eindeutig, Higgins. Was ist, wenn die tatsächlich eine Leiche finden?"

„Dann ist der Fall natürlich klar, Sir. Aber das glaube ich nicht. Sie kann gar nicht weit vom Wagen wegtreiben, ohne Strömung", hellte sich sein Gesicht auf.

„Da ist was dran, aber Leichen sind manchmal ganz schön lebendig", stimmte der Inspektor Higgins Theorie zu. „Deshalb gehen wir mal zu dem Haus rüber."

Der Labrador war ihnen schon vorausgeeilt. Aufgeregt, mit wedelndem Schwanz, lief er im Garten umher. Vor dem Komposthaufen scharrte er die Erde auf und platzierte bald darauf eine tote Krähe vor den Füßen seines Herrchens.

„Such weiter, Mister Guinness, such weiter!", forderte Higgins ihn auf. Inzwischen hatte Welsh den richtigen Schlüssel gefunden und die Haustür aufgesperrt. Vorsichtig verschwanden die Beamten im Haus.

Shields war ihnen gefolgt und nahm sogleich das Zepter in die Hand.

„Bitte bleiben Sie hier stehen, meine Herren. Ich muss erst einmal das Feld sondieren."

„Der Lichtschalter ist gleich links."

Erschrocken drehten sich die Polizisten um. Im Türrahmen stand ein rotgesichtiger Mann im blauen Overall.

„Mensch, Dickinson, jag uns doch nicht so'n Schrecken ein", fuhr Higgins den Mann an.

„Was willst du hier? Hau ab, du hast hier nichts zu suchen!"

„Ich habe von dem Wagen gehört und da wollte ich mal sehen, ob ich helfen kann", ließ der sich nicht irritieren.

„So, Sie kennen also die Personen, die hier leben?", ergriff Miller sofort die Initiative.

Das kann man wohl sagen. Ich bin sozusagen ein Freund des Hauses." Dickinson nahm eine gewichtige Position ein und betrachtete neugierig die Männer.

„Interessant, das zu hören, Mister. Dann können Sie uns bestimmt sagen, wo die Leute sind."

„Äh, wie? Das kann ich natürlich nicht. Letzte Woche waren beide Frauen noch hier." Er drehte sich hilfesuchend um und zeigte auf den Grill auf der Terrasse.

„Da haben wir Fleisch gegrillt. War 'ne nette Party."

Bevor er weiterreden konnte forderte der Inspektor die Umstehenden auf, Platz zu nehmen. Nur zögernd kam Dickinson der Aufforderung nach. Das gefiel ihm nicht, hier verhört zu werden. So weit ging seine Liebe zur Obrigkeit nicht.

„Na los, nehmen Sie Platz."

Shields war inzwischen im Haus verschwunden und so konnten sich die Beamten voll auf Dickinson konzentrieren. Miller hatte seinen Notizblock gezückt und nahm die Bleistiftspitze in den Mund. Der Elektriker griff in die Brusttasche seines Overalls und holte seinen Flachmann hervor. Knirschend drehte er den Verschluss ab und nahm einen kräftigen Schluck. Vielsagend sahen sich die Brightoner an. Auch das noch, ein Säufer.

„Also, ich bin Elektriker aus dem Ort und habe den Frauen die Lichtleitungen neu installiert, was noch?"

Der Inspektor stand auf und wandte sich an Miller.

„Mach mal weiter, ich gehe ins Haus."

Gleich am Eingang stolperte er über ein Paar gelbe Gummistiefel. Einer der Stiefel flog quer durch den Raum. Sein Ordnungssinn zwang ihn, den Stiefel wieder auf seinen Platz zurückzustellen. Als er ihn in der Hand hielt, betrachtete er diesen genauer. Nur unter der starken Profilsohle war noch Dreck. Verschmutzungen an anderen Stellen war nicht zu entdecken. Das fand er merkwürdig und er ging mit dem Stiefel ans Tageslicht und kratzte mit dem Fingernagel etwas Erde aus dem Profil. Lehm, konstatierte er eindeutig. Mit zusammengekniffenen Augen sah er zum Garten hinüber. Dort konnte er nur schwarze Muttererde sehen. „Merkwürdig", dachte er. Aber das hatte noch Zeit, bis Shields wieder aus dem Haus kam. Im selben Moment hörte er ihn auch schon rufen.

„Inspektor, ich bin hier oben. Können Sie mal eben raufkommen?"

Oben angekommen, traf er Shields vor einem Bett stehend an, dessen Matratze hochgestellt war. In der Hand hielt er eine zusammengefaltete Zeitung.

„Hier, sehen Sie mal, was ich gefunden habe."

Die Gazette war so gefaltet, dass das Phantombild von Dave zu sehen war. Sofort wurde der Polizist an den Fall in Arundel erinnert.

„Das ist ja merkwürdig", kommentierte er den Fund. „Vielleicht nur ein Zufall. Erinnern Sie sich an den Tod der alten Mrs. Thompson?", fragte er den Spurenmann.

„Ja, natürlich. Deshalb habe ich Sie ja gerufen, Inspektor. Es ist wohl besser, wenn wir die Bude hier genauer unter die Lupe nehmen. Was meinen Sie, Sir?"

„Machen Sie das, Herr Kollege."

Unten wieder angekommen, ging er ins Wohnzimmer und inspizierte, ohne etwas anzufassen, den Raum. Einige Bilder hingen an den Wänden, auf denen überwiegend nur eine Frau abgebildet war.

„Mr. Dickinson, kommen Sie doch mal kurz herein", rief er nach draußen.

Als der Elektriker vor ihm stand, fragte er ihn: „Erkennen Sie die Besitzerin des Rovers auf einem der Bilder wieder?"

Ohne zu zögern, nickte dieser und zeigte auf eine Großaufnahme. „Das ist Martha, ja, aber die anderen Personen habe ich noch nie gesehen."

„Gut, danke!"

Mit der Porträtaufnahme gingen sie wieder hinaus. Dort verglich Welsh das Bild mit den Passfotos und fand die Bestätigung der Aussage des Handwerkers. Miller stellte die nächste Frage an ihn. „Aber es war ja immer die Rede von einer zweiten Frau, Mr. Dickinson. Können Sie sie beschreiben?"

„Und ob", geriet er ins Schwärmen, „ich sage nur: sechsundneunzig-sechzig-neunzig, einfach traumhaft."

Er musste über seinen Geistesblitz am meisten lachen.

„Naturblond, einfach traumhaft, sage ich Ihnen."

Wieder holte er den Flachmann hervor und lutschte daran herum. Offenbar war die Flasche leer, denn er steckte sie ärgerlich wieder weg.

„Ich muss jetzt gehen, meine Herren, die Pflicht ruft."

„Hast du alles, Arthur?", fragte der Inspektor seinen Freund.

Ich denke schon", meinte dieser und überflog kurz den Inhalt seines Notizblockes.

„Gut, dann gehe ich noch mal rüber zum See. Willst du mitkommen, Arthur?"

„Ja, was soll ich noch hier?"

„Sergeant", wandte sich Welsh an Higgins, „überlassen Sie dem Kollegen die Schlüssel fürs Haus. Ich glaube nicht, dass er heute noch fertig wird."

„Okay, Sir", erwiderte Higgins etwas beleidigt.

Auf dem Weg zum See erzählte Miller seinem Vorgesetzten, was er von Dickinson erfahren hatte. Dieser hatte angegeben, mit beiden Frauen geschlafen zu haben. Auf die Frage, ob er wüsste, warum sie abgereist seien, hatte er nur mit den Schultern gezuckt. Er meinte, sie seien nach London gefahren. Ein zweites Fahrzeug stand noch vor dem Haus. Ein alter Morris, glaubte er zu wissen.

Abrupt blieb der Inspektor stehen.

„Oh Arthur, heute haben wir keinen guten Tag. Dabei ist alles nur logisch. Weißt du, wessen Wagen das ist?"

„Nee, Harold, muss ich das?"

„Ich denke schon! Das ist der alte Morris von Mrs. Thompson. Dieser Dave Fergunson ist ein ausgeschlafenes Bürschchen, sage ich dir. Der Kerl hat sich hier eingenistet."

Als sie am See ankamen, saßen die beiden Taucher auf dem Rand der Rampe und rauchten eine Zigarette. Ihr Neoprenanzug hing ihnen, wie eine zweite Haut, vom Oberkörper herunter.

„Bleiben Sie sitzen", meinte der Inspektor, als sie aufstehen wollten. „Ich sehe auch so, was los ist."

„Tja, tut uns leid, Inspektor, außer diesem Gerümpel da, nichts. Ergebnis negativ."

Irgendwie erleichtert, gab Welsh das Kommando zum Aufbruch. Erleichtert waren auch die Jungs, die mit Vergnügen ins Wasser sprangen.

Auf dem Weg ins Dorf hielten sie noch kurz, um Higgins mit seinem Hund aufzunehmen und gaben Shields Nachricht, dass sie im Dorfkrug auf ihn warten würden.

„Was halten Sie von der Sache, Sir?", fragte Higgins den Inspektor.

„Nichts, das heißt noch nichts. Wussten Sie, dass sich dort im Haus ein Mann aufhielt?"

„Früher war da mal einer, der Mann der Frau, der der Wagen gehört. Aber der lebt jetzt in London, soviel ich weiß. Name und Anschrift muss ich noch in der Kartei haben."

Sie hielten vor der Wache und gingen hinein. Nachdem Higgins die Daten des Mannes herausgesucht hatte, ließ sich Welsh gleich mit dem Fernmeldeamt verbinden und verlangte die Telefonnummer von Marthas Mann. Er brauchte nicht lange zu warten, um mit ihm zu sprechen. Offenbar war Mr. Rees sehr erregt, denn der Inspektor musste ihn immer wieder beruhigen. Als er den Hörer aufgelegt hatte, erzählte er, dass die Vermisste am Dienstag dieser Woche im Krankenhaus gewesen war, um ihren Mann zu besuchen. Er hätte seine Frau schon über einen Monat nicht mehr gesehen und ein Treffen war auch nicht geplant gewesen.

Keiner der Beamten konnte damit etwas anfangen. Etwas müde stand der Inspektor auf und wies die beiden Untergebenen an, mit ihm zu kommen.

„Wir treffen uns in einer halben Stunde im Pub. Gibt es dort etwas zu essen?", fragte er Higgins.

„Der Wirt macht die besten Fish and Chips vom gesamten Königreich, Sir."

Alle mussten grinsen.

„Ihr zwei geht mal die Geschäftsleute befragen, ob sie eine der Frauen in Begleitung eines achtunddreißigjährigen Mannes gesehen haben oder ob sie etwas gekauft haben, was auf einen Mann hinweist, wie Tabakwaren, Rasierzeug oder Ähnliches. Ich geh schon mal rüber in die Kneipe."

Vor dem Pub stand der Lieferwagen des Elektrikers. „Glück muss der Mensch haben", dachte Welsh und betrat das dunkle Lokal.

Es waren ein paar Gäste anwesend, die schlagartig die Unterhaltung einstellten, als sie den Polizisten wahrnahmen.

Welsh grüßte knapp und trat an den Tresen, um sich ein Bier zu bestellen. Am Ende der Theke erkannte er den Elektriker und sie nickten sich kurz zu.

„Wisst ihr noch, als Helen vor ein paar Tagen mit dem Rad ins Dorf kam, um einzukaufen?", nahm ein kleiner, gedrungener Mann die Unterhaltung wieder auf.

„Sie sah aber auch scharf aus in den Hotpants. Dem alten Hufschmied ist vor Schreck das Gebiss von den Felgen gefallen und die Knöpfe von der Hose gesprungen."

Ein ohrenbetäubendes Lachen war die Folge, an dem sich Dickinson nicht beteiligte. Der sah nur kurz zu dem Inspektor hinüber. Dieser fand das Verhalten merkwürdig und wollte ihn sich später noch einmal vorknöpfen. Im Moment forderte sein Magen sein Recht und er winkte den Wirt zu sich heran.

„Ich habe gehört, Sie machen die besten Fish and Chips vom Commonwelth, stimmt das?"

„Die Gäste sind zufrieden, aber die Küche ist geschlossen, Sir", antwortete der Mann nicht gerade freundlich.

„Können Sie nicht mal eine Ausnahme machen, damit wir in den Genuss Ihrer Spezialität kommen?"

„Mal sehen. Wie viele Portionen wollen Sie denn?"

„Drei!"

„Moment, Sir, ich frag mal nach."

Während er wartete, ging der Windfang an der Eingangstür auf und Shields trat ein.

„Ich habe gerade was zu essen bestellt, Herr Kollege. Wollen Sie auch eine Kleinigkeit?"

„Ja, ich glaube ich könnte 'ne kleine Stärkung gebrauchen."

Inzwischen hatte sich der Wirt wieder eingefunden und wartete auf eine weitere Bestellung.

„Geht in Ordnung."

„Na prima, machen Sie bitte eine Portion mehr und noch zwei Bier. Wir setzen uns am besten da drüben in die Ecke."

Als sie an der Gruppe Männer vorbeigingen, blieb der Inspektor kurz vor Dickinson stehen.

„Könnten Sie in etwa zwei Stunden zur Wache kommen? Ich hätte noch einige Fragen."

Der Elektriker nickte nur und drehte sich sofort seinen Kumpanen zu.

Am Tisch angekommen, fragte Welsh den Kollegen vom Erkennungsdienst: „Wie sieht's aus?"

Shields holte tief Luft: „Ich habe den Eindruck, dass eine der Damen abgereist ist, für immer."

Welsh sah ihn erstaunt an: „Wie kommen Sie darauf?"

„Einige Schubladen der Kommode waren leer. Außerdem fehlten einige Bilder, die offenbar an den Wänden der Wohnstube hingen. Im Badezimmer sah ich auch nur eine Zahnbürste."

„Das ist ein Indiz, gibt jedoch keinen Hinweis auf eine Leiche", knurrte der Inspektor leicht angefressen. Er lehnte sich zurück und holte den blauen Knopf aus seiner Hosentasche.

„Ich weiß, dass es zu viel verlangt ist, werter Kollege, aber das passende Kleidungsstück zu diesem Knopf ist Ihnen nicht aufgefallen?"

Shields besah sich den Knopf genau, in seiner typischen Art.

„Thai-Silk, ohne Frage. Nee, ist mir nicht aufgefallen. Ich habe ja auch nur eine oberflächliche Durchsuchung vorgenommen."

„Hm, hätt ja sein können", brummte der Polizist etwas enttäuscht.

„Dafür habe ich aber etwas anderes gefunden, nämlich Haare von drei verschiedenen Personen, oben im Bett. Ein Teil davon war eindeutig gefärbt – schwarz."

Welsh unterdrückte seine Freude. Er war lange genug im Dienst, um nach so einer Nachricht nicht in Euphorie auszubrechen. Sein Jagdinstinkt sagte ihm aber, dass dieser Fergunson sich dort aufgehalten hatte.

Kurz bevor das Essen kam, waren auch die beiden Sergeants eingetroffen.

„Jeder der Befragten glaubt zu wissen, dass sich dort oben im Haus mehr als zwei Personen aufgehalten haben müssen, besonders der Lebensmittelhändler", berichtete Miller.

„Die typischen männlichen Accessoires deuten darauf hin, dass ein Mann dabei war."

„Wer hat denn die Sachen gekauft? Die Jüngere nehme ich an", beantwortete sich Welsh seine Frage selbst.

„Ja, ausschließlich die Jüngere", mischte sich Higgins in das Gespräch ein.

Eine adrett gekleidete Frau brachte das Essen. Das Mahl war tatsächlich ausgezeichnet und so hing jeder seinen Gedanken nach.

Nach der Mahlzeit analysierten die Beamten die Geschehnisse des Nachmittags in Higgins Büro.

Hier waren sie unter sich und konnten unbekümmert sprechen. Miller schrieb in Steno alles mit.

„Also, halten wir mal Folgendes fest", begann der Inspektor, „in dem See wurde ein Fahrzeug, Marke Rover 214 GSI, 16-Ventiler gefunden. Er wurde rückwärts die Anhöhe hinaufgefahren. Zu der Zeit muss es geregnet haben, was das Durchdrehen der Räder und die tiefen Reifenspuren auf der Rampe beweisen. Ist das richtig, Kollege Shields?", wandte er sich an den Spurenfachmann.

„Wenn ich was Falsches sage, unterbrechen Sie mich. Das Fahrzeug tauchte mit dem Kühler zuerst in den, an dieser Stelle etwa drei Meter tiefen, See ein. Das Schaltgetriebe stand dabei auf Leerlauf. Also wurde es hineingeschoben. Die Tür wurde entweder vorher zugeschlagen oder aber vom Wasserdruck beim Eintauchen geschlossen. Aber Sie sagen, Sergeant Higgins, dass die Tür beim Herausziehen offen stand. Das ist doch merkwürdig, oder nicht?"

„Ja", schaltete sich Shields ein, „selbst wenn sie nicht völlig geschlossen war, ist da immer noch die Sicherheitsverriegelung und die kann man nur manuell lösen."

„Richtig, Herr Kollege, und das gibt mir zu denken. Zudem frage ich mich, weshalb die Handtasche zurückgelassen wurde.

Jemand, der seine Papiere verliert und ein gutes Gewissen hat, meldet den Verlust doch umgehend, entweder der Polizei oder seiner Versicherung. Und wenn es ein plumper Versicherungsbetrug ist, meldet der Halter doch sein Fahrzeug als gestohlen."

Inspektor Welsh klopfte mit den Fingerspitzen auf die Tischplatte und meinte eindringlich: „Die Beifahrertür war geöffnet, meine Herren. Wenn jemand sein Fahrzeug schiebt, dann macht er das nicht mit geöffneter Beifahrertür. Wie soll er so das Auto lenken?"

Er wollte gerade mit seiner Ausführung fortfahren, als Dickinson in der Tür erschien.

„Gut, dass Sie da sind, Mr. Dickinson", empfing ihn der Inspektor und machte eine einladende Armbewegung zu einem freien Stuhl.

Der Ankömmling wirkte verunsichert beim Anblick so vieler Polizeibeamten. Weit vorn auf der Stuhlkante nahm er Platz. Welsh fixierte ihn lange. Das gehörte zu seiner Verhörtaktik. Viele Menschen reagieren positiv, im Sinne des Betrachters, sie fangen an zu reden. Dann schoss er wie ein Pfeil die erste Frage ab.

„Warum haben Sie die Anwesenheit von Dave Fergunson verschwiegen?" Dickinson reagierte trotzig und blickte von einem zum anderen.

„Ich kenne seinen Nachnamen nicht."

„Egal, erzählen Sie! Wann und wo haben Sie den Mann gesehen?"

„Ich hab ihn nur einmal gesehen, Inspektor", antwortete Dickinson heftig. Langsam wurde er wieder selbstsicherer und nahm nun in voller Breite den Stuhl ein.

„Martha und Helen gaben letzte Woche eine Einweihungsparty. Als ich dazukam, war Dave gerade dabei, Fleisch zu grillen. Davon verstand der Junge was."

Was fiel Ihnen an dem Mann auf, als Sie ihn bemerkten?"

„Was soll mir an ihm aufgefallen sein? Ich hatte nur einen Blick für Helen." Er machte eine kurze Pause und sprach langsam weiter. „Der Mann hatte ein großes Pflaster quer über der Nase und einige Schrammen an der rechten Wange. Ich machte noch einige Witze darüber." Vielsagend sahen ihn die Beamten aus Brighton an.

„Wie alt war er Ihrer Meinung nach und welche Haarfarbe hatte er?"

„Oh, ich glaube, er war schwarzhaarig, aber sein Schnurrbart hatte einen Schuss Rötliches."

Der Inspektor grinste erleichtert. Das war Dave Fergunson, ganz klar.

„Erzählen Sie, wie die Party verlief, Dickinson."

Was dieser auch ohne Prahlerei tat. Er erwähnte noch, dass Dave und Helen Geschwister wären. Zum Schluss wurde er noch gefragt, ob er wisse, wo die drei sich jetzt aufhielten, woraufhin er mit den Schultern zuckte.

„Gut, Mr. Dickinson, Sie können gehen. Halten Sie sich weiter zu unserer Verfügung, falls wir noch Fragen haben."

Mit durchgeschwitztem Overall stand er auf, machte übertriebene Ehrfurchtsverbeugungen und verschwand.

Higgins fuhr sich mit seiner klobigen Hand über seine fettig glänzenden, gelbweißen Haare.

„Armer Tropf, glauben Sie ihm kein Wort von seiner Angeberei. Seine Freundin ist die Flasche." Das war den Beamten aus Brighton nicht verborgen geblieben.

„Trotzdem scheidet er als Verdächtiger nicht aus", ergriff der Inspektor das Wort. „Also fahren wir fort. Ich gehe davon aus, dass die drei sich kannten. Ob die beiden Geschwister sind, ist noch zu klären. Wie der Zeuge ausführte, kam es zu Rangeleien zwischen ihnen. Da frage ich mich, ob diese Streitereien tödlich für Martha waren."

Alle Anwesenden schienen nachzudenken, kamen aber zu keiner Erkenntnis.

„Nach meiner flüchtigen Hausdurchsuchung glaube ich, dass diese Helen sich mit ihrem Bruder aus dem Staub gemacht hat."

„Wir werden herausfinden, ob es Geschwister sind. Mr. Shields, Sie hatten doch Haare der Personen in einem Bett gefunden. Glauben Sie, dass alle drei in dem Bett pennten?"

„Das Bett ist nicht nur zum Schlafen da, Inspektor." Dieser ignorierte die Bemerkung und Miller bemerkte: „Außerdem ist der Morris ebenfalls verschwunden."

Der Inspektor hielt sich den Bauch und unterdrückte einen Rülpser. Das Essen war wohl schuld daran.

„Haben Sie einen Schnaps im Haus, Higgins? Ich glaube, ich konnte das Essen nicht vertragen."

Ohne aufzustehen, zog Higgins eine Schublade seines Schreibtisches auf und stellte drei Gläser und eine Flasche Gin auf den Tisch. Er selbst genehmigte sich einen ordentlichen Schluck in seine Teetasse, die immer noch nicht von seiner Frau abgeräumt worden war. Als einziger schlug Miller das Angebot aus. Nachdem sie sich kurz zugeprostet hatten, stand Shields auf, so als wolle er, dass der Alkohol auch in jede Zelle seines Körpers verteilt wurde.

„Gehen wir mal davon aus, dass es so ist, wie Sie meinen, Mr. Shields. Helen und Dave haben das Weite gesucht. Wo ist dann Martha, so ohne Handtasche samt Inhalt und ohne Wagen?"

Er sah auf die Uhr. Draußen war es längst dunkel geworden.

„Ich glaube, wir nehmen uns ein Zimmer und gehen morgen früh noch einmal dorthin."

Miller und Shields waren nicht gerade begeistert von dieser Idee, griffen aber gehorsam fast gleichzeitig zum Hörer, um ihre Frauen zu benachrichtigen.

W ir müssen den Wagen verschwinden lassen, Helen, was hältst du davon?"

Dave betrachtete ihr Gesicht im Dämmerlicht und war erschrocken über die Schatten unter ihren Augen, die tief in ihren Höhlen lagen. Sie hatten das lausige Motel verlassen. Ihnen war dieser aufdringliche Wirt auf die Nerven gegangen. Auf dem Weg nach London hatten sie kaum ein Wort miteinander gewechselt. Helen war merkwürdig still. Während der Fahrt hatte Dave ihr hin und wieder seine linke Hand auf ihren Schenkel gelegt und eine Reaktion erwartet. Doch Helen ignorierte seine Geste. Sie war irgendwie verändert seit heute Morgen und Dave unterließ es, sie nach dem Grund zu fragen. Er glaubte, dass er der Anlass ihrer Sorgen war.

„Das machen wir morgen früh. Wir können nicht ohne Auto ein Zimmer in einem Motel nehmen, das würde auffallen. Es muss sehr nah an einer Busverbindung liegen, damit wir dann ohne Auto mobil sind. Wir lassen den Morris irgendwo in der City von London stehen. Das fällt am wenigsten auf."

Endlich sprach Helen wieder mit klaren Gedanken und Dave freute sich, dass die Anspannung beider sich legte. Auch er hatte eingesehen, nicht allein zu reisen. Zu zweit konnte man unauffälliger agieren.

Nach Eintritt der Dunkelheit bezogen sie ein nettes Motel, nicht weit von London gelegen. Die Frau, die das Motel leitete, machte einen sympathischen Eindruck und hatte keine Fragen gestellt oder sich irgendwie auffällig gezeigt. Das Haus war gut belegt und die nächste Bushaltestelle war nur ein paar hundert Meter entfernt. Von hier aus war es bequem, in die Stadt zu gelangen. In der Nacht verspürte Helen plötzlich den Drang, von Dave geliebt zu werden. Sie musste geweint haben, denn Daves Brust war völlig von Tränen benetzt.

Nach dem Akt umklammerte sie ihn, als hätte sie Angst, ihn zu verlieren. Nachdenklich streichelte er ihr Haar, bis beide wieder einschliefen.

Sehr früh am Morgen nahmen sie ihr Frühstück ein. Danach schminkte sich Helen vorteilhaft und setzte sich eine Sonnenbrille auf. Beide waren so verblieben, dass Helen allein in die Stadt zur Bank fuhr. Dave sollte fernab vom Motel den Wagen abstellen, möglichst an einem unauffälligen Ort. An der Bahnstation Surbiton setzte er Helen ab.

„Wir treffen uns hier wieder um siebzehn Uhr", verabschiedeten sie sich.

Helen schleppte einen Koffer, den sie an der Victoria-Station in einem Schließfach deponieren sollte. Der Koffer war mit Kleidungsstücken von beiden gefüllt. So konnten sie dann am nächsten Tag ungehindert das Motel verlassen. Beide waren entschlossen, England schnell den Rücken zu kehren.

„Gab es Komplikationen, Liebes?", fragte Dave, als sie so etwa gegen fünf Uhr mit dem Zug in Surbiton eintraf. Dave hatte zwei Stunden auf sie gewartet. Er glaubte, alle Leute würden ihn anstarren. Mehrere Male hatte er die Bahnhofskneipe aufgesucht, die unter der Station lag. Und immer, wenn ein Zug mit einem Rumpeln über dem Lokal zum Stehen kam, war er auf den Bahnsteig geeilt.

Endlich erblickte er sie. Helen hatte zwei große Einkaufstüten bei sich und etwas Längliches in Papier eingewickelt. Sie trug immer noch ihre Sonnenbrille. Unter dem Kopftuch zeigten sich einige braune Locken. Dave hatte das Gefühl, einer Fremden gegenüberzustehen.

Statt ihm zu antworten, lächelte sie ihn an und hakte sich bei ihm unter.

„Komm, lass uns ins Motel zurück, Darling, ich bin geschafft. Wo ist der Wagen?"

„In einem Wäldchen bei Mill Hill", antwortete Dave knapp.

„Wo ist Mill Hill, um Gottes Willen?"

Beide lachten. „Das ist ein kleiner Ort am Rande der Stadt, am Highway nach Bedfort." Sie drehte sich zu ihm hin und gab Dave einen Kuss auf die Wange. Kurz darauf kam auch schon der Bus Richtung Motel.

„Hast du unterwegs auf dem Bahnhof oder sonst wo einen Steckbrief von mir gesehen, Helen?"

„Mensch, nimm dich doch nicht so wichtig, Staatsfeind Nummer Eins!"

Ihre Reaktion verwirrte Dave. Mal war sie sanft wie ein Kätzchen, mal wie ein Eisberg. Sie nahm die Sonnenbrille ab und fügte etwas mildernd hinzu: „Die Suche nach dir begrenzt sich wohl nur auf South Dows. Sonst müsste ich glauben, du hast die alte Dame tatsächlich umgebracht."

Helen stülpte die beiden Einkaufstüten um, sodass sich deren Inhalt auf das Bett ergoss.

„Nun schau mal, hast du nicht ein kluges Frauchen?", meinte sie kokett.

Sie fing an, verschiedene kleine Päckchen auszuwickeln. Etwas albern nahm sie die brünette Perücke vom Kopf und drehte sich im Walzertakt durchs Zimmer.

„Das ist unser Fahrausweis bis Südafrika", lachte sie überschwänglich. „Aber das Schönste kommt noch."

Sie warf Dave, der am Fenster stand, eines der Päckchen zu. Er wickelte eine dunkel getönte Brille aus, die an den Seiten geschlossen war. Solche Dinger wurden eigentlich nur von Blinden getragen. Die Tarnung sollte noch durch den weißen Blindenstock und die gelbe Armbinde komplettiert werden. Helen trat dicht an ihn heran, setzte ihm die Brille auf und legte einen Arm um seinen Hals. Seine andere Hand führte sie an ihre Brust.

„Jetzt kannst du nur noch fühlen, mein armer Liebling", hauchte sie ihm ins Ohr.

„Du ekelst mich an, du Nymphomanin."

Er drehte sich von ihr weg und steckte sich eine Zigarette an.

„Sag mir lieber, wo du das Geld gelassen hast." Helen zögerte kurz und antwortete mit fester Stimme: „Es liegt auf der Bank, Darling. Da, wo es vor dir sicher ist."

Langsam ging Dave auf sie zu. Mit schmalen Lippen sagte er: „Es war deine verrückte Idee mit Südafrika. Also sorge auch dafür, dass du da hinkommst."

Er packte ihren Arm und hielt ihn fest wie in einem Schraubstock. Sie schrie kurz auf.

„Aua, du tust mir weh. Lass mich los, du Idiot!" Dave lockerte den Griff, als er in ihr wild entschlossenes Gesicht blickte.

„Ich habe so das Gefühl, dass du das alles deinetwegen inszenierst. Ich weiß nicht warum, aber ist es so?!"

„Du spinnst ja, Mann. Aua, lass mich los!"

Helen wollte gerade mit dem Knie ausholen, um es ihm in den Unterleib zu rammen, als er ruckartig losließ. Mit dieser Bewegung konnte sie nicht rechnen und fiel seitlich aufs Bett. Die Perücke, die sie zwischenzeitlich wieder aufgesetzt hatte, verschob sich grotesk und Dave musste plötzlich lachen, wofür sie überhaupt kein Verständnis zeigte.

„Oh, Miss Innocent, du siehst wirklich ulkig aus", prustete es aus ihm heraus. Mit einer wütenden Handbewegung riss sie sich das Schmuckstück vom Kopf und eilte ins Badezimmer. Nach einigen Minuten kehrte sie zurück und sah Dave vor dem Spiegel stehen, wie er sich betrachtete, mit Schlägermütze und der Brille.

„Perfekt", war sein kurzer Kommentar.

„Sag mal, Helen, ist so eine Behinderung nicht im Ausweis vermerkt?", fragte er in versöhnlichem Ton.

Sie sahen sich an und Helen wusste nicht, wie sie reagieren sollte, denn sie massierte immer noch ihren Arm.

„Und wenn schon, es soll ja nicht für immer sein."

Die Auseinandersetzung von vorhin schien vergessen und sie begannen, ihren Fluchtplan in Ruhe zu besprechen. Einen Teil des Abends übten sie sich in ihren künftigen Rollen.

Inspektor Welsh hatte eine unruhige Nacht hinter sich. Er schlief nicht gern in fremden Betten und stand deshalb auch früher als gewohnt auf. Zu seiner Überraschung saß sein Untergebener und Freund schon in der Gaststube und trank eine Tasse Kaffee.

„Morning", grunzten beide knapp.

„Wenn ich noch einmal auf die Welt komme, werde ich Hausfrau", witzelte Welsh.

„Ich mag gar nicht daran denken, dass Nancy jetzt quer über die Betten gestreckt dahinschlummert und ich mit gebrochenem Rückgrat hier rumhängen muss."

„Wenigstens ist heute wieder ein schöner Tag, Harold", meinte Arthur und sah auf die Straße hinaus. Ein Pferdefuhrwerk, mit Milchkannen beladen, schepperte draußen vorbei.

„Es lebe das Idyll."

Ohne viele Worte verzehrten sie ihr Frühstück und verließen das Gasthaus Richtung Wache.

In der Wachstube regte sich nichts und Arthur hinterließ einen Zettel mit der Nachricht, dass Higgins mit dem Hund zum Tatort kommen sollte.

Wie verabredet, erschien auch Shields. Am Abend zuvor hatte Inspektor Welsh noch einige Telefonate geführt und den Einsatz einer Polizeihundertschaft auf Abruf bestellt.

Normalerweise waren solche Sachen die Angelegenheit seines Chefs Mulligan, aber der war zu dieser Uhrzeit längst nicht mehr erreichbar und trieb sich vermutlich in irgendwelchen Clubs herum. Miller und Welsh würden derartige Neigungen der Präsentation eher als Zwang empfinden, geschweige freiwillig dort verkehren.

Oben am Haus angekommen, trennte sich Shields von ihnen und beide fuhren weiter zum See.

Wie tückisch Wasser in verschiedenem Licht erscheinen kann. Es sah alles so friedlich und harmonisch aus. Und doch hätte dort ein Mensch sein Ende finden können. Sie holten automatisch tief Luft und genossen einen Moment die herrliche Umgebung. Talabwärts glaubten sie auch, das Glitzern des Meeres zu erkennen.

„Leider habe ich meine Posaune nicht dabei. Da würde mir doch bestimmt was zu ‚Romeo und Julia‘ einfallen", meinte der Sergeant etwas verträumt.

Der Inspektor zog die Augenbrauen hoch und murmelte kaum hörbar: „Entsetzlich!"

Wortlos hielt er seinem Freund eine Rolle Pfefferminz hin und nahm sich dann selbst davon.

„Was hältst du von der Geschichte, Glenn?", in Anspielung auf Glenn Miller.

„Ich glaube, dass diese Martha umgebracht wurde und hier irgendwo verscharrt liegt."

„Merkwürdig, ich glaube das auch. Immerhin ist es eigenartig. Lass uns mal ein paar Bodenproben nehmen. Dann gehen wir rüber zum Haus."

Shields forensische Untersuchungen waren im oberen Teil des Hauses abgeschlossen. In seiner Aktentasche befanden sich schon mehrere kleine Plastiktüten mit klaren Hinweisen auf die Personen, die sich dort aufgehalten hatten. Er war gerade dabei, sich das Doppelbett im eigentlichen Schlafzimmer vorzunehmen, als Welsh und Miller hinzukamen.

„Die haben es ganz schön miteinander getrieben, Inspektor. Auch hier die gleichen Haare von drei Personen."

Mit einer Pinzette ordnete er die Funde, markierte die Tüten mit einer Zahl und verstaute sie ebenfalls in der Tasche.

„Vorn im Waschraum liegt ein Paar Gummistiefel, Herr Kollege. Unter der Sohle sind noch Reste von Pflanzen und Erdreich. Darauf lege ich besonderen Wert."

„In Ordnung, Sir, sukzessive, eins nach dem anderen."

Miller fuhr erschreckt herum, als Higgins Labrador an ihm herumschnüffelte.

„Blöder Hund", entfuhr es ihm, „hast du mich erschreckt." Dann erblickten sie Higgins selbst, der völlig außer Atem sein Fahrrad an der Hauswand abstellte.

„Entschuldigen Sie bitte, meine Herren, meine Verspätung. Ich bin noch einmal das Einwohnerregister durchgegangen."

Higgins nahm auf der Gartenbank Platz und wischte sich den Schweiß von der Stirn. Seine Augen leuchteten und verlangten nach Anerkennung, als er sagte: „Halten Sie sich fest, meine Herren. Diese Helen McManus hatte sich bei mir zu melden und zwar monatlich. Sie war nur mit einem Besuchervisum hier, ausgestellt von der Einwanderungsbehörde in London. Sie wurde in Kenia geboren. Hier sind ihre Daten und ein Passfoto."

Er legte ein Kuvert auf den Tisch. Inspektor Welsh wollte etwas sagen, als Higgins ihm zuvorkam.

„Ich weiß, Inspektor. Es tut mir leid, dass ich nicht eher darauf gekommen bin."

„Schon gut", antwortete dieser knapp und besah sich den Inhalt des Umschlages. Nach kurzer Durchsicht steckte er die Papiere in die Jackentasche.

Mr. Guinness, der Labrador, schnüffelte inzwischen durch den Garten und fing an, auf einem frisch umgegrabenen Kartoffelbeet mit den Pfoten zu scharren. Alle sahen dem Hund mehr oder weniger interessiert zu.

„Gleich kommt er mit einer Maus an", meinte Higgins lachend und stopfte sich seine Meerschaumpfeife. Zufrieden lehnte er sich entspannt zurück und genoss den herrlichen Ausblick.

„Nächste Woche kommt mein Nachfolger. Ein Jahr muss ich ihn einarbeiten, dann ist Sense für mich. So hat alles mal ein Ende."

„Dann müssen Sie ausziehen, nicht wahr?"

„Tja, leider, ich hab aber schon was Neues."

Der Hund buddelte wie wild an einer Stelle. Hinter ihm hatte sich schon ein ansehnlicher Haufen Mutterboden gebildet.

„Komm her, Mr. Guinness, hör auf", rief Higgins dem Hund zu. Ihm war es offensichtlich unangenehm, dass sich der Hund so wild gebärdete. Dieser hörte jedoch nicht auf sein Herrchen, sondern wühlte unbeirrt weiter. Ab und zu sah er zum Haus hinüber und bellte, so als wollte er etwas sagen. Sein Oberkörper grub sich immer weiter in das Loch. Ruckartig sprang er hoch und in wilden Sätzen hin und her.

„Jetzt reicht's, blöder Hund."

Higgins ärgerte sich, dass er jetzt das Loch wieder zuschaufeln musste. Ihm war jede Art von Gartenarbeit verhasst. An der Hauswand stand ein Spaten, mit dem er sich in den Garten begab. Mit heraushängender Zunge und wedelndem Schwanz empfing ihn der Hund.

„Ist ja gut, mein Kleiner", beruhigte er das Tier und tätschelte ihm den Rücken. Dann besah er sich den Schaden. Etwa einen halben Meter tief lag ein Stück grauen Stoffes. Wer um Himmels Willen vergräbt hier mitten auf dem Acker seine Altkleider? Jetzt war auch der alte Mann neugierig und stieg ächzend in die Grube, um den Stofffetzen herauszuziehen. Er zerriss aber und er legte mit der Schaufel etwas mehr frei. Jetzt hatte er etwas mehr Kleidung zu fassen und er zog kräftig daran. Der Widerstand war gering und er traute seinen Augen nicht. Entsetzt landete er auf dem Hosenboden und seine Wahrnehmung streikte.

„Inspektor, Inspektor, kommen Sie mal, schnell!", rief er mit ängstlicher Stimme.

Higgins sprang auf. Sein sonst rötliches Gesicht war schneeweiß.

„Was gibt es, Sergeant?", fragte ihn Welsh und ging schnellen Schrittes auf den Fundort zu.

Dieser brauchte keine weiteren Erklärungen abzugeben, als er den Arm eines Menschen erblickte.

„Mein Gott", war sein einziger Kommentar.

Miller war auch neugierig geworden und erreichte kurz darauf die Fundstelle.

„Da ist sie", stellte er trocken fest.

„Mhm, hier mach mal", forderte der Inspektor seinen Freund auf und hielt ihm den Spaten hin.

Angeekelt verzog dieser das Gesicht. „Was, ich?", fragte Miller ungläubig.

„Ja, du. Ich hole mal die Kamera aus dem Wagen und bringe Shields mit." Als Welsh seinen Untergebenen ansah, tat er ihm leid und er fügte hinzu: „Also gut, lass das mal den Spurenfritzen machen."

Im Hause informierte er Shields und ging bewusst langsam zum Wagen. Vom Autotelefon rief er Dr. Lyon, den Gerichtsmediziner, an. Anschließend sagte er die Hundertschaft ab. Die waren bestimmt froh über diese Absage, denn der stupide Job gehörte nicht zu den Lieblingsbeschäftigungen eines Auszubildenden.

Shields grub scheinbar unberührt die Leiche frei. Das Gesicht war ihnen zugekehrt. Die Augen tief nach innen gefallen, schon leicht von Insekten angefressen. Inspektor Welsh überwand seinen Ekel und schoss ein paar Fotos, bis der Leichnam freilag. Mit dem Bild verglichen, war es, ohne Zweifel, Martha Rees.

„Halten Sie den Hund fern, Higgins", befahl er.

Die Beamten warfen einen prüfenden Blick von oben herab. Beiden fiel ein größerer Fleck auf der linken Brustseite auf, der auf eine Verletzung hinwies.

„Warten wir ab, bis Dr. Lyon da ist", entschied der Inspektor und wandte sich an Higgins.

„Sergeant Higgins, führen Sie den Hund an der Leine noch ein wenig herum. Vielleicht bringt der Gute noch mehr ans Tageslicht." Nicht ohne Stolz auf seinen Hund, kam der alte Beamte dem Befehl nach.

Inspektor Welsh und der Detektiv Sergeant Miller begaben sich vor das Haus, um den Arzt einzuweisen, was aber noch eine Stunde dauern konnte. Sie gingen auf der Straße Richtung Arundel.

„Wenn du mich fragst, Harold, war es dieser Dave", fing Miller an Mutmaßungen anzustellen.

„Mag sein, Arthur. Aber hast du die Gummistiefel gesehen? Die haben Größe achtunddreißig. Ein bisschen klein für einen Mann von über einsachtzig."

„Die braucht er ja nicht angehabt haben, oder?"

„Hat er auch nicht, jedenfalls nicht, als die Tote im Garten vergraben wurde."

„Woher willst du das denn wieder wissen?" knurrte Miller leicht angesäuert.

„Weil die Reste, die unter der Sohle, auf lehmigen Boden hinweisen und der ist ums Haus herum weit und breit nicht vorhanden, klar?" Sie drehten nach wenigen hundert Metern um. „Guck mal hier, Harold, die Scherben."

Miller stieg die kleine Anhöhe hinab und blieb vor dem Baum stehen. Er bückte sich und hielt ein größeres Stückchen Glas zwischen zwei Finger.

„Mal sehen, was Higgins dazu sagt", meinte er lapidar. Sie gingen weiter zur Hinterfront des Hauses, wo Higgins auf der Bank saß. Als ob er ein schlechtes Gewissen hätte, sprang er auf und klopfte sich imaginären Schmutz von der Uniformjacke. Der Inspektor musste grinsen und nahm selbst auf der Bank Platz.

„Wurde in letzter Zeit ein Unfall von, besser gesagt, vor dem Haus gemeldet?"

„Ein Autounfall? Nee, nicht dass ich wüsste."

An seiner Pfeife ziehend, sinnierte er weiter. „Es kommt schon mal vor, dass so was nicht angezeigt wird, besonders wenn Alkohol im Spiel ist."

„Arthur, gib die Scherben mal dem Kollegen Shields. Vorsichtshalber, verstehst du? Dann wissen wir wenigstens die Automarke, für alle Fälle."

„Eine Stunde kann lang sein, besonders wenn man warten muss", dachte der Inspektor und ging wieder zu dem Baum, wo die Glasscherben lagen und besah sich den Schaden an der Eiche. Wenn die Leute zu der Unfallzeit im Haus gewesen waren, mussten sie das Scheppern wohl gehört haben, glaubte er und seine Augen maßen die Entfernung zu dem Haus. Seine Gedanken wurden unterbrochen von einem Motorgeräusch, welches schnell lauter wurde. Es war Dr. Lyon.

„Hallo Doktor, fahren Sie in die Einfahrt, dort. Ich komme gleich nach."

„Hallo Inspektor, bitte seien Sie so freundlich und weisen den Bestattungswagen ein. Er muss gleich hier sein." Welsh wollte etwas erwidern, aber verschluckte sich. Ihm war es nur recht, wenn andere den Leichnam aus dem Loch holten. Außerdem war ja sein Assistent vor Ort. Etwa zehn Minuten später traf der schwarze Kombi ein, dem zwei dunkel gekleidete Männer entstiegen. Er begrüßte sie und ging mit ihnen zu den anderen. Ohne viel zu reden, verrichtete jeder seine Arbeit. Es waren schließlich Profis, denen man nicht viel sagen musste.

„Doktor, was meinen Sie? Können Sie schon etwas sagen?"

„Ja, kann ich. Allerdings ist es merkwürdig, dass Sie den Kadaver hier gefunden haben. Sie muss vorher schon einige Stunden im Wasser gelegen haben."

„Wahrscheinlich", und der Inspektor erzählte von dem mysteriösen Fund im See. Mit einer Schere legte der Pathologe die Körperpartie frei, wo das Kostüm den dunkel gefärbten Fleck aufwies. Die Wunde, die zwischen den Rippen zu sehen war, ließ einen Messerstich vermuten. Allerdings war der Schnitt außergewöhnlich groß. Hierfür gab es im Moment keine Erklärung.

„Das war alles, Inspektor, mehr kann ich ihnen nach der Obduktion sagen."

„Wie lange mag sie hier unter der Erde gelegen haben Doktor?"

„Schwer zu sagen. Vielleicht vier oder fünf Tage. Die Antwort werden mir die Maden geben."

Dr. Lyon streifte seine Gummihandschuhe ab und gab Anweisung, die Tote zum Abtransport in den Zinksarg zu legen.

„Wann geben Sie mir Bescheid, Doktor?", wollte Welsh wissen.

„Montag oder Dienstag, eher nicht, mein Lieber, das Wochenende steht vor der Tür."

Mit einem vielsagenden Brummen nahm der Kriminalist die Antwort zur Kenntnis.

Shields, der seine Arbeit auch beendet hatte, versiegelte noch die Tür und alle verließen das Grundstück.

Nach einem ausgiebigen Frühstück bezahlte Helen die Übernachtungen und machte sich mit Reisetasche und Koffer auf den Weg zum Bus.

„Helen, hat die Wirtin irgendetwas geäußert, als du bezahlt hast?"

„Ja, sie fragte, ob sie uns zur Haltestelle fahren sollte. Sie hat sich gewundert, dass wir ohne Fahrzeug sind. Aber ich sagte ihr, dass der Wagen in London in einer Werkstatt ist, wegen des Scheinwerfers. Das hat sie ruhiggestellt."

„Da bin ich aber froh", antwortete Dave erleichtert.

„Ja, mein Schatz, mit mir kann man Pferde stehlen", meint Helen keck. Es war nur drei Haltestellen weit zum Bahnhof. Im Bus hatten sie sich schon wie zwei Fremde verhalten. Helen setzte sich in die mittlere Reihe und Dave nahm auf dem letzten Sitz Platz.

Busfahrer hatten die unangenehme Angewohnheit, sich an Fahrgäste zu erinnern. Beim Lösen des Tickets sah er ihnen ins Gesicht, auch während der Fahrt durch den Rückspiegel. Der Provinzbahnhof war Endstation für alle. Es gehörte zu ihrem Plan, sich vor den Toiletten auf dem Bahnhof Blackheath zu treffen. Sie würden dort zu verschiedenen Zeiten ankommen, weil Helen noch zur Bank musste, um ihr Guthaben abzuholen. Der Bankangestellte hatte ihr jedenfalls am Vortag versprochen, das Geld für heute Vormittag bereitzustellen. Außerdem musste sie ja noch den Koffer aus dem Schließfach holen. Zum Glück war der Himmel wolkenlos und Dave konnte seine Sonnenbrille tragen, ohne aufzufallen. Die Fahrt durch das verzweigte U-Bahnnetz Londons klappte besser als erwartet. Schon nach einer Stunde etwa erreichten sie Blackheath. Auf dem Bahnhof wimmelte es von Reisenden, die nach Dover wollten. Unter ihnen viele Franzosen, die auf diesem Weg über den Kanal nach Calais gelangten, entweder mit dem Zug oder auch Fähre. Die beiden hatten sich auch für die Fähre entschieden. Dave war es nur recht und er kaufte sich am Kiosk mehrere Zeitungen. Damit setzte er sich in eine Nische im Bahnhofrestaurant. Von hier aus konnte er das Programm sehen, welches die Flimmerkiste auf der Konsole ausstrahlte. Bald gesellten sich ein paar Rucksacktouristen aus Skandinavien zu ihm, wie sich schnell herausstellte. Sie hatten alle Hände voll zu tun mit dem Studieren des Londoner Stadtplanes.

Hin und wieder legte Dave die Zeitung zur Seite und blickte zu den anderen Gästen hinüber. Ein ständiges Kommen und Gehen und seine Umgebung unterschied sich von keinem anderen Wartesaal irgendwo auf der Welt. Asylanten und Obdachlose machten ständig vor den sitzenden Reisenden Halt, um ein paar Pennys zu erbetteln. Dave mochte die würdelosen, mitleidheischenden Gesten nicht und lehnte kategorisch ab. Ironischerweise bedankten sich einige von ihnen, ohne etwas erhalten zu haben und gingen mit demselben Spruch zum Nachbartisch. Dave hatte die Nase voll von dieser deprimierenden Atmosphäre und packte die noch ungelesenen Zeitungen zusammen, um das Lokal zu verlassen. Am Ausgang prallte er mit einem Mann zusammen, der eine große, bis zum Rand gefüllte Tüte mit Äpfeln trug. Einige Äpfel sprangen förmlich aus dem engen Behältnis, als hätten sie Beine bekommen. Mit gegenseitigen Entschuldigungen sammelten Dave und der Mann die Früchte wieder auf und gingen in verschiedenen Richtungen davon. Solche Peinlichkeiten wollte Dave unbedingt vermeiden. So zog er nur die Aufmerksamkeit der Leute auf sich. Vor dem Schaukasten mit dem Fahrplan stellte er seinen Koffer ab. Der Zug nach Dover sollte in einer Stunde abfahren. Hoffentlich wusste das auch Helen. Ihm ging die Warterei gewaltig auf die Nerven. Es war ihm schon ziemlich egal, ob Helen zurückkam oder nicht. Er würde dann eben allein die Insel verlassen. Dave kehrte zurück in den Wartesaal und bestellte sich ein Käsesandwich und ein Bier. Der Raum war immer noch von Stimmen erfüllt und er versuchte, sich auf die Nachrichten im Fernseher zu konzentrieren. Nach dem Wetterbericht erschien wieder das Gesicht des Nachrichtensprechers.

„Meine Damen und Herren, die Polizei aus Brighton bittet um Ihre Mitarbeit. Wie uns soeben mitgeteilt wurde, ist die Leiche einer Frau, unweit von Arundel, in dem Garten ihres Hauses gefunden worden. Es handelt sich um die zweiundfünfzigjährige Bibliothekarin Martha …“

Dave blieb vor Schrecken der Bissen im Halse stecken. Er war nicht fähig, einen klaren Gedanken zu fassen.

„Gesucht werden die Mitbewohner der Toten.“ Dann erschienen zwei Porträtfotos, von ihm und Helen.

„Diese beiden Personen, Dave Fergunson, rechts im Bild, zweiundvierzig Jahre alt, einsvierundachtzig groß und die achtunddreißigjährige Helen McManus, werden gebeten, sich umgehend bei der nächsten Polizeistation zu melden.“

Unwillkürlich hatte Dave sich weiter in das Dunkel der Sitzecke zurückgezogen. Ihm schlug das Herz bis zum Halse. Wieso war Martha ermordet worden? Das konnte doch nicht sein! Vielleicht war es der Hurensohn von Elektriker mit seinem abartigen Verhalten? Oder Helen? Nein, bestimmt nicht. Dazu wäre sie nicht fähig, ihre Freundin umzubringen. Oder doch? Egal, wie dem auch sei. Er wurde gesucht und musste so schnell wie möglich von der Bildfläche verschwinden. Ja nur nichts überstürzen und möglichst mit ruhigen Bewegungen den Raum verlassen. Anscheinend hatte keiner der Besucher von der Meldung Notiz genommen.

Mit dem Gepäck zwängte er sich in eine Kabine des WCs. Zum Glück hielt die Toilettenfrau gerade ein Schwätzchen mit ihrer Kollegin von der anderen Fakultät. So war Dave unbemerkt hineingelangt.

Er zwang sich zur Ruhe und wechselte die Kleidung. Als Blinder getarnt, verließ er die Sanitäranlage. Nur geradeaus sehen und mit dem Stock den Boden abtastend, begab er sich zum Bahnsteig. Die stark verdunkelte Brille half ihm sehr. Ruhigen Schrittes ging er auf den Bahnsteig. Wie zur Bestätigung seiner guten Tarnung, hielt er einem jungen Mädchen, welches auf den Zug wartete, seine Armbanduhr entgegen. Aus seiner seitlichen Stellung heraus konnte er sehen, wie sie freundlich zu ihm aufsah.

„Können Sie mir sagen, wie spät es ist?"

Sie musste kichern und nannte die Zeit.

„Vielen Dank, Miss. Ist hier irgendwo eine Bank, auf die ich mich setzen kann?"

„Ja, kommen Sie. Ich führe Sie."

Dankend nahm Dave Platz. Er beobachtete die Passanten, soweit es sein Blickwinkel zuließ. Hoffentlich hat sich Helen ebenfalls kostümiert, sonst ist alles aus. Sie war ohnehin ein Blickfang für viele Leute, egal ob Mann oder Frau. Dave wischte sich den Schweiß von der Stirn. Gott sei Dank hatte er die Zeitungen in der Gaststätte gelassen. Das hätte noch gefehlt, wegen eines solch dummen Fehlers aufzufliegen. Bis auf ein paar Neugierige schien aber niemand von ihm Notiz zu nehmen und er versuchte, entspannt zu wirken. Hier auf dem Bahnsteig waren weniger Leute als erwartet. Unter ihnen ging der Mann mit den Äpfeln am Rande des Bahnsteigs auf und ab und sah, öfter als es Dave lieb war, zu ihm herüber.

„Warum mach ich das alles?", fragte er sich plötzlich. Hatte der Nachrichtensprecher nicht gesagt, er würde als Zeuge gesucht? Er hatte Martha nicht umgebracht, das war mal sicher. Die Erkenntnis machte ihn noch ruhiger. Er beschloss, sich bei der nächsten Gelegenheit seiner Tarnung zu entledigen. Dieses Theater hing ihm zum Halse heraus.

„Da kommt er endlich", hörte er einige Leute sagen und stand auf. Ein leichtes Zittern spürte er unter seinen Fußsohlen, als der Zug im Bahnhof einfuhr. „Hoffentlich erkennt mich Helen in meiner Verkleidung", dachte er. Er konnte ja wohl kaum auf sie zulaufen.

Als der Zug immer langsamer wurde, erkannte er Helen an einem der Fenster. Sie hatte die brünette Perücke auf und lächelte.

„Henry, hier bin ich!", rief sie. „Warte, ich hole dich ab." Als sich die Türen öffneten, lief sie auf ihn zu. Hastig gab sie ihm einen flüchtigen Kuss, nahm das Gepäck und führte Dave zu dem Waggon, in dem sie gekommen war. Er flüsterte ihr bei einer Umarmung zu: „Wir werden gesucht. Es kam eben in den

Nachrichten im Fernsehen. Martha ist tot." Ihm schien es wie eine Ewigkeit, als sie ihn ernst ansah. „Also doch", entfuhr es ihr.

Dave hielt ihr den linken Arm hin: „Hak mich unter!" Er bemerkte, wie Helen zitterte.

„Bleib ruhig, Helen", forderte er sie mit leiser Stimme auf. Das Abteil, in das sie Dave führte, war unbesetzt und sie nahmen nebeneinander Platz.

„Erzähl, was hat der Sprecher gesagt, genau bitte!", forderte sie Dave ungeduldig auf und rüttelte an seiner Schulter.

„Martha ist tot im Garten gefunden worden. Die Polizei bittet uns, dass wir uns sofort melden, als Zeugen natürlich. Unsere Gesichter waren abgebildet. Kein Phantombild, sondern Fotografien. Begreifst du das?"

Der Zug setzte sich in Bewegung.

„An der nächsten Station steigen wir aus", verlangte Helen. Ohne darauf einzugehen, fragte Dave: „Hast du sie umgebracht?" Sie antwortete nicht sofort, sondern sah aus dem Fenster. Plötzlich schoss es hysterisch aus ihr heraus: „Was weiß ich? Vielleicht war es dieser geile Dickinson oder Howard, ihr Mann. Sie ist einen Tag vor unserer Abreise nach London gefahren. Das kannst du doch bezeugen, oder nicht? Von da an waren wir immer zusammen."

„Ja, das stimmt." Dave war aufgestanden. „Weißt du was? Du hast recht, wir steigen aus und melden uns."

„Nein!"

Verständnislos forschten Daves Augen in ihrem Gesicht. „Das hast du doch eben selbst gesagt."

„Wir sind verdächtig, Dave. Wenn die Polizei aber den Täter nicht findet, bleibt der Mord an uns hängen!"

Ja, da hatte sie nicht ganz unrecht. Sie wären nicht die ersten, die einem Indizienprozess zum Opfer fallen würden.

„Also gut. Hast du das Geld?"

Zur Bestätigung klopfte sie auf ihre Handtasche, die auf ihrem Schoß lag. Hinter Dave ging die Abteiltür auf und der Schaffner trat ins Abteil: „Die Fahrkarten bitte!"

Sie reichten ihm die Billetts, welche von dem Mann mit einem Knipser entwertet wurden. Er gab Dave den Fahrschein zurück.

„Fahren Sie ins Ausland?", wollte er wissen.

„Ja, wieso?", entgegnete Dave irritiert, „wieso fragen Sie?"

„Nur so, Sir, ich wundere mich nur, warum Sie kein Behindertenbillett gelöst haben."

„Hab ich nicht?", fragte Dave.

„Nein. Also gute Fahrt." Mit einem lässigen Gruß, mit dem Finger an die Dienstmütze, verließ er das Abteil. Wieder allein, sagte Dave: „Verdammte Scheiße, solche Fehler überführen uns."

„Nein …"

Wieder öffnete sich die Tür und der Mann mit seiner Apfeltüte trat mit einem freundlichen Lächeln auf sie zu.

„Ich hoffe, ich habe Ihr Okay mich zu Ihnen zu setzen."

Ohne eine Miene zu verziehen, nickte Helen und Dave setzte sich unbeholfen. Nachdem der Mann seinen Koffer in der Ablage verstaut hatte, nahm er Helen gegenüber am Fenster Platz.

„Ich hoffe, wir werden uns bis Dover vertragen. Übrigens, mein Name ist Stone, Ben Stone." Dabei machte er andeutungsweise eine Verbeugung, die ihm bei seiner Leibesfülle nicht gerade leichtfiel.

„Angenehm", sagten Helen und Dave fast gleichzeitig, ohne ihren Namen preiszugeben.

„Ihrem Gepäck nach zu urteilen, machen Sie einen kleinen Trip aufs Festland oder ist Dover schon Endstation?", führte der Mann das Gespräch fort.

„Vielleicht", antwortete Dave absichtlich sparsam. Diese Quasselstrippe hatte ihm gerade noch gefehlt. Helen hakte sich bei Dave ein, was den Fremden gleich wieder veranlasste, seinen Redeschwall fortzuführen.

„Oh, oh, das kann ich gut verstehen. Inkognito, was? Darf ich raten? Eine Hochzeitsreise nach Paris." Er rieb sich dabei genüsslich die Hände, als wolle er sie waschen.

„Ich war mit meiner Frau im klassischen Venedig. Kann ich jedem empfehlen." Um seinen Worten mehr Gewicht zu verleihen, nickte er Helen mehrfach zu.

„Aber ich sage Ihnen, da muss die Liebe fundamentalen Charakter haben, so wie bei Ihnen."

„Wieso? Wie meinen Sie das?", wollte Helen wissen, mehr um von sich abzulenken.

„Na, so wie bei Ihnen. Glauben Sie mir, ich habe ein Auge dafür."

Helen wusste, worauf er anspielte und zu seiner Bestätigung streichelte sie Daves Handrücken.

„Ich sag's ja!" Jetzt fing er an zu lachen, was aber eher aufdringlich wirkte.

„Meine Frau ist damals in Venedig geblieben. Ich glaube, die ist heute noch dort."

Mr. Stone griff in die Innentasche seines Jacketts und Helen befürchtete, er wollte eine Fotografie aus glücklichen Tagen hervorholen. Stattdessen bot er beiden, aus einem silbernen Etui, eine Zigarette an. Instinktiv wollte Dave das Angebot annehmen. Doch sofort spürte er Helens Daumennagel auf seiner Haut und reagierte augenblicklich. Absichtlich tastete er suchend durch die Luft.

„Schatz, es ist wohl besser, darauf zu verzichten. Wir haben hier keinen Aschenbecher, den du dir auf den Schoß stellen kannst."

„Rauchen Sie ruhig", wandte sie sich betont freundlich an den Reisegenossen. „So haben wir alle etwas davon."

„Das hätte ins Auge gehen können", dachte Dave und er war froh, wie gut Helen die kritische Situation meisterte.

„Haben wir nicht wunderbares Wetter?", plapperte Mr. Stone weiter.

„Sie unterhalten sich gern, nicht wahr, Mr. Stone? Sie sind bestimmt Vertreter. Habe ich recht?"

„Ja, Mrs., woher wissen Sie das? Komisch, dass man einigen Menschen ihren Beruf an ihrem Verhalten ablesen kann. Alle Detektive tragen Trenchcoats wie Humphrey Bogart, Piloten eine Uniform und Blinde einen Stock. Doch man kann sich auch irren, Mrs." Er rückte mit seinem Oberkörper zu Helen vor und sah Dave schräg an.

„Vermutungen brauchen nicht immer mit der Tatsache übereinstimmen."

„Was wollen Sie damit sagen?", fragte Helen eisig, und Stone nahm beide Hände in die Höhe.

„Nichts, Madam, absolut nichts. Ich wollte Ihnen nicht zu nahetreten."

Es trat eine Pause ein. Helen blickte aus dem Fenster und Dave zwang sich, unbeteiligt zu erscheinen, indem sein Blick ins Leere zu gehen schien.

Stone drückte seine Zigarette aus und kuschelte sich in die Sitzecke. Der Mann war gefährlich für sie, denn Helen konnte sehen, dass seine Augenlider nur halb geschlossen waren.

„Darling, hilfst du mir mal zur Toilette?"

„Ja, natürlich, ich gehe vor."

Solche Situationen hatten sie im Motel geübt und es klappte auch perfekt, Dave zum WC zu bringen.

„Wir steigen aus und nehmen den nächsten Zug, Helen. Es ist besser so, glaube mir. Ich habe ein ungutes Gefühl", sagte er, auf der Plattform angelangt.

„Nein, das würde uns verdächtig machen. Er weiß jetzt, dass wir nach Dover wollen."

„Weiß er nicht!"

„Doch, du hast es ihm gesagt, Dave."

„Nein, bestimmt nicht. Die Antwort habe ich offengelassen."

Dave wusste genau, was er gesagt hatte, aber Helen war anderer Meinung. Er ließ Helen allein und ging in die Toilette. Dort überprüfte er sein Äußeres. Die Tarnung war überzeugend. Trotzdem fühlte er sich unsicher. Nachdem er sich seine schweißnassen Hände gründlich gewaschen hatte, gab er die Kabine wieder frei.

„Helen, es ist Wahnsinn, jetzt über die Grenze zu wollen. Glaubst du wirklich, die Grenzbeamten wüssten nichts von der Fahndung?"

„Vielleicht, vielleicht auch nicht. Du weißt, wie schwerfällig britische Behörden arbeiten. Lass uns erst einmal dort sein, dann sehen wir weiter."

Jede Vorsicht außer Acht lassend, umarmten sie sich.

„Oh, Liebster, ich habe solche Angst um uns. Ich liebe dich mehr als alles andere auf dieser Welt."

Irritiert löste sich Dave aus ihrer Umarmung.

„Lass uns zurückgehen."

In Eltham hielt der Zug das erste Mal und Mr. Stone schien aus dem Schlaf erwacht zu sein. Nur wenige Reisende stiegen aus, aber mehrere hinzu und die schwere Diesellok brachte ihre kräftigen Motoren in einen hohen Drehzahlbereich. Mit einem Ruck setzte sich der Zug wieder in Bewegung.

Mr. Stone griff in seine Obsttüte und hielt einen giftgrünen „Granny Smith" in der Hand.

„Möchten Sie auch einen?"

Ohne eine Antwort abzuwarten, warf er Dave einen Apfel zu. Überrascht presste dieser die Beine zusammen und fing den Apfel auf. Mr. Stone erstarrte für ein paar Sekunden und nahm das Aussehen eines ausgestopften Frosches an. Dann griff er erneut in die Tüte und hielt Helen einen Apfel hin.

„Eigene Ernte, ohne Chemikalien", ermunterte er Helen, in den Apfel zu beißen. Er selbst riss ein großes Stück aus seinem Granny.

„Ich bin Obstbauer, müssen Sie wissen, und mache gerade eine Obstkur. Man entschlackt dabei seinen Körper auf natürliche Weise, ohne Hunger zu haben."

Dave und Helen waren, nach diesem fatalen Fehler, immer noch wie versteinert. Sie nahmen überhaupt nicht wahr, was ihr Gegenüber so daherplapperte.

„Na, schmeckt es Ihnen?", fragte dieser scheinbar unbekümmert.

„Großartig!", ergriff Helen die Initiative und biss in ihren Apfel.

„Ja, das sagen die Händler am Obstmarkt in London auch. Nur zahlen wollen sie nichts, diese Banditen."

„Sie machen nicht gerade den Eindruck, als würden Sie verhungern."

Helen gab sich alle Mühe, ihre Unsicherheit zu überspielen und seine Aufmerksamkeit von Dave abzulenken.

„Heute verkauft man seine Produkte doch über eine Genossenschaft, oder?"

„Oh ja, ich merke, Sie verstehen etwas davon. So ist es, Mistress. Ich bin gleichzeitig Vorsitzender der Kommune."

„Warum fahren Sie nicht mit dem Wagen in die Stadt, Mr. Stone?"

„Wo denken Sie hin Madam? Ich bin doch nicht verrückt und fahre in London Auto, dann kann ich ja gleich Kamikaze machen." Er unterstrich seine Meinung mit einer Hals-ab-Schneidebewegung.

„Außerdem hätte ich dann nie die Gelegenheit, so sympathischen Menschen zu begegnen."

An der nächsten Station füllten neue Fahrgäste die bisher leeren Sitzplätze. Besonders Dave war froh darüber. Merkwürdigerweise war der Redefluss von Mr. Stone damit beendet.

Missmutig hatte er sich hinter einer Zeitung verschanzt. Der Zug näherte sich Canterbury. Mr. Stone beugte sich vor und sagte halblaut zu Helen: „Ich muss Sie hier leider verlassen, Madam. Ich wünsche Ihnen noch ein paar schöne Flitterwochen." Er hielt Helen seine schwielige Hand hin und schüttelte sie kräftig. Als er sich auch von Dave verabschieden wollte, zeigte dieser keine Reaktion. Der Versuch war plump und offensichtlich. Stone winkte ab und reckte sich, um den Koffer aus dem Gepäcknetz zu wuchten.

„Also dann, auf Wiedersehen!"

„Goodbye", sagte Dave und man konnte seinem Tonfall entnehmen, wie erleichtert er war.

Endlich in Dover angekommen, hatten beide Gelegenheit, frei zu sprechen.

„Dave, wie konntest du nur so dumm sein und auf so einen blöden Trick hereinfallen", schimpfte Helen.

„Es ist nichts passiert, der Widerling ist ausgestiegen."

„Ich weiß und es tut mir leid. Aber wenn dieser Mann nun die Polizei hier informiert hat, dann sind wir fällig. Dann wird die Tarnung zur Alarmglocke."

Unschlüssig, was zu tun war, blieben sie vor dem Grenzübergang stehen. Ein Blick auf die Anzeigentafel der Abfahrtzeit sagte ihnen, dass sie sich in einer halben Stunde an Bord des Schiffes begeben müssten.

„Wir trennen uns, Dave. Jeder von uns kauft seine Fahrkarte selbst."

Entschlossen, endlich von hier wegzukommen, redete sie auf Dave ein. Ihm war es schon fast egal, ob sie geschnappt würden oder nicht. Er hatte nichts verbrochen und Helen auch nicht. Jedenfalls war er davon überzeugt.

„Geh du vor und löse ein Ticket für dich. Wir treffen uns dann am Eingang des Duty-Free-Shops. Zieh dich auf der Toilette wieder um, wenn es geht, … nein warte, ich kaufe die Tickets für uns beide. Anschließend gehen wir getrennt durch die Passkontrolle."

Kaum hatte Helen es ausgesprochen, als sie auch schon auf dem Absatz kehrtmachte und auf den Schalter zuging. Nur kurze Zeit später kehrte sie mit den Tickets zurück. Dave drückte seine Bewunderung über ihre Entschlusskraft mit einem Lächeln aus, was Helen mit Freude erfüllte.

„Nun komm, du Dummerchen."

Beide reihten sich in den Pulk der Reisenden ein und wurden Stück für Stück nach vorn geschoben. Dave beobachtete den Grenzbeamten, der Pässe zum Glück nur von einigen wenigen verlangte. Meist winkte er sie durch. Zwischen Helen und Dave war eine dreiköpfige Familie. Jetzt war Helen dran. Unaufgefordert hielt sie den Pass hoch und der Beamte forderte sie mit lässiger Bewegung auf zu passieren. Dave fiel ein Stein vom Herzen und verdrängte seine aufkommende Klaustrophobie. Mit dem Handrücken wischte er sich den Schweiß von der Stirn. Die Familie ging ohne Kontrolle durch. Seinen Koffer schob er mit einem Fuß an die Kabine heran, in der der Kontrolleur saß, und hielt ihm, wie die Leute vor ihm, seinen Ausweis entgegen. Dave stockte der Atem, als der Grenzer mit unbewegtem Wachsgesicht von dem Passbild zu ihm und wieder zurück blickte.

„Wieso haben Sie keinen Vermerk Ihrer Behinderung im Pass?"

Dave war durch den Schaffner, im Zug, auf diese Frage vorbereitet.

„Ich weiß, dass es verrückt klingt, aber mir ist es noch nicht aufgefallen. Ich kann es ja nicht lesen. Im Personalausweis steht es drin, wie man mir sagte. Aber wann fahre ich schon mal ins Ausland?"

Er machte Anstalten seine Identitätskarte aus seiner Innentasche zu ziehen.

„Schon gut", meinte das Wachsgesicht, wohl in einem Anfall von Humanität.

„Wenn Sie wieder im Lande sind, lassen sie die Eintragung vornehmen. Sie ersparen sich nur Ärger."

„Ja Sir, unbedingt, danke Sir."

Damit war die Angelegenheit erledigt. Hinter der Schranke stellte er den Koffer ab und löste seinen verschwitzten Hemdkragen. „Luft brauche ich, Luft der Freiheit", dachte er. Am liebsten hätte er sich die Brille heruntergerissen, laut gelacht und Helen in seine Arme genommen.

Unendlich erleichtert nahm er stattdessen seinen Koffer wieder auf und tastete sich mit dem Stock an der Wand entlang.

„Wo ist Helen?", fragte er sich. Sie war schon eine tolle Frau, und Dave empfand plötzlich eine tiefe Liebe zu ihr. Rechts an der Wand befand sich eine geöffnete Tür. Er näherte sich ihr, ohne sein Tempo zu verändern. Dave wollte gerade mit dem Stock ins Freie stochern, als er auch schon von zwei kräftigen Männern in den Raum gezerrt wurde.

„Das Theater ist beendet, Mr. Fergunson. Der Vorhang ist gefallen."

Irgendjemand riss ihm die Brille vom Gesicht und Dave schloss, vom grellen Licht geblendet, die Augen.

„Ist er das?", fragte irgendjemand irgendjemanden. Langsam blinzelte Dave ins grelle Licht und sah vor sich den feisten Obsthändler.

„Nun müssen Sie Ihre Hochzeitsreise unterbrechen, Henry, tut mir leid. Aber wir haben auch schöne Zimmer", meinte Mr. Stone, oder wie er heißen mochte, ironisch.

Einer der Beamten schloss die Tür und Dave wurden Handschellen angelegt. Nach dem Schreck hatte er sich wieder in der Gewalt. Sein Ekel vor diesen Mann war so groß, dass er ihm ins Gesicht spucken wollte. Gerade setzte er an, als dieser von einem Polizisten zur Seite gedrängt wurde.

„Ihr Liebchen wartet schon", rief er Dave nach, als man ihn in einen Nebenraum führte. Dort saß Helen auf einer Bank und starrte Dave an. Man hatte ihre Perücke abgenommen und sie sah aus wie ein Engel mit ihrer blonden Lockenpracht, in der sich einige Sonnenstrahlen brachen. Dave wollte auf sie zugehen, um ihr ein paar tröstende Worte zu sagen. Da stand sie auf und wich vor ihm zurück.

„Das ist er. Er hat es mir selbst gesagt, dass er die alte Mrs. Thompson und auch Martha umgebracht hat."

Sie setzte sich wieder und brach in Tränen aus. Dave glaubte seinen Ohren nicht zu trauen. Was hatte Helen gesagt? Ungläubig blickte er von einem Beamten zum anderen.

„Helen, was redest du da?", wollte er wissen.

„Da, durchsuchen Sie doch seine Taschen. Da ist das Motiv, warum er diese Gräueltaten begangen hat."

Ein Polizist stellte Daves Koffer auf den Tisch und durchsuchte ihn systematisch. Alle Anwesenden hatten ihm zugesehen, wie er die Pfundnoten auf die Tischplatte legte.

„Da sehen Sie? Hier in meiner Tasche ist noch mehr", schluchzte sie. Die Wimperntusche war zerlaufen, was ihr ein groteskes Aussehen verlieh. Ein älterer Beamter, vermutlich der Chef, hatte ein paar Funkbilder in der Hand und wählte eine Nummer auf der Wählscheibe des Telefons. Dave bekam nur so am Rande mit, dass der Gesprächspartner ein gewisser Inspektor Welsh aus Brighton war. Ihm war völlig egal, was die Leute mit ihm machten. Doch er konnte einfach nicht begreifen, was Helen da von sich gab. Keinen der Morde wollte er auf sich nehmen. Nachdem er die Leibesvisitation hinter sich hatte und Helens Weinkrampf in ein leises Schluchzen übergegangen war, wollte sie weitere Attacken auf Dave abfeuern. Doch das wurde ihr mit einem scharfen Befehl untersagt. Keiner der Beamten gab auf Daves Frage eine Erklärung ab, weshalb man ihn hier festhielt.

Der Chef der Station ging hinaus und kam nach einer viertel Stunde wieder.

„Herrschaften, Ihre Fahrt setzen Sie gleich fort, nur in umgekehrter Richtung. Falls Sie noch einmal das WC aufsuchen wollen, dann tun Sie es jetzt."

Helen lehnte ab, aber Dave machte davon, unter Bewachung, Gebrauch.

Die Nacht hatten Helen und Dave getrennt voneinander in einer Zelle des Untersuchungsgefängnisses von Brighton verbracht. Beide hatten schlecht geschlafen und waren in schlechter Verfassung. Dave musste sich dieser Komödie entledigen, sagte er sich. Man konnte ihm vieles vorwerfen, aber nichts beweisen. Dementsprechend stellte er sich auf weitere Verhöre ein.

Helen aber hatte keine Strategie, sie war einfach nur wirr im Kopf. Eines aber stand für sie fest, nämlich alles zu tun, um nicht nach Kenia ausgeliefert zu werden. Das würde das Ende ihrer Träume bedeuten.

Gleich morgens wurden sie einem gut aufgelegten und sichtlich ausgeruhten Inspektor Welsh von der hiesigen Mordkommission vorgeführt.

Dave hatte keine Gelegenheit gehabt, mit Helen zu sprechen. Er wollte wissen, was sie mit ihrem gestrigen Verhalten beabsichtigt hatte. Sie sollte ihm erklären, warum sie ihn anklagte. Was steckte dahinter? In der Nacht wurde ihm klar, dass sie etwas mit Marthas Tod zu tun hatte. Vielleicht steckte hinter dieser Behauptung ja System. Bei gegenseitiger Beschuldigung, der andere hätte Martha umgebracht, könnten beide glimpflich davonkommen. Die Polizei wäre dann in der Beweispflicht. Dave wollte die Dinge auf sich zukommen lassen. Er war davon überzeugt, dass Helen auch diese Absicht hatte. In den letzten Tagen hatte sie bewiesen, dass sie den kühleren Kopf hatte.

Er wartete in dem fensterlosen Raum vor einer Tischplatte sitzend und trommelte mit den Fingern nervös irgendeine Melodie darauf. Gern hätte er jetzt eine Zigarette geraucht, doch man hatte ihm alles abgenommen, sogar den Gürtel und die Schuhbänder. Von draußen näherten sich Leute der Stahltür.

„Guten Morgen, Mr. Fergunson, mein Name ist Welsh. Man hat mich damit beauftragt, in Ihrem Fall zu ermitteln."

„Guten Morgen, Herr Kommissar." Dave krauste die Stirn. „Wieso in meinem Fall? Welchem Fall? Das müssen Sie mir erklären."

Ohne auf Daves Fragen einzugehen, antwortete er: „Inspektor, Mr. Fergunson, einfach Inspektor. Nehmen Sie doch wieder Platz."

Sie wurden kurz durch das Erscheinen eines uniformierten Wachmannes unterbrochen, der sich neben der Tür in Position stellte. Inspektor Welsh setzte seine Lesebrille mit halben Gläsern auf und öffnete die mitgebrachte Akte.

„Gehen wir mal der Reihe nach vor. Wenn Ihnen etwas falsch erscheint, sagen Sie es, ja?"

Die freundliche Art des Polizisten nahm Dave die Befangenheit und er nickte zustimmend.

„Sie sind Dave Fergunson, geboren am fünfundzwanzigsten Juli neunzehnhundertachtundsechzig in Glasgow, geschieden. Aus Ihrer Ehe mit der Sekretärin Barbara Dreyer, die zwei Jahre dauerte, gingen keine Kinder hervor. Als Beruf ist hier Schiffssteward, später Chauffeur angegeben."

Er machte eine Pause und sah Dave an, der diese Angaben bestätigte.

„Ihre letzte Festanstellung hatten Sie bei einer gewissen Mrs. Victoria Thompson, hier in Brighton. Dort aber waren Sie nur zwei Wochen, warum?"

Dave räusperte sich, denn auf diese Frage war er nicht vorbereitet. Sie kam zu spontan. Dennoch versuchte er, sie ruhig zu beantworten: „Es war die Probezeit. Ich habe die Stellung aufgekündigt." Dann machte er eine Pause und Inspektor Welsh fixierte ihn geduldig. Wie um ihn zum Sprechen zu animieren, bot er Dave eine Zigarette an, die er gern annahm. Mit zitternder Hand nahm er die Zigarette und sog den Rauch tief ein.

„Weiter, Mr. Ferguson. Gibt es einen Beleg darüber, das Mrs. Thompson Ihnen ihr Auto vermacht hatte?"

„Nein, ich habe es mir ausgeliehen."

„So, ausgeliehen nennen Sie das! Ich will Ihnen sagen, wie es war. Sie haben Mrs. Thompson ermordet, bestohlen und dann das Weite gesucht. Sie sind dann zu Ihrem Liebchen, dieser Helen McManus, gefahren, um sich dort zu verstecken, bis Gras über die Sache gewachsen war."

„Nein", begehrte Dave auf, „ich wollte den Wagen am nächsten Tag zurückbringen oder sobald ich eine neue Anstellung gefunden hätte."

„Quatsch, Sie haben das Verbrechen lange vorbereitet. Denn wie kommt es, dass Sie in der Nähe von Arundel einige Tage vorher in einem Waldstück von einem anderen Wagen die Autoschilder gestohlen und an den alten Morris der Mrs. Thompson montiert haben?"

Mit hektischer Bewegung zerdrückte Dave die Zigarette im Aschenbecher und verbrannte sich die Fingerkuppen.

„Ich sage gar nichts mehr. Ich verlange einen Anwalt."

„Sie haben wohl zu viele Krimis gelesen, was?"

Beide blieben kurze Zeit stumm, bis der Inspektor seine Taktik wechselte und in ruhigem Ton fortfuhr.

„Sie geben zu, dass Sie Mrs. Thompson bestohlen haben, und zwar um fünfzehntausend Pfund, und ihr dann eins übergezogen haben, woran sie starb?"

„Nein, um Gottes Willen, nein!", begehrte Dave auf und wollte aufstehen. Doch der Wachmann hinter ihm hinderte ihn an seinem Vorhaben, indem er ein paar Schritte drohend auf Dave zuging. Entnervt setzte er sich wieder und stützte seinen Kopf in beide Hände.

„Ja, ich habe das Auto entwendet. Mrs. Thompson hatte mir erlaubt, es auch privat zu nutzen. So durfte ich damit meine Tante in Portmouth besuchen. Und umgebracht habe ich die alte Dame nicht, verdammt noch mal." Kleinlaut fuhr er fort: „Zu diesem Zeitpunkt kannte ich diese Helen noch gar nicht. Und das Geld habe ich auch nicht gestohlen. Das hat mir Mrs. Thompson geschenkt."

„In welcher Form?"

„Sie hatte einen Scheck ausgestellt."

„Diesen hier?" Der Inspektor hielt mit zwei Fingern den besagten Scheck in die Höhe.

Irritiert starrte Dave auf das Papier und wandte seinen Blick ab. „Ich glaube ja."

„Warum hätte Mrs. Thompson Ihnen so viel Geld schenken sollen, für vierzehn Tage Arbeit?"

„Sie hatte Mitleid mit mir. Sie war sehr sozial und karitativ eingestellt. Sie wollte mir helfen, eine Existenz aufzubauen. Das

Tierheim kommt auch so gut davon." Das waren ihre Worte.
Dave glaubte sich jetzt auf sicherem Terrain und sah Welsh fest
in die Augen.

„Wie sie mir sagte, wollte sie in ihren letzten Tagen nur noch
friedliche und zufriedene Menschen um sich haben. Deshalb
spendete sie dem Tierheim erhebliche Beträge und auch mir etwas."

„Wer hat den Scheck ausgestellt?"

„Na, Mrs. Thompson natürlich!"

Wie zur Bestätigung rang sich Dave ein unglückliches Lächeln
ab.

„Auf den ersten Blick könnte man meinen, es wäre so gewesen. Aber ich sage Ihnen, dass Sie sich selbst dieses Geschenk
machten. Der Graphologe Dr. Winter hat festgestellt, dass es
nicht Mrs. Thompsons Handschrift ist. Was sagen Sie nun? Unter
der Lupe sehen auch Sie, dass Mrs. Thompsons Handschrift auf
allen Urkunden leicht verwackelt ist, eher schwach ausgeführt."

„Das ist es ja, Inspektor, die alte Dame war in letzter Zeit bett-
lägerig und sie hatte Angst, dass ihr nicht genug Zeit verblieb.
Sie bat mich, den Scheck in ihrem Namen zu unterschreiben.
Anschließend hatte sie, zur Bestätigung, bei der Bank angerufen. Das können Sie doch nachfragen."

Nachdenklich lehnte sich der Inspektor zurück und bot Dave
erneut eine Zigarette an.

„Lassen wir das erst einmal. Aber deshalb hätten Sie die alte
Dame nicht gleich umbringen müssen."

„Ich habe die Frau nicht umgebracht, ich hatte doch gar keinen
Grund dafür. Wie oft soll ich das noch sagen?" Hilfesuchend
schaute Dave zu dem Wachmann hinüber, der jedoch keinerlei Reaktion zeigte.

„Wollen wir mal abwarten, Fergunson, aber damit sind wir
noch nicht am Ende. Welche Schuhgröße haben Sie?"

„Ich? Wieso wollen Sie meine Schuhgröße wissen?" Etwas
ratlos blickte er unter den Tisch und dann zum Inspektor.

„Größe zweiundvierzig, wieso?"

„Ziemlich klein für einen Mann Ihrer Statur, nicht wahr?"

„Wenn Sie meinen? Aber warum wollen Sie das wissen?"

„Lassen wir das! Erzählen Sie mir lieber, wie Sie Ihre Komplizin, diese Helen McManus, kennengelernt haben."

Dave erzählte die ganze Geschichte wahrheitsgetreu bis zur Festnahme an der Grenze.

„Führen Sie ihn ab, Constabler", befahl er dem Wachmann. „Das war es für heute."

Er klappte den Aktendeckel zu und drückte einen Knopf des Aufnahmegerätes, welches in der Schublade des Schreibtisches verborgen lag.

„Haben Sie das etwa aufgenommen?", wollte Dave empört wissen.

„Was dachten Sie denn, Mann? Wir sind hier im UG von Brighton und nicht zum Kaffeekränzchen bei Mrs. Thompson."

„Sie hätten um mein Einverständnis bitten müssen, Sir."

„Zu Ihrer Beruhigung, Mr. Fergunson, es kann vor Gericht nicht gegen Sie verwendet werden. So, und nun ab mit ihm, Constabler."

„Wie lange dauert das Ganze noch? Sie können mich hier nicht für immer einsperren. Ich bin unschuldig, Inspektor."

„Das hätten Sie sich alles vorher überlegen müssen, mein Lieber. Sie haben keinen festen Wohnsitz und dass Fluchtgefahr besteht, haben Sie ja eindrucksvoll unter Beweis gestellt."

Helen wurde in denselben Raum geführt und setzte sich auf denselben Stuhl wie vorher Dave. Inspektor Welsh eröffnete die Vernehmung nach dem gleichen Muster. Erst freundlich zurückhaltend, dann mit mehr Schärfe. Helen wirkte aufgekratzt, als hätte sie eine Überdosis Valium geschluckt.

„Ich freue mich, Inspektor, Ihnen bei der Überführung von Marthas Mörder behilflich sein zu können."

„Das freut mich auch, Miss McManus oder soll ich Sie Mrs. Jordan nennen?"

Welsh musterte seine Beute über den Brillenrand hinweg und wunderte sich, dass Helen keinerlei Rektion zeigte.

„Das überlasse ich Ihnen, was Ihnen lieber ist, Herr Inspektor, beides ist richtig."

„Ich will heute einige Fragen von Ihnen beantwortet haben, die uns in der Angelegenheit voranbringen. Also, Miss McManus, warum sollten Sie sich auf der Polizeistation in London nach Ihrer Umsiedlung nach Arundel monatlich melden?"

„Haben Sie eine Zigarette für mich, Inspektor?"

„Nein!"

Die schroffe Ablehnung irritierte Helen für einen Moment. Dann neigte sie den Blick und erzählte: „Mein Mann, John, ist von diesen Bastarden des kenianischen Revolutionskomitees enthauptet worden." Sie machte eine Pause und sah kurz zu der nackten Glühlampe an der Decke. Aus ihrer Kostümjacke holte sie ein Taschentuch hervor und schnäuzte kräftig hinein.

„Anfänglich verdächtigte man mich, weil ich neben ihm schlief. Das war natürlich völliger Unfug. Ich hatte keinen Grund, meinem Mann nach dem Leben zu trachten."

Als wolle sie das Geschehene in die Gegenwart zurückholen, machte sie eine längere Pause.

„Man ließ mich natürlich frei. Meine, leider früh verstorbenen, Eltern hatten ein Konto bei der City Bank, auf dem meine Erbsumme deponiert war. Nun war ich auch noch Erbin von Johns Farm. Ich hätte sie rentabel verkaufen können, auf Ratenbasis.

So gestattete man mir, nach London zu reisen, wenn ich mich hier unter die Meldepflicht stellte. Aber das wissen Sie ja wohl, Sir."

Inspektor Welsh nickte nur, denn er wollte ihren Redefluss nicht durch Zusatzfragen unterbrechen.

„Das ist jetzt über ein Jahr her und ich hoffe, dass der Fall jetzt endlich abgeschlossen ist. Haben Sie jetzt eine Zigarette für mich?"

Welsh kam ihrer Bitte nach und steckte sich selbst eine an.

„Danke", fuhr Helen fort und fächerte den aufsteigenden Rauch mit der Hand von sich. Sie erzählte, wie es gekommen war, dass sie mit Martha nach Arundel zog.

„Ist es nicht merkwürdig, dass so eine attraktive Frau, wie Sie es sind, in London keinen Anschluss zur Gesellschaft findet, sondern mit einer älteren Frau, die lesbische Neigungen zeigt, aufs Land zieht?"

„Ich habe mich bei ihr geborgen gefühlt, wenn Sie das meinen."

Ihre Stimme war kaum hörbar und sie wurde aufgefordert, lauter zu sprechen.

„Hatten Sie sexuellen Kontakt zu der Toten?"

„Ein oder zwei Mal, aber es widerte mich an." Als hätte sie sich verraten, verbesserte sie sich schnell. „Ich meine, ich ließ es mit mir geschehen. Ich empfand nichts dabei."

Helen schluckte trocken und bat um ein Glas Wasser.

„So, so, also Ihnen ist eine heterosexuelle Beziehung lieber. Aber aus Mangel an Gelegenheit nahmen sie das Angebot von Martha Rees an."

„Sagen Sie mal, was geht Sie das überhaupt an? Wessen beschuldigen Sie mich überhaupt?"

Von einer Sekunde zur nächsten wurde aus dem Lamm ein Wolf, der seine Fangzähne zeigte.

„Reißen Sie sich zusammen, Miss. Ich stelle hier die Fragen. Auch solche, die Ihnen peinlich sind, ist das klar?"

Beide sahen sich erregt an bis Helen wieder zum Fußboden blickte.

„Also gut", setzte der Inspektor seine Befragung fort. „Nach einer gewissen Probezeit hatten Sie das Verlangen, einem Mann zu begegnen."

„Das Verlangen habe ich schon mein Leben lang, seit meiner Pubertät."

„Es ging so weit, dass Sie erst den Elektriker …", nach einem flüchtigen Blick auf seine Akte fuhr er fort, „einen gewissen Jack Dickinson und dann Ihren späteren Freund Dave Fergunson zu sich ins Haus holten."

„Nein, nein, wie kommen Sie darauf, Mann?", empörte sich Helen. „Glauben Sie etwa, ich hatte was mit dem versoffenen Kerl? Und dieser Dave zwang mich, mit ihm die Insel zu verlassen, und …"

„Wie kann er Sie in die Öffentlichkeit zwingen?", unterbrach Welsh sie.

Helen war wie von Sinnen. Sie war aufgestanden und stemmte ihre Fäuste auf die Tischplatte. Der Wachmann hinderte sie an weiteren Unkontrolliertheiten und drückte sie an den Schultern zurück auf den Stuhl.

„Dieser Mann hat Martha umgebracht", schrie sie und ihre Augen leuchteten triumphierend. „Wenn ich nicht mitgemacht hätte, hätte er auch mich umgebracht."

Sofort fing sie wieder zu weinen an.

„Wieso mitgemacht, also haben sie beide ihre Freundin umgebracht? Das ist ja interessant." Lange betrachtete er Helen und merkte, dass die Frau am Ende war. „Bringen Sie sie raus, Constabler. Wir machen morgen weiter."

Welsh nahm die Kassette an sich und verließ den Raum. Eigentlich hatte er vorgehabt, dem Untersuchungsrichter Bericht zu erstatten, unterließ es aber und fuhr zum Revier.

„Komm, lass uns was essen gehen. Ich spendier dir was, Harold."

Als hätte Welsh neue Energie getankt, erhob er sich und hielt Miller die Tür auf. Einladungen dieser Art mochte er besonders gern.

„Weißt du, was wir heute Nachmittag machen, Arthur? Wir machen einen Ausflug Richtung London."

Miller lachte über das ganze Gesicht. Um aus dem Büromief rauszukommen, war ihm alles recht. Sie wollten, soweit es irgend ging, den Fluchtweg rekonstruieren.

„Fahr mal die nächste Abfahrt runter vom Highway, Arthur. Siehst du das Motel dahinten? Es passt zu der Beschreibung, die mir Fergunson gegeben hat."

Kurz darauf parkten sie den Vauxhall auf dem mit Unkraut überwucherten Parkplatz.

Ihre Vermutung, das Motel sei geschlossen, bestätigte sich schnell. „Wegen Renovierung geschlossen" stand auf einem windschiefen, mit Kreide beschriebenen Brett an der Eingangstür. Sie traten vom Gebäude zurück, um einen besseren Überblick zu haben. Da sah Miller eine dünne Rauchfahne aus einem Schornstein hochsteigen. Der Raum musste neben der Rezeption liegen. Energisch klopfte der Inspektor gegen das Glas und spähte durch die verschmutzten Fensterscheiben. Drinnen standen einige Möbel durcheinander. Er wiederholte das Klopfen und befürchtete fast, dass das einfache Glas zu Bruch gehen würde.

„Ja, ja, ich komm ja schon", war eine verärgerte Männerstimme zu hören. Die Stimme musste zu dem Riesenbaby gehören, das sich kurz darauf hinter dem Fenster aufbaute.

„Können Sie nicht lesen, Idiot", er zeigte mit seinem gurkenähnlichen Mittelfinger auf das Brett. Völlig unbeeindruckt hielt der Inspektor dem Draculaverschnitt seinen Ausweis vor die Nase.

„Machen Sie auf, Mann. Ich habe mit Ihnen zu reden!"

„Ich wüsste nicht, weshalb. Meine Steuern hab ich ordnungsgemäß bezahlt!"

Er wollte sich wieder abwenden.

„Wenn Sie nicht aufmachen, komme ich mit einem Haftbefehl wieder!"

„Ist schon gut, Mann, regen Sie sich nicht auf", gab der Bär kleinlaut nach und schob den Riegel zurück.

„Dürfen wir kurz reinkommen?"

„Hm, meinetwegen."

Inspektor Welsh stellte sich an den Counter, so als wolle er sich eintragen lassen. Von hier aus konnte er in das Zimmer sehen, in dem das Kaminfeuer brannte.

„Mitten im Sommer haben Sie den Kamin an?", wunderte er sich.

„Das sehen Sie doch, oder? Is' doch nich' verboten, oder?"

Bevor der Mann die Tür zuwarf, konnte Welsh ein Frauenbein unter einer Bettdecke erkennen, welches sich bewegte. Er konnte sich ein Grinsen nicht verkneifen und kam gleich wieder zur Sache.

„Haben Sie schon einmal diese Leute gesehen?", er legte die Fotos von Dave und Helen auf die Theke.

„Ja, klar! Sie auch?", antwortete der Hüne spontan, „waren ja oft genug im Fernsehen, oder?"

„Das meine ich nicht. Ich will wissen, ob diese Leute Anfang der Woche ein Zimmer in diesem Motel gemietet hatten."

„Kann mich nicht erinnern, schon möglich."

„Darf ich mal einen Blick in Ihr Gästebuch werfen?"

Blitzschnell knallte dieses Ekelpaket seine Pranke auf das Buch.

„Nee, dürfen Sie nich'. Nun hau'n Sie wieder ab!"

Mit ein paar Riesenschritten war er auch schon an der Tür und riss sie auf.

„Goliath, nun komm schon, wer ist denn da?" Der Stimme nach war es die Dame auf dem Bett.

„Wir kommen wieder und halten Sie sich zu unserer Verfügung", versuchte Miller einen eleganten Abzug und die Tür knallte hinter ihnen ins Schloss.

„Der Kerl und die Bruchbude passen zusammen und entsprechen genau der Beschreibung", sagte der Inspektor.

„Ohne Durchsuchungsbefehl richten wir hier gar nichts aus. Ich hätte gern den Laden genauer angesehen, wo die beiden gehaust haben. Lassen wir das, wir haben die Bestätigung gesehen, fertig. Wir fahren noch ein Stück weiter, vielleicht erfahren wir in dem anderen Motel mehr."

Auf Anhieb fanden sie auch das gesuchte Objekt, welches sich deutlich von dem ersten unterschied.

Sie warteten, bis die Dame an der Rezeption eine Familie bedient hatte.

„Was kann ich für Sie tun, meine Herren?", fragte die adrette Mitvierzigerin. Ohne Umschweife wiesen sich die Beamten aus und legten die Fotos auf den Counter.

„Ja, die Herrschaften bewohnten das Apartment vierundzwanzig für zwei Tage, glaube ich. Warten Sie, ich schau mal nach."

Mit flinken Fingern blätterte sie das Gästebuch durch: „Ja, sehen Sie, hier steht es." Sie drehte das Buch um, sodass die Beamten sich selbst überzeugen konnten.

„Ja, stimmt. Wieso können Sie sich so genau an die zwei erinnern, bei dem Betrieb hier?"

Inspektor Welsh glaubte eine verlegene Röte im Gesicht der Frau zu erkennen.

„Es ist mir unangenehm, darüber zu sprechen, Sir." Sie zögerte, doch Miller nahm ihr diese Hemmung.

„Was ist Ihnen unangenehm, Madam?"

„Ach wissen Sie, manche Leute lassen immer mal ein paar Sachen liegen."

„Ja?"

„Die Dame hat diese schöne Bluse zurückgelassen."

Wie ein Hammer traf den Inspektor diese Auskunft.

„Ist das Material Thai-Silk?", fragte er ein bisschen blöd.

Die Frau strich zärtlich über den Stoff. „Ja, ist es nicht schön?" Für den biederen Geschmack des konservativen Polizeibeamten eine Spur zu glänzend, aber das war unwichtig.

„Fehlte vielleicht ein Knopf daran?"

„Ja, woher wissen Sie das? Hier oben, ich habe ihn durch einen unteren ersetzt."

Darf ich Sie bitten, mir diese Bluse zu überlassen? Ich benötige sie in einer Ermittlung."

Unschlüssig stand die Frau da und willigte endlich ein.

„Also gut, Inspektor, aber bitte ziehen Sie mich da in nichts hinein." Sie verschwand in dem Nebenraum, um sich umzukleiden.

„Mensch Arthur, das ist das Corpus Delicti. Haben wir ein Glück. Erinnerst du dich an den Knopf, den ich am See gefunden habe?"

„Ich verstehe nur Bahnhof, Harold, aber wenn du meinst."

Selten hatte er seinen Vorgesetzten so aufgelöst gesehen.

„Da bin ich aber gespannt, wie sich die hübsche Lady da herausreden will."

Die freundliche Dame überreichte ihnen gleich darauf ein kleines Päckchen mit der Bluse darin.

„Da habe ich noch eine Frage, Madam. Ist Ihnen am Verhalten der beiden etwas aufgefallen?"

„Eigentlich nicht, Sir, sie benahmen sich eben so, wie verliebte Pärchen sich eben benehmen."

„Also anders, hatten Sie den Eindruck, dass einer der beiden unter Druck stand?"

„Nein, ganz gewiss nicht. Beide tuschelten während der Mahlzeiten oft miteinander und lachten. Was sie auf ihrem Zimmer machten, weiß ich natürlich nicht."

„Nein, natürlich nicht, ist mir klar. Wir bedanken uns herzlich, Madam, Sie haben uns sehr geholfen."

Bevor sie sich verabschiedeten, wollte die Frau noch wissen, warum das alles so wichtig war.

„Mord, Madam, ein widerlicher, kleiner Mord."

Miller hatte fast den Eindruck, der Dame würde das Herz stehen bleiben.

„Nein, nein, nicht gegenseitig. Den Rest können Sie aber bald in der Zeitung lesen. Das hoffen wir zumindest. Also noch mal vielen Dank, Madam und auf Wiedersehen."

In der Tür drehte sich der Inspektor um und kehrte zu der Inhaberin zurück.

„Bald hätte ich noch eine wichtige Frage vergessen. Wissen Sie, welch ein Auto die beiden fuhren?"

„Also, mit Automodellen kenne ich mich nicht so gut aus, aber es war wohl ein älteres Modell und war schwarz. Mir fiel auf, dass der linke Scheinwerfer kaputt war. Deshalb sind sie auch mit dem Bus nach London gefahren, weil das Auto in der Werkstatt war."

„Soso, hm, nochmals vielen Dank Madam. Einen schönen Tag noch."

Sie ließen eine stark irritierte Frau zurück und begaben sich auf die Heimreise.

Am nächsten Morgen glaubten die Beamten, den Fall abschließen zu können. Die Tatsache, dass die Mordwaffe noch nicht gefunden war, störte den Inspektor nicht besonders. Dr. Lyon und der Erkennungsspezialist Shields hatten gründliche Arbeit geleistet.

„Das ist ja alles schön und gut, Harold, aber wie kommt der Leichnam, der vorher im Wasser lag, plötzlich in den Garten?"

„Vielleicht hatte die Frau Flügel. Bei Vollmond ist alles möglich."

„Sehr witzig, ha, ha. Sag mal Harold, warum schließt du diesen Alkoholiker Dickinson aus? Du sagtest doch selbst, dass er sich im Pub so merkwürdig verhalten hatte."

„Da ist was dran, Arthur, aber dieser Knopf und die Gummistiefel gehörten einer Frau. Diese Indizien weisen klar auf diese McManus. Vielleicht war dieser Dickinson unter Schock, wer weiß, wie sich der eine oder andere da verhält."

„Nee, nee, Harold, unter Schock wäre er noch gewesen, als das Auto gefunden wurde. Ich denke du solltest ihn außer Acht lassen."

„Ach, Arthur, warten wir mal ab, was der Tag so bringt."

Mr. Fergunson, hier sind ein Paar Gummistiefel. Ziehen Sie sie an, aber ohne Strümpfe."

Inspektor Welsh reichte Dave die Stiefel, die sie vor dem Haus gefunden hatten. Er achtete genau darauf, wie Dave versuchte hineinzuschlüpfen. Selbst mit gekrümmten Zehen war es ihm nicht möglich hineinzukommen.

„Lassen Sie es gut sein, Mann", befahl Welsh. „Auf Ihrer Fahrt waren Sie ständig mit Helen zusammen, auch nachts, stimmt's?"

Dave konnte mit der Frage nichts anfangen und runzelte die Stirn.

„Ja, ich glaube schon, bis auf Mittwoch. Da ist sie ja in London auf der Bank gewesen."

„Wie ist sie da hingelangt? Mit dem Wagen, Bus oder Bahn?"

„Mit dem Wagen nicht, den hatte ich ja. An dem Tag habe ich den Morris da oben, bei Mill Hill, in dem Wald versteckt, wie Sie wissen."

„Wenn ich's wüsste, würde ich nicht fragen", entgegnete der Inspektor wütend.

„Also gut, nehmen wir mal an, dass es stimmt. Wann waren Sie für mehrere Stunden allein?"

Dave wusste darauf keine Antwort und hob die Schultern.

„Nein, wir waren ständig zusammen, Sir."

„Überlegen Sie es sich gut, Fergunson. Von Ihrer Beantwortung hängt Ihre Zukunft ab."

„Aber wieso denn, Inspektor? Ich habe mit der ganzen Sache nichts zu tun!", beteuerte Dave erneut hitzig.

„Das haben Sie so lange, wie Sie diesen Verdacht gegen sich nicht entkräften können. Also bleiben Sie dabei oder fällt Ihnen noch was ein? Und zu Ihrer Information: Ihre Partnerin beschuldigt Sie des Mordes an ihrer Freundin." Das hatte gesessen und Dave war aufgesprungen. Obwohl er es ja auch von Helen gehört hatte, konnte er es nicht glauben.

„Das glaube ich nicht, Sie hundsgemeiner Kerl. Helen würde so etwas nicht tun. Sie liebt mich nämlich."

Völlig unbeeindruckt, wechselte der Inspektor die Kassette und spielte den Part ab, wo Dave sich von der Richtigkeit dieser Behauptung überzeugen konnte. Er wurde immer kleiner auf dem Stuhl und hielt sich schließlich die Ohren zu. Also doch, er hatte es zuvor für Helens Taktik gehalten, aber jetzt war es brutale Wirklichkeit.

„Das glaube ich nicht, das kann doch nicht wahr sein!", schrie er. Plötzlich fing er an zu zittern wie bei einem Fieberanfall. Inspektor Welsh war um den Tisch herumgegangen und legte Dave die Hand auf seine Schulter. Mit der anderen bot er ihm eine Zigarette an.

„Also, was ist?", fragte er mit ruhiger Stimme.

Dave nahm geistesabwesend ein paar Züge, fing an zu husten und sah dann dem Beamten gerade in die Augen.

„Ich hatte Dienstagmorgen ein eigenartiges Gefühl. Ich erwachte allein. Sie war verschwunden. Nach einer Stunde etwa, so gegen elf, glaube ich, kam sie mit Croissants, Brötchen und einer Zeitung wieder. Sie wollte dem Kerl, dem Inhaber des Motels, nicht noch mal begegnen, sagte sie und hatte deshalb das Frühstück aus dem Ort geholt." Dave machte eine Pause und fuhr schließlich fort: „Dann schlief sie bis spät am Nachmittag. Ich dachte, die Nervenanspannung hätte sie so erschöpft."

„Stand der Wagen noch auf demselben Platz wie am Abend zuvor?"

„Das weiß ich nicht mehr. Glauben Sie etwa, Helen hat Martha in dieser Nacht umgebracht?"

Völlig verständnislos sah Dave zu dem Inspektor hoch. Dieser nickte nur und nahm wieder auf seinem Stuhl Platz.

„Was glauben Sie, warum Helen McManus mit Ihnen England verlassen wollte? Nun? Sagen Sie nicht, aus Liebe zu Ihnen!"

Ohne eine Antwort abzuwarten, wurde Dave wieder in seine Zelle zurückgeführt.

Inspektor Welsh ließ Helen absichtlich über eine Stunde allein in dem Vernehmungsraum. Das gehörte wieder mal zu seiner Taktik, sie moralisch weichzukochen. Er begab sich in die Kantine der Gefängnisangestellten und trank mehrere Tassen Tee, bis ein Bediensteter an ihn herantrat und ihn bat, zum Direktor zu kommen

„Guten Tag, Inspektor", begrüßte ihn der Chef. „Ich habe soeben diesen Umschlag von der Interpol erhalten. Ich nehme an, das ist die Antwort auf Ihre Anfrage."

Welsh nahm den DIN-A5-Umschlag entgegen, sah auf den Absender und öffnete ihn. Flüchtig blätterte er die Papiere durch und pfiff durch die Zähne.

„Direktor, ich glaube, Sie haben ein besonderes Früchtchen in Ihrem Gemäuer."

Erwartungsvoll sah ihn der Direktor an.

„Diese McManus köpfte ihren Mann. Jetzt ist ein Zeuge aufgetaucht. Die kenianische Regierung fordert ihre Auslieferung."

„Interessant, Inspektor, Gott sei Dank wird dann unser Justizapparat nicht weiter belastet. Ich werde mich mit dem Untersuchungsrichter in Verbindung setzen. Überlassen Sie mir die Papiere, ja?"

„Wie stellt sich das dieser Bürokrat nur vor?", fragte sich der Polizist.

„Tut mir leid Herr Direktor, meine Untersuchung ist noch nicht abgeschlossen. Vielleicht später."

Er ließ einen verdutzten Mann zurück und begab sich schnurstracks zu der wartenden Helen.

„Guten Tag, Miss McManus. Ich hoffe, Sie hatten eine geruhsame Nacht."

Ohne zu antworten, verzog Helen das Gesicht, was auch eine Aussage war.

„Was soll das Ganze, Inspektor? Ich will, dass man mich freilässt. Wie Sie ja wohl herausgefunden haben, kann nur dieser Dave Fergunson der Täter sein."

„Nicht so ungeduldig, Madam. Wenn Sie meinen, er hätte gestanden, dann kann ich das nur bestätigen."

„Na also, worauf warten Sie noch, ha, ha, ha, ich hab's gewusst." Ihr war die Freude merklich anzusehen.

„Nach britischem Recht genügt aber ein Geständnis nicht zur Verurteilung. Wir, die Polizei, müssen es dem Beschuldigten beweisen."

Harold hatte sich dabei mit dem Oberkörper über den Tisch gelehnt, als wolle er sagen, wie ungenügend die Beweisführung bei Dave war. Für einen Moment saßen sie sich schweigend gegenüber.

„Ich will Ihnen mal erzählen, wie sich das Ganze abgespielt hat." Welsh bückte sich und entnahm seiner am Tischbein stehenden Tasche ein kleines Päckchen. Langsam wickelte er die seidene Bluse aus, ohne seinen Blick von Helen zu wenden.

„Kennen Sie diese Bluse, Miss McManus?"

Helens Gesichtsausdruck verdüsterte sich schlagartig.

„Ja, das heißt, nein. Wieso sollte ich sie kennen?", und sie wollte danach greifen.

„Nicht doch", unterband er es. „Ich will es Ihnen sagen. Diese Bluse ließen Sie in dem letzten Motel liegen. Wie Sie sehen, fehlt daran ein Knopf, dieser hier." Wie ein Magier öffnete er die rechte Hand und hielt ihn zum Vergleich an die Bluse.

„Diesen Knopf hatten Sie verloren, als Sie die arme Martha im See mit dem Rover versenkten."

Helens Widerstand war ungebrochen: „Das hat dieser Dave inszeniert, Mister!"

„Vielleicht."

Wieder beugte er sich vor und knallte die gelben Gummistiefel auf die Tischplatte. Davon war ein Stiefel der Länge nach aufgeschnitten.

„Diese Stiefel gehören Ihnen, Miss McManus."

„Ja, es sind meine", gab sie unumwunden zu. „Vielleicht auch nicht. Davon gibt es vermutlich einige Millionen."

„Sie trugen sie in der Mordnacht."

„Sie sind ja verrückt, Mann", schleuderte sie dem Inspektor mit Hass entgegen. Doch der blieb ruhig, denn er war sich seiner Theorie sicher.

„Im Stiefel befanden sich Hautpartikel, die zu Ihnen gehören."

„Ja und? Ich hatte sie ja auch bei den Gartenarbeiten benutzt. Ich streite doch nicht ab, dass es meine sind."

„Zwischen den Stollen der Sohle fanden wir Pflanzen, die nur am Ufer eines Binnensees wachsen. Auch der lehmige Boden kommt nur dort vor."

Helen zog es vor zu schweigen und bat nur um ein Glas Wasser.

„Das beweist gar nichts, verehrter Herr Inspektor", meinte sie, nachdem sie von dem Wasser getrunken hatte.

„Doch doch, meine Liebe. Sie zogen die Stiefel an in der Mordnacht, denn es regnete heftig. Dabei verloren Sie den Knopf an der Bluse. In dem ersten Motel bekamen Sie Zweifel an dem Unterwasserversteck. Angler oder Badende könnten das Auto finden, bevor Sie außer Landes wären. Als Ihr Freund fest schlief, sind Sie zurückgefahren, haben ohne jeden Skrupel die Tote aus dem Wagen gezerrt, auf eine Schubkarre verfrachtet und im Garten vergraben. Anschließend gruben Sie das ganze Beet gleichmäßig um und fuhren zu dem schlafenden Dave zurück." Nach einer kurzen Pause: „Wir beide wissen, dass es so war, nicht?"

„Kann ich eine Zigarette haben?"

Welsh reichte ihr eine und wartete auf die Bestätigung. Doch Helen lenkte nicht ein. Sie hustete stark und ihr war in dem Moment nicht klar, dass sie eigentlich Zigaretten verabscheute.

„Womit habe ich sie denn umgebracht?"

Er wusste, dass sie das fragen würde. Das war ihr letzter Strohhalm, an den sie sich klammerte.

„Ich denke, Sie sagen es mir."

Helens Lachen verzerrte sich: „Suchen Sie, Sie Schlaumeier. Ohne dieses Beweisstück können Sie mir gar nichts."

„Gut, lassen wir es dabei. Ich lege die Beweismittel dem Untersuchungsrichter vor. Der kann dann entscheiden, ob Sie nach Kenia wegen Mordes zurückgeführt oder hier abgeurteilt werden."

Helen war kurz davor, ihre Fassung zu verlieren und bäumte sich ein letztes Mal auf.

„Sehr plump, Inspektor, sehr plump. Ich hätte Ihnen mehr Intelligenz zugetraut."

Sie saß jetzt stocksteif mit glanzlosen Augen auf dem Stuhl. Der Inspektor entfaltete die Kopie mit der Zeugenaussage aus Nairobi und legte sie Helen wortlos auf den Tisch. Sie las es mit ungläubigem Gesichtsausdruck. Der langjährige Hausboy Hassam Okene sagte aus, dass er den Mord durch das Fenster des Schlafzimmers beobachtet hatte.

„Dieses Schwein, dieses dreckige Niggerschwein", schrie sie wie wild unter Tränen heraus. Dann sprach sie, mehr zu sich selbst: „Immer, wenn John mich im Schlafzimmer eingeschlossen hatte, schickte er diesen Hassam zu mir. Wir rauchten immer etwas Marihuana. So fiel es mir leichter mich ihm hinzugeben. Wir mussten es bei geöffnetem Fenster machen, damit John es sehen und hören konnte. Es war widerlich, einfach widerlich. Eines Nachts konnte ich nicht mehr. Nachdem John neben mir eingeschlafen war, hatte ich nur noch den Wunsch, mich von ihm zu befreien. Ob Sie es glauben oder nicht, Inspektor, mir war unendlich wohl, als alles vorbei war. Er hatte John den Kopf abgeschlagen. Die Machete gehörte zu jedem Arbeiter. Ich hätte ihn ja beschuldigen können, aber das war gegen unsere Abmachung. Ich gab Hassam Geld, viel Geld. Aber es reichte wohl nicht, um sein Schweigen für immer zu erkaufen."

Ihr war klar, dass sie in dem Gefängnis von Nairobi nicht das Ende der Strafe überleben würde, denn das hatte noch kein Weißer vor ihr geschafft. Dann doch eher die zu erwartende Todesstrafe.

In der Zelle setzte sich Helen auf den Hocker und blickte apathisch durch das vergitterte Fenster in die Sonne. Sie war nicht fähig, einen klaren, zukunftsorientierten Gedanken zu formen. So beantwortete sie auch die Fragen des Inspektors, ohne sich nur einen Augenblick darüber bewusst zu sein, welche Folgen das für sie haben könnte.

Das war schon harter Tobak, auch für den erfahrenen Kriminalisten, und er hatte für einen Augenblick Mitleid mit ihr. Doch das war hier fehl am Platze.

„Wo ist die Mordwaffe, mit der Sie Martha umbrachten?", nutzte er die Chance ihrer Offenbarung.

Mit leiser Stimme fuhr Helen fort: „Die Sichel muss irgendwo vor dem Haus im Gebüsch liegen. Martha war ähnlich wie John. Sie war eifersüchtig auf alles, woran ich Freude hatte, wenn es nicht von ihr kam. Sie wollte mich für sich allein. Warum muss ich mich immer anderen unterwerfen?", begehrte sie auf. „Bei Dave war das anders. Er stellte keine Bedingungen. Er liebte mich so, wie ich bin. Wir wollten viele Kinder haben, das müssen Sie mir glauben. Dieses Gefühl der Geborgenheit hatte ich zuletzt, als meine Eltern noch lebten.

Mein Vater erschoss meinetwegen sogar zwei unserer Hausangestellten." Inspektor Welsh sah erstaunt über den Brillenrand zu Helen.

„Während des Mau-Mau-Aufstandes wurden viele weiße Farmer von den Hausangestellten ermordet. So wurde es zur Gewohnheit, ständig einen Revolver bei sich zu tragen. Sogar bei den Mahlzeiten lag die Waffe neben dem Teller. Eines Tages wollten zwei Stewards mich als Geisel nehmen. Sie kamen von hinten und hielten mir ein Jagdmesser an die Kehle. Meinem Vater gelang es, ihnen zuvorzukommen und erschoss beide. Es war eine schlimme Zeit damals. Es war das letzte Mal, dass jemand etwas Gravierendes für mich tat. Nach dem Tod meiner Eltern wollten alle Leute etwas von mir. Ich war doch damals fast noch ein Kind und hatte keine Ahnung, wie man ein solches Unternehmen führt. Nachdem ich John geheiratet hatte, wurde ich ein Gebrauchsgegenstand wie Möbel oder ein Auto, der Verwaltung angepasst."

Sie stand völlig entkräftet auf und bat, in ihre Zelle geführt zu werden. Im Türrahmen drehte sie sich um und sagte leise: „Herr Inspektor, eines noch, ich habe Martha nicht umgebracht, es war ein Unfall."

Nachdenklich blieb der Polizist sitzen. Die eben gehörte Geschichte konnte er nicht beurteilen. Er wollte sich auch nicht damit belasten. Er wollte seinen Fall zum Abschluss bringen. Nur das zählte. Die Kenia-Sache sollten die Behörden entscheiden. Irgendwie tat ihm Helen leid. So wie sie es dargestellt hatte, glaubte er ihr. Langsam erhob er sich und verließ nachdenklich das Gebäude.

Per Telefon beauftragte Welsh Higgins, die Sichel, die Helens Aussage nach vor dem Haus liegen sollte, zu suchen. Wenn er Verstärkung brauchte, sollte er sich melden. Aber er vertraute auf die Fähigkeiten von Mr. Guinness, seinem Hund.

Die Mordwaffe sollte der Schlüssel sein, den Fall lupenrein, auch vor Gericht, abzuschließen.

Helens Verhalten und ihre untragbaren Behauptungen schlossen Dave als Täter aus. Er hatte sich der Urkundenfälschung und Irreführung der Polizei und der Vermummung zu verantworten.

Er konnte es nicht fassen, dass Helen Martha umgebracht haben sollte. Ihre aufgeschlossene und freundliche Art hatte auch ihn in ihren Bann gezogen. Man hätte sich doch auch so trennen können, ohne jemandem Schaden zuzufügen. Die Logik eines Verbrechens ist oft schwer zu definieren. Ein Streit muss nicht immer ein schreckliches Ende für die Beteiligten haben, wenn eine Partei mit Vernunft agiert.

Dave sehnte sich nach dem Tag der Urteilsverkündung in seiner Sache. Wie gern hätte er jetzt mit Helen gesprochen. Sie waren nur wenige Meter getrennt und doch waren es unendliche Meilen. Warum hatte sie ihn nicht eingeweiht? Man hätte doch eine Lösung finden können. Helen war nicht fähig, einen Mord zu begehen. Davon war er zutiefst überzeugt.

Auf was hatte er sich da eingelassen? Ihm war klar, zur Rechenschaft gezogen zu werden. Doch das Urteil musste glimpflich ausfallen, daran glaubte er fest. Wenn er als Zeuge im Falle Martha geladen würde, wollte er alles tun, um auch weiteren Schaden von Helen abzuwenden.

Diese Gedanken waren der Beweis, dass er Helen stärker liebte, als er geglaubt hatte. Dieses Gefühl machte ihm Mut für die nahe Zukunft.

Der Untersuchungsrichter bestellte Helen zur Vernehmung. Als sie den Raum betrat, sah Richter Brown eine junge Frau mit tief liegenden Augen und zerzausten Haaren. „Das soll die Frau auf dem Foto sein?", fragte er sich. Er stand kurz auf und forderte sie mit einer kurzen Handbewegung auf, Platz zu nehmen. Mr. Brown war etwa gleich alt wie die Inhaftierte.

Seine Tonart war sogleich dienstlich, ohne jegliche Nachgiebigkeit. „Miss McManus oder Mrs. Jordan, ich werde Sie mit Ihrem Mädchennamen ansprechen. Zuerst einmal mache ich Sie darauf aufmerksam, dass das Verhör aufgezeichnet wird. Sie haben das Recht zu schweigen. Sie haben das Recht, einen Anwalt hinzuzuziehen. Wollen Sie davon Gebrauch machen?"

„Es kommt darauf an, wie die Anklage lautet", erwiderte Helen mit fester Stimme.

„Das heißt, wir können mit der Befragung beginnen?" Helen nickte kaum merklich und lehnte sich auf dem Stuhl zurück.

Der Richter verlas das Protokoll von Inspektor Welsch und schaute hin und wieder zu Helen hinüber. Die Worte waren ihr ja bekannt und sie wartete auf die Verlesung der Anklage.

„Man hat inzwischen die Tatwaffe gefunden, mit der Mrs. Martha Rees ermordet wurde. Es handelt sich hierbei um eine Sichel, die man für Gartenarbeiten benutzt. Der Befund der Obduktion durch den Pathologen Dr. Winter ergab eine tödliche Verletzung der Herzkammer durch eine gebogene Klinge. Die Einstiegwunde ist unter dem linken Rippenbogen. Die Maße der Sichel stimmen überein mit der Wunde.

Die Waffe allerdings wurde von einer anderen Person geführt. Das beweist auch der Ort, an dem die Sichel gefunden wurde. Sie selbst gaben den Hinweis auf den Fundort. Haben Sie etwas dazu zu sagen? Doch vorher erklären Sie mir, warum Sie Mrs. Rees erst mit dem Wagen im nahe gelegenen See versenkten und später im Garten vergruben."

„Und ob, Herr Richter. Ich möchte Ihnen genau erzählen, wie es zu dem tragischen Unfall kam."

Helen begann wahrheitsgetreu, den Hergang des Unglückes darzustellen, mit vielen Pausen, durch heftige Weinkrämpfe verursacht.

„Dave, Sie wissen schon, dieser Dave Fergunson, und ich. Wir hatten ohnehin vor, das Haus zu verlassen. Wir wollten ein neues Leben beginnen, ohne Martha. Ich konnte ihre Macht über mich nicht ertragen, ihre lesbische Veranlagung erzeugte bei mir Ekel. Das müssen Sie doch verstehen. Ich habe sie nicht umgebracht. Es war ein Unglücksfall, Herr Richter. Das muss die Untersuchung doch ergeben haben. Als wir, Dave und ich, auf dem Weg nach London waren, geriet ich in Panik und vergrub Helen in ihrem geliebten Garten. Dort sollte sie Ruhe finden, und nicht in dem kalten See." Helen sah auf und blickte in das versteinerte Gesicht des Untersuchungsrichters. Vergebens erwartete sie mit flehendem Blick seine Zustimmung, wenigstens sein Verständnis. Stattdessen blickte er auf seine Uhr, erhob sich und winkte die Wache heran.

„Das war es für heute. Die Vernehmung wird morgen fortgesetzt."

Wieder in ihrer Zelle, versuchte Helen, den Vorgang zu rekonstruieren. Sie war merklich erleichtert. Eine Last war ihr genommen. Sie hatte jemanden, der ihr zugehört hatte und hoffte, dass der Richter es so sah wie sie selbst.

Später, in der Nacht, hinderte sie der Gedanke an die Sache in Kenia am Einschlafen. Sollte dem Auslieferungsantrag der kenianischen Justiz stattgegeben werden, war sie geliefert. Dort könnte sie nicht auf ein faires Urteil hoffen. Dort wäre der Gang auf das Schafott sehr wahrscheinlich.

Ihr Körper schüttelte sich vor Angst; sie hatte Gänsehaut. Ausreichend Geld für korrupte Beamte hatte sie nicht. Helens Kopf war für eine annehmbare Lösung nicht frei. Sie ließ sich ein paar Schlaftabletten geben, damit der Körper zur Ruhe kam.

Am nächsten Morgen wurde sie unsanft geweckt. Das karge Frühstück stand schon auf dem Klapptisch. Sie hatte das Gefühl, gerade eingeschlafen zu sein. Geistesabwesend aß sie etwas, eher mechanisch und nicht, um den Hunger zu stillen. Den Kopf in beide Hände gestützt, saß sie in gekrümmter Haltung auf der

Bettkante. Sie fühlte sich hundsmiserabel. Gern hätte sie sich im Spiegel gesehen. Ihre Haare fühlten sich fettig an. Jetzt ein ausgiebiges Bad im duftenden Wasser. Ja, das brauchte sie, um an sich selbst zu glauben. Helen stand auf, füllte die Blechschüssel mit Wasser, stellte sie mehr ans Licht. Auf der glatten Wasseroberfläche betrachtete sie ihr Antlitz. Was war bloß aus ihr geworden? Das war doch nicht sie. Mit einer wütenden Bewegung zerstörte sie ihr Ebenbild und wirbelte sich das kalte Wasser ins Gesicht. Mutige Gedanken kehrten zurück. Der Untersuchungsrichter ist auch nur ein Mensch, dachte sie. Ich kenne meine Wirkung auf Männer. Ich schaffe es oder versuche es wenigstens. Hätte ich doch einen Lippenstift oder wenigstens mein Lieblingsparfum, dieses Mitzuku, wegen dem sich schon Männer umgebracht haben, von dem betörenden Duft wie von Sinnen, nur weil sie nicht an ihre Angehimmelten herankamen. So wie der Filmproduzent von Mae West, der immer wieder abgewiesen wurde. Aus Gram investierte er in eine ganze Badewanne voll von dem Parfum und ertränkte sich darin.

Während sie sich langsam abtrocknete, kam ihr der Wunsch, bei Dave zu sein. Sie liebte ihn wirklich und bedauerte, wie sie ihn nach der Verhaftung beschuldigt hatte. Sie schämte sich dessen und beschloss, es durch die Wahrheit zu korrigieren. Sie war sich sicher, dass Dave dafür Verständnis hatte. Er war immer so sanft, wenn sie sich näherkamen. Der Gedanke an Dave machte ihr Mut. Er war ihr Strohhalm, an den sie sich klammerte.

In Handschellen nahm Helen vor dem Schreibtisch des Untersuchungsrichters Platz. Der Mann sah ihr wohl an, in welcher Verfassung sie war und erkundigte sich nach ihrem Wohlbefinden. Er wies den Vollzugsbeamten an Helen von den Handschellen zu befreien.

„Miss McManus, es gibt noch einige Punkte, die einer Klärung bedürfen. Bitte erzählen Sie doch mal etwas über die Reise von Mrs. Rees nach London."

Helen hatte Mühe, ihre Gedanken zu ordnen. Es dauerte, ehe sie sich gerade hinsetzte und dem Richter offen in die Augen sah.

„Das ist richtig, ich habe das arrangiert. Ich hatte Angst, das Haus zu verlassen, wenn Martha anwesend war. Sie hätte das nicht zugelassen. Sie kannten sie nicht. Sie kennen ihre Wutausbrüche nicht. Sie war so dominant und ich hatte einfach Angst vor ihr."

„Miss McManus, Sie sind doch eine erwachsene Frau und nicht von der Verstorbenen abhängig. Aber lassen wir das. Wieso haben Sie Mrs. Rees in den Wagen gesetzt, in dem Teich versenkt, später im Garten vergraben?"

„Der Streit in der Nacht zuvor führte ja, wie Sie wissen, zu Marthas Tod. Wie leicht würde ich in den Verdacht kommen, sie umgebracht zu haben? Wie sollte ich meine Unschuld beweisen? Ich kann Ihnen nur sagen, dass es ein tragischer Unfall war. Im Nachhinein kommt mir das Geschehene wieder vor Augen. Aber zu diesem Zeitpunkt war ich in Panik, ich konnte keinen klaren Gedanken fassen. In der Nacht kam es zu Handgreiflichkeiten. Dave und ich hatten unseren Abschied von diesem Haus gefeiert. Wir waren glücklich, am nächsten Morgen ein neues Leben zu beginnen. Dave lag oben im Bett, als Martha kam. Ich machte ihr die Tür auf und sie schlug mir die Hand ins Gesicht. Ich wollte ihr alles erklären, aber dazu kam es nicht. Plötzlich hatte sie die Sichel in der Hand, die noch auf dem Tisch auf der Veranda lag. Ich wehrte mich natürlich und drückte die Sense von mir weg. Unsere Köpfe berührten sich, als ich plötzlich merkte, wie Martha zusammensackte. Ungläubig sah sie mich kurz an, bis sie auf dem Boden lag." Helen brach in Tränen aus und war nicht in der Lage weiterzusprechen.

Sie griff nach dem Wasserglas und trank behutsam daraus, ohne aufzuschauen.

„Mehr kann ich dazu nicht sagen, Herr Richter. Es ist die reine Wahrheit. Was geschieht nun mit mir?" Die Erinnerung an das Geschehene verwischte ihr ganzes Vorhaben, ihre Vorzüge zu präsentieren. Sie erzählte das Erlebte so, wie sie momentan empfand, ohne irgendwelche Vorteile daraus zu ziehen.

„Gut, das war das eine. Aber wie kam es dazu, die Leiche später im Garten zu vergraben?"

Helen streckte ihren Oberkörper und erzählte diesen Vorgang. „Ich musste immer daran denken, wie schrecklich es ihr gehen muss in dem Teich. Das hatte sie nicht verdient. Also fuhr ich zurück, holte sie aus dem Wasser und bettete sie in ihren geliebten Garten um."

Mr. Brown sah sie nachdenklich an und blätterte in den Akten. Das Protokoll des Gerichtsmediziners lag ihm vor und er las aufmerksam darin. Ohne eine Miene zu verziehen, winkte er den Wachmann heran, der Helen wieder abführen sollte.

Sie war sichtlich erleichtert, als sie wieder in ihrer Zelle war. Endlich war es raus. Jetzt konnte sie in Ruhe der Verhandlung entgegensehen. Gern hätte sie Dave gesprochen, ihn umarmt, ihn um Verzeihung gebeten. Schließlich fiel sie in einen Tiefschlaf, der bis zum nächsten Morgen andauerte. Durch das geräuschvolle Öffnen der Tür wurde sie in die Realität zurückgeholt.

Doch heute Morgen hatte sie Hunger und sie bedankte sich für das Frühstück, was die Wärterin mit einem kommentarlosen Kopfnicken honorierte. Die geschlechtslosen Wesen, die hier die Gefangenen betreuten, gaben den Insassen nicht gerade Hoffnung auf eine Veränderung ihrer Lebenslage. Helen bat um Schreibpapier, um Dave einen Brief zu schreiben. Aber sie wusste gar nicht, wo er sich momentan aufhielt, geschweige was sie ihm schreiben sollte. Diese Hilflosigkeit machte ihr bewusst, wie allein sie war. Sie hatte niemanden, der ihr Kraft geben könnte, der sie verstand. Ihr wurde ihr Verhalten Dave gegenüber klar, wie sie sich selber seiner Zuneigung beraubt hatte.

Nach einer Woche wurde ihr die Anklage vorgelesen. Ihr wurde eingeräumt, einen Rechtsbeistand zu konsultieren. Nach langer Überlegung ließ sie den Gedanken fallen. Erstens kannte sie keinen Advokaten ihres Vertrauens, zweitens würde der einen Haufen Geld kosten. Den könnte sie immer noch in Anspruch nehmen, nämlich wenn die Abschiebung nach Kenia bevorstand. Sie musste langsam zur Ruhe kommen, der Tatsache ins Auge sehen. Was konnte ihr schon, hier in England, passieren? Sie würde auf Notwehr plädieren, was es ja auch war. So musste es doch auch der Richter sehen, oder nicht? Es war kein Mord. Es war doch Notwehr.

Der Anklagevertreter war ein älterer Staatsanwalt, der auf Mord plädierte. Einer Ohnmacht nahe, nahm Helen die Worte wahr, die wie eine Explosion auf sie einwirkte.

Irgendeine Stimme kam wie eine dunkle Wolke zu ihr durch und wollte wissen, ob sie nicht von ihrem Recht Gebrauch machen wolle, einen Verteidiger zu benennen. Wie einen Hilferuf nahm sie das Angebot an. So wurde ihr ein Pflichtverteidiger gestellt. Es war ein noch junger Anwalt, der, wie ihr schien, erst kürzlich die Uni verlassen hatte. Aber er entpuppte sich als dynamischer Kämpfer, der Helen genau zuhörte. Mr. Stevenson machte ihr Mut, was sie seinem jugendlichen Optimismus, oder seiner Unerfahrenheit, entnahm.

Am Morgen des Verhandlungstages durfte Helen ausgiebig duschen und ihre private Kleidung anziehen. Ihr klopfte das Herz bis zum Hals. Sie war gespannt, ob sie Dave wiedersehen und auf einen gnädigen Richter traf.

Als Helen den Gerichtssaal betrat, suchten ihre Augen Dave. Aber es waren viele Leute um sie herum. Fragen, die sie nicht verstand, prasselten auf sie ein. Fotografen drängelten sich an sie heran, die jedoch von den Gerichtsdienern einigermaßen auf Abstand gehalten wurden. Die Zuschauer betrachteten sie unterschiedlich. Zustimmung und aufmunternde Rufe drangen an ihr Ohr wie auch böse Schimpfworte. Durch eine Gasse führte man sie zu ihrem Platz, der sie vor etwaigen Zugriffen schützte. Sie nahm Platz und sah sich um. Dave war nicht unter den Leuten, die sie für Zeugen hielt. Als der Richter und der Beisitzende den Raum betraten, kehrte Ruhe ein. Helen vergrub ihre Hände im Schoß und erwartete von dem Richter die Eröffnung des Verfahrens.

Er kam sogleich auf den Punkt und fragte Helen, ob sie sich schuldig bekenne, was sie mit schwacher Stimme verneinte.

Der Staatsanwalt erhob sich und ergriff das Wort mit Tiraden von Anschuldigungen, die Helen letztlich gar nicht wahrnahm. Von Wiederholungstäterin war die Rede. Als er sie als Nymphomanin titulierte, sprang Helen auf und lachte laut. Sie fragte den hageren Mann, ob ihm so eine Frau in seinem tristen Beamtendasein schon einmal ein paar schöne Stunden bereitet hätte. Lautes Lachen unter den Anwesenden und eine scharfe Rüge des Vorsitzenden waren die Folge. Helen war die Situation egal. Sie wollte nicht als solche gelten und war verärgert über diese unsachliche Betitelung. Begriff der Mann denn nicht, dass sie einfach in ihrem Leben eine normale Beziehung zu einem Mann suchte, so wie jede normal veranlagte Frau?

Mr. Stevenson nahm sie unauffällig am Arm und zwang sie, sich zu setzen.

Nachdem der Staatsanwalt seine ungeheure Anschuldigung beendet hatte, erhob sich ihr Anwalt und forderte die Liste der Zeugen. Der Richter bat Mr. Stevenson zu sich und übergab ihm einige Blatt Papier. Nach kurzer Kenntnisnahme beantragte er eine Vertagung der Verhandlung. Helen war es nicht recht, die Sache noch weiter auf die lange Bank zu schieben. Sie wollte ein schnelles Urteil, weil sie sich absolut unschuldig fühlte.

Der Richter stimmte dem Antrag zu, denn die Anklage und die Überprüfung aller Daten standen fest. Stevenson sah Helen mit offenen Augen an und überzeugte sie von dem zeitlichen Vorteil. Der zweite Termin wurde für die nächste Woche anberaumt.

Die Zeit kam Helen wie eine Ewigkeit vor. Beim Freigang im Hof setzte sie sich in die erfrischende Frühlingssonne und dachte an Dave. Was würde er von ihr denken? Hatte er schon seinen Prozess gehabt? Nein das konnte ja nicht sein, denn ihr wurde ja der Mord vorgeworfen, nicht ihm. War er vielleicht schon wieder frei? Würde er ihr verzeihen? Was war, wenn sie freigesprochen würde? Würde sie dann an Kenia ausgeliefert werden? Fragen über Fragen beschäftigten sie, die sie nicht beantworten konnte. Zu den anderen Insassen hatte sie keinen Kontakt. Diese zeigten meist eine für sie unverständliche Fröhlichkeit. So war sie froh, wieder in ihrer Zelle zu sein. Dort bekam sie ein paar Zeitschriften und hätte wenigstens gern ein paar Kreuzworträtsel gelöst, aber das war ihr nicht möglich, denn ein Kugelschreiber wurde ihr nicht zugestanden. Nach Ansicht des Aufsichtspersonals galt Helen als suizidgefährdet.

Nach zwei Tagen bekam sie Besuch von Mr. Stevenson. Helen versuchte nicht, ihn mit ihrer Koketterie von ihrer Unschuld zu überzeugen, sondern sah in ihm nur einen jungen Mann, der ihre Lage als Karrieresprungbrett nutzte.

Mit einem Lächeln erklärte er ihr die Gerichtsprozedur und stellte, Helens Meinung nach, einige belanglose Fragen. Er riet ihr auch, nicht so spontan auf die Attacken des Staatsanwaltes zu reagieren, weil Aggressionen immer negativ bewertet würden.

Um ihre Angespanntheit etwas zu lockern, erzählte Mr. Stevenson ein paar Anekdoten aus seinem kurzen Berufsleben und seiner Studentenzeit. Manchmal huschte ein schwaches Lächeln über ihr Gesicht. Auf die Frage, ob es zu einer Verurteilung wegen Mordes kommen würde, zuckte Mr. Stevenson mit den Schultern. „Das glaube ich nicht, Miss McManus. Das hängt aber von der Aussage des Pathologen ab. Es war schließlich niemand dabei. Man muss Ihnen glauben, jedenfalls gehe ich davon aus."

„Wissen Sie etwas über die Geschichte in Kenia?", wollte Helen wissen.

„Ja, sicher, aber das interessiert doch im Moment niemanden, oder doch? Sie haben einen britischen Pass und sind somit hier zur Rechenschaft zu ziehen und nicht in Kenia, klar?"

„Ich will wissen, ob der Auslieferungsantrag immer noch relevant ist, bei einer Verurteilung hier."

„Miss McManus, die Frage kann ich Ihnen nicht beantworten, noch nicht", fügte er betont hinzu.

Am Freitagmorgen, einem verregneten und kalten Tag wurde die Hauptverhandlung eröffnet.

Helens Augen durchstreiften erneut die Bankreihen. Von Dave wieder keine Spur. Enttäuscht setzte sie sich. Sie brauchte seine Anwesenheit, seine moralische Unterstützung, wenn auch nur aus einer gewissen Entfernung.

Der Staatsanwalt rief Inspektor Welsh in den Zeugenstand. Die an ihn gerichteten Fragen ergaben keine Neuigkeit. Helens Pflichtverteidiger verzichtete auf eine Befragung.

Endlich wurde Mr. Lyon aufgerufen. Alle Anwesenden waren still und Helen sah den alten Gerichtsmediziner hoffnungsvoll an.

„Doktor Lyon, bitte erklären Sie uns doch, womit die Angeklagte ihr Opfer ermordete."

Empört sprang der Verteidiger auf und legte Einspruch ein. Man könne nicht von Mörderin sprechen, solange das Urteil nicht verkündet sei.

„Einspruch stattgegeben", erklärte der Richter und forderte den Staatsanwalt auf fortzufahren.

Bei dem zeigte der Einwand keine Reaktion. „Ist es diese Waffe?", wollte er wissen und hob die Sichel in die Höhe. Dr. Lyon bestätigte nicht, dass es diese Sichel war, sondern dass es mit 99%iger Sicherheit eine Sichel war oder ein orientalischer Krummsäbel. Damit erst einmal zufrieden, bedankte sich der Staatsanwalt und gab das Wort an den Strafverteidiger ab.

„Hat sich bei der Obduktion klären können, verehrter Herr Doktor, wie es zu der tödlichen Verletzung kam?" Mit lateinischen Fachbegriffen führte er aus, welche Verletzung zum Tode geführt hatte.

„Sie zeigt, dass das Herz mit der Spitze durchbohrt wurde. Drang die Waffe vertikal oder horizontal in den Körper ein? Da es sich um eine breite und gebogene Klinge handelt, muss es doch nachzuvollziehen sein."

„Ja, eindeutig. Die Waffe drang mit der Spitze dem Brustbein ein, wurde seitlich nach oben geführt, durch den Thorax in die rechte Herzkammer."

„Kann man sich so eine Verletzung unter Umständen selber zufügen?", wollte der junge Verteidiger wissen. Ihm war klar, auf welch dünnem Eis er sich mit solchen Fragen wagte. Er blickte kurz zu Helen rüber und sah ihr entsetztes Gesicht.

Dr. Lyon antwortete mit ruhiger Stimme. „Die räumlichen Gegebenheiten lassen eigentlich nur eine Vermutung zu, nämlich dass das Mordinstrument von einer fremden Person geführt wurde."

„Nein, das ist nicht wahr. Ich habe Martha nicht umgebracht. So war es nicht!", schrie Helen entsetzt.

„Bitte beruhigen Sie sich, Miss McManus. Möchten Sie ein Glas Wasser?", fragte Mr. Stevenson Helen besorgt. Unter Tränen verneinte sie die Frage und setzte sich.

„Herr Vorsitzender, darf ich einen Gerichtsdiener nach vorn bitten, um die Situation zu veranschaulichen?", fragte er abwartend.

„Ich weiß nicht, was das soll, Herr Vorsitzender", begehrte der Staatsanwalt auf. „Die Aussage des Pathologen war doch eindeutig. Die Angeklagte ist eindeutig überführt. Ich lehne den Antrag ab."

„Herr Vorsitzender, ich appelliere an die Gerechtigkeit. Bitte geben Sie mir die Möglichkeit, die Situation darzustellen."

Mit generöser Handbewegung zitierte der Richter einen Beamten vor den Richtertisch.

Als Waffe nahm Stevenson ein Lineal und gab es dem Gerichtsdiener in die linke Hand.

„Meine Herren, in der Regel geht man davon aus, dass man einen Gegenstand zum Angriff oder zur Abwehr in die rechte Hand nimmt und in Schlagposition geht. Es steht aber in den Polizeiprotokollen, dass es ein Angriff von Mrs. Rees auf die Angeklagte war. Natürlich konnten Sie, Mr. Lyon, nicht wissen, dass Mrs. Rees Linkshänderin war. So ergibt sich eine klare Position. Was macht die Angreiferin und was macht die Person, die sich verteidigt? Das möchte ich Ihnen hier beweisen."

Mr. Stevenson forderte den Beamten auf, das Lineal waagerecht zu halten und auf ihn loszugehen. Im Rücken das Pult des Richters, womit ein Ausweichen nicht möglich war.

Der Beamte hielt die imaginäre Waffe waagerecht und ging auf den jungen Mann zu. Der prallte gegen das Pult und presste gleichzeitig das Lineal in die Herzgegend seines Kontrahenten. Sogleich bat er den Richter, den Staatsanwalt und Mr. Lyon zu sich. In dieser Position verharrend, sahen sich die Herren die Umstände an.

„Doktor, ich frage Sie, ob es so gewesen sein könnte. Sie sagten doch, dass die Klinge durch den Rippenbogen zum Herzen führte."

Fragend blickten ihn die beiden Ankläger an und lösten die Situation auf. Der Richter forderte Dr. Lyon zu einer Stellungnahme auf.

„Ich bin davon ausgegangen, dass die Verunglückte Rechtshänderin war. So aber stellt sich ein ganz anderes Bild dar. Ich räume ein, dass es so gewesen sein könnte."

„Das beweist gar nichts, hohes Gericht, es könnte so gewesen sein. Die Angeklagte aber hat in der Zeit vor dem Mord alles möglich gemacht, um die Verstorbene loszuwerden. Ich lehne diese Art der Beweisführung ab", erregte sich der Anklagevertreter.

Die verschiedenen Reaktionen der Anwesenden sorgten kurzweilig für Unruhe, welche der Richter mit heftigen Hammerschlägen auf den Tisch unterband.

„Hochverehrter Vorsitzender, ich wehre mich dagegen, dass der Staatsanwalt meine Mandantin weiterhin als Mörderin bezeichnet. Wie soeben zu hören war, räumte auch Dr. Lyon ein, dass es so gewesen sein könnte. Wie in den Akten der Polizei zu lesen steht, deckt sich diese soeben gezeigte Darstellung mit den Aussagen von Miss McManus. Entlastend für meine Mandantin ist die Aussage im Polizeiprotokoll, dass die Tatwaffe von Mrs. Rees im Angriff geführt wurde. Bei der Abwehrhaltung der Angeklagten kam es zum Sturz beider Frauen. Mrs. McManus handelte nur in Abwehr und nicht angreifend. Hiermit ist die Anklage auf Mord hinfällig." Diese Tatsache gab der Verteidigung Mut und die Erleichterung war ihm anzusehen.

Nach kurzer Beratung mit seinen Beisitzern wurde die Verhandlung auf den nächsten Tag vertagt.

Mr. Stevenson nutzte die Pause, um Helen zu motivieren, sie zu stärken für morgen. Helen blieb trotzdem nervös und wollte wissen, was sie am nächsten Tag erwartete.

„Es wird der Anklagepunkt Mord vermutlich fallen gelassen. Doch die dubiose Geschichte danach, Miss, da bekommen wir Probleme. Der Richter gibt sich ja neutral, aber der Staatsanwalt will eine Verurteilung. Ich kenne einen Psychiater, der eher oppositionell gegenüber der Obrigkeit ist. Ich rufe ihn nachher an und lade ihn als Gutachter. Das kann allerdings dauern." Um Helen zu stärken, streichelte er ihren Arm, bevor sie wieder in ihre Zelle geführt wurde.

Am Abend suchte Mr. Stevenson seinen Freund aus Kindertagen, den Psychiater Dr. Les Gabriel, auf. Hinter dem Namen Gabriel hätte man einen lammfrommen Menschen vermuten können, was er aber keineswegs war. Er verdiente sein Geld in erster Linie mit Rekonvaleszenten und deren Gemütsverfassungen, späteren Irritationen im realen Leben.

Bei einem Glas Wein las der Seelendoktor den Bericht des Inspektors Welsh über die Tat nach dem Unglück mit Martha. Der knappen Zeit entsprechend, erzählte der Advokat den Vorgang. Nachdenklich legte Gabriel die Akte zur Seite und kaute auf seinem Brillenbügel. „Tja, ich müsste eigentlich mit dieser Miss McManus sprechen. Dem trockenen Amtsenglisch nach könnte man meinen, die Frau sei berechnend und kalkulierend. Aber du sagst ja, sie wäre eher feminin, also ein Gefühlsmensch. Wann ist morgen die Verhandlung?"

„Um zehn", erwiderte der Anwalt knapp und sah seinen Freund hoffnungsvoll an.

„Benenne mich als Gutachter, damit ich Zugang zu der Frau bekomme, okay?"

Bevor der dritte Verhandlungstag begann, suchte Stevenson den Richter auf und bat um eine Verschiebung, um den Psychiater für die Sache zuzulassen.

Der Schwere der Anklage entsprechend gab er dem Antrag statt.

Der Montagmorgen unterschied sich nicht von den vorhergegangenen Tagen. Der Vorsitzende Richter kam zu Punkt zwei der Anklage und bat den Staatsanwalt um die Eröffnung.

„Wie schon in den vorherigen Punkten der Anklage, ist hier besonders der Charakter der Angeklagten zu erkennen. Hätten nicht besondere Umstände zur Auffindung der Leiche geführt, wäre der Plan der Delinquentin aufgegangen. Sie war sich ihrer

Tat an ihrer ehemaligen Freundin bewusst, denn wäre es wirklich nur ein Unglücksfall gewesen, hätte sie doch einen Krankenwagen oder die Polizei gerufen. Stattdessen versuchte sie alles, um ihre Spuren zu verwischen. Selbst Tage danach machte sie sich die Mühe, die Leiche an einem sicheren Ort zu platzieren. Hierzu rufe ich als ersten Zeugen Mr. Dave Fergunson auf."

Als Helen den Namen hörte, sah sie gespannt zur Tür, durch die Dave den Saal betrat.

Sich im Raum umsehend, trafen sich ihre Blicke. Dave winkte mit freundlichem Lächeln zu Helen, der vor Freude Tränen über das Gesicht liefen. Sie wertete sein, kaum wahrnehmbares, Kopfnicken positiv.

Dave nahm auf dem Zeugenstuhl Platz und wurde vom Richter aufgefordert, die Wahrheit und nichts als die Wahrheit zu sagen. Der Staatsanwalt erhob sich mit ganzer Ausstrahlung seiner Macht.

„Mr. Fergunson, bitte erklären Sie doch bitte ihre Beziehung zu der Angeklagten. Wie in dem Protokoll der Polizei steht, haben Sie sich erst drei Wochen vor dem Unglück kennengelernt, ist das richtig?"

Dave nickte zustimmend und erfuhr gleich eine Rüge. Er hätte laut und deutlich zu antworten und Fragen nicht mit der Körpersprache zu beantworten.

„Ja, so ist es", meinte er unbeeindruckt.

„In der Kürze der Zeit ist zwischen Ihnen eine heftige Beziehung entstanden, vielleicht sogar Liebe?"

„Darauf möchte ich nicht antworten."

„Nachdem Sie persönlich ja Grund genug hatten, sich örtlich zu verändern, ich meine das Weite zu suchen, weil ja auch Sie der Polizei auffällig geworden sind, fanden Sie schnell eine Komplizin, um gemeinsame Sache zu machen. Was wussten Sie von dem Mord an Ihrer gemeinsamen Bekannten Mrs. Rees?"

„Ich protestiere, Herr Vorsitzender", warf Mr. Stevenson ein. „Mr. Fergunson ist hier als Zeuge geladen und nicht wegen seiner Vergangenheit. Außerdem sollte das Wort ‚Mord' nicht immer wieder genannt werden."

„Protest stattgegeben."

„Ich formuliere die Frage anders", fuhr der Staatsanwalt fort. „Sie bewohnten damals gemeinsam das Haus. Da muss Ihnen die Abwesenheit der Eigentümerin aufgefallen sein."

„Wir hatten ein freundliches und ungezwungenes Miteinander. Martha sprach des Öfteren davon, noch in London einige Dinge mit ihrem Exmann zu klären. Da war es für mich unauffällig, dass Martha plötzlich nicht mehr da war."

„Sie haben da nie bei Miss McManus nachgefragt?"

„Nein, warum?"

„Ich habe keine weiteren Fragen." Damit war der Zeuge entlassen, denn die Verteidigung verzichtete auf ein weiteres Verhör.

Als Dave den Zeugenstand verließ, blickten Dave und Helen sich kurz an und beide grüßten sich mit einer unauffälligen Handbewegung. Helen war diese Begegnung wichtig. Sie entspannte sich sichtlich, obwohl noch nichts entschieden war. Der wichtigste Mann, der Psychiater Mr. Gabriel, wurde als Gutachter in den Zeugenstand gerufen. Der Vorsitzende forderte ihn auf seine Meinung über das unerklärliche Vorgehen Helens nach der Tat zu äußern.

Er beurteilte Helen nach den vorhergegangenen Befragungen in der Zelle. Trotz der Zeitnot konnte er sich eine Meinung über den Menschen bilden. Die üblichen professionellen Fangfragen hatte sie ehrlich beantwortet.

Die Angeklagte sei von ihrer Erziehung und Herkunft her als wankelmütig einzustufen. Sie könne nicht als bewusste Exekutantin gelten.

Ihre Irreparabilität lasse es nicht zu, so eine schreckliche Tat bewusst zu planen. Im Unterbewusstsein führe sie, für die meisten unverständlich, den Modus des unerfüllbaren Wunsches – etwas rückgängig zu machen – aus. Das Bereuen dieser Tat stürze sie in Gewissenskonflikte und verursache ihre konfuse Handlungsweise.

In dieser Zeit sei ihr das Unrechtbewusstsein abhandengekommen und somit sei sie nicht haftbar zu machen.

Das waren die entscheidenden Worte, die auch den Staatsanwalt schweigen ließen. Auf weitere Zeugenaussagen wurde verzichtet, denn diese wären ohne Belang gewesen.

Der Staatsanwalt begann mit seinem Plädoyer.

Die Angeklagte sei an dem Zerwürfnis mit ihrer Freundin schuldig und wegen ihrer Initiierung der Reise Marthas nach London für den Ausgang der Auseinandersetzung zur Rechenschaft zu ziehen. Diese Handlung sei bewusst in Szene gesetzt worden und beweise ihre niederträchtige Absicht. Auch ihren neuen Lebensgefährten habe sie bewusst getäuscht. Wäre sie ein ehrlicher Charakter, hätte sie Dave davon unterrichtet.

Einen Blackout bei der Verscharrung des Leichnams im Garten lasse er nicht gelten. Dagegen spräche die Zeit der Tat. Von Mord wolle er nicht sprechen, aber von Vertuschung einer Straftat. Ferner sei Helen ein niederträchtiger Mensch, denn nicht umsonst sei noch eine Auslieferung nach Kenia anhängig. Der Pflicht, sich bei der zuständigen Polizeistation ihres Wohnsitzes zu melden, sei sie ebenfalls bewusst nicht nachgekommen. Der Vertreter des Volkes beantragte eine Haftstrafe von dreieinhalb Jahren ohne Bewährung. Ein Raunen ging durch den Raum. Blitzlichter der anwesenden Presseleute brachten Unruhe, die der Vorsitzende schnell unterband. Er forderte den jungen Mr. Stevenson auf, mit der Verteidigung seiner Mandantin zu beginnen.

Mit einer salbungsvollen Anrede an die Beteiligten begann er. Die Leute sollten sich Helen doch ansehen und sich fragen, ob diese Frau zu so einer Tat fähig wäre. Er fragte allgemein, ob es nicht logisch wäre, so ein Unglück, das man nicht rückgängig machen konnte, zu vertuschen. In der Folge der irreparablen Handlungen sei sie immer weiter in ein Netz von Fehlern geraten, deren sie sich nicht bewusst gewesen sei. Helen sei eine Frau, die sich einfach nach Liebe sehne und geglaubt habe, diese bei Dave gefunden zu haben. Das habe sie natürlich nicht verlieren wollen. Sie habe nichts Unrechtes getan. Sie sei keine Mörderin und sie bedaure den unglücklichen Ausgang des Streites mit Martha. Wie der psychologische Gutachter feststellte, sei sie auch für die Zeit danach nicht verantwortlich. Natürlich sei es falsch gewesen, Martha nach London zu schicken, aber sie habe nicht den Mut gehabt, sich dieser dominanten Person gegenüber zu erklären. Entscheidungen über das Leben.und damit auch über die Zukunft beider Frauen, habe ausschließlich die Verunglückte gefällt. Dieser Dominanz habe sich die Angeklagte nicht entziehen können. Als jedoch Mr. Fergunson dort aufgetaucht sei, habe sich bei Miss McManus der Wunsch entwickelt, diese lesbische Zwangsbeziehung nicht weiter aufrechtzuerhalten. Mrs. Rees habe das natürlich auch erkannt und sich dementsprechend verhalten. Das Ausmaß der bevorstehenden Auseinandersetzung mit Martha Rees sei für die Angeklagte ein unüberwindbares Hindernis gewesen. Sie habe nur eine Lösung des Problems in der fingierten Reise von Mrs. Rees gefunden.

Das bekannte Ende dieser Tragödie sei aber nicht planbar gewesen. Der Tod der ehemaligen Freundin schmerze niemanden mehr als Miss McManus.

Er appelliere an den gesunden Menschenverstand und fordere einen Freispruch.

In dem Saal war es auffallend ruhig, was durch das Stuhlrücken des Richters beendet wurde.

Der Richter unterbrach die Sitzung für vier Stunden, dann sollte auch das Urteilverkündet werden.

Helen wurde wieder in ihre Zelle geführt, wo sie erstmals mit großem Appetit ihre Mahlzeit zu sich nahm. Sie glaubte an ein gutes Ende, nicht zuletzt auch, weil sie Dave gesehen und gehört hatte. Sie hatte anfangs keine große Hoffnung in die Fähigkeiten dieses jugendlich wirkenden Mr. Stevenson gesetzt, war aber doch sehr froh und zufrieden, dass er sich ihrer so intensiv angenommen hatte.

Die Frage nach der Auslieferung an Kenia brannte ihr unter den Nägeln. Helen musste Mr. Stevenson die Dringlichkeit der Beantwortung klarmachen. Lieber wollte sie hier einsitzen. Nach Afrika? Nein, auf keinen Fall. Bei dem Gedanken allein begann sie, am ganzen Körper zu zittern. Den Anwalt sah sie erst wenige Minuten vor der Urteilsverkündung am Nachmittag.

Endlich war es so weit und sie wurde in den Gerichtssaal geführt. Alle Augen richteten sich auf sie. Helens Aufmerksamkeit aber hatte sich nur auf ihren Verteidiger fokussiert.

„Mr. Stevenson, bitte sagen Sie mir, ob dem Auslieferungs-antrag nach Kenia stattgegeben wird. Das muss ich wissen, bitte!"

„Miss McManus, bitte beruhigen Sie sich. Wir wollen erst einmal das Ergebnis des Tages abwarten. Diese Frage klären wir später ...", versuchte er, sie zu beruhigen.

„Nein, sagen Sie mir jetzt, was passiert, bitte, ich flehe Sie an."

„Das hängt doch von dem heutigen Urteil ab. Vorrangig ist, wenn Sie schuldig gesprochen werden, Ihre Strafe hier in England zu verbüßen. Danach wird ein neues Verfahren gegen Sie eingeleitet und die Möglichkeit besteht, dass Sie ausgewiesen werden. Aber noch ist es ja nicht so weit", fügte er mit ruhiger Stimme hinzu.

Die Leute erhoben sich, als der Richter mit seinen Beisitzern in den Saal trat. Bei Helens Anspannung bemerkte sie nicht den Schmerz, als sich ihre Fingernägel in ihr Fleisch bohrten.

Ihre Augen zuckten wie wild und ihr Blick heftete sich an den vorsitzenden Richter.

Als der seine Papiere geordnet hatte, sah er zu Helen hinüber und forderte sie auf, sich zu erheben.

Zuerst verlas er noch einmal die Anklageschrift und ging dann auf die einzelnen Punkte ein.

„Die Anklage des Mordes an Mrs. Martha Rees wird fallen gelassen. Wie glaubhaft von den Zeugen dargestellt, handelte es sich um Notwehr mit tödlichem Ausgang. Die Angeklagte hatte diese Situation, hervorgerufen durch das falsche Telegramm, welches Mrs. Rees zu der Fahrt nach London veranlasste und zu der emotionalen Handlung führte, nicht zu verantworten. Hätte die Angeklagte die Absicht gehabt, Mrs. Rees aus dem Weg zu räumen, hätte sie nicht dieses Täuschungsmanöver zu inszenieren brauchen. Unschuldig ist Helen McManus daran nicht, aber eine Mordabsicht ist daraus nicht abzuleiten.

Punkt zwei der Anklage aber ist einfach zu begründen. Hier-für verurteile ich die Angeklagte zu eineinhalb Jahren Haft im einfachen Vollzug. Eine Bewährungsstrafe kann nicht gegeben werden, weil Fluchtgefahr besteht. Diese Tatsache hat sie ja schon unter Beweis gestellt.

Die Begründung für die Höhe der Strafe ist einfach. Miss McManus hat ihre Meldepflicht grob fahrlässig verletzt. Aber was fundamental eine Straftat ist, war das Vertuschen einer eventuellen Straftat, nämlich die Leiche zu verstecken. Irreführung der Behörden, anstatt die Polizei zu informieren. Hinzu kommt noch das Vergraben eines Leichnams auf nicht öffentlichen Plätzen, sprich Friedhof. Die Haft im Untersuchungsgefängnis wird angerechnet.

Das Urteil ist rechtskräftig. Es besteht die Möglichkeit, innerhalb von vierzehn Tagen hiergegen Revision einzulegen. Die Kosten des Verfahrens trägt zur Hälfte die Angeklagte.

Hiermit ist die Sitzung geschlossen."

Wieder ging ein Blitzlichtgewitter auf Helen und ihrem Anwalt nieder. Mikrofone wurden ihnen entgegengestreckt sowie unverständliche Fragen, die Helen nicht beantworten konnte. Sie war froh, jetzt endlich von dem Makel Mord befreit zu sein. Alles andere würde die Zeit regeln. In einer Ecke des Raumes konnte sie Dave sehen. Er war auf eine Sitzbank gestiegen und hielt seine rechte Hand an seine Brust. Dann versuchte er ihr mit gespreizten Fingern klarzumachen, dass er sich melden würde. Helen warf ihm erkennbar einen Handkuss zu und winkte, bis sie durch die Tür gedrängt wurde.

Nach der Rechtsprechung wäre es ihr möglich, schon nach neun Monaten wieder draußen zu sein. Bei dem Gedanken war ihr zum Lachen zumute, womit sie bei ihrem Strafverteidiger völlige Verwirrung auslöste. Helen wollte ihm ihr Gefühl irgendwie zeigen und gab ihm spontan einen leichten Kuss auf die Wange. „Danke, Mr. Stevenson, Sie waren großartig."

Der Verteidiger drehte sich mit Verwunderung von Helen weg. Mit beiden Händen auf Helens Schultern fragte er sie, ob sie nicht in die Revision gehen wolle, sie hätte gute Chancen, ein günstigeres Urteil zu erlangen. Aber Helen hatte ja viel Zeit in ihrer einsamen Zelle mit der Frage verbracht: was wäre wenn? Sie beließ das Ergebnis so, wie es war. Sie wollte so die Kenia-Angelegenheit weiter hinauszögern.

Helen verließ nun das Untersuchungsgefängnis und wurde der Justizvollzugsanstalt in London überstellt. Das Alleinsein, und damit auch die Vereinsamung, war vorbei. Jetzt hatte sie auch das Recht, Besuch zu empfangen.

Ihre einzige Mitinsassin war eine ältere Frau und Mutter. Weil eines ihrer Kinder an der Nadel hing und nie genug Geld für Drogen hatte, hatte die Frau immer wieder in die Kasse der Tankstelle gegriffen, bei der sie beschäftigt gewesen war. Schon nach wenigen Tagen erwies sich Helen als die moralisch gefestigtere von beiden. Jetzt konnte sie auch einen Besucherwunsch äußern. Es gab ja auch nur einen Menschen, nach dem sie Sehnsucht hatte. Aber wie konnte sie wissen, wo Dave sich jetzt aufhielt? Helen war überzeugt, dass er sich bald melden würde. Ihre Mitbewohnerin hatte einen kleinen Taschenkalender, in dem Helen ihren frühstmöglichsten Entlassungstag eintragen konnte.

Dave Fergunson wurde, sehr zum Ärger von Inspektor Welsh, Chief Superintendent Mulligan und der alten Damen, freigesprochen.

Das Tierheim war im Testament als einziger Erbe von Mrs. Thompsons Vermögen genannt.

Aus Gründen der Pietät wurde auf eine Anzeige verzichtet. Zwischenzeitlich hatte man Dave den beschlagnahmten Geldbetrag ausbezahlt. Beweise einer Veruntreuung waren nicht gegeben.

Er überlegte, ob er das Geld dem Tierheim vermachen sollte. Dave entschied sich jedoch, mindestens ein Jahr lang dem Tierheim gegen Kost und Logis zur Verfügung zu stehen. Man legte es ihm nahe, denn man glaubte, ihm seien die lieben Kätzchen der Mrs. Thompson ans Herz gewachsen. Selbstlos, wie der Heimleiter nun einmal war, zog er in Mrs. Thompsons Haus ein, welches Dave bewirtschaftete. Er gedachte den Job so lange zu behalten, wie Helen einsaß, dann könnte man weitersehen. Katzen gab es fortan nicht mehr in den Thompsongemäuern. Der Heimleiter konnte diese Viecher nicht ausstehen, schon gar nicht deren Geruch. Das war Dave natürlich nur recht. Eine Rundum-Sanierung des Hauses war nur eine logische Entscheidung.

Er war natürlich mit seiner Aufgabe nicht den Tag über ausgelastet. Über ein Zeitungsinserat bot er sich an, Haustiere bei Abwesenheit der Leute gegen geringes Geld zu betreuen.

Zu seiner Überraschung meldete sich ein Ehepaar, das seinen Urlaub ohne Hund antreten wollten. Nach vierzehn Tagen hatte er schon so viele Anfragen, dass er keine weiteren Aufträge mehr annehmen konnte. Dave hatte Mr. Ashley von seinem kleinen Nebenverdienst erzählt, was dieser großartig fand. Doch wie immer in Daves Leben, langweilte er sich bald und der Gewinn war nicht angemessen. Also musste er sich etwas einfallen lassen.

Für ein kleines Aufgeld führte er die Lieblinge der gehobenen Schicht aus, wenn die Leute, aus welchen Gründen auch immer, keine Zeit für ihre wertvollen Möpse oder Zwergpinscher hatten. Wie durch Zufall wurde das eine oder andere Tier gestohlen, wenn er gerade einen kleinen Einkauf tätigte. Dave band die Hunde, wie es sich gehörte, vor dem Geschäft an. Leider immer sehr oberflächlich und sie liefen einfach davon. Kläffer ließ er laufen, aber die Ruhigen mussten ein paar Tage in einer alten Ruine, ganz in der Nähe, verbringen. Man brauchte ja schließlich ein kleines Taschengeld.

Merkwürdigerweise fand Dave das kostbare Tier sehr schnell wieder, wenn ein lukrativer Finderlohn ausgesetzt wurde.

Er hatte das starke Bedürfnis, Kontakt zu Helen aufzunehmen. Nach ein paar Anläufen bekam er auch die Besuchererlaubnis. Sein Verlangen, mit ihr zusammen zu sein, wurde immer stärker. Ihm wurde bewusst, wie sie ihm fehlte. Das Alleinsein hatte er satt. In ihm wuchs der innige Wunsch nach Geborgenheit. Nach einem Zuhause, wo er nach getaner Arbeit von lieben Menschen erwartet wurde.

Nach etwa einem Jahr durfte Helen für ein paar Stunden das Gefängnis verlassen. So recht frei fühlte sich Helen nicht, als ihr Dave in einer Eisdiele gegenübersaß. Dave fand Helen nach wie vor sehr anziehend, obwohl die jüngste Vergangenheit ihre

Spuren auf ihrem Gesicht eingegraben hatte. Helen sprach Dave vertraut wie immer an. Unter dem Tisch schob sich ihre Fußspitze an seinem Bein hinauf. Sie konnte ihre Koketterie nicht lassen, obwohl sie sich sicher war, dass Dave auch an eine gemeinsame Zukunft dachte.

„Dave, Geliebter, wenn ich diesem schrecklichen Ort für immer den Rücken kehre, wünsche ich mir einen Neuanfang mit dir. Wir könnten eine kleine Pension aufmachen, du und ich. Wie gefällt dir das?"

„Das ist kein Problem, wir haben ja Geld wie Heu", war sein zynischer Kommentar.

„Das lass mal meine Sorge sein, Liebster", meinte Helen mit einem gewinnenden Lächeln.

Gut war, dass Dave nichts von der Geschichte in Afrika wusste. Er brauchte es auch jetzt noch nicht erfahren, das hatte Zeit. Sie wollte ehrlich zu ihm sein, was ihrer weiblichen Konstitution im Wege stand.

Bei einem weiteren Zusammensein konnte Dave ihrem Charme nicht widerstehen und sie landeten in einem Stundenhotel. Beide vereinten und verausgabten sich völlig. Es war einfach wunderbar, dass Dave genauso empfand wie Helen. Im Vierzehntagesrhythmus verweilten sie in dem Hotel und genossen einfach das Zusammensein. Dave hatte Helen längst ihre heftigen Attacken gegen ihn in den ersten Tagen ihrer Festnahme verziehen. Sie erklärte Dave ihr damaliges Vorgehen damit, dass, wenn zwei Angeklagte derselben sache beschuldigt würden, es eventuell kein Urteil geben würde. Das war ihre Hoffnung gewesen. Die beiden waren sich ähnlich in ihrer Gesinnung. Dave sah es als Notwehr an, und ihm konnte man ja nichts wegen des Verschwindens von Martha nichts nachweisen. Jetzt war er gefragt, die Zukunft zu organisieren. Er fühlte sich da nicht ganz wohl in seiner Haut. Er glaubte an Fügung, die Zeit würde ihm einen Teil der Last abnehmen. Er musste auch Helens Gedanken und Wünsche miteinbeziehen. Jedes Wochenende stöberte er in den Tageszeitungen nach Angeboten für in Frage kommende Projekte. Bei jedem Treffen mit Helen legte er ihr die Zeitungen vor, damit sie dazu Stellung nehmen konnte.

Nach weiteren zwei Monaten stellte man Helen eine frühzeitige Entlassung in Aussicht. In dieser Zeit bekam sie des Öfteren Besuch von einem kenianischen Juristen. Dieser hatte keine guten Nachrichten für sie. Aus den vielen Gesprächen hörte sie heraus, dass die Farm als Schlichtungsgegenstand im Gespräch war. Das hieß im Klartext: Farm gegen Freispruch – ohne Verhandlung. Hierfür brauchte Helen Fakten, schließlich hatte das Anwesen einen erheblichen Wert, vielleicht in Millionenhöhe. Die Farm wurde bis dato von der britischen Botschaft verwaltet und warf immer noch einen kleinen Gewinn ab. Nicht so viel wie in den Gründerzeiten, aber immerhin. Der Ertrag wurde bei der Barkley Bank eingefroren, zum Nulltarif. John, ihr ehemaliger Mann, hatte keine weiteren Verwandten, also fiel das gesamte Projekt Helen zu. Doch letztlich ist der Staat ein mächtiger Gegner. Aber man konnte bestimmt einen Kompromiss finden, dessen war sie sich sicher. Was hätte der kenianische Staat davon, wenn sie im dortigen Gefängnis Kosten produzierte?

Sie hatte Glück, denn im hiesigen Gefängnis hatte sich Helen mit einer ehemaligen Rechtsanwältin angefreundet, die wegen wiederholtem Devisenvergehens einsaß. Die Bekanntschaft sollte Helen sehr hilfreich werden, wie sich bald herausstellte.

An einem Sonntag, in dem schon vertrauten Stundenhotel, eröffnete Helen das Gespräch.

„Dave, Darling, ich habe eine Überraschung für dich." Sie schmiegte sich eng an ihn und brachte keinen Ton heraus. Dave genoss die Berühhrund und ihren Körperduft.

„Na, was ist? Spann mich nicht auf die Folter. Kommst du bald frei?" Er hielt ihre Wange mit einer Hand und sah sie an. Ihr liefen Tränen über das Gesicht, was Dave erschreckte. Doch Helen erstickte seine Befürchtung mit einem Lächeln.

„Ich bekomme ein Kind von dir, Liebster."

Daves Hand zuckte zurück. „Was? Ist das wahr?" Er war sprachlos und stotterte leicht:

„In welchem Monat bist du?" Helen suchte nach Worten, aber sie sah ihn nur weiter hoffnungsvoll an.

„Im zweiten. Freust du dich nicht? Wir wollten doch zusammenbleiben. Ich freue mich riesig."

Nachdenklich sah er Helen an, nahm sie in den Arm und küsste sie. So sollte es sein. Das Vagabundenleben hatte ein Ende und er spürte einen unendlichen Frieden in sich.

Helens Freude über das bevorstehende Ereignis war ehrlich. Sie hatte bald eine kleine Familie und, nach Aussage ihrer Knastbekanntschaft, war jetzt eine Auslieferung nach Kenia ausgeschlossen.

Die Schwangerschaft war auch Grund für ihre vorzeitige Entlassung, welche ihr, mit behördlichen Auflagen, zugesagt wurde. Die letzten vierzehn Tage bis zur Entlassung kamen ihr wie eine Ewigkeit vor.

Über einen in Kenia tätigen Makler wurde die Farm verkauft. So könnten sie eine kleine Pension in Brighton eröffnen. Die ersten Tage in Freiheit verbrachten sie in einer kleinen Bed&Breakfast-Pension nahe der Stadt. Direkt am Meer wurde ein Haus angeboten, dessen Renovierung aber einen großen Teil ihres zur Verfügung stehendes Geldes verschlingen würde. Die kalte Jahreszeit erforderte schon eine gewaltige Vorstellungskraft, wie das Umfeld im grünen Sommer aussähe. Ihre aufkommende Ungeduld verstärkte sich immer mehr, weil immer wieder hier und da etwas an den infrage kommenden Objekten auszusetzen gab. Der Wirtin der Pension, in der sie wohnten, blieb Helens und Daves Vorhaben natürlich nicht verborgen und so bekamen beide manch wertvollen Tipp. Die Schwangerschaft war der Zeitfaktor, zunächst ein Zuhause zu finden. Dave war handwerklich nicht gerade eine Koryphäe und Helen trug die Last der bevorstehenden Aufgaben auf ihren Schultern

Eines Morgens saßen beide am Frühstückstisch und stärkten sich mit Ham and Eggs. Helen verzog plötzlich ihr Gesicht, so als hätte sie sich verschluckt. Als Dave sich besorgt zu ihr rüberbeugte, hellte sich Helens Gesicht auf und sie lachte Dave freudig an. „Er hat sich bewegt, Schatz. Er hat sich bewegt. Jetzt sind wir zu dritt!" Als beide sich erleichtert ansahen, kam die Wirtin an den Tisch und setzte sich unaufgefordert. „Entschuldigen Sie bitte, dass ich störe, aber ich habe Ihnen etwas mitzuteilen." Erwartungsvoll sahen beide die Wirtin an und nippten an ihrer Teetasse.

„Mein Mann und ich beabsichtigen schon seit einiger Zeit, nach London zu gehen. Meine Schwester betreibt dort ein renommiertes Hotel, welches erheblich erweitert wurde. Sie braucht einfach eine Unterstützung und fragte uns, ob wir daran Interesse hätten." Ihr Gesicht hellte sich sichtbar auf, als sie merkte, dass beide darauf warteten, dass sie weitersprach.

„Also, um es kurz zu machen, wir bieten Ihnen hiermit unsere Pension an, falls sie Ihren Anforderungen entspricht."

Dave musste erst einmal tief durchatmen, als Helen schon die Initiative ergriff. „Sie haben sicherlich schon mit Ihrem Mann darüber gesprochen und auch gewisse Vorstellungen. Dann frage ich mal direkt: Was wollen Sie dafür haben?" „Heute Nachmittag, wenn mein Mann da ist, setzen wir uns mal in aller Ruhe zusammen und besprechen alles, ja?"

Als die Wirtin sich langsam entfernte, konnten beide ihre Freude kaum bändigen. Helen teilte im Geiste schon die Räume ein, für den privaten Gebrauch und wo das Kinderzimmer sein sollte. Als beide auf ihrem Zimmer waren, durchdachten sie alles, was negativ sein könnte. Dave machte den Vorschlag, zum Bezirksamt zu gehen, um dort zu erfahren, ob irgendwelche Baumaßnahmen der behördlichen Infrastruktur geplant seien, denn beide fragten sich, warum die Frau ihnen jetzt das Angebot gemacht hatte und nicht schon früher, denn sie kannte ja die Absicht der beiden, sich hier niederzulassen.

Auf dem Bezirksamt trugen sie dem Beamten ihr Anliegen vor und waren hocherfreut, keinen Negativbescheid zu erhalten.

An der Strandpromenade von Brighton setzten sie sich in ein Gartenlokal und genossen die herrliche Aussicht, das Rauschen des Meeres und den strahlendblauen Himmel. Wie schön musste es hier in der Hauptsaison sein. Wie viele Menschen sich hier tummelten und hier ihr Geld ließen. Nach dem kleinen Snack brachen sie auf und gingen den ganzen Weg zurück zu ihrer Pension. Der Weg kam ihnen, im Gegensatz zu früher, gar nicht so lang vor.

An der Rezeption empfing sie der Wirt mit besonders herzlichem Gruß und händigte Helen einen Einschreibebrief aus.

Erschrocken nahm Helen die Post entgegen, als sie den Absender erkannte. Das Schreiben kam von der kenianischen Botschaft. Dave bemerkte Helens aufkommende Hektik und forderte sie auf, den Umschlag zu öffnen. Auch der Wirt sah sie erwartungsvoll an. Doch sie steckte den Brief etwas hektisch in ihre Tasche. Sie nahm gar nicht wahr, als der Wirt ihnen sagte, dass sie in einer Stunde in dem Herbergsbüro zusammenkommen möchten, wo sie dann alles besprechen könnten.

Oben, auf dem Zimmer, öffnete Helen mit übertriebener Hast den Umschlag. Dave sah Helen fragend an, doch sie drehte sich mit dem Rücken zum Fenster ans Licht.

Die Minuten der knisternden Spannung hielt Dave nicht durch und wollte Helen das Papier aus den Händen nehmen. Doch Helen hielt es auf dem Rücken und lachte Dave an. „Es ist alles in Ordnung, mein Liebling, mach dir keine Gedanken." Langsam ging sie auf ihn zu und schubste ihn auf das Bett. Dave konnte mit Helens Reaktion nichts anfangen und erwartete eine Erklärung. Doch Helen sagte nur knapp: „Eine alte Familiensache hat sich aufgeklärt. Wir haben jetzt das Geld, das wir brauchen." „Also, so geht das nicht, meine Liebe. Was sollen diese Geheimnisse? Wenn wir nachher zusammenkommen, um den Kauf zu besprechen, muss ich wissen, ob wir genügend Moneten haben."

„Mach dir darüber keine Gedanken, mein Liebster", schnurrte Helen, wie immer, wenn sie ein unangenehmes Thema zur Seite drängte.

Helen sah nichts Schlimmes daran, Dave nicht über die Nachricht zu informieren, schließlich hatte sie ja ein Recht auf private

Dinge. Fast eine Stunde lagen beide wortlos nebeneinander auf dem Bett und jeder hing seinen Gedanken nach.

Dave schloss die Augen und fragte sich, warum Helen noch Geheimnisse mit sich herumtrug, zu denen sie ihm jeden Zugang verwehrte. Er war aber überzeugt davon, dass Helen bald etwas dazu sagen würde.

Helen erhob sich langsam und ging ins Bad, um sich für das baldige Gespräch vorteilhaft zu schminken.

Die Schwangerschaft hatte sie noch fraulicher aussehen lassen. Sie war nicht mehr so locker und oberflächlich. Sie spürte, dass sie Verantwortung würde tragen müssen. Während sie ihr Gesicht massierte, kehrten wieder die Gedanken an den Inhalt des Briefes zurück. Dort stand auch, dass sie noch Geld aus dem Erlös der Farm zu erwarten hatte, aber wie viel? Sie kannte doch die Beamten der kenianischen Regierung. Schon damals sprach ihr Mann nur negativ von dem korrupten Gesindel. Außerdem meldete auch der Makler seine Honorarrechte an. Kurz verließ sie ihr Mut und sie stützte sich am Waschbecken ab. Helen beschloss, Dave in Kürze alles zu erzählen, denn sie brauchte Unterstützung.

Als beide das Wohnzimmer der Wirtsleute betraten und an dem Esstisch Platz nahmen, kehrte ihr Selbstbewusstsein zurück. Dave saß mit dem Rücken zum Fenster, er hatte den Stuhl bewußt gewählt, damit eventuelle Unsicherheiten seinem Gesicht nicht zu entnehmen waren. Die kräftige Frühlingssonne traf so nur sein Gegenüber. Die Wirtin brachte mit einem freundlichen Lächeln ein paar Getränke zur Auswahl. Helen wählte einen kleinen Sherry und Dave beließ es bei Wasser.

„Also, meine Herrschaften, wie mir meine Frau mitteilte, suchen Sie schon seit geraumer Zeit hier im Ort ein kleines Anwesen, ähnlich wie dieses hier. Meine Frau sagte Ihnen ja bereits, dass wir uns räumlich verändern wollen." Fragend sah er Helen und Dave an und wartete auf ihre Bestätigung. „Darf ich fragen warum gerade hier? Kommen Sie aus der Branche?"

Helen legte ihre Hand auf Daves Unterarm, als sie kurz von ihrer kenianischen Vergangenheit erzählte, was dem Wirt besonders amüsierte. „Also, Mrs. McManus, Löwen werden Sie hier keine finden, ich meine, keine vierbeinigen." Zur Unterstützung schlug er sich lachend auf die Schenkel und wandte sich gleich mit ernstem Gesicht an Dave. „Wie steht es mit Ihnen, Dave?"

Mit einer Hand versuchte Dave, sein plötzliches Hüsteln zu unterdrücken und setzte sich gerade hin.

„Aus dem Metier komme ich nicht direkt. Ich war bisher Butler der ersten Gesellschaft in Europa. Aber nun wollen wir zur Ruhe kommen." „Was? Zur Ruhe wollen Sie kommen? Sie haben wohl keine Ahnung, was Ihnen die werten Gäste alles abverlangen. Sie sind auch nachts der Lakai dieser Herrschaften." Das Wort d i e s e r betonte er mit ausgestrecktem Zeigefinger Richtung Gaststube.

Es war eine kleine Erschütterung in Daves Wasserglas zu spüren. Die Wirtin musste ihrem Mann unter dem Tisch einen sanften Tritt gegen das Schienbein verpasst haben, denn er sah daraufhin seine bessere Hälfte nicht gerade freundlich an.

„Ich meine doch nur, dass ich nicht mehr in der Weltgeschichte herumreisen will, sondern, wie Sie sehen, sesshaft werden will." Dave deutete unmissverständlich auf Helen.

Verständnisvoll erhellte sich das Gesicht der Inhaberin.

„Nun gut, uns soll es recht sein. Die räumlichen Begebenheiten kennen Sie ja größtenteils.

Hier sind noch genehmigte Pläne einer baulichen Erweiterung. Das Haus ist schuldenfrei und steht zur Übernahme bereit. Wir sind gerne bereit, Ihnen alles zu zeigen."

Beifällig nickten Helen und Dave. Doch die Hauptfrage war noch nicht beantwortet: Was kostete der Spaß?

Allen Anwesenden war eine gewisse Unsicherheit anzumerken und Helen fragte schließlich gerade heraus: „Also Mr. Poly, mit welcher Summe hätten wir zu rechnen?"

Befangen sahen sich beide an. „Wir dachten an 150 000 Pfund. Was ich als geschenkt betrachte", fügte der Wirt hinzu.

Helen hatte oft ihren verstorbenen Mann bei Verhandlungen begleitet und wusste natürlich, wie man an das Eingemachte kommt. Sie hatte schon bei den letzten Besichtigungen die Erfahrung gemacht und hatte auch etwa mit dieser Summe gerechnet. Dennoch zeigte sie keinerlei Gefühlsregung.

„Mr. Poly, wie Sie zugeben werden, ist die Lage der Immobilie nicht gerade günstig. Außerdem hätten wir noch gern den letzten Jahresabschluss gesehen." „Also, Mrs. McManus, da merkt man, dass Sie nicht aus der Gastronomie kommen. Ich will es mal so sagen: Das Finanzamt muss nicht alles wissen." Als Dave das hörte, war er wie losgelöst. Das Gehörte gefiel ihm und er lachte nach Polys Geschmack ein bisschen zu lange.

Etwas zögerlich schob der Wirt Helen die Papiere über den Tisch zu. Doch für solche Fälle fühlte sich Dave kompetent. Beide durchflogen eher desinteressiert die ersten Seiten.

Auf der letzten Seite stand schließlich das Ergebnis. Nüchtern gesehen, gerieten Helen und Dave nicht in Ekstase, was den beiden Anbietern nicht verborgen blieb.

„Bedenken Sie bitte", wand Mrs. Poly ein, „Ihre Lebenshaltungskosten müssen Sie da miteinbeziehen. Das ist immerhin ein gewaltiger Posten."

Fast unisono antworteten Helen und Dave und erhoben sich auch gleichzeitig.

„Also gut, dann wollen wir uns doch mal alles ansehen, wenn Sie nichts dagegen haben", sagte Helen recht entschlossen.

Wie in den Anwesen zuvor, die sie schon im Laufe ihrer Besichtigungen kennengelernt hatten, gab es auch hier Mängel, die mit Kosten verbunden waren. Doch beide trauten sich zu, die notwendigen Veränderungen zu wuppen, sowohl finanziell als auch manuell. Wichtig für beide war der Zeitpunkt der Übernahme.

Beide Parteien verblieben mit einer Fristsetzung der Zusage von einer Woche. Diese Zeit brauchte Helen für den endgültigen Bescheid aus Kenia.

Die Tage verbrachten beide mit Planungen, was bei Helen stärker ausgeprägt schien. Immer wieder musste sie Dave motivieren an ihrer gemeinsamen Zukunft mitzuwirken. Er schien ihr oft zu desinteressiert oder zu oberflächlich. Manchmal hörte er ihr gar nicht zu, wenn sie in Details der Einrichtung ging. Er war es nicht gewohnt, dass jemand über ihn verfügte, ihn zu irgendetwas verpflichtete. Gewöhnlich hatte er sich aus dem Staub gemacht, wenn er glaubte, nicht mehr über gewisse Freiheiten verfügen zu können. Diesen Schritt des neuen Lebensabschnittes allerdings war er freiwillig gegangen, in dem Bewusstsein, dass es der richtige war. Doch manchmal kamen ihm wieder Zweifel. So sehr er sich auch auf das Kind freute, dennoch sah er oft eine Knebelung seiner Persönlichkeit in Helens immer stärker werdender Dominanz. Dave liebte Helen, davon war er tief überzeugt und redete sich ein, dass dieser Weg der richtige sei. Es bedurfte nur einer gewissen Gewöhnung.

Die Geldsumme auf ihrem Bankkonto war gerade ausreichend, um ihren Traum zu realisieren, aber Extras müssten schon sehr durchdacht sein.

Ende der Woche setzten sich die beiden Parteien zusammen, um zu einem Ergebnis zu kommen. Man einigte sich schließlich auf einen Kaufpreis von 125 000 Pfund.

Übernahme Ende April des Jahres.

„Wir haben es geschafft, Liebling, endlich, oh Gott, ich bin ja so froh", prustete es aus Helen heraus. Dave aber blieb wieder einmal etwas zurückhaltender. Erstmals sah Helen Dave mit krauser Stirn nachdenklich an. „Ach Liebling, morgen habe ich den Arzttermin. Du wirst sehen, es wird alles gut."

So war es auch. Die Ergebnisse der letzten Untersuchung waren alle positiv. Aber das Tollste war, dass es ein Junge war, der in ihrem schon strammen Leib heranwuchs. Dave erfüllte die Nachricht mit ehrlicher Freude und er lud Helen zu einem Gläschen Sekt im nächsten Lokal ein.

Sie saßen dort an einem Fenster, welches zur Promenade gerichtet war. Während Helen ihrem nicht enden wollenden Redefluss freien Lauf ließ, sah Dave zu dem Fenster hinaus und sein Blick verharrte auf einer Person, die er zu kennen schien. „Da, Helen, guck doch mal. Kennst du diesen Mann dort?" Er zeigte auf die Person, die einen etwa zehnjährigen Jungen an der Hand hielt. „Nee, den kenne ich nicht", meinte Helen nicht sonderlich interessiert und Dave hob die Hand, als er wieder Helen Gehör schenkte.

Auf dem Heimweg dachte er noch kurz an den Mann mit dem Kind. Er wusste natürlich sofort, wer er war. Es war der Leiter des Tierheimes. Familiären Besuch gab es in der Zeit, als Dave das ererbte Haus von Mrs. Thompson betreute, nicht. Natürlich war das nichts Besonderes, wenn man einem bekannten Gesicht in der Menge begegnete und Dave verschwendete keinen weiteren Gedanken daran.

Ende der Woche kam auch tatsächlich ein Einschreiben von der kenianischen Botschaft. Wie Helen erwartungsgemäß erfuhr, war ein erheblicher Teil des Geldes an die dortige Justizkasse und an den Makler gegangen. Sie konnte sich den dortigen Richter genau vorstellen, wie er mit dem Scheck in der Hand seinen fetten Körper in die Luxuslimousine zwang.

In der Begründung hieß es, dass der Hauptzeuge, der Hausboy Hassam, bei Gartenarbeiten von einer schwarzen Mamba tödlich verletzt worden war. Somit fehlte jede weitere Beweiskraft der Anklage, die immer noch anhängig war.

Mit großer Befriedigung schloss sie das Kapitel Kenia ab.

Dave war zur selben Zeit bei dem örtlichen Zeitungsverlag, um für die Saison Werbeverträge abzuschließen, denn die Zeit drängte. Sie hatten nicht das Vermögen, eine ganze Saison ohne Einkünfte zu überstehen. Notfalls würde man das Haus schließen und helens Niederkunft abwarten. Im Sommer, vermutlich im Juli, sollte es so weit sein. Dave traute sich zu, die Gäste zu bewirten, aber gegen das Geschrei des Säuglings war man machtlos. Ihre Klientel waren ja schließlich Leute, die kamen, um sich zu erholen.

Für den kommenden Monat wollten sie erst einmal den Gasthof schließen und sich einen Handwerker kommen lassen, der, wie es Helen nannte, eine persönliche Note hineinbringen sollte. Sie selbst entwickelte bei ihrer neuen Aufgabe Energien, die sie manchmal selbst in Erstaunen versetzte. Dave suchte sich meist eine Beschäftigung, die mit Schmutz verbunden war. So hielt er sich Helen vom Leibe, die ihn sonst oftmals in ihr Tun miteinbezog. Wenn er aber hörte, wie Möbel gerückt wurden, eilte er besorgt herbei und schimpfte mit ihr. So ging es nicht weiter, kamen beide überein. Es musste schleunigst eine Fachkraft hinzukommen, um Raum für Raum die Renovierungen zu beenden.

Der Postbote brachte jeden Morgen eine Menge Briefe, die Helen mit gemischten Gefühlen entgegennahm. Für die Inbetriebnahme der Pension wollten natürlich alle Ämter dieses und jenes wissen, verbunden mit irgendwelchen Kosten. So entwickelte sich zwangsläufig ein legerer Ton zwischen dem Briefträger und Helen. Der Mann fragte etwas beiläufig, ob sie Hilfe eines Malers in Anspruch nehmen würden. Er würde da jemanden kennen, der auch preisgünstig arbeitete. So war es dann auch und die Fertigstellung machte zügig Fortschritte.

Helen konnte, hochschwanger, immer weniger die körperlichen Arbeiten vornehmen und übernahm so die Initiative in der Planung. Es gab erste Differenzen zwischen ihr und Dave. „Beschränke dich auf das, was du am besten kannst und lass uns unsere Arbeiten machen", ärgerte er sich oft sichtlich angefressen.

Andere Häuser hatten schon die ersten Sommergäste, was man besonders auf der Promenade bemerkte. Die Eröffnung war für Anfang August geplant, nach Helens Niederkunft.

Das Kinderzimmer war in dem hinteren Wohntrakt eingerichtet. Viel Sonne und Ruhe waren Helen wichtig für den Neuankömmling.

Zwei Tage vor der Geburt riet ihr der Arzt, sich stationär im Krankenhaus einzufinden. Dave erweckte den Eindruck, er würde das Kind zur Welt bringen. Sein ganzes Handeln und Tun wurde immer hektischer. Er konnte sich einfach nicht vorstellen, wie so ein großes Wesen das Licht der Welt erblicken konnte, ohne Helens Leib zu sprengen. Der Arzt fragte Dave, ob er bei der Geburt dabei sein wolle. Allein die Vorstellung von Blut, Schmerzensgeschrei und seiner eventuellen Ohnmacht trieb ihn panisch zum unkontrollierten Schweißausbruch. Gott bewahre, nein. Außerdem war er Ästhet und nicht in der Lage, diesen Anblick zu verkraften. Er würde sich dann bestimmt fragen, ob er Helen dieses Leid ein zweites Mal antun könnte.

In der Nacht am 25. Juli schreckte ihn das grelle Schrillen des Telefons aus seinem Dämmerschlaf. Er könne seinen Stammhalter sehen, wenn er wolle. Mutter und Kind seien wohlauf. Irritiert sah er hilflos um sich und legte den Hörer beiseite. Sein pelziger Geschmack im Mund machte ihn ratlos. Er konnte doch nicht wissen, dass das Ereignis mitten in der Nacht passierte. So hatte er, alleingelassen, gestern Abend ein paar Whisky zu sich genommen. Also, so wollte er nicht vor Helen erscheinen und er legte sich wieder auf die Couch.

Gegen halb sechs in der Frühe läutete erneut das Telefon. Diesmal war es das Taxi, welches er in der Nacht noch bestellt hatte. Dem Fahrer gab er ein Zeichen durchs Fenster und zog sich hastig an.

Als er das Hospital betrat, hatte er das Gefühl, das dortige Personal sehe ihn vorwurfsvoll an. Eine Schwester brachte ihn zu dem Zimmer, in dem Helen und das Neugeborene lagen. Auf leisen Sohlen öffnete er die Tür und sah Helen schlafend im Bett liegen. Daneben stand ein kleines Körbchen, in dem sich etwas bewegte. Vorsichtig beugte Dave sich darüber und sah das schönste Baby dieser Welt. Die Ähnlichkeit mit ihm stand ja wohl fest, glaubte er. Nur die blauen Augen hatte er von Helen. Dave war so freudig erregt, dass ihm Tränen der Freude den Blick auf Helen verwischten. „Na, was sagst du, Liebling?", hörte er Helen schwach, aber fröhlich sagen.

„Es ist ein Wunder, findest du nicht? Außerdem sieht er aus wie ich. Außerdem hat er am selben Tag Geburtstag wie ich, oder?" Bei diesen Worten beugte er sich über Helen und küsste sie sanft auf die Wange. Helen hob leicht den Kopf und fragte etwas vorwurfsvoll: „Wo sind die Blumen? Hast du mir keine Blumen mitgebracht? Jeder werdende Vater bringt seiner Frau Blumen mit." Damit hatte er nicht gerechnet. Die Antwort verkniff er sich. Wo sollte er um Himmels Willen um diese Uhrzeit Blumen auftreiben?

„Außerdem hättest du heute Nacht hier schlafen können. Da, auf der Couch dort. Das macht ein echter Vater, dafür ist das Ding da." Jetzt konnte er sich dieses abweisende Verhalten der Krankenschwestern erklären.

„Das habe ich nicht gewusst, Liebes. Und Blumen konnte ich um diese Zeit noch nicht auftreiben", versuchte er etwas kleinlaut zu erklären. Er setzte sich ein wenig unbeholfen auf die Bettkante und legte Helens Hand sanft in die seinen. Er sah in Helens blasses Gesicht und hatte Verständnis für ihren Unmut. Schließlich hat sie Höllenqualen hinter sich. Langsam stand er auf, weil er ein winziges Geräusch vernommen hatte. Der Kleine hatte jetzt bestimmt Hunger. Zu dumm, dass er daran nicht gedacht hatte. Naja Zähne hat er wohl noch nicht, also musste er etwas zu essen haben, was man nur schlucken brauchte. Vielleicht würde er Kartoffelmus oder Hühnerbrühe mögen. Schließlich war es ja sein Sohn und würde bestimmt denselben Geschmack wie er haben. Aber als Dave in die Wiege blickte, sah er nur einen friedlich gähnenden Säugling. Unsicher schaute er sich um und legte sich schließlich auf die Couch.

Nach etwa einer Stunde wurde er unsanft von groben Händen an seiner Schulter geweckt. Im gleichen Moment stand er auch schon vor einer kräftigen Schwester, die ihn mit geballten Fäusten in der Hüfte musterte.

„So, Sie sind wohl der Vater, was? Ihre Frau hätte Ihren Beistand bitter nötig gehabt. Wissen Sie nicht, dass die Erstgeburt die schwierigste ist?" Während sie weiter zischende Worte auf Dave abfeuerte, machte sie die Couch zurecht und brachte die Bettpfanne an Helens Bett.

„Der Arzt kommt gleich, er will Sie sehen. Also nicht weglaufen, klar?"

Inzwischen war auch Helen wach geworden und die Schwester legte das Kind an Helens Brust.

Also guck mal an, er hatte doch denselben Geschmack wie sein Vater, stellte Dave voller Freude fest.

Endlich kam der Arzt und so wurden die erforderlichen Formalitäten geordnet. Der Junge hieß Andrew-Malcom, stellte Dave fest und fragte sich, ob die Leute hier jetzt von seinem Sohn sprachen. Er hatte sich doch mit Helen darauf verständigt, den Kleinen John-Mark zu nennen. Verständnislos schüttelte er den Kopf und sah irritiert zu Helen hinüber. Verärgert setzte sich Dave wieder auf die Couch und senkte den Kopf. Es hatte wohl keinen Sinn, seinen Unmut kundzutun. Er wird den Sohn jedenfalls John-Mark nennen, mal sehen, was ihm besser gefiele, entschloss er sich bockig. Komisch, dass niemand bemerkte, dass der Kleine den gleichen Geburtstag wie Dave hatte.

In den vergangenen drei Jahren hatten sich Dave und Helen mit einem bestimmten Automatismus ihrer Aufgabenteilung ergeben. Jeder brachte seine Neigungen und Veranlagungen ein. Helen war die Repräsentantin des Gasthofes und Dave der Macher im Hintergrund. Einkäufe, Frühstücksbuffet und vor allen Dingen die Versorgung des kleinen John-Mark. Dave hatte an der Nennung seines Sohnes hartnäckig festgehalten, obwohl Helen den Sprössling Andrew-Malcom rief.

Im Betriebsablauf gab es ständig Reibereien und Helen neigte dann dazu, Dave lautstark ihre Meinung zu sagen. Es war ihr dann völlig egal, ob der kleine Andrew dabei war oder nicht. Am schlimmsten empfand es Dave, wenn es um die Erziehung ihres Kindes ging. Er war der Meinung, den Knaben selbst-ständig essen zu lassen, auch wenn es zur Perfektion noch ein weiter Weg schien. Helen bestand dann darauf, dass Dave das Kind auf den Schoß nahm und es fütterte, obwohl er selbst noch mit seiner Mahlzeit beschäftigt war. Der lieben Ruhe wegen gab Dave nach und beendete dann möglichst rasch das Mahl. Der Kleine beobachtete mit großer Aufmerksamkeit die Aus-einandersetzungen und zog so seine Vorteile daraus. Ungeniert lief Andrew zu seiner Mutter, wenn er sich von seinem Vater ungerecht behandelt fühlte und er genoss dann die fällige Ab-mahnung.

„Auf was habe ich mich da nur eingelassen?", fragte Dave sich dann verzweifelt. Freunde hatte er nicht, mit denen er einen Teil seiner knapp bemessenen Zeit verbringen konnte. Alkoholgenuss hatte er bislang vermieden. So nutzte Dave die Zeit der Einkäufe und besuchte dann ein Lokal an der Markthalle.

Hier saßen stets dieselben Leute zusammen und spielten Karten oder würfelten um kleine Beträge. Wenn er für jemanden einspringen konnte in der Runde, nahm er die Einladung freudig an. Die neuen Freunde waren zumeist Viehhändler, die sich immer am Dienstagmorgen, kurz vor Mittag, hier einfanden wenn doch letztlich enorme Geldsummen beim Pokern den Besitzer wechselten. Dave setzte sich meist, im gebührlichen Abstand hinzu. Das Spiel faszinierte ihn, doch er musste seine Begehrlichkeiten t bremsen, wenn er seine Hand vorsichtig in die Hosentasche schob, wo er das Restgeld verwahrte. Es reichte nicht, etwas Geld von dem Wirtschaftsetat abzuzweigen. So würde er niemals in den Genuss kommen, wenigstens einmal sein Glück zu versuchen. Er überlegte auf dem Heimweg unentwegt, wie er Geld beschaffen könnte, ohne dass Helen davon etwas erfuhr.

Die Woche darauf fand er sich wieder in dem Pub ein. Da saßen wieder die Viehhändler und unterhielten sich lautstark. Lachend winkte einer von ihnen Dave heran und fragte, ob er nicht mit einsteigen wolle, weil soeben ein Platz frei geworden sei. Einer der Kartenspieler hatte oft das Nachsehen. Er war auch nicht geübt, ein Pokerface aufzusetzen. Hatte er ein gutes Blatt, rutschte er aufgeregt auf dem Stuhl hin und her. Sein immer rötliches Gesicht nahm dann die Farbe eines gegrillten Spanferkels an und die Schweißperlen tropften auf sein Hemd. Die Kollegen kannten natürlich den alten Iren und boten einfach nicht. So war sein Gewinn stets gering. Der Mann war sich seiner Schwäche bewusst und er verließ verärgert den Tisch.

Das wäre die Chance, sich hier zu etablieren, aber Dave bedankte sich und verabschiedete sich unter dem Vorwand, noch einen wichtigen Termin zu haben.

Der Gepäckträger, über dem Vorderrad seines Fahrrads, war mit Werkzeug beladen, welches er gekauft hatte, um den Garten im Innenhof umzugestalten. Es war Helens dringlicher Wunsch, einen kleinen Springbrunnen anzulegen. Gedankenverloren schob er das Rad durch die Straßen. Bevor er zur Promenade einbog, sah Dave einen Mann mit einem kleinen Jungen vor einem Spielzeugwarengeschäft stehen. Irgendwie war ihm die Haltung des Mannes vertraut. Tatsächlich, es war Mr. Ashley, der Tierheimleiter. Jetzt war ihm dessen Name wieder eingefallen. Dave blieb an der Hausecke stehen und sah, wie beide den Laden betraten. Der Junge hatte einen indischen Einschlag. Jetzt fiel Dave wieder ein, den Mann schon einmal mit einem Jungen gesehen zu haben. Vor etwa drei Jahren, als er mit Helen in einem Lokal an der Promenade saß. Ja, richtig, nur war der Bursche damals an der Hand nicht blond?

Die letzten paar hundert Meter schwang sich Dave auf den Sattel und fuhr in flottem Tempo nach Hause. Die Begegnung mit seinem ehemaligen Dienstherren hatte er schon wieder vergessen.

Helen beschäftigte sich wieder einmal mit den Blumenarrangements der Gästezimmer. Die meisten Gäste nahmen es positiv zur Kenntnis, einen frischen Blumenstrauß auf dem Tisch zu sehen.

Dave lud die Werkzeuge ab und begab sich in den Gartenschuppen, in dem sich sein Sohn eine Höhle aus den Holzscheiten gebaut hatte.

„Hallo, mein Sohn. Was machst du hier? Willst du dir ein Häuschen bauen?"

„Ja, guck mal. Ist das nicht toll? Nur das Dach fehlt noch. Das kann ich nicht. Hilfst du mir?"

Dave nahm John-Mark stolz in seine Arme und drückte ihn. „Natürlich helfe ich dir, mein Kleiner. Also pass mal auf." Dave sah sich in der kleinen Hütte um und sammelte ein paar Äste zusammen, die er noch nicht zersägt hatte, und beide legten diese auf die etwas wackeligen Holzstapel, welche die Wände sein sollten. Eine alte Abdeckplane bildete das Dach. John-Mark legte sich hoch erfreut auf den Boden und seine Begeisterung kannte keine Grenzen. Als sich Dave niederbeugte, umarmte John-Mark seinen Vater und gab ihn einen dicken Kuss auf die Wange. „Daddy, kann ich das Gras nehmen, das du heute gemäht hast?" „Natürlich, auf dem Komposthaufen liegt noch mehr. Bedien dich nur, mein Kleiner."

Freudig gestimmt, ließ Dave seinen Sohn allein und ging in die Küche. Er hatte Durst und setzte sich mit einem Glas Wasser auf einen Stuhl ans Fenster. Das Sonnenlicht durchflutete wärmend den Raum, was Dave mit Wohlbehagen genoss.

Er hörte Helens Stimme durch die offene Tür, die zur Rezeption führte. Ein Mann schien dort zu sein, und ein Kind. „Wieder irgendwelche Sommergäste", dachte er und leerte sein Glas genüsslich.

„Dave, wo ist Andrew? Hast du ihn gesehen?" Erschreckt fuhr Dave auf, als er Helen im Raum erblickte.

„Ja, natürlich. Er ist im Schuppen und baut sich ein Häuschen."

„Was? Bist du verrückt geworden? Du kannst den Jungen doch nicht alleine lassen. Wenn ihm dort etwas zustößt." Mit diesen Worten verließ Helen eiligen Schrittes die Küche und ließ einen kopfschüttelnden Dave zurück.

Immer wenn er von Helen scharf getadelt wurde, gab er nach. Deshalb ging er auch in den Garten, um zu sehen, ob nichts passiert war. Er verfluchte sich selbst seiner Schwäche wegen, denn wäre etwas geschehen, hätte man irgendwelche Signale gehört. Dave aber konnte nichts dagegen tun, obwohl er sich fest vornahm, in Zukunft Helens Gezeter zu ignorieren. Er wollte künftig auch einen Einblick in die Geschäftsbücher haben. Helens Dominanz diesbezüglich war unerträglich. Sie hatte Dave einmal klargemacht, dass sie die Pension finanziert hatte.

Für Dave war es aber eine klare Entmündigung, wenn er mit abgezähltem Geld losgeschickt wurde, um irgendwelche Einkäufe zu tätigen.

Am Abendbrottisch wollte er das Thema anschneiden und eine klare Linie schaffen. Doch bis dahin war noch etwas Zeit und er widmete seine Aufmerksamkeit dem Baukastensystem des Springbrunnens. John-Mark hatte das Interesse an seinem Bauwerk verloren und war ins Haus gekommen.

Dave ging etwas näher an die Tür, um besseres Licht zu haben, weil die Bauanleitung in zu kleiner Schrift anders nicht zu entziffern war. In günstiger Position sah er zufällig hinüber zum Haus. An einem Fenster der Mieträume erblickte er einen unbekleideten Jungen. Dave fokussierte seinen Blick fest auf die junge Gestalt. „Das kann doch nicht war sein", durchfuhr es ihn. Das war doch der Junge, den er heute mit Mr. Ashley gesehen hatte. Ganz klar konnte er sich an den Jungen erinnern, weil der indische Einschlag unverwechselbar war. Der Junge hatte Dave wohl noch nicht bemerkt und drehte sich zu jemandem um. Im Zimmer konnte Dave jetzt ganz deutlich eine nackte Männergestalt sehen. Zur Salzsäule erstarrt, erkannte er Mr. Ashley, der zum Fenster eilte, um die Vorhänge zuzuziehen.

Am liebsten wäre er jetzt ins Haus gelaufen, um diesem Saukerl seine Meinung ins Gesicht zu schreien, ihn auf die Straße zu werfen. Doch Dave zögerte und setzte sich auf den Hauklotz. Nervös hangelte er sich eine Zigarette aus der Hemdtasche und rauchte mit hastigen Zügen. Er wollte Helen fragen, ob ihr bei der Anmeldung dieser Leute nichts Ungewöhnliches vorgekommen war, denn Dave wusste genau, dass der Mann keine Kinder hatte. „Frau und Kinder kosten nur Geld und bringen eine Menge Ärger ein", war damals Mr. Ashleys Begründung. Dave hatte sehr darüber gelacht, denn er glaubte eigentlich, der Mann wäre homosexuell.

Nach der zweiten Zigarette erhob sich Dave, sehr darauf achtend, nicht gesehen zu werden und ging rasch ins Haus.

Helen saß mit dem Sohn am Tisch, wo Andrew seinen malerischen Fähigkeiten nachging. Dave fragte kurz, ob sie Hunger hätten, was beide aber verneinten. Dave entschloss sich, eine heiße Dusche zu nehmen und so ungestört nach einer Lösung des Problems zu suchen.

Frisch rasiert, aber stumm deckte Dave den Tisch für das Abendbrot. Er selbst verspürte keinen großen Appetit und richtete eine Schale mit Obst an.

Es war noch eine Gastfamilie angekommen, die sich schon vor Wochen angemeldet hatte. Das konnte noch eine Weile dauern, bis Helen wieder erschien. Dave kannte die Leute und freute sich darauf, mit dem Mann ein paar vergnügliche Stunden zu verbringen. Die Fußballsaison fing dieses Wochenende an und so würde auch das erste Spiel im Fernsehen übertragen. Hoffentlich würde Fulham gewinnen, seine zweite Liebe. Dave war es egal, welche Mannschaft gewann, Hauptsache die richtige. Wirklich freuen konnte sich Dave aber über die wenigen Stunden in dem nahe gelegenen Snooker-Club. Viel zu selten hatte Dave seiner Leidenschaft frönen können. Immer, wenn er glaubte, ein paar Stunden frei zu haben, betraute ihn Helen mit, wie sie sagte, wichtigeren Aufgaben. Die meist in der Betreuung ihres Sohnes bestanden.

Am Abendbrottisch zeigte sich Dave entspannt, obwohl ihm das Gespräch mit Helen sehr am Herzen lag. John-Mark widmete seine Aufmerksamkeit völlig den leckeren Erdbeeren. Helen genoss diese Zeit, mit der Familie allein zu sein. Die Gäste waren versorgt oder machten sich für die jeweilige Abendgestaltung zurecht. Schlimm empfanden Helen und Dave die oftmals lautstarke Rückkehr einiger Leute. Damit sie nicht aus dem Bett geklingelt wurden, hatten sie an einem bestimmten Platz den Haustürschlüssel hinterlegt.

Als John-Mark versorgt war, setzten sich seine Eltern vor den Fernseher, um den Abend ausklingen zu lassen. Dave hatte beiden ein Glas Portwein eingeschenkt. Ihm war nicht danach, dem Fernsehkrimi seine Aufmerksamkeit zu schenken, sondern er wollte endlich das langersehnte klärende Gespräch mit Helen.

„Darling, ich möchte mit dir über einiges sprechen, was mir schon lange auf dem Herzen liegt", begann er verbindlich.

„Och, nee Dave", erwiderte Helen, „du weißt, wie ich mich auf den Inspektor Barnaby gefreut habe. Können wir das nicht später besprechen?"

„Ich zeichne den Krimi auf. So geht dir nichts verloren", drängte Dave und griff nach der Tastatur für das Videogerät.

Während Dave Helen zuprostete, stellte er sogleich die erste Frage mit etwas zu scharfem Zungenschlag. „Ich muss dir einmal sagen, dass ich mit dieser Entwicklung unseres Lebens nicht glücklich bin." Helen sah Dave stirnrunzelnd an, was Dave aber nicht weiter störte.

„Die Art, wie du mich behandelst, passt mir überhaupt nicht. Ich behaupte, dass ich meine Aufgaben hier erfülle und meinen

Pflichten als Vater und Partner gerne nachkomme", legte er flott los. „Es kann daher nicht sein, dass ich abgezähltes Geld für den Einkauf bekomme, wie ein Dienstbote. Ferner lasse ich mir nicht mehr vorschreiben, wie ich unseren Sohn zu erziehen habe. Drittens bin ich nicht dein Erfüllungsgehilfe, ich will Entscheidungen selbst treffen, ohne jedes Mal von dir gerügt zu werden." Er machte eine Pause und nahm einen kräftigen Schluck aus dem Glas. Abwartend füllte er sich nach und wartete auf eine Reaktion seiner Lebensgefährtin. Ungläubig sah Helen zu Dave auf, stellte ihr Glas hart auf den Tisch und verließ das Zimmer. Damit hatte Dave nicht gerechnet und setzte sich wieder in seinen Sessel. „Typisch", dachte er entmutigt und steckte sich eine Zigarette an. Es war ihm egal geworden, wie Helen reagierte. Im schlimmsten Fall konnte er seine Sachen packen und das Weite suchen. Aber im tiefsten Inneren wollte er das gar nicht, denn so ein Leben wie früher war ja auch nicht das Gelbe vom Ei.

Als Helen zurückkam, ging sie dicht an Daves Sessel vorbei, bückte sich und gab Dave einen flüchtigen Kuss auf seine Wange.

„Es tut mir leid, Darling. So habe ich es noch nicht gesehen. Ich dachte, du wärest zufrieden mit deinem Leben, so wie es ist", lenkte Helen völlig unerwartet ein. „Aber bedenke, dass ich diejenige bin, die unser gemeinsames Leben ermöglicht hat, so wie es ist." Dave glaubte nicht recht zu hören und setzte sich kampfbetont aufrecht hin. „Ich höre ja wohl nicht recht. Zugegeben, das Geld kommt von dir. Deshalb brauchtest du nur noch einen Sklaven, ohne Freiheit und ohne eigenen Willen. Der für alles dankbar sein muss und keine eigenen Entscheidungen treffen darf. Nee, meine Liebe, so habe ich mir unser gemeinsames Leben nicht vorgestellt."

Helen unterbrach seinen Redefluss nicht und sah Dave ernst an.

„Also gut. Was willst du jetzt machen? Willst du wieder auf die Straße? Wieder so ein Leben führen wie früher? Ich dachte, du bist es gewohnt, Befehlsempfänger zu sein. Dich wohlfühlst, weil du nicht in der Lage bist, über dich selbst zu verfügen."

„Komm mal runter von deinem hohen Ross, Frau Gutsherrin", erboste sich Dave, „ich habe mich bis dato nicht über die Entwicklung meines Lebens beschwert. Aber grundsätzlich muss sich unser gemeinsames Leben ändern. Es sind doch nur Kleinigkeiten, wie ich anfangs sagte."

Dave schenkte erneut sein Glas nach und merkte die Wirkung des schweren Portweines.

„Kannst du dir nicht vorstellen, dass ein Mann mindestens ein Mitspracherecht einfordert und nicht immer den Lakaien spielen will, um Frieden zu haben?"

Dave sah Helen erwartungsvoll an. Sie musste das doch verstehen, wenn ihr an ihm etwas lag.

Es entstand eine lange, unerträgliche Pause und Dave suchte das WC auf. Als er wiederkam, lag Helen auf der Couch und lächelte Dave freundlich an.

„Gut, einverstanden, mein Lieber. Wie viel Taschengeld brauchst du?"

„Was? Taschengeld? Hast du denn nichts begriffen?", erboste sich Dave. „Ich will einfach nur etwas Menschenwürde, mehr nicht."

Helen setzte sich nachdenklich auf und war im Begriff, den Raum zu verlassen.

„Ich bin müde, lass uns morgen darüber sprechen."

„Ach, da habe ich noch eine Frage, Helen. Wie heißt der Mann da auf Zimmer 11? Du weißt schon, der mit dem indischen Jungen?"

„Wieso? Warum fragst du? Er heißt Redford."

„Ich frage, weil mir das komisch vorkommt. Er kann ja wohl kaum der Vater von dem Jungen sein."

„Nein, ist er auch nicht. Er gehört einer Organisation an, die sich mit Migranten der dritten Welt beschäftigen. Er bereitet die Jugendlichen auf die Integration und die Adoption vor. Der Junge ist aus Pakistan und Vollwaise."

Dave hatte am nächsten Morgen das Frühstücksbuffet vorbereitet und anschließend John-Mark in den Kindergarten gebracht. Das Wetter lud die Urlauber ein, den Tag am Strand zu verbringen. Helen brauchte den Wagen heute nicht und Dave nutzte die freien Stunden, um zum Haus der alten Mrs. Thompson zu fahren, welches Dave ja nach deren Ableben für Mr. Ashley bewirtschaftete.

Er konnte sich doch nicht so irren in seiner Wahrnehmung. Der Mann hieß nicht Redford, sondern Ashley. Da war er sich ganz sicher. Auch wenn der Mann jetzt ergraut war.

Nach weniger als einer Stunde hatte er das Haus erreicht. In einer Nebenstraße stellte er den Wagen ab, setzte seine Sonnenbrille auf und ging langsam auf das Haus zu. Vor der Gartentür bückte er sich und simulierte, seine Schnürsenkel zu knoten. Dave konnte so das Namensschild auf dem Briefkasten erkennen. Klar und deutlich las er den Namen Ashley. Am Haus waren noch alle Fensterläden geschlossen und Dave überlegte sich kurz, ob er es wagen sollte, hinter dem Haus nach einem Hinweis zu suchen, ob es noch bewohnt war. Diesen Gedanken verwarf er schleunigst, als sich ein Pkw dem Hause näherte. Ohne Hast ging Dave etwa hundert Meter weiter und drehte sich um. Das Auto stand nicht auf der Straße, also wurde es in der Garage abgestellt.

Auf der anderen Straßenseite ging er zurück und blickte, wie zufällig, zum Haus hinüber. Einige Fensterläden waren jetzt aufgeklappt und er stellte sich vor, wo Mr. Ashley sich jetzt befand.

Dave war plötzlich klar: Mr. Ashley war ein Pädophiler, dieses Schwein. Er musste mit Helen darüber sprechen. Der Mann musste ein striktes Hausverbot bekommen.

Auf dem Nachhauseweg machte er noch einen Abstecher zum Tierheim. Dort wollte sich Dave vergewissern, ob Mr. Ashley noch dem Tierheim vorstand. Diese Idee verwarf er aber, damit man sich an ihn nicht erinnerte, falls man mehr darüber wissen wollte.

Zu Hause angekommen, suchte er sich die Telefonnummer des Tierheimes heraus und rief dort an. Er erfragte mit wenigen Worten, ob ein Schäferhund zum Verkauf stünde. Die Frage wurde bejaht und Dave wollte wissen, ob der Preis verhandelbar sei. Die freundliche Frauenstimme am anderen Ende gab zu verstehen, dass dafür Mr. Ashley zuständig wäre.

Etwas zu hastig legte Dave den Hörer auf die Gabel, setzte sich und überlegte, wie er den Mann bloßstellen konnte. Den Gedanken, die Polizei einzuschalten, unterband er und kam schließlich zu dem Entschluss, dass Helen dem Mann Hausverbot erteilen sollte.

Dave hatte noch einige Male versucht, Helen seine Sorgen zu erklären. Aber sie ging nicht weiter darauf ein. Im Gegenteil. Ohne Dave über ihre nächsten Eigenmächtigkeiten zu informieren, hatte sie ihm alle Wareneinkäufe untersagt und mit den Lieferanten ein Abkommen getroffen, die notwendigen Dinge zuzustellen.

Jetzt war ihm auch noch die wenige Freiheit genommen, über ein bisschen eigene Zeit zu verfügen. Eine ohnmächtige Wut überfiel ihn abwechselnd mit Resignation. Wenn Helen wieder einen Wunsch bzw. einen Befehl äußerte, hörte er kaum noch hin und begab sich in sein kleines Gartenhäuschen. Heimlich nahm er sich eine Flasche Wodka mit und sann über seine, einstmals schönen, Träume nach, die er in seiner anfänglichen Beziehung mit Helen gehabt hatte.

Er musste jetzt handeln, um nicht noch seine letzte Würde zu verlieren.

Einige Tage später brachte Dave seinen Sohn, wie immer, in den Kindergarten. Ein wenig Taschengeld erlaubte ihm, noch einmal in den Pub zu gehen, wo er den Viehhändlern beim Kartenspielen gern zusah.

Da saßen sie wieder und empfingen Dave fast so vertraulich wie einen alten Bekannten.

Als einer von ihnen aufstand und gehen wollte, forderten die anderen Dave auf, seinen Platz einzunehmen. Die Einladung war so herzlich wie zwingend und Dave kam der Bitte nach.

„Leute, ich habe heute kein Geld bei mir. Ich wollte eigentlich nur mal sehen, ob es euch noch gibt. Ein anderes Mal vielleicht", versuchte es Dave vergebens.

Schon etwas angetrunken, meinte ein kräftiger Kerl mit hochrotem Kopf: „Dauert nicht mehr lang. 'Ne halbe Stunde hat Mutti dir doch freigegeben, oder? Hier hast du einen Kredit für den ersten Einsatz." Ehe Dave etwas erwidern konnte, lagen zwanzig Pfund und ein paar Karten vor ihm. Ein kräftiger Schlag auf seine Schulter ließ nichts anderes zu, als darauf einzugehen.

Zögerlich sah er seine drei Karten an und passte. Unsicher sah er sich um und nippte an seinem Whisky, der vor ihm stand. Seine neuen Freunde sahen Dave erwartungsvoll an, wie er wohl seine Einstandsrede halten würde. Aber mehr als ein dürftiges Danke und Cheerio kam nicht über seine Lippen. Alle lachten und wünschten ihm ein gutes Blatt.

Nach der dritten Runde glaubte er, nicht richtig zu sehen, was er da in den Händen hielt. Drei Könige und ein Ass. „Lass dir nichts anmerken", machte er sich Mut. So etwas hatte man nicht alle Tage. Er unterdrückte das Bedürfnis, auf dem Stuhl hin und her zu rutschen und sah in erwartungsvolle Gesichter. Der Einsatz war fünf Pfund und Dave erhöhte um dieselbe Summe. „Ich gehe mit und erhöhe um zehn", sagte sein Gegenüber. „Ich auch", meinte sein Nachbar. Alle gingen auf die erste Forderung ein und so häuften sich in der Tischmitte die Geldscheine. Dave konnte nicht weitergehen und bot seine Armbanduhr an, was alle für den Gegenwert von fünfzig Pfund akzeptierten. Er entnahm dem Pott dreißig Pfund.

„Ich erhöhe um dreißig Piepen und will sehen!", forderte sein Gegenüber Dave auf, die Hosen herunterzulassen. Unsicher legte Dave seine Karten auf den Rand des Tisches und sah gespannt in die Runde. Sein Tischnachbar schmiss sein Blatt auf den Tisch und griff nach seinem Whiskyglas.

„Anfängerglück", meinte er ein bisschen missgestimmt.

Dave band seine Uhr wieder um und suchte nach einer Ausrede, um von hier zu verschwinden.

„Du willst doch nicht jetzt schon gehen, mein Freund, oder?"

„Also gut, noch eine Runde, dann muss ich aber los."

Erneut gewann er auch die nächste Runde und verabschiedete sich mit dem satten Gewinn von fast hundert Pfund.

Als er die Pension wieder erreichte, wurde er von Helen ungeduldig erwartet. Sie war schon völlig angekleidet, um, wie sie sagte, wichtige Dinge zu erledigen, die keinen Aufschub duldeten.

Dave hing das Schild „Closed" an die Tür und begab sich in sein Gartenhäuschen. In dem Gebälk fand er ein sicheres Versteck für das Geld.

Beruhigt ging er zurück ins Haus und räumte den Frühstücksraum auf. Das Mädchen, welches eigentlich die Gästezimmer herrichtete, hatte er heute nicht gesehen. Sie war ein verschlossenes junges Ding, dem man Gefühlsregungen nicht ansah. Stoisch ging sie Helens Befehlen nach. Zusatzarbeiten blieben unangetastet und so blieb Dave nichts anderes übrig, als selbst mal Hand anzulegen. Als er gerade den Staubsauger auspackte, hörte er, wie jemand an die Tür klopfte. Ihm blieb fast das Herz stehen, als er Mr. Ashley durch das Fenster nebenan erblickte. Dave duckte sich und konnte so nicht gesehen werden. Er vernahm Stimmen und schlich vorsichtig vom Fenster weg.

Mr. Ashley sprach mit einer anderen Person, die sich als ein Knabe entpuppte. Wieder klopfte es, nur ein bisschen energischer. Wenig später vernahm Dave Schritte, die sich entfernten. Der Junge war Dave nicht bekannt. Ein Zusammentreffen mit seinem ehemaligen Chef wollte er unbedingt vermeiden und hoffte, dass Helen schnellstmöglich zurückkehrte.

Dave musste auf andere Gedanken kommen und ging wieder zum Gartenhäuschen, um Holz zu hacken. In ihm kochte eine ohnmächtige Wut. „Dieses Schwein", dachte er unaufhörlich. Wenn er sich vorstellte, dieser Mann würde sich einmal an seinen Sohn heranmachen, konnte er für nichts garantieren. Mit wuchtigen Hieben schlug Dave auf die Holzkloben ein, als er Helen erblickte, die mit forschen Schritten auf ihn zukam. Helen begrüßte Dave mit einem herzlichen Lachen, umarmte und küsste ihn. Diese wandelbare Frau überraschte Dave immer wieder und er erwiderte ihre freundliche Art mit herzlichem Gefühl.

„Schatz, ich muss mit dir reden", fing er sogleich an, das Erlebte zu erzählen.

„Vorhin war wieder dieser Mann da. Mit einem anderen Knaben, den ich nicht kannte. Ich hörte nur an der Tür, dass er wiederkommen will. Lass das Schwein nicht rein, Helen, ich bitte dich!"

„Ach, was du immer gleich denkst, Darling. Er ist Psychologe und ein angesehener Mann, das weißt du doch", beschwichtigte sie Dave mit einer Handbewegung.

Kopfschüttelnd ergriff Dave wieder einen Holzkloben und spaltete ihn mit noch mehr Wut als zuvor.

Etwas erschöpft setzte er sich bald und machte eine Pause. Dave verstand Helen nicht. So weltfremd konnte man doch nicht sein. Es lag doch klar auf der Hand, dass dieser Kerl pädophil veranlagt war. Er stellte die Wodkaflasche ungeöffnet zurück und ging verschwitzt ins Wirtshaus rüber.

Unter der Dusche kam ihm die Idee, noch einmal zum Haus von Mr. Ashley zu fahren. Irgendeinen Anhaltspunkt muss es dort geben, der seine Meinung unterstützte.

Helen hatte einen kleinen Snack zubereitet, den beide schweigend einnahmen. Mit vollem Mund erwähnte Helen, dass Mr. Ashley sich vor zehn Minuten wieder bei ihnen einquartiert hätte. Dave blieb der Bissen im Munde stecken und sah Helen ungläubig an. „Das kann doch nicht wahr sein", dachte er ungläubig und erhob sich langsam.

„Ich brauche noch mal den Wagen und hole unseren Sohn ab", erwähnte er kurz und streifte sich seine Lederjacke über.

„Wieso, es ist doch erst zwei Uhr. Du hast noch zwei Stunden Zeit."

„Ich hab noch was zu erledigen. Frag nicht so viel. Gib mir den Schlüssel, bitte", sagte Dave ungewohnt bestimmend.

Etwas abseits von Mrs. Thompsons Haus stellte Dave den Wagen ab. Diese verkehrsarme Straße wurde auch von Fußgängern kaum frequentiert. Ruhigen Schrittes öffnete er die Gartentür. Die Vorhänge der Fenster waren wie immer, wenn niemand im Hause war, zugezogen. Dave konnte sich noch erinnern, dass, als er hier tätig gewesen war, immer ein Schlüssel als Reserve am Kellereingang unter einem Blumentopf gelegen hatte.

Tatsächlich befand sich dieser besagte Schlüssel noch dort. Vorsichtig öffnete er die Tür. Innen war es dunkel. Er musste nicht lange suchen, um den Lichtschalter zu finden. Die Treppe, die ins Erdgeschoss führte, überwand er schnell und sah sich im Wohnzimmer um. Trotz der schlechten Lichtverhältnisse stellte er fest, dass die Möbel noch dieselben waren und auch am selben Platz standen. Hier war alles ordentlich aufgeräumt. Im Schlafzimmer öffnete Dave vorsichtig die Nachtschränke. Einen Hinweis auf Verbindungen zu Kindern fand er hier nicht. Sorgsam schloss er wieder alle Türen und Schubladen.

Fußabdrücke ließen sich auf der Teppichware nicht erkennen. Erwartungsvoll näherte er sich dem Schreibtisch. Die Geheimfächer waren ihm ja bekannt. Er streifte sich Handschuhe über und griff unter die Schreibplatte. Mit einem leisen Klick sprang das erste Geheimfach auf.

Er griff in die Lade und holte einen Packen Fotos an die Oberfläche. Es waren Umrisse von Personen zu erkennen, soweit die Dunkelheit es zuließ. Die Leselampe auf dem Schreibtisch knipste er an und sah auf dem ersten Blick nackte Gestalten. Alles Kinder, meist Jungens in obszönen Haltungen. Angeekelt erblickte er auch den Knaben indischer Herkunft. Derselbe, mit dem Ashley in seiner Pension gewesen war. Dave musste sich setzen. Ihm lief kalter Schweiß den Rücken herunter. Sorgsam breitete er sein Taschentuch aus und legte zwei Fotos darauf. Möglichst so, wie er sie vorgefunden hatte legte er die anderen Bilder zurück und öffnete ein anderes Geheimfach. Siehe da, hier waren auch Fotos mit einem nackten Mr. Ashley zu finden in eindeutigen Stellungen. Zwei Bilder davon legte er zu den anderen und steckte sie ein. Sorgsam darauf achtend, keine Spuren zu hinterlassen, zog er sich in die Kellerräume zurück. Er wollte noch einen Blick in seine ehemalige Kammer werfen, nur so aus nostalgischen Gründen. Die Tür war abgeschlossen, was aber sein Interesse weckte. Warum war der Raum abgeschlossen? Das war er doch sonst nicht. Die Suche nach dem Schlüssel blieb erfolglos und Dave wollte schon umkehren, als er sich erinnerte, im Nachttisch des Schlafzimmers einen Schlüsselbund gesehen zu haben. Eilig erklomm er die Treppe, entnahm den Schlüsselbund und probierte alle Schlüssel durch. Tatsächlich passte einer von ihnen und Dave öffnete die Tür. Bei Licht gesehen, entpuppte sich der Raum als Dunkelkammer. An einer Leine, mit Wäscheklammern befestigt, befanden sich frische Fotos. Dave wagte nicht, diese zu berühren. Wieder alles Nacktaufnahmen mit einem Jungen. In einem Schrankfach lagen mehrere Bilder, die Daves Interesse weckten. Es waren Tieraufnahmen mit ekelerregenden Szenen. Ein Pavian mit erigiertem Glied. Hunde, die von Menschenhand befriedigt wurden. Dave verschlug es die Sprache und es trieb ihn aus dem Raum hinaus. Das hatte er nicht für möglich gehalten. Sein Ekel schlug in Hass um. Wie kann man sich an solchen Obszönitäten erfreuen? Dieser Gedanke beschäftigte Dave nicht mehr lange. Er musste irgendetwas tun. Dieser Mann gehörte weggesperrt, aber wie sollte er das machen? Dave konnte doch nicht zur Polizei gehen und erzählen, dass er in das Haus eingebrochen war oder dass der Mann es in seiner Pension trieb.

Bevor Dave um die Hausecke bog, hörte er, wie jemand die Gartentür öffnete und schnellen Schrittes auf das Haus zuging. Er hielt prompt in seiner Bewegung inne. Sein Herz klopfte bis zum Halse hinauf. Langsam schob er den Kopf vor, um zu sehen, wer das Grundstück betreten hatte. Die Gestalt war aber im Begriff, das Haus wieder zu verlassen. Es war der Briefträger, der sich Gott sei Dank vom Hause entfernte.

Völlig durchgeschwitzt, setzte er sich ins Auto, stellte den Sitz zurück und verharrte gedankenverloren einige Zeit. Ein plötzliches Verlangen nach einem Schnaps brachte ihn wieder in die Wirklichkeit zurück.

Langsam fuhr Dave nach Brighton, um seinen Sohn abzuholen. Er hatte Mühe, sich auf den Straßenverkehr zu konzentrieren. John-Mark erwartete seinen Vater mit offenen Armen und Dave drückte ihn besonders lange und herzlich.

„Ist dieses Ungeheuer noch da?", fragte Dave Helen, die ihn erstaunt ansah.

„Was meinst du damit?", wollte Helen wissen.

„Na, dieser Felton oder wie das Schwein heißt."

„Mr. Redford heißt er, schon vergessen?"

Dave verzichtete auf jegliche Unterhaltung über diesen Gast und ging wieder in sein Gartenhäuschen. Zurückblickend, sah er die Fenster verdunkelt, in dem er diesen Ashley mit seinem Lustknaben vermutete.

In einer Plastiktüte versteckte er die Bilder im Werkzeugkasten und griff nach der Wodkaflasche. Einen tiefen Zug nehmend, setzte er sich und grübelte über die Zukunft nach. Was sollte er machen? Immer wieder stellte er sich die Frage. Es hatte auch keinen Sinn, mit Helen darüber zu sprechen. Wenn er ihr die Bilder zeigte, wusste er nicht, wie sie reagieren würde. Sie dachte dann vielleicht, er sei wieder kriminell und rückfällig geworden. Aber warum ignorierte Helen seine Sorgen? So gleichgültig konnte man doch nicht sein. Der Gewinn, den die Pension erwirtschaftete, war doch nicht schlecht. Auf solche fragwürdigen Gäste konnte man doch verzichten, glaubte Dave. Alle finanziellen Dinge wurden ja von Helen verwaltet, ohne dass Dave ein Einblick gewährt wurde. Eigentlich interessierte er sich auch nicht sonderlich dafür. Unternehmergeist war bei Dave nicht stark entwickelt, was aber auch ausschloss, über eigenes Geld verfügen zu wollen.

Für Dave stand jetzt fest, Mr. Ashley unter Druck zu setzen und Kapital aus dem Wissen zu schlagen. Nur wie, war noch unklar. Er brauchte jetzt Ruhe, um einen Plan zu fassen, der keinen Fehler duldete.

Nachdem der Sohn ins Bett gebracht war, machten Dave und Helen es sich vor dem Fernseher gemütlich. Das Programm fand nicht Daves Interesse. Er konnte sich auch nicht darauf konzentrieren, weil ihn der Gedanke an diesen Ashley nicht losließ. Als er im Begriff war, vor die Tür zu gehen, um eine Zigarette zu rauchen, begann Helen ein Gespräch, was ihn von seinem Vorhaben abbrachte.

„Ich habe heute Mr. Redford des Hauses verwiesen", fing sie leise zu sprechen an. „Ich war mir sicher, unter der Tür hindurch Fotoblitze gesehen zu haben. Auch merkwürdige Lustgeräusche. An der Tür stehend, konnte ich obszöne Wortfetzen verstehen. Nachdem ich heftig an die Tür geklopft hatte, öffnete dieser Kerl völlig verschwitzt die Tür. Der Junge, den er bei sich hatte, lag nackt auf dem Bett."

Plötzlich fing Helen zu weinen an und Dave goss beiden einen Whisky ein. Nach einer kleinen Pause nickte Dave nachdenklich mit dem Kopf. „Ich habe dir doch gesagt, dass der Kerl nicht sauber ist. Aber deshalb brauchst du doch nicht weinen", antwortete Dave leise.

Helen schnäuzte laut in ihr Taschentuch und sah Dave mit rotem Gesicht an. „Du weißt nicht, wie ich mich fühle, wenn ich so etwas sehe oder höre. Als ich ein kleines Mädchen war, hatte sich ein Mann jahrelang an mir vergangen. Ich hatte Angst, meinen Eltern davon zu erzählen, denn es war ein Freund meiner Eltern in Kenia ..." Helen machte eine lange Pause und nippte an ihrem Whiskyglas. Dave sah sie sprachlos an und goss beiden Whisky nach. Endlich sprach seine Frau über ihre Kindheit in Afrika. Schweigend hörte er ihr weiter zu „Dieser Mann wurde später mein Ehemann. Er war dreißig Jahre älter als ich und hielt auch nach Jahren unserer Ehe seine widerliche Neigung aufrecht. In Afrika ist so etwas leicht, besonders mit Erfüllungsgehilfen. Da rennt keiner zum Richter oder Anwalt. Erstens hat niemand das Geld dafür und zweitens auch keine Chance auf Erfolg."

„Warum hattest du denn nicht deinen Eltern davon erzählt?"

„Weil meine Eltern mir nicht geglaubt hätten! Er war doch ein korrekter Freund und Nachbar, also völlig undenkbar."

„Das ist ja schrecklich, meine Liebe." Dave stand auf, um seine Frau zu umarmen. Sie tat ihm unglaublich leid. Doch gleichzeitig wuchs seine Wut auf diesen Mistkerl Ashley.

„Was willst du denn jetzt machen?", fragte er Helen verzweifelt, „willst du zur Polizei gehen und diesen Sauhund anzeigen?"

Helen nahm noch einen Schluck zu sich, wischte sich die Tränen aus dem Gesicht und schüttelte den Kopf energisch.

„Liebling, denke eine Sache zu Ende. Ich habe nicht gerade Lust, Polizei im Hause zu haben oder neugierige Journalisten." Die Hände in die Höhe haltend, untermauerte sie ihren Entschluss.

„Davon habe ich für den Rest meines Lebens genug. Außerdem können wir dann alles hier vergessen. Lass es so, wie es ist. Wir sind den Kerl los, fertig."

Für Dave stand fest, aus dieser Sache Profit zu schlagen, ohne Helen. Das war die Gelegenheit, über eigenes Geld zu verfügen. Außerdem war sein Hass auf diesen Kinderschänder so groß, dass er sich zu seinem Vorgehen geradezu verpflichtet fühlte.

Am nächsten Morgen betrat Dave die Niederlassung der Deutschen Bank in Brighton und erkundigte sich nach einem Nummernkonto in Deutschland, welches in Hamburg eingetragen sein sollte.

In derselben Straße befand sich auch das Postamt, wo er ein Postfach unter einem Pseudonym mietete. Er hatte noch genügend Zeit, an der Promenade ein Luxushotel aufzusuchen, wo bekanntlich gut betuchte Deutsche abstiegen. Diese sollten seine unfreiwilligen Helfer werden, so hoffte Dave.

Hoch motiviert, suchte er noch den Pub auf, um vielleicht noch eine Runde Poker mitzuspielen.

Seine neuen Freunde waren aber schon in Aufbruchstimmung und Dave verließ mit ihnen das Lokal. Auf dem Weg nach Hause kaufte er ein paar Zeitschriften, einen Filzstift und handelsübliches Klebeband.

Helen traf er nicht an, was ihm nur recht war. Vielleicht war sie beim Friseur oder sonst wo. Sie sprachen selten über ihre Erlebnisse außerhalb des Hauses. Die Putzhilfe war noch in der Küche und brühte gerade einen Kaffee auf. Ohne weitere Worte zu verlieren, zog Dave sich um und ging rüber zu dem Gartenhäuschen.

Im Groben hatte er sich den Text ausgedacht, den er diesem Ashley zukommen lassen wollte. Er musste klar formuliert und unmissverständlich sein. Die Herkunft durfte nicht einmal die Polizei herausfinden können.

Dave zog sich die Handschuhe an und überlegte lange. Nach einer Zigarettenlänge schrieb er die ersten Worte auf den Zeitungsrand. Strich alles wieder durch und begann erneut. Schließlich entschloss er sich kurzerhand für die wenigen Worte: „Was halten Sie davon?"

Wahllos entfaltete er die mitgebrachten Zeitschriften und schnitt sich die entsprechenden Buchstaben aus. Sorgsam klebte Dave sie auf einen feinen Briefbogen. Eiligen Schrittes ging er ins Haus und setzte sich an die alte Schreibmaschine, die eigentlich nicht mehr benutzt wurde. Er musste sich beeilen, denn Helen konnte jeden Augenblick erscheinen. Schnell schrieb er die Hausadresse von Mr. Ashley auf den Briefumschlag. Gerade war er fertig, als er Helen an der Haustür hörte. Hastig stellte er die Schreibmaschine an ihren Platz und lief ins Badezimmer, wo er den Umschlag in die Hose steckte und sich seiner Handschuhe entledigte.

Helen stand plötzlich vor Dave und gab ihm einen flüchtigen Kuss. Als sie an ihn vorbeiging, fragte sie erwartungsvoll: „Sag Mal, siehst du denn nichts?" „Was? Was meinst du?", antwortete Dave etwas verwirrt, bis ihm endlich auffiel, dass Helen beim Friseur gewesen war. „Natürlich, Liebes, das ist mir doch gleich aufgefallen. Du siehst einfach toll aus", antwortete er keck und nahm Helen kurz in den Arm. Mit einem zufriedenen Lächeln schloss Helen die Badtür.

Im Gartenhäuschen versteckte Dave seine Utensilien unter dem Holzstapel, steckte den Brief in den Umschlag und ging zurück zu Helen.

Nach einem kleinen Imbiss stand Dave auf und verließ das Haus mit den Worten: „Ich geh dann mal und hole den Kleinen ab."

Er hatte noch etwa eine Stunde Zeit, John-Mark abzuholen, aber die brauchte er auch, denn Dave wollte ja noch in dieses Hotel gehen und hoffte, einen Deutschen dort zu treffen.

Dort angekommen, hielt er sich in der Nähe des Empfangs auf und schenkte den abreisenden Gästen seine ganze Aufmerksamkeit. Tatsächlich musste er nicht lange warten, bis ein junges Paar sich dem Ausgang zubewegte. Vor dem Hotel fing er beide ab und bat sie um die Gefälligkeit, seinen Brief mitzunehmen. Sie

sollten doch bitte den Brief in Deutschland mit einer Sonder-
marke versehen, weil der Adressat ein leidenschaftlicher Brief-
markensammler war. Als Dave dem freundlichen Paar etwas Geld
für die Marke geben wollte, lehnten sie ab. Der Mann sammelte
auch ausländische Sondermarken, war die Begründung dieser
netten Gäste. Dem Brief hatte er noch ein Foto beigelegt und
hoffte, dass das Gewicht stimmte.

Der erste Schritt war getan, jetzt gab es kein Zurück.

Mr. Ashley wurde von dem Postboten geweckt, der ein Einschreiben bestätigt haben wollte.

Hierbei überreichte er auch einen Brief aus Deutschland. Etwas
verwundert, bedankte Mr. Ashley sich und öffnete umständlich
den Umschlag.

Er glaubte, seinen Augen nicht zu trauen und setzte sich nachdenklich in einen nahe stehenden Sessel. Doch nach wenigen
Sekunden fuhr er hoch und rannte in den Keller. Die Dunkelkammer sowie die anderen Räume schienen unverändert, einfach so, wie er sie verlassen hatte. In der Hand hielt er dieses
Foto, welches er in dem gerade erhaltenen Brief gefunden hatte.
Hastig holte er die Negative aus den Schubladen hervor und
verglich sie mit allen anderen Bildern. Tatsächlich fehlte dieses
Foto. Wie wirr im Kopf stieg er die Treppe zum Wohnzimmer
hinauf, setzte sich erneut und grübelte, wer für diese Unver-
schämtheit infrage käme.

Wenn seine anormale Neigung publik würde, wäre er erledigt.
Wie von Sinnen rannte er erneut in den Keller, raffte alle Bilder
und Negative zusammen und verbrannte sie in einem eisernen
Eimer. Jetzt war ihm nichts mehr nachzuweisen und er beruhigte
seine strapazierten Nerven mit ein paar Gläsern Whisky. Völlig
verschwitzt, löste er den Krawattenknoten und fächerte sich mit
dem Briefumschlag kühle Luft zu. Morgen würde er wichtige
Telefonate zu führen haben, beschloss er und trank die halb volle
Flasche mit einem Zug leer.

Morgen? Wieso morgen, heute musste er seinen Kontaktmann anrufen. Der hatte doch schließlich die Verantwortung, falls etwas schieflief. Als Mr. Ashley vor dem Schreibtisch saß, versuchte er, seine Gedanken zu ordnen. Mit dem Zeigefinger wählte er die Geheimnummer, die ihm ja geläufig war. Ungeduldig trommelte er mit den Fingern auf die Gummimatte und setzte sich gekrümmt hin, als sich endlich eine bekannte Stimme meldete.

„Ich brauche Hilfe, Mister", fing er umständlich an. „Ich werde erpresst, Mister. Heute ist mir ein Brief zugestellt worden. Sie wissen schon, Nuri und ich sind darauf zu sehen, Mister, verstehen Sie? Sofort!"

Keine Antwort oder irgendwelche Geräusche waren zu hören. Ungeduldig presste Mr. Ashley das Telefon an sein Ohr. Er hatte große Lust zu schreien, als endlich eine Männerstimme zu vernehmen war.

„Ich brauche genaue Anschriften, wo man Sie hätte sehen können", antwortete eine leise Männerstimme aus großer Entfernung. Damit war das Gespräch beendet, gemäß der Abmachung, alle Gespräche kurz zu halten. Mr. Ashley kam plötzlich der Gedanke, dass nur Nuri, dieser kleine Inder, Zugang zu den Fotos hatte. Natürlich war es dieser kleine, schmierige Kerl, der immer unmissverständlich seine Forderungen nach mehr Geld deutlich machte.

Mutig öffnete Mr. Ashley eine neue Flasche und goss sich großzügig ein. Die wussten, wie man mit solchen Menschen umgeht, glaubte er und konnte ein Grinsen nicht unterdrücken. Dieses Grinsen war eher eine Fratze und drückte nur Hilflosigkeit aus.

Er kam sich plötzlich alleingelassen vor. Diese Vermittler, diese Schweine, mussten die Sache bereinigen. Schließlich bekamen die einen Haufen Geld dafür. Aber diese Männer waren seine letzte Hoffnung. Die wussten bestimmt, wie man in seinem Fall vorzugehen hatte.

Das Schrillen des Telefons riss ihn fast aus dem Sessel. Die leise, nüchterne Männerstimme am anderen Ende war ihm fremd.

Mr. Ashley beantwortete schwitzend die knappen Fragen und erzählte noch schnell von Nuri. Sein Gesprächspartner ging aber nicht weiter darauf ein und beendete grußlos das Gespräch.

Die vergangenen vierzehn Tage war der kleine John-Mark in den Mittelpunkt ihrer Beziehung gerückt, mehr noch als zuvor. Helens frühere Aktivitäten im Hause waren ja den Gästen gewidmet. Nach dem Erlebnis mit diesen Pädophilen sah sie jeden Single mit anderen Augen und ertappte sich dabei, an der Tür zu horchen oder die Bettwäsche zu untersuchen. Sie bestand neuerdings darauf, John-Mark zur Schule zu bringen, was natürlich zu Konfrontationen mit Dave führte. Helen befahl Dave, dieses und jenes zu machen, was nie zu seinen Aufgaben gehört hatte. Um weiteren Konflikten aus dem Wege zu gehen, machte er wortlos, was Helen ihm auftrug.

Zwei Wochen, nachdem Dave den ersten Brief an Ashley geschickt hatte, lud er die Schreibmaschine und alles Nötige für den nächsten Brief in den Wagen und fuhr zu einem nahe gelegenen Park. Schnell verfasste er seine Forderung: die Zahlung von 15 000 Pfund auf das deutsche Nummernkonto in Hamburg.

Nach der bewährten Methode, seinen Brief loszuwerden, begab er sich wieder in dieses Hotel und holte anschließend seinen Sohn von der Schule ab.

Abends fanden nur beschränkt Gespräche zwischen Helen und Dave statt. Beide hingen ihren eigenen Gedanken nach. Meist saß Helen in dem Sessel am Fenster und verfolgte das Abendprogramm unkonzentriert. Als mal wieder ein Fußballspiel übertragen wurde, nahm sich Helen ein Modejournal und blätterte die Seiten um. Auf der Straße hielten sich nicht so viele Leute auf wie gewöhnlich und Helen schaute etwas gelangweilt den Passanten zu.

Ihr Blick haftete sich auf einen PKW, in dem zwei dunkelhäutige Personen saßen. Es war durchaus nichts Ungewöhnliches, Afrikaner auf der Insel zu sehen, und für Helen schon gar nicht. Doch nach fünf Minuten stand der Wagen immer noch da und die Insassen blickten zu Helen herüber. Die Gesichter waren nicht klar zu erkennen und Helen kümmerte sich nicht weiter um diese Leute. Erschreckt ließ sie ihren Prospekt jedoch fallen, als Dave mit lautem Schrei aus seinem Sessel fuhr und immer wieder „Goal, Goal" schrie. Helen reagierte mit ihrem Zeigefinger an der Stirn und schaute irritiert zum Fenster hinaus. Als sie zu ihrer Verwunderung immer noch das Fahrzeug mit den beiden Schwarzen dort stehen sah, drehte sie sich zu Dave um, um ihm davon zu erzählen. Als Dave jedoch kurz ans Fenster ging, fuhr der Wagen plötzlich schnell davon.

In der Pause der Fußballübertragung klingelte es an der Haustür. Helen erhob sich und öffnete.

Vor ihr stand ein Mann mittleren Alters und stellte sich höflich als Fotograf vor. Er war auf der Durchreise und wollte eine Nacht hier verbringen, weil er den Sonnenuntergang über Brighton fotografieren wollte. Heute wären die Lichtverhältnisse besonders gut, meinte er beiläufig.

Einem kleinen Snack wäre er nicht abgeneigt und Helen begab sich in die Küche. Als der neue Gast Dave vor dem Fernseher sitzen sah, fragte er interessiert nach dem Spielstand. Unaufgefordert setzte er sich zu Dave. Dieser stand auf und wollte den Mann höflich auffordern, im Gastraum Platz zu nehmen, als dieser auch schon ein paar Fotos von Dave machte. „Lassen Sie das", knurrte Dave grob und führte den Gast in den Gemeinschaftsraum.

Als Helen den Mann wenige belegte Brote und etwas zu trinken brachte, stand dieser am Fenster zum Hof und machte Außenaufnahmen. Das Interesse an dem Spiel schien nicht sehr ausgeprägt zu sein.

„Komischer Kerl", meinte Helen, als sie von dem Verhalten erzählte.

„Fotografen und Journalisten sind nun Mal neugierige Leute", beschloss Dave das Gespräch.

„Wenn es nun doch wieder so ein Kinderschänder ist, was dann?"

„Du brauchst Urlaub, meine Liebe. Was hältst du davon, mal auszuspannen? Es ist im Moment ohnehin nicht viel los und John-Mark können wir doch unserer Putze für die Zeit überlassen."

Empört sah Helen zu Dave hinüber. „Du spinnst doch, Mann. Ich überlasse meinen Liebling niemandem. Wenn du Entspannung brauchst, dann geh doch, aber ohne mich."

Kopfschüttelnd erhob sich Dave und ließ Helen allein. Er nahm sich eine Flasche Bier aus dem Kühlschrank, ging ins Gartenhäuschen und hörte sich die Übertragung des Fußballspieles im Radio an. Seine Gedanken aber kehrten immer wieder zurück zu seiner Erpressungsgeschichte.

Am nächsten Morgen war dieser merkwürdige Fotograf verschwunden und Dave verlor keinen Gedanken mehr an ihn. Es war auch unwichtig, was hier im Gasthof passierte. Das Tagesgeschäft ging ihm auf den Wecker, mit den sich immer wiederholenden Abläufen. Dave schrieb eine kleine Notiz auf einen Zettel und verließ das Haus.

In seinem Postfach fand er nur eine Gebührenberechnung vor. Missmutig verließ er das Gebäude und schwang sich auf das Fahrrad. Er brauchte einfach eine Abwechslung und kehrte im Club der Kartenspieler ein. Wie gewöhnlich begrüßte er die Leute und nahm an deren Tisch Platz. Eine ihm bekannte Stimme ließ ihn zum Tresen blicken. Bei genauerer Betrachtung der Leute erkannte er diesen Kommissar wieder, der Helen und ihn damals verhaftet hatte. Automatisch machte Dave sich auf seinem Stuhl so klein wie möglich, doch vergebens. Der Polizist hatte ihn erkannt und winkte Dave freundlich zu. Er verfluchte seine plötzliche Unsicherheit und hatte nur das Verlangen, das Lokal so schnell wie möglich zu verlassen. An der Tür drang ihm die sonst so sympathische Stimme des Kommissars eindringlich ins Ohr. Abrupt blieb er stehen und blickte erstaunt zum Tresen.

„Hallo, Mister Fergunson, wie geht es Ihnen?", fragte Mr. Welsh überaus freundlich und lud Dave zu einem Drink ein. Mehr als nur ein Small Talk kam nicht zustande. Mr. Welsh musste über

Daves offensichtliche Unsicherheit grinsen und war dennoch erstaunt über dessen abrupten Abgang.

Auf dem Weg zurück nach Hause verfluchte Dave sein Benehmen. Er hatte bisher kein auffälliges Leben geführt und er überlegte kurz, ob er diese Geschichte mit Ashley durchziehen sollte. Doch er machte sich selbst Mut, einmal in seinem Leben eine Sache zu Ende zu bringen, die Erfolg versprach und Aussicht auf einen Haufen Geld hatte. Über Moral oder Unmoral machte er sich keine weiteren Gedanken. Dieses Schwein von Kinderschänder musste bestraft werden.

Als Dave den Gasthof betrat, empfing ihn Helen mit einem Stakkato von Vorwürfen, weil er John-Mark nicht bei sich hatte. „Ich dachte, du holst ihn ab. Ich hatte doch kein Auto, nur das Fahrrad." Kommentarlos warf Helen Dave die Schlüssel an die Brust und deutete mit ausgestrecktem Arm unmissverständlich an, was er zu tun hatte. Sie hatte ja recht, dass er seinen Sohn vergessen hatte, aber deswegen musste Helen doch nicht gleich so reagieren.

Als er die Schule erreichte, waren nur noch einige Leute zu sehen. Ein Klassenkamerad von John-Mark wartete auf dem Fußweg wohl noch auf seine Mutter. Dave fragte ihn, ob sein Sohn noch in der Schule sei. Der Junge sah Dave fragend an, „wieso, der ist doch eben schon abgeholt worden, von seinem Onkel, glaube ich." Dave bückte sich zu dem Schüler hinunter, um ihn zu fragen, ob er seine Frage richtig verstanden hatbe und ob er wüsste, dass er der Vater von John-Mark sei. Ohne den Jungen weiter zu beachten, lief Dave schnell in die Schule. Auf dem Korridor prallte er mit einer Lehrerin zusammen und riss die Tür zum Lehrerzimmer auf.

Dort saß aufgeschreckt Mrs. Holden, die Lehrerin, und sah Dave mit angstvollem Blick an.

Ohne jede Formalität fragte er: „Ich habe mich etwas verspätet. Wo ist John-Mark?"

„Wieso soll ich wissen, wo ihr Sohn ist? Sie holen ihn doch immer ab."

Ohne weitere Diskussion verließ er den Raum und lief zu dem Klassenzimmer rüber. „John, wo bist du?", schrie er verzweifelt und legte sich auf den Fußboden, um wirklich den letzten Winkel des Raumes zu sehen.

Vor dem Gebäude suchte Dave John-Marks Schulfreund, um ihn noch einige Fragen zu stellen. Doch auch der Junge war nicht mehr zu sehen. Umständlich kramte er sein Handy aus der Jackentasche und rief Helen an. „Was ist schon wieder?", hörte er Helen sagen und ging nicht weiter auf irgendwelche Attacken von ihr ein. „Ich will wissen, ob unser Sohn bei dir ist und wer ihn abgeholt hat." „Was heißt das denn nun wieder? Andrew ist nicht hier." Dave hörte nur noch, wie Helen hysterisch zu weinen anfing und legte auf. Unschlüssig stand er da, nicht fähig, die Sache zu begreifen. Als er die Lehrerin erblickte, stellte er hastig einige Fragen: Welcher Onkel hatte John-Mark abgeholt und mit welchem Wagen? hat und mit welchem Wagen? Ungläubig stand die Pädagogin da und riet Dave schließlich, zur Polizei zu gehen.

Schnell setzte er sich hinter das Steuer seines Wagens und fuhr mit überhöhter Geschwindigkeit zu dem Lokal, wo er Mr. Welsh getroffen hatte. Doch der Pub war kaum noch von Gästen besetzt und von dem Inspektor keine Spur.

Er konnte nicht glauben, was er eben erlebt hatte und erreichte wenige Minuten später sein Zuhause. Mit verweinten Augen klammerte sich Helen sogleich an seine Jacke. Einer Ohrfeige ausweichend, packte er Helens Arme und versuchte, sie zu beruhigen.

„Alles nur deinetwegen, du Versager!", schrie sie ihm ins Gesicht und wandte sich abrupt von Dave ab.

Wortlos ging Dave zum Schreibtisch und suchte die Telefonliste der Eltern von John-Marks Klassenkameraden. Im Sessel zusammengesunken, saß Helen schluchzend und sah mit leerem Blicken aus dem Fenster.

Dave hatte die Liste schnell abtelefoniert und drehte sich achselzuckend Helen zu.

„Ich ruf jetzt die Polizei, vielleicht wissen die was", versuchte er ratlos, Helen aus ihrer Lethargie zu befreien. Doch die fuhr nur verschreckt hoch und schrie ihn hysterisch an.

„Nein, von denen habe ich genug. Wir fahren John-Marks Schulweg langsam ab. Vielleicht ist er dir entgegengegangen, weil du mal wieder unpünktlich warst."

Helen machte Anstalten, sich den Mantel anzuziehen, doch sie hielt inne, als ihr plötzlich diese Farbigen in dem Wagen, vor wenigen Tagen, wieder einfielen. Hatten die Schwarzen etwa damit etwas zu tun?

Im Schritttempo fuhren sie den Weg ab, den der Junge wohl zu Fuß gehen würde. Immer wieder versuchte Dave, Helen davon zu überzeugen, die Polizei zu rufen. Doch stoisch lehnte sie ab, nicht in der Lage, die Dinge zu ordnen.

Zuhause angekommen, klingelte das Telefon und Helen griff hastig zu dem Hörer.

„Hören Sie den Anrufbeantworter ab", war nur kurz eine leise Stimme zu vernehmen.

„Mammi, mir geht es gut", war auf dem AB ihr kleiner Sohn zu hören. „Haben Sie keine Angst Mrs., schalten Sie nicht die Polizei ein, wenn es so bleiben soll. Ich rufe in einer Stunde noch mal an."

„Was meint der Kerl da?", fragte Dave konsterniert.

„Merkst du nicht, dass unser Sohn entführt wurde?", schrie Helen lauthals und bedeckte ihre Ohren mit den Händen. „Merkst du das denn nicht?"

Dave hatte sich in letzter Zeit angewöhnt, Alkohol zu trinken, wenn er Probleme hatte und setzte eine Flasche Wodka an, um sich zu betäuben.

Dave kam ein irrer Gedanke. „Sollte etwa dieses fiese Schwein von Ashley, der Kinder-schänder, so ein Ding abziehen?", fragte sich Dave schuldbewusst und setzte sich zu Helen.

Plötzlich tauchte dieser merkwürdige Kerl in seinem Gedächtnis auf, der sich vor ein paar Tagen als Fotograf ausgegeben hatte. Schließlich hatte er von Dave einige Fotos gemacht. Den Sonnenuntergang zu fotografieren, war nur ein Vorwand gewesen. Dave wurde völlig klar, dass dieser Ashley dahinter steckte. „Was machen wir jetzt?", fragten sich beide gleichzeitig. Den Gedanken, die Polizei einzuschalten, hatte Dave schnell verworfen.

Helen hatte recht, die Polizei nicht hinzuzuziehen. Er musste jetzt seinen eigenen Weg gehen. „Wir müssen abwarten, was der Entführer will, dann haben wir Klarheit." Dave glaubte an einen Racheakt von diesem Ashley und bereute seine Erpressung. Er war sofort bereit, auf alle Bedingungen des Kidnappers einzugehen und nahm einen tiefen Schluck aus der Flasche.

Schrilles Klingeln des Telefons ließ sie hochfahren. Beide nahmen aber den Hörer nicht ab, als hätten sie Angst vor einer Konfrontation mit einem übermächtigen Gegner. Schließlich nahm Helen das Gespräch mit zitternden Händen an. Es war die Mutter von John-Marks Schulfreund. Sie wollte wissen, ob ihr Junge sich wieder eingefunden hätte. Kaum lag der Hörer wieder auf der Gabel, als es wieder schellte. Jetzt war Dave es, der das Gespräch annahm.

Am anderen Ende der Leitung war aber nur ein schweres Atmen zu hören. Auf Daves drängende Fragen kam keine Antwort, sondern nur diese unerträgliche Stille ohne irgendwelche Nebengeräusche. Helen hielt es nicht mehr aus, in dem Sessel stillzusitzen und ging in das Badezimmer, um sich ein bisschen frisch zu machen.

Nach einigen Zigarettenlängen klingelte es erneut. Dave nahm aber absichtlich nicht ab und ließ es klingeln, bis der AB ansprang. Helen kam gerade zurück und hörte sich, im Türrahmen stehend, die Nachricht an. „Wenn Sie ihr Kind zurückhaben wollen, hinterlegen Sie 200 000 Pfund in unsortierten Scheinen. Wo und wann genau, erfahren Sie morgen um 11 Uhr."

Damit war die Info beendet. „Wer kann das sein?", fragten sich beide. Helen raufte sich die Haare und lehnte sich hilflos zurück. Dave nahm wieder einen großen Schluck Wodka zu sich und setzte sich ebenfalls. Der Alkohol zeigte seine Wirkung. Vornübergebeugt fragte er Helen mit leiser Stimme: „Hast du eine Ahnung, wer das sein könnte? Kommt dir diese Stimme bekannt vor? Woher sollen wir so viel Geld nehmen?"

Achselzuckend starrte Helen aus dem Fenster und brach erneut in Tränen aus.

Nach einer schlaflosen Nacht setzte sich Dave in das Auto und fuhr mit schwerem Kopf zur Post. Mit zittrigen Händen öffnete er sein Schliessfach, in dem er eine Nachricht erhoffte. Doch es war leer. Dave war froh darüber und hielt diese Tatsache für ein Indiz seiner Unschuld. Dieser Kerl Ashley war wohl auch keine Kämpfernatur. Er würde kein Geld wollen, sondern nur Rache, redete sich Dave ein. Sollte Dave seine Idee jetzt weiter forcieren oder die Zeit für sich arbeiten lassen? Irgendwie war er erleichtert und er würde mit Helen besprechen, doch die Polizei einzuschalten.

Hoffnungsvoll stellte er das Fahrzeug vor der Schule ab und wartete dort auf den Kameraden seines Sohnes. Nach einer Zigarettenlänge kam der Junge an. Beide fragten gleichzeitig, ob John-Mark aufgetaucht sei. Dave wollte wissen, wie das Fahrzeug aussah, in das sein Sohn gestiegen war. Wie der Mann oder die Männer aussahen. Die Aussagen des Schulfreundes waren nicht besonders hilfreich. Doch das Auto konnte der Junge genau beschreiben. Autos waren sein Hobby, wie er mit leuchtenden Augen erzählte. Leider hatte er nicht auf das Nummernschild geachtet.

Mit dieser Nachricht erreichte Dave das Haus, in dem Helen gerade mit neuen Gästen sprach.

Ihr Make-up konnte nicht ihre Sorgenfalten überdecken. Als beide alleine waren, erzählte Dave, was er von dem Schulkollegen ihres Sohnes erfahren hatte. Wie unter Zwang starrte Helen aus dem Fenster, zu dem Platz, wo vor einigen Tagen dieses auffällige Fahrzeug mit dem Schwarzen am Steuer gestanden hatte. Sie behielt ihre Erkenntnis vorerst für sich und suchte intuitiv die Straße ab. Dave machte sich einen kleinen Snack und sah auf die Uhr. Es war wenige Minuten vor 11 Uhr. Dave hielt es in dem Raum nicht mehr aus und ging rüber zu dem Gartenhäuschen und ließ sich dort gedankenverloren auf dem Holzklotz nieder.

Endlich klingelte das Telefon und Helen meldete sich mit leiser Stimme. Der Mann am anderen Ende der Leitung sprach klar und deutlich in der Sprache der Suaheli, mit der Helen ja in Kenia aufgewachsen war. Erschrocken griff sich Helen an den Hals.

„Du weißt, dass du schuld bist an dem Tod unseres Bruders." Helen glaubte, nicht richtig zu hören und wollte empört antworten. Aber der Mann fuhr unbeirrt fort. „Du hast erst deinen Mann und dann unseren Bruder umgebracht. Du sollst erfahren, was es heißt, ein Familienmitglied zu verlieren. Es liegt an dir, Lady, wie es ausgeht. Hast du das Geld?"

„Du bist doch verrückt, Mann. Ich will jetzt meinen Sohn sprechen, sofort!", schrie sie ins Telefon.

„Hast du das Geld? Dann bekommst du deinen Sohn." Helens Gedanken waren derart konfus, dass sie nicht in der Lage war, sofort zu antworten. Es wäre auch sinnlos gewesen, denn der Anrufer hatte schon wieder aufgelegt.

Außer sich vor Wut öffnete Helen das Fenster zum Garten und schrie lauthals zu Dave rüber: „Dave, wo bist du? Komm sofort her!"

Außer sich pöbelte Helen auf Dave ein. Es wäre nur seine Schuld, dass ihr Sohn entführt wurde, war noch der mildeste Vorwurf. „Sieh mal zu, wo wir jetzt das Geld herbekommen."

Völlig überfordert stand Dave achselzuckend da und wollte sich wieder in seine Gartenlaube begeben. Helen nahm ihn aber wieder in den Arm, weil sie wohl merkte, zu weit gegangen zu sein.

„Ich habe nicht so viel Geld, wie du weißt", lenkte sie kraftlos ein. „Ich fahre jetzt zur Bank, um einen Kredit aufzunehmen. Die Zeit läuft uns weg", fügte sie noch hinzu und verließ das Haus.

Dave redete sich ein, seine Hilflosigkeit mit einem Wodka verdrängen zu können und öffnete die Hausbar. In dem Moment ging die Fensterscheibe mit einem fürchterlichen Krach zu Bruch. In den Scherben rollte eine geschlossene Flasche über den Teppich. Von dem Schrecken kaum erholt, hob er die Flasche auf. Sie war gefüllt mit Benzin und mehreren Streichhölzern. Was hatte das zu bedeuten? Er lief zur Haustür, öffnete sie hastig und sah sich auf der Straße nach dem Täter um. Die wenigen, neugierigen Passanten fragten ihn, was passiert sei. So brauchte er denen nicht die Frage stellen, ob sie etwas gesehen hatten. Im Hause nahm er wieder die Flasche in die Hand und kam auf den Gedanken: Dieses war ein Zeichen; die Täter würden das Haus abfackeln, wenn sie nicht auf deren Bedingungen eingehen würden. Ja, klar, das hatten ihm damals die Spanier erzählt. Warum sollten solche Signale nicht auch hier üblich sein? Er rief den Glaser in der Nachbarschaft an und räumte das Zimmer auf. Wenig später kam Helen zurück und wurde kreidebleich, als Dave ihr die Flasche zeigte.

„Hast du das Geld? Wir müssen eine Lösung finden. Lass uns die Polizei holen, wir schaffen das alles nicht allein", flehte er Helen an. Doch die stand stocksteif da und rührte sich nicht.

„Ich habe den Bankdirektor gebeten, dem Kredit zuzustimmen. Der braucht natürlich Zeit. Will Bilanzen sehen und so weiter." Plötzlich schrillte das Telefon und beide stürzten darauf zu. Helen riss die Muschel an sich und hörte aufmerksam zu. Ihr Gesicht hellte sich auf. John-Mark war am anderen Ende. Seine Stimme klang traurig, aber fest. Helen war nicht in der Lage zu sprechen. Dave nahm ihr den Hörer aus der Hand und vernahm eine Männerstimme, die etwas in einer Sprache sagte, die er nicht verstand. Dann war alles ruhig.

„Ich weiß, wer John-Mark entführt hat. Es sind diese nimmersatten Bastarde aus Kenia. Ich möchte wissen, was die noch wollen. Die Sache ist doch längst erledigt. Wenn wir denen das Geld jetzt geben, fordern sie immer mehr. Es wird nie ein Ende haben. Wir müssen ein Treffen arrangieren, mit ihnen sprechen. So lange will ich keine Polizei dabeihaben. Verstehst du das?" Dave verstand überhaupt nichts mehr und setzte sich.

„Wir haben keine Zeit mehr, Helen. Hast du die Flasche vergessen? Die fackeln das Haus ab." Nachdenklich sah sie Dave an und schüttelte mit dem Kopf. „Wir sind versichert. Wenn wir die Polizei einschalten, kommen die Journalisten und wir können schließen. Das ist dir doch wohl klar, oder? Nein, ich will mich mit denen treffen." „Ich begreife die ganze Geschichte nicht. Was haben die Nigger aus Kenia für einen Grund, von dir das Geld zu erpressen? Was stimmt da nicht, Helen, sag es mir." „Da gibt es nichts zu sagen. Die haben nichts gegen mich in der Hand. Die Sache ist abgeschlossen." „Da ist sie wieder, diese kühle Helen", dachte Dave und wandte sich ab. Vor der Tür rauchte er eine Zigarette und sah hilfesuchend jeden vorbeifahrenden Wagen und jeden Passanten an, in der Hoffnung, den Täter zu erkennen. Tatsächlich erkannte er einen Mann, der langsam mit dem Auto an dem Haus vorbeifuhr. Verdammt, das war dieser Ashley, dieses Schwein. Irrtum ausgeschlossen. „Hat der was mit dieser Sache zu tun?", fragte er sich. Ihm zitterten die Knie bei dem Gedanken. Dann war er schuldig, redete er sich für kurze Zeit ein und ging wieder ins Haus. Gott sei Dank stieß er auf einen Gast, der einen Drink mit ihm nehmen wollte. Dave besorgte das Getränk und setzte sich zu dem Mann. Er war ein lustiger Typ und brachte Dave zum Lachen. Fast wäre Dave der Versuchung erlegen, ihm von dem Problem zu erzählen. Er musste sich irgendwie befreien von dieser Qual und sah einfach keine Lösung. Abrupt stand Dave auf, weil er ein Geräusch wahrgenommen hatte, als ob jemand sich an dem Briefkasten zu schaffen machte. Tatsächlich fand er einen unbeschriebenen Umschlag vor, den er hastig aufriss.

Ausgeschnittene Zeitungsworte forderten ultimativ bis um 18 Uhr die Übergabe des Geldes.

„Jetzt ist Schluss, Helen. Wir müssen etwas tun. Ich ruf die Polizei an. Wir haben keine Chance", redete er heftig auf Helen ein. „Wir wissen weder, woher wir das Geld nehmen sollen, noch, wo und an wem wir es übergeben sollen." „Ich weiß es", meinte Helen ruhig. „Sie haben es mir gesagt." Ungläubig sah Dave seine Frau an und griff nach einer Zigarette.

„Ich habe einen Umschlag vorbereitet, den du heute Nachmittag abgibst." Sie zeigte auf den Küchentisch, auf dem ein prall gefüllter, brauner Umschlag lag. „Du stellst dich mit dem Geld an dem Postschalter auf, legst ihn unauffällig auf ein Schreibpult und verschwindest schleunigst. Ich warte in der Nähe und beobachte die Person, die mit dem Umschlag weggeht. Vielleicht kenne ich den Mann. Alles andere ergibt sich. Ist das klar, Dave? Ich habe alles genau durchdacht." „Ja, gut, aber wie bekommen wir unseren Sohn? Hast du dir das auch überlegt?" „Ich glaube nicht, dass die Männer John-Mark etwas antun. Dafür sind sie zu feige. Das Risiko ist denen zu hoch. Glaube es mir, es funktioniert schon."

Es waren noch vier Stunden bis 18 Uhr. Dave nahm den Umschlag mit zitternden Händen an sich und schaute wieder auf die Uhr. Irgendwie bewunderte er Helen, wie kalt sie mit dieser Situation umging. Schließlich erklärte er es damit, dass sie ja ihre ehemaligen Landsleute besser kannte als er. Helen hatte hin und wieder kurz einige Erlebnisse aus Afrika erzählt, die sich nicht immer lustig anhörten. Dort war das Überleben vorrangig und forderte feste Persönlichkeiten, die zu überleben verstanden.

Unsicher betrat Dave die Halle und sah sich nach allen Seiten um. Es waren keine auffälligen Personen zu erkennen und so stellte sich Dave an ein Schreibpult, wo irgendwelche Prospekte und Vordrucke herumlagen. Er nahm sich einen dieser Vordrucke und tat so, als hätte er Schwierigkeiten, diese Papiere ordnungsgemäß auszufüllen. Der Schweiß lief ihm in Mengen den Kragen hinab. Die Menschen aller Couleur waren anwesend, aber keiner, der für den Deal infrage käme. Zufällig sah er Helen an einem anderen Pult stehen, die aber unauffällig wirkte. Dave hielt diese Anspannung nicht länger durch und legte das Geldpaket auf die Schreibplatte und verließ überhastet die Halle. Er schwang sich auf sein Fahrrad und fuhr eilig nach Hause.

Helen ging an einen Schalter, um irgendwelche Briefmarken zu kaufen. Dabei behielt sie aber immer das besagte Geldpaket im Auge, welches noch immer auf dem Pult lag. Als sie ihre Briefmarken in Empfang nahm und die Geldbörse in die Handtasche steckte, war der Blick auf das Paket von Menschen verbaut. Mit abrupter Körperdrehung wand sie sich an den Leuten vorbei. Schnell erkannte sie, dass der Tisch leer war. Sie stürzte zur Tür und lief auf die Straße. Keiner der Passanten trug irgendetwas unter dem Arm oder lief schneller als andere. Alles war völlig normal. Es fuhr auch kein Auto mit quietschenden Reifen davon. Plötzlich fing sie zu schreien an und riss sich die Brille herunter. An der Hauswand sackte sie in sich zusammen.

Im Unterbewusstsein hörte sie irgendwelche Leute sagen, man müsse einen Unfallwagen rufen. Fast hysterisch schrie sie die Menschen an, man möge sie in Ruhe lassen und verließ den Ort in Richtung Wagen.

Zu Hause angekommen, sah Helen, wie Dave auf sie zukam und in die Arme nahm. Er roch stark nach Alkohol, was sie wieder in Rage versetzte. Als sie dann wortlos auf dem Stuhl am Fenster Platz nahm, griff auch sie nach der Flasche, die auf dem Tisch stand, und nahm einen tiefen Zug, der sie außer Atem brachte. Dave und Helen sahen sich beide gleichermaßen stumm und hilflos an, als das Telefon klingelte. Der scharfe Laut brachte Helen augenblicklich in die Realität zurück. Die Stimme am anderen Ende war sehr leise und Helen schrie laut: „Was willst du noch? Du Schwein?" Mit etwas lauterer Stimme hörte sie den Anrufer fragen, ob sie immer so mit Gästen des Hauses umgehe. Verwirrt knallte Helen den Hörer auf die Gabel, legte die Hand vor den Mund und weinte haltlos. Dave war völlig irritiert und nahm Helen wortlos in den Arm. Als er von Helen wissen wollte, wer da angerufen hatte, schüttelte sie nur den Kopf und erklärte ihm das Missgeschick. Dave ging zur Haustür und schloss sie ab, hängte das Schild an und ging wieder in die Küche. Sie brauchten eine Zeit, um ihre Gedanken zu ordnen. Wie in Trance setzte Dave wieder die Flasche Whisky an und starrte aus dem Fenster. „Hör auf zu saufen, Idiot!", schrie Helen plötzlich los und machte Anstalten, auf Dave einzuschlagen. Entsetzt verließ er den Raum in Richtung Gartenschuppen.

Nach etwa einer Stunde wollte er die Toilette aufsuchen und nach Helen schauen. Als er die Küche betrat, war Helen nicht da. Er rief überall im Haus nach ihr und suchte sie in allen Räumen. Helen war weg, stellte er fest. Was war passiert? Als er an die Haustür kam, bemerkte er, dass sie nicht mehr abgeschlossen war. „Was soll das nun wieder?", fragte Dave sich. Im Schlafzimmer fand er auf dem Bett liegend Helens Perücke und ihr Mobiltelefon, welches sie vorige Woche erworben hatte. Dave redete sich ein, dass Helen wohl gleich wiederkäme, denn so gleichgültig war sie sonst nicht. In der Küche setzte sich er erwartungsvoll auf den Stuhl am Fenster. Er hatte das Radio eingeschaltet, um auf andere Gedanken zu kommen.

Jemand machte sich am Postkasten zu schaffen und Dave rannte augenblicklich dorthin. Es war der Zeitungszusteller, den er noch kurz begrüßte. Um die innere Anspannung abzubauen, blätterte er die Zeitung durch, ohne sich auf irgendeinen Artikel zu konzentrieren. Bob Dylan war überdeutlich im Radio zu hören, als er glaubte, ein Klopfen an der Tür Wahrgenommen zu haben.

Dave stellte das Radio leiser und er hörte wieder das Klopfen und eine Kinderstimme. Rasch lief er wieder zur Tür und riss sie auf. Vor ihm stand der kleine John-Mark mit zerzausten Haaren und verweintem Gesicht. Instinktiv nahm Dave seinen Sohn auf den Arm und küsste ihn wie wild ab. Auch er hatte Tränen im Gesicht und stammelte immer wieder seinen Namen.

„Wo ist Mammi?", fragte der kleine Kerl. Die Frage ignorierend, stellte Dave ein Glas Milch auf den Tisch und nahm seinen Sohn auf den Schoß. Liebevoll strich er John-Mark über das klebrige Haar. Beide stellten sich immer wieder Fragen, die meist unbeantwortet blieben. In der Badewanne sitzend, hatten sich beide beruhigt und alle Infos ausgetauscht. Nach einem üppigen Wunschessen fielen dem Kleinen die Augen zu und Dave legte John-Mark in eines der Ehebetten. Sein Sohn musste schreckliche Dinge durchgemacht haben, aber Dave drang nicht mit Fragen in ihn. Dafür war immer noch Zeit und morgen war ein anderer Tag.

Die Abenddämmerung kehrte langsam ein und von Helen immer noch kein Zeichen. Dave wurde immer nervöser. Selbst alle Bekannten, die er angerufen hatte, konnten ihm nicht weiterhelfen.

Sein Sohn war aufgewacht und Dave fragte ihn vorsichtig aus. Der Kleine musste ja Furchtbares erlebt haben, weil er so abgehackt sprach. Doch John-Mark erzählte keine Gruselgeschichten. Er lachte bei seinen Erzählungen auch manchmal. Einer der Schwarzen hatte ihm sogar ein Brettspiel beigebracht, welches Dave ihm unbedingt kaufen sollte. Immer wieder schaute Dave auf die Uhr. Was konnte er unternehmen? Nichts konnte er machen, einfach nur warten.

Am Nachmittag hatte Helen einen wütenden Anruf eines Kenianers bekommen. Er war völlig außer sich gewesen, als er dieses Mogelpaket auf dem Postamt öffnete. Die Konsequenzen könne sich Helen sich ja wohl ausmalen. Sie hätte nur noch eine Chance, ihren Sohn lebend wiederzusehen: Wenn sie auf das Ultimatum einging, welches der Mann forderte. Sie musste den Bus nach Newhaven nehmen und sich in die vorletzte Sitzreihe setzen. Alles andere würde sie dann erfahren. Die Warnung davor, die Polizei einzuschalten, machte er mit einem humorlosen Lachen deutlich.

Ohne Dave davon in Kenntnis zu setzen verließ sie überhastet das Haus. Am Busbahnhof stellte sie ihren Wagen ab und wartete auf den Bus, den sie nehmen sollte. Immer wieder schaute sie sich die anderen Reisenden an, ohne etwas Auffälliges an ihnen zu bemerken.

Nach etwa zehn Minuten kam endlich der Bus. Sie löste den Fahrschein und setzte sich wie gefordert in die vorletzte Sitzreihe ans Fenster. Auf dem Sitz am Gang und in der letzten Reihe hatten schon Fahrgäste Platz genommen. Es waren ohne Frage Afrikaner. Einer von ihnen hatte ihr auf Suaheli den Sitz angeboten. Die Unruhe im Bus, durch die zusteigenden Fahrgäste, nutzte der Mann gleich aus, um nach dem Geld zu fragen. Helen stellte die Gegenfrage, wo ihr Sohn sei. Der Gesichtsausdruck des Schwarzen duldete keine Bedingungen. Helen kramte umständlich in ihrer Handtasche rum und zog ein flaches Bündel Geldnoten heraus. Der Mann lachte sie laut aus. „Das ist dir das Leben unseres Bruder wert, du Schlampe?", presste er wütend durch die Zähne. Durch dich ist unsere Familie ruiniert. Du hast John, deinen geliebten Mann, umgebracht, nicht mein Bruder. Er hat für dich gelitten, was du bezahlen musst, okay?" „Es gab ein Gerichtsurteil, welches …" „Papperlapapp, Gerichtsurteil! Dass ich nicht lache. Du hast den Richter bestochen, wie es bei euch Kolonialisten üblich ist. Jetzt musst du bezahlen. Wo ist das andere Geld? Ist dir dein Sohn nicht mehr wert?" Helen holte tief Luft und fing zu weinen an.

Der Bus setzte sich in Bewegung und verließ die Station. Die meisten der Fahrgäste saßen im vorderen Teil des Busses. Als einer von denen sich zu ihnen umsah, nahm der Mann neben Helen sie lachend in den Arm und sagte aber mit strenger Stimme: „Wo ist der Rest des Geldes, Frau? So wirst du deinen Kleinen nicht wiedersehen, ist das klar?" Helen wischte sich die Tränen ab und erklärte, dass sie nicht mehr habe. Sie sollten doch ihren Sohn da nicht hineinziehen. Die Komplizen hinter ihnen hatten alles mitbekommen und fingen an, auf Helen einzureden. In einem Dialekt, welchen auch Helen nicht verstand, redeten sie durcheinander und gaben schließlich Ruhe. Kurz vor der nächsten Haltestation standen die Männer auf und ließen Helen in schlafender Körperhaltung auf ihrem Sitz zurück.

Gegen neun Uhr abends klopfte jemand energisch an die Tür. Dave hatte gerade den Sohn ins Bett gebracht und ging neugierig an die Tür, in der Hoffnung, es sei Helen, die ihren Schlüssel vergessen hatte.

Doch es standen zwei Männer davor. Den einen von ihnen kannte Dave. Es war Mr. Welsh, der Polizeiinspektor.

„Guten Abend Mr. Fergunson. Ich vermute, Sie kennen mich noch. Inspektor Welsh und das ist mein Kollege Mr. White. Dürfen wir reinkommen?" Dave sah die Männer entgeistert an. Was wollten die hier um diese Zeit? Hoffentlich kamen die nicht wegen der Geschichte mit dem Ashley.

Dave führte die Männer ins Wohnzimmer und fragte, ob sie etwas trinken wollten. Dankend lehnten sie ab und fragten gleich direkt, wo Dave heute Abend gewesen war. „Was soll diese Frage, Inspektor? Ich verstehe nicht, was das soll Hier war ich und habe auf meine Frau gewartet, die immer noch nicht zu Hause ist." Die Beamten sahen sich an und legten eine kleine Pause ein.

Mr. Welsh sah sich einem hilflosen Mann gegenüber und sagte schließlich leise; „Mr. Fergunson, ich muss Ihnen eine traurige Nachricht übermitteln. Ihre Frau ist heute Abend im Bus nach Newhaven tot aufgefunden worden." Unvermittelt setzte sich Dave in den Sessel, sah ungläubig die Beamten an und brach in ein lautes Weinen aus. „Nein, das kann nicht sein. Das glaube ich nicht. Wieso? Wie ist das möglich? Die Schweine haben sie umgebracht! Aber warum? Helen hat doch gar nichts gemacht." Kopfschüttelnd sah er wieder völlig hilflos die Polizisten an.

„Wen meinen Sie mit ‚die Schweine'?", wollte Mr. White wissen. „Wir wurden von den Niggern aus Kenia erpresst. Man hatte unseren Sohn entführt." Dave hielt inne, senkte den Kopf und bekam wieder einen Weinkrampf. Er war nicht fähig, einen klaren Gedanken zu fassen. Nach mehreren Minuten fragte er, die Hände wie zum Gebet gefaltet: „Was ist mit Helen? Ich vermisse sie schon den ganzen Tag. Sagen Sie mir, wo ist sie. Ich muss sie unbedingt sehen. Unser John-Mark ist wieder da. Er hatte solche Sehnsucht nach seiner Mutter."

Mr. Welsh wartete, bis Dave wieder aufnahmefähig war. „Ihre Frau ist in Newhaven im Bus sitzend gefunden worden. Man hat ihr eine spitz gefeilte Fahrradspeiche von hinten, durch das Sitzpolster, direkt ins Herz gestoßen. Sie war sofort tot. Diese Methode wurde in Südafrika in der Zeit der Apartheid gegenüber Weißen angewandt." Ohne näher darauf einzugehen, bat er Dave, morgen in die Pathologie zu kommen, um Helen zu identifizieren.

Erst am frühen Morgen wachte Dave auf. Sein Sohn hatte ihn geweckt und fragte sogleich, warum seine Mammi noch nicht da sei. Ratlos sah er dem Kleinen ins Gesicht und nahm ihn wortlos in seine Arme. Die ganze Wucht der Tragödie überkam Dave und er hatte große Mühe, seine Tränen zu verbergen.

Gegen zehn Uhr kam, wie immer, die Hilfe ins Haus. Dave erzählte ihr, Helen sei bei Bekannten in London. Sie möchte doch auf John-Mark aufpassen und niemanden ins Haus lassen. Dave konnte sich denken, dass jetzt die Neugierigen und Journalisten das Haus belagern würden.

Vor dem Gebäude der Pathologie sträubte sich sein Inneres hineinzugehen. Sein Realitätssinn ließ es nicht zu, dass Helen ermordet worden sein sollte. Die Tür öffnete sich und Mr. Welsh kam Dave freundlich entgegen. In dem sterilen Raum lag eine Person aufgebahrt. Diese blonden Haare waren ihm so vertraut, dass er keine Zweifel hatte. Dave verließen die Kräfte und er spürte die kräftigen Arme von Mr. Welsh unter seinen Achseln. Helen schien zu schlafen und hatte einen verzweifelten Gesichtsausdruck. Eine Männerstimme brachte Dave wieder in die Wirklichkeit zurück. Irgendwelche Fragen beantwortete er stoisch und wurde sanft aus dem Raum geführt.

Völlig ausgebrannt, keinen klaren Gedanken fassend, kehrte Dave in die Pension zurück. Das letzte Bild von seiner geliebten Helen immer noch vor Augen, nahm er wortlos seinen kleinen Sohn in den Arm. Als wolle er sagen: „Du musst bei mir bleiben, dir darf nichts geschehen." Wie schön Helen doch auch im Tode war. Dieses Bild würde immer in seinem Gedächtnis haften bleiben.

Bei einer Tasse Kaffee kam ihm plötzlich die Geschichte mit Mr. Ashley in den Kopf. Er wollte sich nicht weiter mit der Sache befassen, deren Ausgang er nicht kennen konnte.

Doch der Mann musste hinter Gitter, ohne Wenn und Aber. Das war er den gepeinigten Kindern schuldig. Gänsehaut überkam ihn, als er seinen Sohn betrachtete. Ihm durfte kein Leid geschehen.

In der Zeitung war von Helens Tod noch nichts zu lesen. Das war mit Sicherheit Mr. Welshs Verdienst. Dem wollte er die Geschichte mit Ashley anvertrauen.

Wochen später wurde Dave noch einmal in das Kommissariat gebeten. Dort erzählte Mr. Welsh ihm das nüchterne Ergebnis der Suche nach Helens Mörder. Es waren eindeutig Männer aus Kenia, die sie umgebracht hatten. Aber namentlich waren diese Verbrecher nicht zu erfassen, denn die Akte über den Mordfall an Helens Mann sei nach fünf Jahren in Kenia vernichtet worden.

John-Mark wurde schonend beigebracht, seine Mutter sei bei einem Verkehrsunfall zu Tode gekommen. Er litt lange Zeit sehr darunter, besonders wenn er irgendwelche Bilder von ihr sah.

Mr. Ashley wurde nach einem Jahr intensiver Kriminalarbeit durch Inspektor Welsh von seinem Amt als Vorsitzender des Tierheimes entlassen und zu viereinhalb Jahren Knast, ohne Bewährung, verdonnert. Dave empfand eine tiefe Befriedigung, als er das Urteil im Gerichtssaal vernahm, und war froh, damals seine Erpressungsversuche eingestellt zu haben.

Der Autor

Nach Erhalt seines Meistertitels im Handwerk
hatte der Hamburger Autor Max Nordmann die
Möglichkeit, in Afrika, im Orient und in Spanien
für große Baufirmen tätig zu werden. Insgesamt
verbrachte er fast zwei Jahrzehnte im Ausland. Die
verschiedenen Kulturen, Traditionen und Lebensweisen faszinierten ihn dabei sehr und boten ihm
Einblicke in ein anderes Dasein.
Über seine Tätigkeit in Nigeria verfasste er das
Buch „Master, give me!" sowie Kurzgeschichten,
die in Anthologien erschienen. In Zusammenarbeit
mit seiner Lebensgefährtin Eike entstand nun sein
neuestes Werk, „Fatale Entscheidungen der
Miss McManus".

Der Verlag

Wer aufhört besser zu werden, hat aufgehört gut zu sein!

Basierend auf diesem Motto ist es dem novum Verlag ein Anliegen neue Manuskripte aufzuspüren, zu veröffentlichen und deren Autoren langfristig zu fördern. Mittlerweile gilt der 1997 gegründete und mehrfach prämierte Verlag als Spezialist für Neuautoren in Deutschland, Österreich und der Schweiz.

Für jedes neue Manuskript wird innerhalb weniger Wochen eine kostenfreie, unverbindliche Lektorats-Prüfung erstellt.

Weitere Informationen zum Verlag und seinen Büchern finden Sie im Internet unter:

www.novumverlag.com

Bewerten
Sie dieses Buch
auf unserer
Homepage!

www.novumverlag.com

novum ▲ VERLAG FÜR NEUAUTOREN

Max Nordmann

Master, give me!

ISBN 978-3-85022-973-9
288 Seiten

Max Nordmann liefert ein persönlich gefärbtes, aber ausführlich recherchiertes Bild der sozialen Umstände in Nigeria sowie vom Zusammentreffen verschiedener Kulturen und Hautfarben. Wie würde er mit den Einheimischen zurechtkommen? Wie mit dem Klima? Wird er gesund wieder heimkehren?